Jasmuheen

Elysium

魔法の王国シリーズIII

エリュシオン

シャンバラの聖なる交響曲

ジャスムヒーン 著
山形 聖 訳

ナチュラルスピリット

The Enchanted Kingdom Series:

Elysium ; Shamballa's Sacred Symphony

by Jasmuheen

マトリックスの女王《クイーン》が　ハートに王《キング》をとり戻す
地球《アース》に生きる民たちに　等しく平和《ピース》が訪れる
担《にな》いし役割《パート》にかかわらず　人種《レース》や貴賤《きせん》の別もなく

速度《ペース》を定めし慈しみ　地球《アース》の民は気づくだろう
新たなリズムと　平和《ピース》の調べ
内にも　外にも　響くこと
幾星霜の時を超え　平和《ピース》の調べ　響くこと

魔法の王国シリーズⅢ

エリュシオン　もくじ

魔法の王国シリーズⅢ

エリュシオン　シャンバラの聖なる交響曲

1　理想郷《エリュシオン》の海

傷心を抱えた若者の姿が見える。

つづいて1発の爆弾。

それが爆発して、黒人の娘が部屋の反対側へと吹き飛ばされる。グシャッと音を立てて骨が砕《くだ》け、ありえない方向にねじれた娘の身体から血がシュッ、シュッと噴き出す。その傍《かたわ》らでは、もとの姿が想像もできないほどの傷を負ったブロンド娘が虫の息でうめいている。ほどなくして死がふたりの身体を支配すると、静寂《せいじゃく》が訪れた。

意識《マインド》のスクリーンいっぱいに浮かんでは消える混沌《カオス》の光景は、前後の辻褄《つじつま》が合わず見当のつかないものばかり。エイトトランは目を開けて見えたものすべてを手放すと、任務に集中するためにトランスに似た瞑想から抜け出した。楽しい物思いに浸《ひた》るにはうってつけの出来事がある。

タオ・ラオが帰艦したのだ。彼の存在がエリュシオン号に戻ったことで、おのれをコントロールするすべを知る者といるときに感じるタンゴ調の軽快なビートに彼女の心は躍った。タオ・ラオは誠実な人だ。世界が融合するうえで避けては通ることのできないプロセスの手助けを生きがいとし、こうした変化の時代になると長い沈黙を破って姿を現し、私たちと活動を共にするのだ。ずっと貞操《ていそう》を保っているそうだが、いったいどれだけのあいだそうしているのだろう。

「司令官」

ホーショーがエイトトランの夢見心地《ゆめみごこち》を破った。魔法使いは元気そうだ。

「ホーショー」

制御装置《コンソール》の前に並び立つと、ふたりは穏やかな口ぶりで意見交換に入った。

「動きは？」

「状況から察するかぎり、むこうはそろそろ撤退を開始するわ」

ホーショーはもの問いたげに目を上げた。

「料理をしにキッチンに入ったものの暑くて耐えられなくなった、ってトコよ、魔法使いさん。つまり、ヴォルカンの神々は別の道を探りはじめそうなの。平行グリッドにある惑星やマトリックス内の地球型惑星をあさるってこともあるかもね」

「たいしたものだ」

「いつものことで、ゲームを二極性の世界、分離した世界に保とうというわけよ」

「撤退はいい兆候といえるな」

「ええ、そうよ。じつにいい兆候だわ」

そう言って笑いながら、エイトトランはホーショーを抱きしめた。

次の瞬間、ホーショーに若々しいエネルギーが満ちあふれてきたかと思うと、腕のなかの賢者はみるみるうちに屈強な歴戦の兵士に姿を変えた。ほとばしる活力と情熱、そして高潔さ。それでも、エイトトランが思いを寄せる相手はタオ・ラオのみ。彼女の内側に音を立てて流れるその熱い思いを感じとったホーショーは、悠久の時を超えて超然と生きる存在に再び姿を変えた。

『彼女の心はいま別の者へと向けられている。そう、私の心と同じように』

腕をほどいて身を離しながら、ホーショーはそう思い知った。

この女性の存在はずっと気にかけていたのだが、彼女はここ久しく見たことのないようなきらめきを放っている。多少生意気なところがあるものの、彼女には無限のエネルギーを湛《たた》えたマトリックスの網《ウェブ》の目が見え、女王の発する愛の波動をはっきりと感じとることができる。この若々しさでそのような実感を兼ね備えているのはすばらしいことだが、このエリュシオン号では不死が既知の事実となっていて、実際、目の前にいる彼女もすでに時間という概念を遥かに超越して生きつづけている存在なのだ。澄んだグリーンの瞳と燃えるような赤い髪が、その魅惑的な雰囲気をひき立てている。

エイトトランは愛想笑いを浮かべると、抱擁が巻き起こした胸のざわめきを冷ました。ホーショーにもこんな一面があったのね。中性的なところしか見えていなかったから男として意識したことなんて一度もなかったけど、いまのはどういうことだろう。思わずドキリとさせられた。

『あらら……。愛のフィールドには無限の可能性が隠されているようね』

エイトトランは動揺を面《おもて》に出さないようにしながら、心のなかでひとりごちた。

想像力を自由にさまよわせ、自分が男とたわむれている場面を思い浮かべる。はじめにホーショーと、そしてタオ・ラオと、つづいて最近までつきあっていた別の男性と。マインドを再びタオ・ラオに戻すと、ハートがマインドとひとつになったかのように喜んだ。やはりまちがいない。あの人こそ、私の愛する人。可能性のあるシナリオのうち、どれがぴったりなのかを確かめるには、この技術《テクニック》が何よりも役に立つ。マインドにある選択肢をいま目の前で起きていることのように生き生きと想像して、内なる存在の反応を観察し、感じてみるのだ。タオ・ラオとベッドを共にし、シーツのなかでやわらかな笑みを浮かべる彼が横にいる場面を思い描くと、全身の細胞が期待にジンジンとうずき出した。いけない、任務に集中しなきゃ。想像を押しのけたエイトトランの耳に、ホーショーの言葉が飛び込んできた。

「撤退の兆候は確かかかね？」

彼の声が意識をここに引き戻す。そうだ、フィールドの状態を点検していてヴォルカンの神々が撤退する兆候を見つけたんだわ。

いくつかのグリッド・ポイントで弱々しくなっている光を指さして、エイトトランは言った。

「見える？　それと、こっちも」

ホーショーの目にもそれは確認できた。

「たしかに活動が鈍っておるな。マトリックスのほかの箇所にも入り口は順調に開きつつある」

ホーショーはそう言及した。

「じつによい兆候だ」

「そうね」とだけ、エイトトランは言った。

「君の見立ては正しいようだ。もちろんヴォルカンの力をみくびってはならぬぞ。やつらはこれまでもあの手この手を次から次へとひねり出してきたのだからな」

ホーショーは小声で笑いながら彼女の背中を軽く叩くと、フッ、と姿を消して聖なる小部屋へと帰っていった。すると今度は、入れちがいにタオ・ラオが肉体を物質化して姿を現した。コンソールから上げた目が、タオ・ラオの包み込むような笑顔に一瞬で吸い寄せられる。

「司令官」

「タオ・ラオ」

ひとりでに身体に力が湧き、すっと背筋が伸びる。なぜだろう。彼のそばにいるだけで不思議と力がみなぎる感覚がする。彼の目は漆黒の夜空にまたたく星のようにきらめいている。内面世界につながる窓となるその目は、出会ったときからエイトトランを見つめていた。彼の瞳の色がいま、胸の高鳴りとともにグリーンからターコイズブルーへ、さらに黒へと変化しているように見えた。

出会った日のことはいまでも覚えている。一瞬にして彼のとりこになり、『この人とはこうしてめぐり会う運命だったんだわ。きっと過去にも愛しあったことがあるにちがいない』そう確信した。一緒にいてとても心が安らぎ、ふだんは感じることのない落ち着きを覚えたのだ。

「夢であなたに会ったことがあるわ」

その日、タオ・ラオのきらめく瞳を見つめながらエイトトランは語りかけた。

「君とは……知りあう運命にあった気がする」

目にかすかなきらめきを宿して、彼は陶然《とうぜん》とした口ぶりで答えた。

女が誘い、男は自分と彼女をつなぐ赤い糸をたぐり寄せた。

「わくわくする旅になりそうね」と、エイトトランが艶《つや》やかな目で見つめると、「あとは旅立つだけさ」とタオ・ラオも思わせぶりな言葉を返した。

この人とならきっと、ずっと笑顔でいられる。こうして彼女は、いま目の前にいるタオ・ラオと恋に落ちた。


「何か変わったことは？」

現状を尋ねるタオ・ラオの声に夢見心地から覚まされ、思い出のシーンはしだいに薄らいでいく。

「地球のようすはと……。ちょっと失礼」

流れるような動きでタオ・ラオをよけて、コンソールのボタンに手を伸ばした。あとずさってあたりを見わたすタオ・ラオは、息を呑むような船内の眺めに思わず目を奪われた。

「……ん？」

うわの空で通り過ぎる彼女の言葉に、タオ・ラオはうっとりと応える。

「芸術よね、って言ったの」

エイトトランは頭上を、つづいて四方《しほう》ぐるりを指すと、わずかに胸を張って見せた。

「想像もしていなかったわ。この船を思いどおりにあやつれる日が来るなんて」

「うーん、それはどうだろう」

そう答えて言葉を切り、首を片方にかしげると、タオ・ラオはウインクをしてこう続けた。

「理想郷《エリュシオン》はつねにぼくたちの手のなかにあったんだよ」

「私たち？」エイトトランは思わず聞き返していた。

「誰もがみな自分の理想郷を創りあげているのではなかったかな？」

「そして、それぞれの世界を調和とともに融合する過程を学んでいると言いたいんでしょ」

「そのとおり。それで、ゲームに進展はあったのかな？」

「知ってのとおり、地球の理想主義者たちとの交信はずっと続けていて、統合は種《しゅ》や次元を超えたレベルで進んでいるわ。グリッドは理想的な位置にあって生き生きと脈動しているし、地球のシャーマンたちがゲームのスピードアップに向けて扉を次々に開いてくれている」

「それでは女王のごようすは？　聞かせておくれ、司令官。マトリックスの女王のご機嫌は？」

「大方《おおかた》の理解では、このうえなくお喜びとのことよ」

ふたりは目を合わせると、心からの笑顔で見つめあった。

タオ・ラオは、過去生で王室に顧問役として仕えていたころと同じ所作《しょさ》で小さくおじぎをすると、かき消すようにいなくなった。このようにあたかも風のごとく姿を消すときは、彼には必ずすることがあった。フィールドに目に見えない愛の泉を残していくのだ。置き去りにされた彼女が心をさまよわせることがないようにと、自分の思いに触れ、それに包まれていられるようにとの心遣いがそこにはあった。

「はあっ」

恋にのぼせた乙女のようにため息をつくと、エイトトランは気持ちを落ち着けて任務に集中し直すために深呼吸をした。ホーショー、つづいてタオ・ラオと、一日のうちに愛する男性ふたりが顔を見せることなどめったにあることではない。つかの間、目を閉じてみたものの、まぶたの裏に浮かんだのは過去の記憶でも希望に満ちた未来のイメージでもなく、不吉な予感に満ちたあの修羅《しゅら》場《ば》の光景だった。左の耳で耳鳴りがする。『気をつけて』という身体が発するお決まりのサインだ。そのとき、エイトトランはついに惨劇の全貌を目にした。

爆弾が爆発する。ちぎれた腕や足が宙を舞い、戦慄の叫びが空《くう》を切り裂き、床や壁に大穴があいて会場は大混乱に陥る。つづいて、ふたつの顔がぼんやりと目の前に現れた。どちらもうら若き美貌の娘で、大きなヴァイオレットの瞳をした女性と、知恵深い印象の笑顔を満面にたたえた女性だ。ふたりはみるみるうちに光のなかへと吸い込まれ、死者の領域へと消えていく。最後に、あちこちのフィールドでシフトが起こり、惨劇のエネルギーを宇宙のマトリックスが吸収するようすが見えた。

頭をぶるぶるっと振って目を開け、任務に意識を引きずり戻す。別の時空から想定外の影響を受ける可能性も考慮に入れて、コンピューターに数字を入力して演算を実行する。マトリックスの数値を何万とおりも設定してみたが、現在採用している計算式がはじき出す答えに異常は見受けられない。万事順調に、期待どおりに運んでいるのだ。それなのに、リアルタイムで襲ってくるあの惨劇のイメージはいったいどこからやってくるのだろう。いま見えるのは、さまざまなちがいを超えて結ばれていく人々の姿であり、彼らが理想の未来を思い描き、たわむれ、愛しあい、思わせぶりな言葉を交わす平和な光景ばかり。それでも、私にはわかる。まだ起きていないというだけで、これからどこかでその歯車が狂おうとしているのだ。きっとあのフラッシュは警告か予知夢のようなものにちがいない。

『でも、どうして予定どおりに進まないの？』

「万人の最善のために」そして「万人は万人のために」が地球のシャーマンたちの追求しているテーマだ。ラニとタンはこの人類全体の目標を「ハートトランド」と呼ぶようになるのだが、それはまたのちの話である。いまのエイトトランに言えるのは、依然としてすべてのプレイヤーの意識が十分に目覚めを迎えておらず、待望の融合を完了するうえで彼らが理想的な状態に達していないということだった。

『まだ時間が要《い》るわね。それに彼らがもっと熱く、自分たちの理想を求めることも必要だわ』

熱く、求める。その言葉に、意識がひとりでにタオ・ラオへと引き戻される。彼がフィールドに姿を現してから立ち去る瞬間まで、ふたりは互いを熱く求めあった。さらに夢のなかにもタオ・ラオは現れて狂おしいほどに彼女を求めている。互いの間に脈動し、高まっていくものを探ることに夢中になった彼が、自分のもとへ引き寄せられているのがエイトトランにはわかった。

『フェロモンでも出ているのかしら……。いいえ、私というすばらしい存在全体が発している魅力のおかげね。さあ、もっと発してちょうだい！』

エイトトランはそう心のなかで叫んで笑みを浮かべると、あらためてこう思うのだった。理想の世界を思い描くこと、そこからすべてが動き出したのだ。愛のフィールドで数々の新しい世界が生まれてだんだんと形を成し、そして私たちは再びめぐりあった。彼とならきっと楽しくやれる。その点は確信しているのだが、こうして幾度か接してみると、彼との関係は想像以上のものを与えてくれそうな予感がして胸がふくらんだ。

『私たちはこうしてめぐりあうことを待ちわびながらも、かなわないまま、いくつの人生をすれちがってきたのかしら？』

有史以前、タオ・ラオは、一国の主《あるじ》だったメアリーとジェイコブから顧問役として厚い信頼を受けていた。次に姿を現したのは、タンとラニが魔法の王国からパリへと呼び戻されたころのことで、彼はふたりの師《メンター》となり、折に触れて助言を与えた。当時は、私がいまタオ・ラオに寄せているのと同じ思いを、メアリーが抱いていた。メアリーは彼のことをずっと愛してはいたが、ふたりの関係は友人にとどまるのみで、恋仲になった過去は一度もない。彼の容姿は大昔から変わっておらず、オリーヴ色の肌、青みを帯びた澄んだグリーンの瞳と栗毛、がっちりとしたあごのライン、ふっくらとやわらかな口元がトレードマークだ。変わったことといえば、いまはあごに短いひげを蓄えていることくらいだろう。そんなタオ・ラオに合わせて生まれてきたかのように、私の身体はすらりと背の高い彼の両腕にぴたりと収まる。近ごろでは気がつくとマインドがこうしてひとり歩きを始め、任務とはまったく関係のないことを考えている。これほどまでに誰かに心を奪われるのははじめてのことだ。

ふと隣を見ると、いつの間にかタオ・ラオが戻っていた。

「いくつある?」

「え、何が?」

夢見心地から覚めて顔を上げたが、今度はあやうく彼の瞳に溺れそうになった。その目を見つめていると、自分が拡大したような感覚を覚えた。再び現れたタオ・ラオの目は、好奇心と活力にきらきらと輝いている。

「いくつのフィールドが調整できたんだい?」

ふたりの関係を最上のものにするためのレシピが、現在進行形で変化を続けていることはタオ・ラオも気がついている。エイトトランは司令官である以上にひとりの女。それも極上の女であると彼の本能は告げていた。引き寄せの法則に支配されたフィールドがぐんぐんと成長するのに伴って、フィールドの公式も再び変化を遂げつつある。タオ・ラオは逸《そ》れそうになる意識をシャンとするために頭を振ると、質問の角度を変えた。

「詳しいことが知りたいんだ。地球人は具体的にどういった願いを発したのかな?」

「例によってそれぞれが思い思いのことを。平和を祈る政治家もいれば、権力を求める政治家もいて、地位や富を願う者もいまだに存在する。民衆のなかには……何と言えばいいのかしら、それ以上のことを願う人たちがいるわ」

「ハートレベルで満たされたい、という願いかな？」

自分の出した助け船に大きくうなずく彼女を見て、タオ・ラオは目をきらきらと輝かせた。

「よくぞリクエストしたものだ」

エイトトランがほほ笑んで言う。

「彼らの最大の関心事は、いかにして楽に、そして楽しく融合するかってこと」

「たいしたものだ」そう言ってタオ・ラオはうなずいた。

「どんな代償を払ってでも平和な世界を手に入れたいと願う人は多い。しかし、このパラダイムには大きな落とし穴がある」

「どんな代償を払っても、ということは、平和を手に入れるために暴力を行使《こうし》する可能性を否定していない」

「『楽に、楽しく』とはまったくの別物だ」

マトリックスは思い浮かべたとおりのものをもたらしてくれる。そのことを知るタオ・ラオは断言した。戦争を起こすことなく平和を手に入れたいと願う者は大勢いるが、彼らがフィールドの働きを知れば、願いはきっとかなうだろう。

「しかも……」彼を見あげると、また胸にときめきが湧いてきた。

「しかも？」

エイトトランの落ち着いた口ぶりを妨げないように気づかうタオ・ラオは、あえて言葉を止めて彼女を見つめた。

「上昇した次元にとどまりたいって、彼らは祈ったの！」

そのとき、ふたりのフィールドがパッと明るくなり、願いを聞き入れたエリュシオンが楽しげに歌い出すのが聞こえた。

「発した願い　祈りが届き　先見《せんけん》の明《めい》が時代《とき》を成す
見すえた未来　運命《さだめ》を決し　自由への夢が道ひらく
愛のフィールド　呼んでいる　救世主がいま立ちあがる
諸人《もろびと》こぞりて　みなたわむれる
そこにみなぎる　恩寵《グレース》　平和《ピース》
神の再来　好機到来　貴《とうと》き叡智《えいち》がいま訪れる」

目の前に広がるマトリックスの画面から読みとれることは明らかだ。地球の人々は自分たちがハートトレベルで満たされるように、さらに次元のシフトを楽に、楽しく迎えられるようにと願っていたのだ。なんと賢明なことだろう。

「では、彼らの願いに応えてダウンロードしている公式とは？」

タオ・ラオは好奇心に駆られ、すっかりこの話に魅《み》せられていた。

「ハートはみな同じものを欲するの。つまり、ダウンロードしているのは私が『自由へとつづく5つのフィールド』と呼んでいるものなの」

「詳しく聞かせてくれないかな、司令官」

「私の解釈でいい？　どのような効果があるのか、そしてなぜこれを選んだのかということでいいかしら？」

「すべて聞かせてくれ。ないとは思うけど、退屈したらそのときは言うから」

エイトトランは、タオ・ラオの顔に輝くような笑みが広がるのを目にとめた。

「オーケー、ご要望にお応えして、簡潔に話すようにするわ」

エイトトランの声が聞きたくてたまらないタオ・ラオは、にっこりとした。彼女は言葉を発することでフィールドに新たな層を加えることができる。さらに、ふたりで意図を集中すれば、そこに力強さが加わる。これはフィールドをあやつる技術のひとつであり、ふたりはその達人なのだ。

エイトトランは語りはじめた。

「あなたもよく知っているとおり、理想郷へとつづく経路には5つあるわ。それは愛のフィールド、思いやりのフィールド、調和と健康のフィールド、恩寵《グレース》のフィールド、そして最後に自由のフィールドよ。これら5つのフィールドは、そこにたどり着いた惑星へとそれぞれにギフトを授けてくれる。出発点はもちろん愛のフィールドよ」

「うーん、愛のフィールドね。それひとつをとってみても大きな議論を巻き起こすものだ。実際に議論は気が遠くなるほどの長いあいだされてきた」

「どのような変容を遂げるにせよ、スタート地点には愛のフィールドがうってつけで……」

「そして、恩寵は生命を動かす車輪の潤滑油となり、同時に思いやりが不協和音をとり除いてくれる。愛、恩寵、そして清浄なフィールドさえ十分にあれば、誰もが自由を手にすることができる」

しみじみと語っていたタオ・ラオだったが、急に明るい口調になって先をうながした。

「続けて。ほかに知るべきことは？」

「地球人は融合実現のタイムラインを設定して……」

「すばらしい！」タオ・ラオが感嘆の声をあげると、エイトトランの目に光が宿った。

「いつだい？」

「彼らの発した願いに私たちがはじめて応じてから数年以内ね」

「遅くとも2012年前後に？」

「そのあたりね。でも、もう少し早まるかもしれないわ。彼らの意識が高まりつづけていることで、時間の流れが高速化しているの。集団で意識を集中させれば早期に融合を実現できるということに、彼らは気づいたのよ」

「彼らとは？」

「錬金術師や形而上学者、それに理想主義者よ。彼らは地球で自由に活動を展開していて、エネルギー・フィールドの精妙さや多次元世界の存在にも気づいているわ」

「つまり」タオ・ラオはおさらいをした。

「楽に、そして楽しく融合が実現されて、むこうの時間であと数年のうちに恩寵が訪れるように相当数の人が命令を発したと？」

「といったところね」

「ほかにリクエストしたことは？」

「聖なる結婚のゲームを、愛のフィールドの一部としてダウンロードしたわ」

「地球人には先見の明があるようだね。祈りを発した男女の内訳は？」

「約60パーセントが女性、40パーセントが男性よ。比率に多少の変動はあるようだけど、それはよくあることなの。女って欲張りな生き物だから……。異なる世界のいちばんいいところを欲するのよね」

エイトトランはため息まじりに言った。

「その権利は彼女たちにもあるのだから問題ないよ」

それもそうね、と、ふたりはほほ笑みあった。たったいま交換していた情報のエネルギーが、目の前の空間を漂っている。エイトトランは運命の人と出会った。そしてタオ・ラオも。

『私たちならきっとうまくいくわ。彼もそう思ってくれているといいのだけど。こんなにワクワクする相手は久しぶり。これからが楽しみでしかたない！』

エイトトランは胸の高鳴りを抑え切れずにいた。

2　コンタクト

「エリュシオン号の存在を地球側に正式に知らせるには、その接触にふさわしい窓口役を見つける必要があるわ」とエイトトランは述べた。

「あなたも知っているでしょう。これまでにもいくつかの政府機関と接触があったけど、彼らの狙いはつねに、平和に満ちた世界を創造するための情報ではなく、高次元テクノロジーの情報を入手することにあった」

「そうだね。しかし、これまでに地球人と交信をくり返した地球外生命体の大半は、エリュシオン号が掲げる平和に根ざしたヴィジョンを持ちあわせなかったことで、しばしば存亡の危機に立たされたんだ。そのことも頭にとめておかないとね」

タオ・ラオは諭すような口ぶりで別の視点を提供した。

「地球外知的生命体はとうの昔から地球上に存在している。一般には否定的な見方をされているけど、先住民族のほとんどは彼らと何らかの交流をもった歴史があり、じつに有益なやりとりがおこなわれていた」

「はあっ」

エイトトランは浮かない顔でため息をついた。彼女はどうもエリュシオン号の存在を公《おおやけ》にすることにうしろ向きのようだ。

「そうねえ……。とにかく、今回のコンタクトがこれまでよりも開かれた、多くの人から歓迎されるものになることを祈るわ。私はどうしても、地球人の側から呼びかけてきたという事実を忘れたくないの。私たちは、生き残るための資源となる人間を目当てにすり寄る地球外勢力のたぐいとはちがうのだから」

修道僧の出で立ちをした男が立ちあがり、横に立って彼女の肩に手を置くと、そのぬくもりが彼女の不安を洗い流し、あるイメージがふたりのマインドに広がっていった。背が低く、灰色の肌に大きな目、人間と似た体形をした生物の姿だ。

「レクチル座のゼータ星人たちのようすは？　彼らの惑星再編に向けた動きはいまも監視しているのかい？」

タオ・ラオが尋ねる。

「相変わらず地球で実験を続けているわ。実験地となった国の役人が見て見ぬふりを決め込む見返りに、高度テクノロジーの情報をホイホイ差し出している。ゼータ星人はロズウェルの騒動のころからコンタクトを開始したけど、彼らが実情を完全に明かしたかどうかは怪しいところね。最大の問題は、ゼータ星人がクローン化を通じて自分たちの感情を増殖させたことにあるの。彼らの星で核兵器が誕生したのも、そのことが影響しているそうよ。新たな遺伝系列を導入しなければ彼らも生き残ることができないのでしょうけど……。私ももう長いこと彼らには意識をチューニングしていないのよね。幸《さいわ》い、彼らにチューニングするの、苦手で」

「幸いとは？」

「つまり、自分たちの行動が恐怖を生み出しているということを彼らに理解させるのは無理な相談だそうよ。彼らに宇宙のエチケットなんて考えは皆無。誘拐《アブダクション》や人体実験が苦痛を与えるなんて想像もつかないのよ。アブダクションをする側とされる側にはカルマ的な結びつきがあるという極端なことを言う人もなかにはいる。たしかに、すべては磁石のようにお互いが引き寄せあって起こしているわけだから、それもある程度は真実だけどね。彼らの存在を事前に知っていた被害者の場合、連れ去られた以降には恐怖が薄らいで交信をするようになる人もいることはいるけど、結局のところ、必要なことを知らせずにいることで生まれる無知がもとで恐怖は助長されてしてしまうのよ」

エイトトランはタオ・ラオを部屋の中央へといざなうと、そこにそびえる巨大なクリスタルの尖塔《タワー》に手を触れた。塔の頂点からひと筋の光が放たれる。蛇のようにゆったりと宙を這う光線がやわらかなふくらみを描いたかと思うと、その楕円いっぱいにホログラムの動画が流れはじめた。核の力がもたらす苦い教訓を味わいながら消えていった数々の惑星とよく似た物語が、スクリーンに展開されていく。欲と権力に目がくらんだことから生じる腐敗。つづいて起こる核の大爆発が星の表面を一掃するものの、それを予見した者たちは地下ステーションを築き、そこに身を寄せ集めて暮らすようになる。実験室のなかでクローン実験がくり返される。新たな遺伝物質が不足したことで彼らの種《しゅ》は絶滅の危機を迎え、日光を浴びない地下の生活が彼らの肌を灰色に、目を黒く大きく変えていく。そして、星の賢人たちが窮余《きゅうよ》の策として提案したのが、自分たちに近い遺伝子の持ち主を探し、彼らの遺伝子を自分たちの遺伝系列に加えることだった。やがて地球が彼らの目にとまり、取引が成立し、実験が始まる。ロズウェル事件が発生し、ささやかれる陰謀説、無知、そして恐怖が巻き起こり……。

「これで彼らのいまが、そしてなぜそんなことをしているかが見えたでしょう？　彼らの監視が私の任務になくて本当によかったわ。広い多元宇宙で心惹かれる生命体と数多く知りあってきたけど、彼らとはつながる気になれないの。テラダックと同じでハートがないように思えて」

タオ・ラオは彼女をこちらに向かせ、あごを持ちあげて身を屈めると、そっと額に口づけた。エイトトランが彼のぬくもりを求めてその胸にしなだれかかったそのとき、ふたりは別の存在が姿を現す気配を感じた。その存在の到着に合わせてフィールドがひとりでにエネルギーシフトを開始する。

「地球人たちはタイムラインまで定めて具体的にリクエストをしてきたの。自由のフィールドをダウンロードできる条件はすでに整っているわ」

エイトトランがそう言うと、はじめはうっすらとホログラフィックな姿をしていたホーショーの輪郭がだんだんはっきりしてきた。

「それはすばらしいニュースだ、司令官！」

「エイトトランでいいわよ」

「エイトトラン、じつにすばらしい。そちらのお考えはいかがかな、ラオ師？」

ホーショーったら、私たちふたりの関係にも感づいているくせに見え透いた冗談を。

タオ・ラオは黙りこくっていた。ホーショーがいるといつもそうなのだが、じつのところ、彼はふだんからとても無口で、ただひとつの例外が、いま目の前で顔を輝かせている彼女といるときなのだ。

「私たち、自由へとつづく5つのフィールドのひとつ目をダウンロードしようって話したところよ」

「妙《たえ》なる愛のフィールドだな……」

展開に気をよくしたホーショーはふたりに向かってウインクした。タオ・ラオの貞操に終止符が打たれようとしている。これだけ官能的な空気を全身にまとったエイトトランのことだ、さぞ夜の手管《てくだ》には長《た》けているのだろう。エリュシオンの人々はみな、イシスの女神からタントラのテクニックの手ほどきを受けていて、いかなる条件にも制約にも縛られない純然たる快楽を体得している。

それにしても、宇宙空間を漂いながら、惑星世界の次元上昇を見守るためにマトリックスのグリッドをポイントからポイントへと飛び回るこの宇宙船での暮らしはじつに異《い》なものだ。

ふたりが互いの関係を存分に味わっていることが手にとるように伝わってくる。つられて、ホーショーのマインドに光の女神の姿が浮かんだ。幾星霜《いくせいそう》の昔、そのハートで私をとりこにした女神。いまも心をとらえて放さないこの女神を、私はこれからも愛しつづける。女神に寄り添うために、女王のハートを感じるために、私はいまも日夜、時を注いでいる。女神がふだん私に力を与えてくれているのと同じように、エイトトランもまた、タオ・ラオに力を与えているのだろう。彼が一瞬ごとに輝きを増しているようすがホーショーには目に見えてわかった。

「ここには愛のフィールドが力強く脈動しておるな……」

魔法使いはそう感想を漏らした。

「私たちも感じるわ」

「じっと見つめれば、愛は育つものさ」

そう答えると、タオ・ラオは誘うような目でエイトトランをまっすぐに見すえた。存在がないがしろにされはじめたホーショーは、お邪魔なようだなと心のなかで含み笑いを漏らしたが、すぐに真顔になって尋ねた。

「エリュシオン号の存在は正式に通達したのかな、司令官？」

「それにふさわしい人物が見つかりしだい必ず知らせるわ。地球側がこれまでにとってきたコンタクトはおせじにもオープンなものとは言えなかった。ある大統領など『あなたがたのご見識を』と口では言いながら……」

「わかるよ、司令官、それは私にもわかる」

霊的な成長を遂げるために自分たちの傲慢さを省《かえり》みることよりも、権力の追求を優先した強欲《ごうよく》な政府の存在を思い出して、ホーショーはさびしげな目をしてうなずいた。

「しかし、彼らにもじきに多次元の法則が働いて、内省を迫られるようになるであろう。すでに地球の人々は理想の世界をフィールドに呼んだのだから」

「地球では理想主義者たちが交流を続け、時に応じて集まっているわ。変化の兆しが再びうなりをあげ、今度こそ地球は融合すると予感している人が大勢いるの」

まるで先ほどの物言いをとりつくろうかのようにエイトトランは答えた。

「もちろん、融合の成功はエリュシオン号にいる者にも至福の喜びをもたらしてくれるものよ。最近はこの船もフィールド狭しと飛び回りながら生き生きと脈動してる。奏でるビートもヒップホップにラップ、ワルツにブルース、それらすべてが渾然一体《こんぜんいったい》となったよう。あなたも気づいているかもしれないけど、まさに血わき肉躍るって感じなの」

「マトリックスの女王もさぞお喜びのことだろう」

エイトトランの描写に、タオ・ラオはたまらず笑顔になった。

「じつは、ぜひふたりの耳に入れておきたい話があって……」

信じられない発見をした、といわんばかりにふたりを見やったエイトトランは、次の瞬間、得意満面になって叫んだ。

「融合実現の基本となる公式を発見したの！　惑星のシステムはそれぞれに異なるけど、私、今回の地球の融合実現に向けた計算式……見つけたのよ！」

「おお、それこそまさにグッドニュースだな。詳しく聞かせておくれ、司令官殿！」

ホーショーはそう笑って身を乗り出し、エイトトランをまじまじと見つめた。タオ・ラオもまた驚きに目を見開いてこちらを見つめている。

「最初にこの数字を入力したときは私も驚いたけど、これで一方通行のようだったいままでの状況を変えることができる。やってみるだけの価値は十分にあるわ。当然、その過程で微調整は必要になるけど」

熱心に語る彼女にほほ笑みながら、タオ・ラオが質問を差し挟んだ。

「でも、上昇してその次元にとどまるための方法なら私たちはすでに知っているだろう？　地球人のライフスタイルと、それによって引き起こされる波動が鍵になる、ということ」

「そうね、でもこれは数字の問題、つまりフィールドを数値で測るの。それには一定の波動を帯びた人を呼び集める必要があるの。この公式でいくと、その人数はハートレベルで５００の波動を発している人が１１００人と７００レベルの人が33人。私たちはこのグループを実際にいくつか集めてみる必要がありそうだわ。次元上昇に共鳴する５００レベル×１１００人のグループひとつと、７００レベル×33人をひとつ集めれば、地球の渦《ヴォルテックス》を理想郷とつねにつなげておくことができるの。そして調和計画《ハーモナイゼーション・プログラム》が認められ、実行されれば、理想は確実に実現されるわ」

「しかし、この方法は地球ですでに……」

「ええ、でも、それを共通の課題ととらえて全員でいっせいに意識を注いでいるわけではないの。はっきりとしたヴィジョンを共有して一致団結すればおのずと公式も変わり、変容も加速するわ」

エイトトランが大きくため息をついてコンソールの椅子に深々と腰を下ろすと、ホーショーとタオ・ラオは部屋のなかを行ったり来たりしはじめた。

『私はずっとここで暮らしてきたのね……』

エイトトランは驚きを胸にあらためてデッキを見回した。ここにたどり着くまでに私はいくつの人生を経験してきたのだろう。いくつの人生を私たち３人は共にしてきたのだろう。私は「いまこの瞬間」を生きることの大切さ、その意識がもつ力を実感しているから、これまでは目の前の一瞬一瞬に存在し切ることに意識を置いていた。しかし、どうしたことだろう。いまの私は過去の人生にばかり気をとられている。タオ・ラオが現れたからかもしれない。彼が人生に戻ってきてくれることを、そして、私たちが誰にも邪魔されることなく思うがままに愛しあうことを私はずっと待ちわびていた。

エイトトランは回想から任務に意識を戻すと、ある事実に言及した。宇宙にはすでに、住民一人ひとりの波動を測ることでその惑星全体の集団意識レベルが測定されてきた歴史、あるいは惑星に接近を試みる存在の意識レベルが同様に測定されてきた歴史が長く存在するのだ。

ホーショーは彼女の前で足を止めると、その感想を述べはじめた。

「700レベルの人が33人集まったグループをひとつ。そして500レベルの人が1100人集まったグループかね？　それぞれたったひとつのグループで、果たして彼らがリクエストしたような未来に向けて順調に進んでいけるだろうか？」

「ええ、十分可能よ」エイトトランはにっこりとして答えた。

「ただ、彼らが明確なパラダイムを意識レベルで共有して保ちつづけることが条件ね」

「もちろん、このようなグループがふたつ、みっつとできれば、融合のタイミングも変わってくるだろう？」

タオ・ラオが背後から歩み寄り、さりげなく彼女の肩に腕を回しながら尋ねた。エイトトランは彼の腰に腕をすっと滑り込ませると、彼の身体をわずかに自分の方へと引き寄せる。魔法使いは目を細めた。

「そのとおり。司令官、これはじつによい知らせだな」

「期間は？」と、タオ・ラオが尋ねる。エイトトランが発見した波動の数値に基づいた計画の実行期間についてである。

「融合が完了するまでね。この方法が効果を現すには、私たちが双方のグループの発する波動を維持、あるいは上昇させなければいけないわ。意識がぶれる人が出てくる可能性もあるけど、33人と1100人のグループがこのプロジェクトの内容と目的をはっきりと理解して、つねに波動を維持していれば期待どおりにことは進むはずよ」

そう言って胸を張ったエイトトランが手を伸ばしてコンソールパネルに触れると、映像が生き物のようにひゅんひゅんと飛び出してきた。フィールドの調整完了時を想定した計算の結果がグラフやチャートとなって現れ、そして最後に、来《きた》るべき新たな時代に向けて開かれた入り口の映像が映し出された。

「すべてが引き寄せあい、つながりあっている。わかるかしら？」

「ライフスタイルも、そこに込めた思いも」とタオ・ラオが追いかける。

「物事に対する姿勢、強く願い求める気持ち」とエイトトランが返せば、「注ぐ意識と時間」とホーショー。

「それらすべてね。そして500レベルと700レベルで波動を発している人たちが理想郷の意図を理解すれば……」

「すべてが実現される！」ホーショーは破顔一笑《はがんいっしょう》すると彼女を抱きしめた。

「おみごと！」

エイトトランはにっこりとしながらも、その視線はスクリーンに向けられていた。

「待って、これは人類がフィールドを進んでいくうえでベースとなる周波数を定めたにすぎないの。ただの夢物語としてではなくて、実現の可能性をもったフィールドへと運命を導く舵《かじ》のようなもの」

「となると、何が必要になるかな？」

彼女の頭脳明晰ぶりに魅せられたタオ・ラオはほほ笑んだ。

「このことに前向きな人たちを集める、関心のある人たちを訓練するといった、世界の融合に向けてはお決まりのことね……。とにかく今回は、事態を永久に変化させるのに必要な人数とフィールドの周波数がはっきりしているわ」

そう言うと、彼女は再び計算に没頭した。

「ほら、ここを見て。必要なグループの数は、はじめのグループがどれだけ意図の集中を維持することができるか、そして参加者が目標達成に向けて積極的にとり組むことができるかに懸かっているの。もちろん、ヴォルカンの連中や錬金術的な邪魔だてが入らなければ、というただし書きはつくけど……」

3人は椅子にゆったりと腰を下ろすと、ふーっと大きく息をついた。3人とも現状にはおおむね満足だ。エリュシオン号が呼びかけに応じて配置についた。それもこれも、自分たちに実現する力があることを、自分たちに果たすべき役割があることを認識した地球人が、願いをはっきりと声に出して発信したからだ。
やり直しの機会、セカンドチャンスであり、再臨のときを意味する第二幕がいま開いたのだ。この第二幕は、融合実現に向けてフィールドを強化するために急速なスピードで進行している。いまこうしている間にも魔法じかけのように紡ぎ出されているシャンバラの聖なる交響曲《シンフォニー》が、魔法使いの耳には聞こえていた。

マトリックスの女王《クイーン》が　ハートに王《キング》をとり戻す
地球《アース》に生きる民たちに　等しく平和《ピース》が訪れる
担《にな》いし役割《パート》にかかわらず　人種《レース》や貴賤《きせん》の別もなく
速度《ペース》を定めし慈しみ　地球《アース》の民は気づくだろう
新たなリズムと　平和《ペース》の調べ
内にも　外にも　響くこと
幾星霜の時を超え　平和《ピース》の調べ　響くこと

予言の書に記されているのはこれだけだが、大半の者には意図するところが十分に伝わった。そして、ハートの王が現れて思いやりのフィールドに入ったことで、この予言はいま、実現のときを迎えているのだ。

うれしそうにほころぶ仲間たちの顔をエイトトランは見あげた。しかしそのとき、ここのところくり返し彼女を苛《さいな》んでいる惨劇のヴィジョンが頭をよぎり、心の底に澱《おり》のように溜《た》まっていた感情がもやもやと湧きあがってきた。爆弾が炸裂《さくれつ》し、あたりが大混乱に陥る光景がよみがえる。

『だめよ。あの光景はホーショーやタオ・ラオが目にしてきた未来とはちがうんだもの。黙っていましょう。詳しいことがはっきりするまでは……』

3　聖なる泉の会

星の光が銀河の空いっぱいに放たれ、そこでくり広げられる流麗《りゅうれい》な動きと光のショーは魔法使いを魅了してやまない。フィールドの闇は深い落ち着きに満ちたヴァイオレットに染まり、それを背景に星々がダイヤモンドのようなきらびやかさで輝いている。

じゃれあい、たわむれるエイトトランとタオ・ラオのもとを離れ、ホーショーはひとりのんびりと屋上庭園のそぞろ歩きを楽しんでいた。エリュシオン号の小さなオアシスとも言うべきこの場所に入ることのできる者は数少ない。ここには屋根などの遮蔽物《しゃへいぶつ》はいっさいないものの、エネルギー・フィールドが守ってくれているおかげで、訪れた者は宇宙の真っただ中に立っているような気分を満喫することができる。庭園には純粋な愛のエネルギーがあふれんばかりに流れ、フィールドに力を与えている。

マインドをタンに差し向けて、魔法使いは思案した。夢見には何か動きがあっただろうか。夢見は必ずやあの愛弟子に必要な知恵を思い出させてくれる。意識を弟子たちに集中すると、愛のフィールドでこれほどの喜びを味わっている者はいないのではと思うほど、恋に夢中になっているタンとラニが見えた。ふたりだけの世界に没頭する弟子たちのようすに、師は目を細めた。ラニがようやくタンのことを最愛の人として受け入れた。それがじつにうれしい。自分がラニと血のつながった兄妹《きょうだい》ではないという事実を打ち明けるのに、タンは何年もかかっていた。魔法使いはこれまで、ふたりがちょうどエイトトランとタオ・ラオのように人生を幾度となくくり返すなかで、互いを引き寄せあいながらも結ばれぬままに時間のサイクルを過ごす姿を見守っていた。ついに恋人として結ばれたことで、ふたりから新たな未来が生まれようとしている。もう彼らに私は必要ない。ふたりなら、静寂の時間をとりさえすれば、すべきことはいつでもフィールドから知ることができる。それでも、すべては自分から求めてはじめて明らかにされるということだけは忘れてはならないが。

そのまましばらく恋人たちに意識をチューニングしていると、彼らがラニのマンションの部屋に帰っていくようすが見えた。ふたりが育ったメアリーの部屋と同じ造りだが、実のところ、この部屋は彼らが創り出したパラレルワールドにあり、実際の地球世界にある部屋に似せてあった。このパラレルワールドは調和のエネルギーが支配して、すべてが安らぎに満ち、次元の扉は開かれ、融合が順調に進行している。部屋に到着したふたりが笑い転げながらベッドに倒れ込む姿を見届けると、ホーショーは顔をほころばせながら意識をこちらに戻した。性愛に夢中になるあまり、ふたりともこちらの存在に気づかずにいる。この件は記憶にとどめておいて、しっかりと姿を隠すようにいつか注意してやらねばなるまい。

これからの時代は、エイトトランと同様に、タンもラニもみな意識を研《と》ぎ澄《す》ませる必要がある。フィールドに何らかの異変が起きているのだ。エイトトランが私に報告する義務はないし、目にした光景の出所《でどころ》を突き止めないかぎりは本人もそのつもりはないだろうが、融合を妨害する動きがあることは私も承知している。遥か遠くに浮かぶ地球がついに、覚醒のビートに合わせてダンスを開始した。地球のフィールドをさらに細かくスキャンしていくと、グリッドが新たな愛の意識で脈動しているのが伝わってくる。あの星の荘厳な姿を見ていると、その次元上昇の日が待ち遠しくてうずうずする。エイトトランの言うとおりだ。目覚めを遂げた地球の人々はすばらしい選択をしたものだ。それでも、ヴォルカンの神々の動きから目を離すわけにはいかない。連中は新たな脅威の発信源となる可能性がある。現在のところ融合は順調に進んでいるわけだから、私たちがコントロールできることがあるとすればそのタイミングだろう。

ホーショーはマインドをさまよわせて、自分たちのたどってきた道のりを思い返した。アグラ、メアリー、エイトトランの顔を思い浮かべては、彼女たちの魂のつながりを思う。彼は一瞬にしてみなに意識をチューニングすることができた。幼少のころに受けた虐待の苦しみから逃れたいという欲求に駆られるうちに魔法の王国を発見した魔女・アグラ。メアリーは任務遂行のために地球に降り立ち、世界を変えるとされていた伝説の子・タンとラニを迎えるために環境を整えていた。

直線的時間の中で演じられるお芝居において、彼女たちはごく自然な進化の流れをたどっているが、一方で、高次の領域のダンスを楽しむ者に直線的な時間は存在しない。この魔法使いが暮らす領域ではマトリックスが次元を超えて網の目を張りめぐらせており、その模様は中心に行けば行くほどより精妙に絡《から》みあい、人類がもつ制限とは無縁だ。フィールドのエネルギーが純粋になればなるほど、そこに暮らす彼らはどんどん自由になっていく。この世には予言というものが存在するが、そのタイミングについてほとんど触れられていないのは、高次の世界には時間が存在しないからなのだ。

メアリーならその点をうまく活用してくれるだろう。彼女は夢を編み込んで新たな層を創るために高次の領域を発《た》ち、いにしえから生きる光の姉妹団を招集した。

メアリーと先日会ったときのことを思い出す。長老たちのいる領域というものは、みずから進んで行動する地球の人々にだけ働きかけをおこなう場所なのだと伝えることができてよかった。メアリーも、ラニも、タンも、きっと理解してくれるはずだ。人類がいま直面している選択は、融合を高速化するだけではなく、地球を栄枯盛衰《えいこせいすい》のサイクルから脱却させるものなのだと。それでも、何かを頭で理解することと細胞レベルで知っていることは別物であり、その双方が生命の反応を決定するのだが。

「OH《オー》……OM《オム》」

そう、ホーショーはつぶやいた。生命の網《ウェブ》の目を生み出すためにその叡智を愛のフィールドいっぱいに編み込んでくれているワンハート(OH)・ワンマインド(OM)でできた存在を思い浮かべる。シャンバラの聖なる歌が二極性に支配された世界から脱却して次の世界へと向かう力を授けてくれる。それを人々に説き明かすということは、私にはできない。純粋なハートだけにあの妙《たえ》なる調べが問いかける声を聞くことができるのと同様に、これが私の役割ではないということはまちがいない。

ふーっ。シャンバラの名にまつわるさまざまな混沌を思い出して、心のなかでため息をつく。アトランティス崩壊前にそこを逃れてきた人々が築いた内面世界都市であるとする説もあるが、本来、シャンバラはそうした伝説を超越した存在であり、ハートとマインドが融合した状態を指す。純粋な者だけが神話を超え、心のとらわれた苦境から脱する道を見いだすことができる。そのことを知る者のみが見せる叡智に満ちた笑みを、ホーショーは浮かべた。

ここらで腰を下ろして庭園の静寂を堪能するとしよう。愛のフィールドのエネルギーを自分の存在いっぱいに満たすのだ。内なる泉で渇きを癒し、意識を拡大して、自分が生命の網の目と一体になっていることを感じ、それから直感の力で時間をさかのぼると、彼はメアリーが光の姉妹団と共に注目している千年紀の変わり目をスキャンしはじめた。

この時代はじつにおもしろい時代だ。

J・K・ローリングがポッター熱《フィーバー》をダウンロードしたことで、子どもたちが錬金術の池に広がる世界に夢中になり、その一方で、ドラゴンライダーの物語や、真実を求めて闘う勇者の冒険譚《ぼうけんたん》が世に広まり、それぞれの物語に描かれた人生のステージで光と闇の対決がくり返されていた。しかしいまは、誰もが純粋な教えを受けとるチャンスを手にしている。フィールドをあやつる宇宙の騎士たちがめきめきと腕を上げ、世界の融合を高速化するすべをどんどん身につけている。そしていま、こうして宇宙船エリュシオン号が現れ、異次元につながる道筋に関する情報を光に乗せて地球に送っている。これで準備は整った。

ホーショーはふっと笑みを漏らした。こうした状況は過去に幾度となく経験してきたが、マトリックスはまだ自分を驚かせてくれそうな気がしてならない。フィールドでの出来事は、毎瞬がシェークスピアばりの予測を超えた展開を見せるからだ。大きなうねりを見せては退《ひ》いていく歴史上の事件のように、あるときは低いうなり声を発し、あるときはとてつもない衝撃で空気を震わせたかと思うと、またあるときは別の視点を提供するために書き換えられる。

いにしえから存在するアカーシャの宇宙図書館にはそのすべてが記録されている。そこには苦しみ、痛み、選択、変化、上昇や下降といった、生命をつかさどる法則を理解しようと格闘する過程で人類が経験してきたすべてのことが記録されているのだ。地球のフィールドの変化を審査するために招集された先日の長老会を思い返すと、やはり、観察者に徹するというそのときの決定は正しかった。エリュシオン号が配置についた。いまはそれで十分だろう。

世界の融合を早めることは重要だろうか?

答えはノーだ。

しかし、早めることが必ずしも重要ではないものの、融合を目指す冒険が宇宙の騎士たちにとって思いやりの心を磨くよい機会となることは、長老たちも理解している。さまざまなかたちをとって現れる学びのゲームに従って、進化はこちらの思惑にはおかまいなしに進行していくからだ。直線的な時間サイクルのなかで送る人生は、調和に満ちた共同創造の道を探る旅へと宇宙の騎士たちを否応《いやおう》なく導いていく。きっと、彼らがその共同創造をマスターしたときに二極性の時代は終わり、理想郷がすべての人の前に現れるだろう。それもまた自然な成り行きといえる。

ホーショーは意識をいまこの瞬間へと戻した。宇宙のただ中に浮かぶ、混沌とは無縁の次元に存在する空間に包まれながら、何をするでもなくゆったりと過ごす屋上庭園での時間は何ものにも代えがたい至福のひとときだ。彼はマインドのなかでフィールドを滑るように飛び回る時間が大のお気に入りだった。この魔法使いの思考は光よりも遥かに速く移動するので、目的地までの移動距離や時間を考慮する必要はない。錬金術の池に移動すると、ドリームタイムのマジックが生まれる場所であり、純粋な愛のエネルギーをたたえたこの場所で、ホーショーは引き続き過去や未来のフィールドをスキャンした。ここにいるとゲームの進行状況と参加しているプレイヤーの顔が見え、彼らが融合に向けてどのような働きを見せているかがわかる。

私はこれまでいくつの星の誕生を目撃しただろうか？　いくつの星が悟りに達するところを見届け、どれだけの直線的時間のなかで栄枯盛衰のゲームを見守ってきただろう？

『これほどあっという間にすべてが展開し、変わっていくものなのか』

ホーショーは進化の扉をいくつもくぐりながら、回転する時間のサイクルをしみじみと思うのだった。

アグラに覚醒をうながし、恐怖が世界を支配することのないようアーティレクトを再プログラミングするためにタンをはじめて送り出したあの日。幼いタンとラニを魔法の王国に送り込んだあの日。ジャングルの奥地でタンが私を見つけたあの日。すべてがまるで昨日のことのようだ。

これまで体験してきた数々の冒険は、じつに楽しかった。あれからどれだけの時が流れたのだろう。しかし、かかった時間はもはや問題ではないだろう。宇宙には誕生して栄枯盛衰のサイクルをくり返す星もあれば、上昇した次元にとどまる道を見つけるべくして見つける星もあるのだから。

いにしえから生きる錬金術師は、マインドをさらに拡大してホワイトホールやブラックホールを通過しながらいくつもの次元を移動し、自分たちが最近創造した網の目をスキャンしていった。やはりエイトトランの言うとおりだ。すべて準備万端整って、もう止めることができる者などいないに等しい。

『きっと次の世界への移行は楽に実現するよ。あなたたちにはすばらしい未来が待っている』

地球の人々にいますぐ伝えてあげたいという思いもないではないが、すべては彼らが知りたいと求めてきたときにはじめて伝えることができるのだ。

瞑想状態に入ると、広大な海を思わせる理想郷のエネルギーが大きくうねり出し、フィールドを超えて脈動しているのが感じとれた。ハートの王が現れたことで、女王にみなぎる力強さはみるみるうちに、さらにたくましいものになったのだ。そう、すべてはみごとなまでに展開している。虹《にじ》蛇《へび》の復活をうながした人々の鼓動がこの宇宙船を地球へと引き寄せ、女王のハートは王と再び相まみえたことでフィールドに調和をもたらした。ホーショーは庭園の静寂のなかにたたずみながら、限りなく流れる祝福のエネルギーのリズムに愛する者たちが乗ったことをひしひしと感じていた。

タンとラニがメアリーとジェイコブのカップル同様に愛のフィールドで互いの思いを開花させ、ロキがレイラの悲しみを手放して仕切り直しのダンスをスタートしたことで、アフロディーテにもハートの王が現れた。では地球はどうだろう？　そこでは虹色の光がガイアのフィールドを照らし、その庭々に注がれた愛のエネルギーが豊かな実りをうながす一方で、意図のこもった言葉の力と宇宙の法則の双方を知る無言の魂たちの祈りによってインナーネットがきらきらと輝きを放っていた。

『そうとも』魔法使いは再び大きくうなずいた。

『すべては計画どおりに運んでいる』


重苦しい予感がよみがえってきた。心のスクリーンに浮かんだヴィジョンを細かくチューニングしていくと、あることに気がついた。ついにこの宇宙船の存在が地球側に認められたものの、その一方で、今後の展望を見極めようとヴォルカンの神々が地球に集結しており、カオスの空間がその重苦しいエネルギーを保ったまま、あの星に残存しているのだ。彼らのチャンネルに細かくチューニングしていくと、ひとりが驚きの声をあげるのが聞こえてきた。

「こんなことはいままで一度も……」

闇の帝王は自分の目が信じられないといったようすだ。

「少なくともこの宇宙領域ではなかったな。われわれが牛耳《ぎゅうじ》っている世界でははじめてのことだ」

と、誰かがつけ加えた。

「火星ではあったぞ」

と、もうひとりが応じた。遥か昔、文明が栄華を誇っていた火星から、住民が別の領域へと移住した歴史があったのだ。

「金星でもあった。同じく大昔のことだったが」

「次は地球がそうなる運命にあると信じる者は多いが……。今度の融合は止められないとする声もある」

そう言うと、ヴォルカンの議長は黙りこくってしまった。肌の灰色は、先ほどまで興奮気味にまくしたてていた構想とともにまたたく間に色あせていく。

彼らのチャンネルへと完全に入り込むことに成功したところで内なる目を開くと、セスとよく似た人物の姿に魔法使いの意識は吸い寄せられた。

「融合完了までにわれわれに残されている時間は？」

セスの甥《おい》、ナタスは異次元領域に集結した面々に下問《かもん》した。風貌も物腰も闇の色に染まったナタスはじわじわと階級を上がり、叔父同様にかなりの地位を占めるようになっていた。

「いつものようにわれわれはタイミングを操作するわけだな？」

冷笑じみた質問の声があがった。

「そういうことかな」

口を歪《ゆが》めて笑うその顔は、叔父の冷ややかな目つきを彷彿《ほうふつ》とさせる。

「さあ、答えてくれ。地球はわれわれの手の届かないところへ行ってしまうのか？」

にわかには信じられないといった口ぶりでひとりが詰め寄った。

「諸君、ひとつ言わせてもらう」

横柄《おうへい》な物言いから推《お》して、ここではナタスがいちばんの有力者のようだ。居あわせる面々の誇る力は悪知恵と腕力。そろいもそろって度胸はあるが、ハートの力強さを備えた者はひと握り。思いやりをもちあわせた者となると、皆無だ。

一同がうなずくのを見てナタスは続けた。

「地球とわれわれをつなぐフィールドが融合によって閉ざされるとなると、われわれに残された時間はごくわずかだ。よって私は善後策《ぜんごさく》を講じることを提案する。備えは万全を期すことが賢明だ」

いまだに困惑の色を隠せない一同に向かってナタスは続けた。

「地球と似た星はこの宇宙に数多く控えている。それらはわれわれがいま知っている地球から何世紀も遅れた時代をたどっているものばかりだ。セスの口癖を覚えているか？」

「歴史はくり返す」

闇の帝王たちはその響きに酔いしれるかのようにいっせいにつぶやいた。

「われわれはまず、強力な対抗勢力が集結しつつある事実を受け入れなければならない。そして、いくつかの方法を考案すること。そこには地球のフィールドから立ち去ることも含まれる。マトリックスにいま起きている変化を見過ごすことはできない」

セスの甥の指摘は正しい。撤退を視野に入れておくことが賢明だ。

「しかし、戦わずして、というわけにはいかないがな」

このひと言が一同の心をひとつにした。

ホーショーはほっと笑みをこぼした。これでエイトトランの予知したことを確かめることができた。最後のやりとりから察するに、彼らがこのままやすやすと退き下がるとは考えにくい。どんな手段を使ってでも、いまあるカオスを保とうとするはずだ。

いにしえから生きる錬金術師が意識を宇宙船エリュシオン号に引き戻すと、そこでは次なる青年たちの一団が次元上昇に役割を果たそうと訓練にいそしんでいた。ある者は時代の変化の起爆剤となるべく過去の時代へと送られ、またある者はマトリックス内のプログラムの精度を改善させることで新たな経路を生み出していく。宇宙ドックに繋留《けいりゅう》されたエリュシオン号はいま、シャンバラの聖なる歌をダウンロードしながら、そのメロディーを地球が抱く調べと合成してまったく新しいリズムを生み出しつつあった。地球では意識の啓《ひら》いた人々が結束してフィールドが洗練されるよう祈りを発したことで、異次元への入り口が次々と開き、女王がそのリズムをより雄大なものへと調整している。

ホーショーは恍惚に我を忘れた。ヴォルカンの神々が撤退を真剣に検討している。これはじつにすばらしい兆候だ。

彼はこれまでにも惑星の次元上昇を何度も見届けてきた。上昇を迎えるにあたり、まずはじめに高次のフィールドに至る経路がいくつか示される。なかでも「理想郷《エリュシオン》」は最もリクエストの多いフィールド調整用プログラムで、これをダウンロードするとフィールドには恩寵《グレース》の流れが自動的に搭載される。エデン、西天《シイティエン》、ベロボダイといった伝説の楽園の姿が星のフィールドに植えつけられ、そこに暮らす人々が楽園への渇望をつのらせると、彼らの前に夢のような世界が現れ、そこに至る道が示されるのだ。

ホーショーから見て、これはあくまでも自然な物事の流れであると同時に、逆説的ではあるのだが不自然なことにも思えた。生命の種《しゅ》が、フィールドの真実を探求するなかで叡智の結晶ともいうべき指標の数々を示され、それを通じてみずから物事を創造できるようになっていく。これは自然なことだろうか？

「まちがいない」

ホーショーは笑みとともに声に出して言った。いま彼の身のまわりでは、生き生きとこのゲームにたずさわっている目に見えない存在たちが彼の言葉に耳を傾けていた。

『あらゆる創造物はいつか必ず大きな転換点を迎えるものなのだ』

ホーショーはそう心のなかで諭《さと》した。

『その転換点、つまり選択の分かれ道は、マトリックスの存在を理解したとき、ただひとつの道を、解決策を提供してくれる』

「理想郷《エリュシオン》」は宇宙規模のプログラムなのだ。どのような世界をおのれの理想郷と定めるかがプログラムから受けとる結果を決める。あとは「実行」ボタンを押すばかり。理想郷の意識が降りてくると、新たな目を通して生命を見られるようになり、その限りない安らぎと深い充足感にプレイヤーは圧倒される。理想郷の意識を受けとった人の多くは「この道は真実の道。マトリックスに存在する特別な場所につづいている」という強い確信に襲われる。地球人は変化を遂げる準備が整った。いままさに歴史が動こうとしており、ホーショーの胸は期待に大きくふくらんだ。しかし、人々は自己満足に浸ってばかりもいられない。闇の帝王たちもまた、好機をたぐり寄せようと狙っているのだ。

あれこれと思いをめぐらせる魔法使いの感覚に、メアリーのイメージが満ちていった。もう一度、彼女に意識をつなごう。深く呼吸をして細胞の隅々までリラックスし、運転していた車を駐《と》めるようなイメージで肉体を休めた。次の瞬間、ホーショーは肉体細胞の原子をたどって身体の奥深くまで進入すると、再び目に見えない扉をいくつも通って内面世界へとたどり着いた。そこは、肉体に邪魔されることなく思うがままに旅することのできる世界。メアリーの名をマインドに思い浮かべてフィールドを探ると、彼は地球の聖なる泉のほとりで開かれようとしている光の姉妹団の会合に間に合うことができた。

グラストンベリーの呼び声によって時のヴェールがゆっくりと降り、異次元世界と地球をつなぐ架け橋を渡って姉妹たちはこの地に降り立った。純粋なるハートの持ち主のみがたどることのできるその道を通るようにと、ハートの呼び声に誘われた者たち。そのひとり、メアリーもこの時間枠へとやってきていた。呼び声に反応してフィールドへとつづく扉を開いたのはもちろん、理想郷だ。

理想郷はふだん、マトリックス内に輝くひとつの光点にすぎないものの、必要に応じて宇宙船の姿かたちをとることもある。灯台のようにそこから放たれる光は領域を超えて吸い寄せられるように飢えたハートへとつながる。ときには、その名にふさわしい壮大な宇宙船の姿をホログラムの映像でそのハートのいる領域に現すこともあれば、愛のエネルギーを光に乗せて発信するだけのときもある。

エリュシオンに乗船している星の存在たちは、ある特殊技能を備えている。この集団は生物の種が進むべき方向を明るく照らしながら、その種が集団で発した願いを実現へと導いている。彼らはこの働きを遥かなるいにしえの時代からたゆむことなく続けているのだ。

4　シャンバラの聖なる交響曲《シンフォニー》

未来の世界からすーっと姿を現したメアリーは、一同に向かってうなずくと、そっと語りかけた。

「みなさん、世界が融合を遂げようとしているいま、夢見を通じて仕上げをおこなうためにフィールドを微調整する必要があります。パラレルワールドが次々と生み出されて大いなる変化が求められるあいだ、地球上ではじつに多くの取り組みがおこなわれてきましたが、ついに融合実現に向けて歌を奏でる準備が整いました。みなさん、平和の時代がとうとう目の前まで来ました。地球はいま、みずからの贖罪《しょくざい》の準備をしているのです」

「上昇《アセンション》？　それとも贖罪《レデンプション》？」

歌うような声で誰かが尋ねた。

「おそらくその両方です」

とメアリーは即座に答えた。贖罪のあとには必ずさらなる光がもたらされる。そして、上昇とはフィールドの枠を超えていつまでも続けられる旅を意味するのであり、そこに終わりはない。

期待に熱を帯びたささやきが起こり、女性たちの瞳は希望に満ちた未来のヴィジョンにきらきらと輝いた。光の姉妹団はそこで儀式にとりかかった。彼女たちは意図のこもった力強い言葉を唱えながら互いのハートとマインドを融けあわせると、手をつないで賢者の輪《サークル》をつくった。

『機は熟した』

魔法使いはそう確信した。祈りの言葉を聞き終えたところで人数を数えてみると、33人いた。メアリーの呼びかけで、幸せな未来の実現を夢見て心をひとつにした女性たちが集結したのだ。申し分のないタイミングだ。ここに集まった彼女たちが意図を集中させることで、愛すべき地球の人々が発したフィールドのシフトへの願いが確実に実現されるのだ。

集まった女性たちのエネルギーをスキャンしていくと、たどってきたストーリーが見えた。抱えている心の痛みが伝わってくるとともに、それぞれが手にしてきた喜びと気づきの数々を味わうことができる。ひとつの目的を達するために一人ひとりがギフトを持ち寄って集まったことを知ったホーショーは、彼女たちが運命のフィールドを編み直していくようすを安心して見守ることにした。伝説の楽園・アヴァロンがみずからの奏でる聖なる歌を聞かせようと姉妹団を呼び寄せたいま、魔法使いは静かに祈るのだった。今度こそ、シャンバラがとこしえにこの星にとどまりますように、と。

「本当にこれが賢い選択だと？」

メアリーが自分たちのとるべき行動の選択肢を示すと、純白のローブに身を包んだ女性のひとりが問《と》い質《ただ》した。

「賢い？　何かほかに案がおありなの？」

「いいえ。でもね、メアリー、シャンバラの秘密を明かす方法は、生粋《きっすい》のイニシエートのみぞ知るものよ。いま私たちと思いを共にする者たちは、シャンバラのフィールドというものをまったく味わったことのない者がほとんどなの。愛すべき地球の人々を支えることに力を結集する、これはまちがいなく重要な務めでしょう。しかし、シャンバラの存在を世に広めるというのは……」

「たしかにそのとおりですが、ではあらためてお聞きします。人々のハートに宿る願いには、絶えず薪《まき》をくべてあげる必要があるのです。シャンバラの存在を伝えることはそれにうってつけではありませんか？　希望なき人の心に火をともし、価値ある道を照らし出してくれるかもしれないのですから」

「しかし、シャンバラの聖なる交響曲《シンフォニー》を明かしてしまうというのはどうでしょう？　長老たちは何と？」

「そうですね……。秘密主義の時代は終わったということを認める者がほとんどですが……」

「ほとんどですが？」

別の姉妹が口ごもるメアリーにそっと迫る。

「長老になって日の浅い者たちのなかには、カオスのもつ教訓を体験するために地球に来た者からいにしえの秘密を守るべきだと思っている面々もいます」

「ひょっとして、覚醒した世界を迎えることを全員が歓迎しているわけではないと？」

別の者が新たな疑問を投げかける。

メアリーはため息をついた。

「たしかにそうかもしれないわ。でもね、みなさん、予言の言葉を思い出してください。機は熟した。そうハートでお感じにならない？」

「メアリーの言うとおりよ！」

ラニを思わせるエメラルドグリーンの瞳をしたひとりが声をあげた。

「これ以上、人々につらい思いをさせるの？」

そう言うと、その女性はメアリーの方を向いて先をうながした。

「つまり、新しい長老のなかにはこういう意見があるのです。苦しみを体験するのはその人のカルマなのだ、と。あるいは、古い魂には肉体に入って学ぶべきことがほとんど残されていないけれど、新しい魂は自由意志と選択のゲームを学ぶためにくり返し地球にやってくるのだ、という意見です」

「でも、苦しみをたくさん味わわなくてもカルマのバランスをとって学びを得ることは可能なのでは？」

ヴァイオレットの服に身を包んだ女性が訊いた。ジプシークイーンの花を思わせる華やかさと強さをあわせもった雰囲気が印象的な人だ。

「それを決めるために私たちはこうして集まったのです。ここにいる私たちはみな、夢の編み込みの魔法と変化を生む歌の力を知っているのですから！」

一同は安堵の色をかいま見せたものの、不安げなざわめきは続いた。メアリーがしばらくそのヒソヒソ声をやりすごしていると、やがてその場に静寂が戻った。彼女たちの幾人かはそこで思い思いに目を閉じて内面世界を探った。ある者は伝説の存在・蜘蛛女《スパイダーウーマン》の紡ぎ出した糸が網の目を成していくようすを心のなかに見、またある者は、愛する者の肉体をばらばらに破壊され、その欠片《かけら》を集め直して命を吹き込んだ女神・イシスの存在を感じた。

姉妹たちのようすを観察しながら、メアリーはフィールドいっぱいにシャクティのエネルギーがみなぎっていくのを感じていた。姉妹たちが再誕の神聖なヴィジョンを目撃できるようにと、観音が愛のエネルギーで彼女たちをひとつに包み、統合された世界のイメージをいっせいに解き放っている。その妙なるエネルギーを受けた女性たちは、いま自分たちを導いている存在の正体をだんだんと実感していった。女神との内なる交信を続けるうちに、その場にいるみなの胸に謙虚な気持ちが湧いて幸せな気持ちに包まれるとともに、メアリーの言葉が正しかったことを全員が悟った。やはり、秘密主義の時代は終わったのだ。

「シャンバラの存在を世に広めていくのであれば、こうするのはどうでしょう?」

ジプシークイーン風の女性が切り出した。

「シャンバラの聖なる交響曲《シンフォニー》がもつあの調和に満ちた響きを体験したことのある者が、まずここで、それを知らない人に目や耳や身体で感じたことを共有《シェア》してみては?」

女性たちはもう一度手をつないで聖なる輪《サークル》をつくり、祈りを捧げはじめた。愛の光でハート同士がつながり、内なる覚醒者に叡智の言葉を語るようにお願いすると、共有《シェア》が始まった。静寂がどんどん深まっていく。全員が呼吸のリズムを同調させて意識を融けあわせ、それぞれの言葉で内面に描かれていたヴィジョンが語られると、体験シーンが彼女たちの内面に生き生きとあふれ出した。そのあまりの臨場感に一同はただ息を呑むばかりだった。

「こんなにすごいものなの？」

若い娘が驚いて尋ねた。彼女の顔は希望にきらきらと輝いていた。

「もちろん、実際はもっとすごいわよ」

「これよりも？」

「これよりも」と、メアリーはうなずいた。

「想像できることはすべて実現されるの。壮大な存在の一部として、すべてが全体と調和しながら存在している。そして、愛のフィールドは純粋で力強いエネルギーで脈動しているの」

「それってシャンバラの扉を見つけたときにいちばん印象に残っていることだわ」

もうひとりの姉妹が、ときめきと回想の魔法にかかったように陶然《とうぜん》とした口調でつけ足した。

「私は愛の光線に導かれていったの。その光は私の抱えていた飢えをすべて拭い去ってくれた。私がシャンバラのフィールドに入っていくと、すべてがその愛の光一色になったの。私という存在すべてが純粋なる愛に、安らぎに満ちた愛そのものに変わったのよ」

「私は抱いていた疑問が消えてなくなったわ」別の姉妹は言った。

「私もよ」ともうひとりが同調する。

「まるで、知るべきことのすべてを私がすでに知っているかのように」

「私は無限の、自由な感覚が湧いてきました」

姉妹たちはこうして次から次へと、自分が感じたことを奥深い部分まで映像にしてフィールドいっぱいに共有していった。

感激した女性たちが自分のなかに発見した新たな情熱に突き動かされて共有を続けていくと、さらなる感覚と記憶がエネルギーの泉に注がれていった。

「私は思ったことがすべて現実のものになりました。思い浮かべるだけでそのものの構成要素と分子が集まってくるの！　私が創った家を見るといいわ。これほど美しいものを思い描いたことはなかった！　信じられる？　そこではイメージしたものがすぐさま目の前にできあがっていくの。そして気に入らないところがあれば、またちがう映像をイメージすると、それを反映してすべて目の前に形となって現れるの」

「そしてそこにいる人々は……叡智と光をたたえた存在で、真のコミュニティーを築いて生きようとしている。彼らの暮らす領域に広がる調和のエネルギーは、魂の慈養となるもので……」

別の姉妹はそう語りながらも思いがうまく言葉にならず、ため息を漏らした。

「そこには私たちのもつ最高最善の姿があるの。それこそが私の感じるシャンバラよ。私たちの最高の部分がそのまま残されている」

体験者は一様にうなずいた。

女性たちは共有の時間をおおいに満喫するとともに、実感した。シャンバラの聖なる交響曲は、進むべき道を模索するすべての人のハートを必ずや満たすのだ。

「でも、どうやってこれを伝えるの、メアリー？　言葉ではあまりに心もとないわ。ここに集まった光の姉妹であればマインドを融けあわせてヴィジョンをキャッチし、その特徴をクローズアップすることができる。でも、そのスキルを持ちあわせている人なんてそう多くないのよ……」

ほかの姉妹たちもうなだれながらうなずく。と、そこへ、ネイティヴ・アメリカン風の女性がおごそかに口を開いた。

「私たちの予言にはこうあります。われらの創造の女神・蜘蛛女《スパイダーウーマン》はいつの日か、創造したものをみずからの源のなかへとたぐり寄せる、と。いまがまさにそのときです。天空に青い星カチーナが現れました。この星はホピ族が出現を予言したもので、この星が現れるとシフトが起きて5番目の世界が出現するとされています。さて、大勢の人を目覚めさせ、全員がシャンバラの世界へとたどり着くようになるまでには、いかほどの時を要するでしょう？」

「そこが問題ね」

メアリーは大きくうなずいた。

「聖なる存在を謳《うた》う調べがどのようなものかを伝えるのは、いかなる言葉をもってしてもかなわないということね？」

若い姉妹のひとりが言った。

「そのとおりよ」

問い返してきたこの娘に思わず引き込まれるものを感じながら、メアリーはうなずいた。安らぎに満ちた雰囲気をまとう彼女には、こちらを惹きつける何かがある。

「みなさん、100匹の猿現象は覚えてらっしゃる？　物事が伝播《でんぱ》していくうえで、しかるべき数のふさわしいキャラクターの持ち主が内容を理解すると、ほかの者たちにもあっさりと伝わっていくものなのよ」

「でも、私たちに何の権利があってこんなふうに変化を操作できるのですか？」

黒髪の姉妹が歩み出て言った。

「自分たちの暮らしに専念して奉仕を続け、いつかはみなが目覚めてくれると信じて待つべきではありませんか？」

ネイティヴ・アメリカンの長老風の女性はメアリーの目を見すえると、確信をもった口調で言った。

「いまここにいる私たちの多くにとって、暮らしはずっと快適なものでした。私たちはエデンの園のような世界に生きているのです。楽園とはつまり体験であり、それは幸せなハートの持ち主に訪れるもの。しかし、現代の人々はまだご存じのとおり、いにしえの時代には肉体をもったまま超えていたこの領域を超えられずにいる。私たちは個人の利益のためでも、過去のカルマを清算するためでもなく、高次の呼び声に応えてここで奉仕を続けていくのです。その声を拒むわけにはいきません。もし拒めば、私たちの目と魂に宿る歌のもつ輝きは失われてしまいます。私たちが奉仕するのはそれができるからであり、苦しみを味わう者が残されているかぎり、苦しみがなくなるその日まで奉仕を続けるのです」

これですべてが語られた。姉妹たちは輪をほどき、それぞれに聖なる泉を囲む芝生の上に腰を下ろして静かに物思いにふけった。長い一日になったが、秘密主義はもう過去のものであり、いまは思いやりをもって行動する時代なのだということに全員の意見が一致した。メアリーはこう結論づけた。

『宇宙船をフィールドへと呼び寄せる力が地球の人々にあるのならば、シャンバラに移行する準備もできているはずよ』

彼女とエリュシオン号の両方がこの時代の地球に注目しているのはけっして偶然ではない。その時代とは、西暦2000年からの10年間。そこには欠乏と欲望が渦巻き、そして人々の呼び声がこだましていた。

＊　＊　＊

場面は再びエリュシオン号の船内。エイトトランは深い夢のなかにあり、身体は安らかな眠りについていた。

聴衆が歓声をあげている。演壇から離れていく若い黒人女性。その背後には世界各国の国旗が見える。握手を交わした手が興奮気味に背中を叩く。祝いの言葉がかけられ、満面の笑みが広がったその瞬間、また同じことが起きた。ドーン！　爆弾が炸裂し、足や腕が宙を飛び、血しぶきが壁にかかる。

『いつのことなの？』と尋ねる自分の声が聞こえる。

『未来に……昔に』謎めいた答えが返ってきた。

ガバッと飛び起きると、心臓が早鐘《はやがね》を打つようにドクドクいっていた。深呼吸を何度かして息を整え、早朝の静けさのなか、メッセージの謎を解き明かそうと再度、横になった。

『未来に……。これからってことかしら？　昔に……。これは、過去にあったってこと？　つまり、これから起こることが歴史を変えるってこと？』

この推論が正しいような感覚があるのだが、まだ起きていないことであれば、私は待たなければならない。

『オーケー』知らせをくれた目に見えない相手に向かって問いかける。

『私の出した答えがまちがっているなら、はっきりさせるために別の夢を見せてちょうだい。ああ、そうそう、今夜じゅうに、つまり朝起きて一日をスタートするまでにお願いね。わかりやすいように、ひとつ丸ごとの映像で』

しかし、それ以上の夢が現れることはなかった。

5　恩寵《グレース》の流れるグリッド・ポイント

「メアリー、いいですか？」

「どうしました？」

ヴァイオレットにきらめく瞳をしたあの女性が一同を見わたし、ためらいがちに切り出した。

「私はずっと、ハートのなかではシャンバラの存在に気づいていました。シャンバラの歌はいつも懐かしく私を呼んでくれる。でも、シャンバラへの憧れを胸いっぱいに抱いてはいても、この気持ちがどこからやってくるのか、見当がつきません。知っていることがあったら聞かせてくださる？シャンバラの聖なる交響曲がどのようにして生まれたかを」

イザベラは黒髪を短く刈り込んでいて、その妖精のような髪型は彼女の顔をハートの形に愛らしくふちどり、ヴァイオレットの瞳を際立たせていた。薔薇のつぼみのような口と透きとおるような肌はクリスタリーナを思わせる。この女性がもつ何かに惹きつけられたメアリーは、シャンバラの交響曲誕生のいきさつを知る者たちがうなずくのを見て、語り出した。

「私が聞いたとおりの話を伝えるのがいちばんかしらね？」

何か言いたそうにしながらも、みなが黙ってうなずいたので、メアリーは話を続けた。

「思い出してください。シャンバラのようなフィールドでは、目の前に起きる出来事は、見る者の想像できる範囲がそのまま反映されます。私たちの意識が鏡のように映し出されるのです。ではここで、言葉で話を聞くだけではなく目や身体でそのようすを感じられるように、すべての感覚をもったままアカーシャへと意識をチューニングしてみましょう」

メアリーはそこで一瞬、言葉を区切った。ホーショーに同じ質問をしたときから気が遠くなるほどの年月が経っているので、目を閉じてどこから話を始めればよいかを探った。

そんな彼女のそばで、科学的な知識で頭でっかちになっている姉妹のひとりがじれったそうな声をあげた。

「シャンバラはどこにアンカーされているのですか？　セントラルポイントが存在するのか、それとも、地球のあらゆるところにシャンバラ・グリッドが点在しているのですか？」

彼女たちをとり巻く空間を美しいオアシス都市の映像がだんだんと満たしていくなか、メアリーは再び口を開いた。

「シャンバラはゴビ砂漠上空にあるグリッド・ポイントを通じてやってくるという説もあれば、地下ネットワーク、つまり地底世界を形成しているとする説もあります。人によっては、みなのハートの奥深くに根づいているとか、理想郷、つまりエデンの園のように滝を背景にして広がる美しい庭園だと感じる人もいます」

「愛のマトリックスにつながったままでいる方法を私たちが忘れてしまう前の時代のことですね？」

イザベラが尋ねると、「そうです」とメアリーは悲しげな笑みを返した。

「シャンバラとは、分離が生じる前の世界の状態です。このころは誰もが『自分は生命の網《ウエブ》の目ですべてとつながっていて、次元の枠を超えた世界に存在し、つねに愛され、守られている』と感じていました」

「ではメアリー、金星の神々はどういう存在だったのでしょう？　愛の光の河を使って自由の炎を守り、燃やしつづけたのは金星の神々だと聞いたことがありますが」

イザベラは好奇心を抑え切れないまま、おずおずと尋ねた。

メアリーはしばらく口をつぐんで姉妹たちから疑問が出てくるに任せると、答えとして最もふさわしい映像を見せるために、フィールドがそれを読み解いてくれるイメージをその場の空間いっぱいに満たしていった。

『ホーショー、いるんでしょ？』

メアリーは、意識の旅につきあってくれるようにお願いしようと魔法使いの名を呼んだ。彼の存在がこの場に来ているのはすでに感じていた。やがてホーショーのエネルギーがはっきりと感じられるようになると、しかるべきヴィジョンにもメアリーはお願いをした。交響曲が作られた目的とそれまでの経緯を讃えるような映像となって現れてね、と祈りを発したのだ。

「私たちが生み出してきたものと同様、シャンバラはパラレルワールドに存在していますが、そのパラレルワールドはあらゆる生命の生まれ故郷となる内在的なフィールドにアンカーしています」

メアリーが間《ま》をとると、待ち切れないようすで声が追いかけてきた。

「そのフィールドとは、神のブループリントのように、生まれながらにして完成された創造物から成るマトリックスのことですか？」

「そうです。シャンバラは恩寵《グレース》のグリッド・ポイントと表現するのが最もふさわしいかもしれません」

そう言ってうなずくと、新たな質問が出ないようなので続けた。

「金星の兄弟は火の神々と呼ばれることもあります。この兄弟は、世界を照らすために自由の炎を掲げることをみずから申し出たとアカーシャには記されています。このおこないこそ、愛のフィールドがもたらした真のギフトです。ご存じのように、真の自由はつねに愛から生まれるものであり、いま私たちがお互いに共有《シェア》しあっているものはシャンバラが生み出した数あるもののひとつにすぎません。思い出してください。大切なのは細かな情報や、それがどのように表現されているかではなく、シャンバラがもたらす感覚、そのような状態を自分はすでに知っているとハートで感じることなのです」

メアリーは訴えかけるように発していた言葉をいったん切ると、ブロンドに近い赤毛を背中に束ねてから続けた。

「遥かな昔、火の神々は金星から愛の光線に乗ってシャンバラ・フリーウェイを通り、地球にやってきました。兄弟は、地球を愛に包んでおくために明々《あかあか》と燃えるその光をいまも守っています。このおこないのおかげで、生きとし生けるものたちは生命のサイクルを完了したあと、記憶へと帰っていくことができるのです」

「記憶？」イザベラがおうむ返しに訊いた。

「そうです。私たちはマスターであるという記憶、調和をもって共同創造をおこなう方法の記憶、宇宙の法則の記憶や、私たちがもつ真のエッセンスの記憶です」

メアリーは全員にほほ笑みかけると、さらに続けた。

「この兄弟は一部からクマラと呼ばれています。この神々はエーテル体をしていて、人間がおこなう表現の理想形を、つまり記憶へと帰った際にすべての人々が思い出すことになる生命の理想形を最高の次元で表しているといいます。可能性の塊《かたまり》とも言えるこの理想形はマトリックスじゅうに光のように解き放たれていて、大いなる渇望を癒し、深き飢えを満たすその力で真に救いを求める者たちをつねに惹きつけているのです」

メアリーが語りかけていると、クマラが地球へと降り立ち、やがて地球の人々が制限に満ちた世界にいや気がさし、地球の次元が上昇して彼らのシャンバラ、つまりエデンの園のような世界に移行するようすが見えた。つづいて彼女たちが示した映像からは、文明が消滅することによって、自由意志というギフトとそれを賢く使う方法がすべての人にもたらされるようにできていることが示された。

「ここで神々の名前をもち出す必要はまったくありませんが、ただひとつ、大いなる愛をたずさえて地球にやってきたひと組の兄弟が存在したこと、そしてそのキリスト的存在を通じて、いまも宇宙の炎が完璧な創造実現のためにもたらされていることをお伝えしたいと思います。マスターたちは地球を意識の目覚めへと導くために大いなる愛をもって行動し、融合が果たされるまで地球にとどまります。長老たちはいつも、世界の融合をリードするためにそんなマスターたちのもつ叡智、明瞭さ、力強さ、そしてこの理想形を組みあわせて使っているのです。金星は愛の惑星であり、天文学者や予言者といった人々から長年にわたって慕《した》われていますが、シャンバラは全宇宙の文明が成し遂げてきたことを最高のレベルで反映していることから、この理想郷はいまも脈々と息づいています。シャンバラは愛を炎に変えてフィールドじゅうに吹き込み、愛の波動を帯びていないものをことごとく焼き尽くします。シャンバラは癒しを与え、バランスを整えるために虹色の光を放ちながら脈動し、記憶の故郷へと旅する者たちをいたわるために、えもいわれぬ荘厳なハーモニーで歌っているのです」

映像がやむと、これ以上、言葉で伝える必要はないように思えて、メアリー自身も言葉が見つからなくなった。姉妹たちの言うとおりだ。記憶している人がほとんどいない領域のことをどうやって讃える？　理想郷の聖なる調べがもつ神聖さを語るにふさわしい言葉をどうやって探すというのか？　それでも、この一団がシャンバラのイメージに意識を集中すればするほど、シャンバラのマジックはメンバーのハートを揺り動かし、彼女たちの絆を深めながら輪のなかにあふれていくのだった。

「どうやら答えが出たようですね」

しばらくの間《ま》をとって、メアリーは言った。

「いまはシャンバラに意識を保ったまま、どこにいても聖なる交響曲の調べが私たちのなかを流れるようにすることね。どうでしょう、みなさん、このほかに私たちにできることがあるでしょうか？」

彼女たちの心を読んだかのようにメアリーは続けた。

「たしかに私たちの人数は多いとは言えませんが、何百万という人々がいまもシャンバラのフリーウェイを行き交い、理想郷の刻むビートを見つけつつあるのです。思い出してください。力は数に宿るのではありません。伝達されようとしているもののなかにこそあるのです。みなさんはすでにそのことを経験で知っています。ハートから発した純粋な思いは、世界がたどる道を変えることができるだけではなく、恩寵の道が開《ひら》けるのをうながし、それによってより多くの人をアヴァロンの入り口へと導くのです。そう、理想郷は私たちみなが訪れるのをいまかいまかと待っているのですから」

長いあいだそこにたたずみながらシャンバラのフィールドが発する鼓動を味わっていると、自分たちのなかにだんだん活力がみなぎってくるとともに、世界各地で果たしている日ごろの務めに戻る力強さをも与えてもらっていることを姉妹たちは感じとっていた。安らぎと情熱、そして、いままでに感じたことのないような自由の炎が胸の内に燃えているのを彼女たちは感じた。

「みなさん」

「ええ、メアリー？」

イザベラが生まれながらにしてもつリーダーの素質をのぞかせた。

「つづきがあります」

「つづき?」

「みなさんには、融合を高速化することだけがゲームの目的ではないと知っていただきたいのです」

「目的はほかにも?」

「ええ。今回の融合は、栄枯盛衰のサイクルから地球を解き放つチャンスという意味合いもあります」

はっと息を呑む音が漏れると、悲鳴にも似た声が矢継《やつ》ぎ早《ばや》にあがった。

「そんなこと、この惑星ではいままでに一度も果たせなかったわ!」

「本当に可能なんですか?」

「どうやって?」

「文明ってものは生まれたら最後には必ず滅びるものなのよ!」

「それは低次の領域に流れる二極性の性質であって……」

メアリーが質問を出すだけ出させると、姉妹たちのさえずりはやみ、またメアリーの方を向いた。

「みなさんのおっしゃることはたしかですが、私たちはこれまでの出来事から十分な学びを得てきたはずではありませんか? 方法はわかりませんが、結局のところ、シャンバラの交響曲の呼び声に描かれているとおり、地球にはいま、栄枯盛衰のサイクルを超える可能性があるのです」

きっぱりと言い切るメアリーの言葉に安心したのか、何人かの姉妹が胸の内で嘆きの声をあげた。

私たちはこれまでの人生で何度、こういう経験をしてきただろう? 夢のような世界の開花をあと押ししたものの、虚しく滅びていくようすを何度、見届けてきただろう? 二極性に基づく古色《こしょく》蒼然《そうぜん》とした考えと、「地球＝制限を学ぶ場」とみなされてきた長年の影響からようやく脱することができるのね？

「私も同じような思いを抱きました」

メアリーはフィールドに漂う姉妹たちの思いに耳を傾けながらうなずいた。

「それで？」

「二極性から学びを得ることを必要とする人々が暮らす星では、いまもこうしたゲームがくり広げられています。ですから、みなさんにはあらためて言いたいのです。地球はいま上昇し、その上昇した次元にとどまる選択肢を手にしています。私たちはみずからを制限の枠のなかに閉じ込めているだけなのですから」

姉妹の多くがメアリーの言葉に興奮して口々に話しはじめるなか、イザベラが尋ねた。

「では、この惑星の人々は？」

「愛の慈養を提供してあげることで彼らの飢えをとり除けば、私たちの未来はじつに明るいものになります。地球の未来は彼らの手のなかにあることを心に刻みましょう！」

光の姉妹団は時のフィールドを滑るように移動して、困惑、痛み、生きとし生けるものすべてに与えられた感情の揺れをはじめ、愛のフィールドが内包するあらゆるものを体験した。純粋な愛が流れるこのフィールドは、そこを移動するハートが欲するものを授け、魂が必要としているものすべてを贈り、すべての創造物の魂が豊かに成長し、いのちあるものすべてが刺激しあって生きる生命の網《ウェブ》の目奥深くに根づくようにうながすのだ。時代によっては火あぶりの刑に遭い、またあるときは粗末な十字架にかけられて犠牲になることもあった。当時は暗い時代だったが、いまは光が明るく世界を照らし、そして彼女たちは融合の鼓動を速めるために再び集合したのだ。

見るからに親しく、固い絆で結ばれているようすの彼女たちは、みずから呼び声を発しさえすればいつでも聞き届けられるようにと、女神から与えられたガイア意識を胸の奥深くに抱きながら、いくつもの生をこれまで共に過ごしてきた。寺院での修業を共にしたこともあれば、森で祈りの言葉を唱えたことや、満月の夜に裸で踊りの儀式をおこなったことも、大昔の時代に軍隊に指示を飛ばすために声を合わせて歌ったこともあった。いま彼女たちはこうしてアヴァロンの古い谷に集《つど》い、世界をつなぐ入り口の前に再び立っている。一人ひとりが夢の編み込みに役立つギフトを持ち寄ってくれていることがメアリーにはわかった。とりわけそれが強く感じられるのが、イザベラだった。夜空にまたたく星のような瞳をもったこの娘はどこから来たのだろう？　なぜこれほどまでに私はその瞳に惹きつけられるのかしら？　彼女はどんな役割を演ずるのだろう？　どうして私はこれほどまでに彼女のことが気にかかるのだろうか。

ここにいる姉妹たちは誰もが特別な存在であり、全員が長い旅路を経験してきているにもかかわらず、その魂は疲れらしい疲れを知らずにいた。どの旅物語も苦しみと痛みにまつわるものばかりだが、フィールドを照らしながら歩いてきた彼女たちの旅は勝利の喜びをも同時に物語っていた。すべての解決策が生まれる場所、愛のフィールドが何よりもすばらしいものであることはまちがいないが、思いやりなき世界に新たな未来が生まれようはずもない。そこで、地球の未来に意識をチューニングしてようすを確かめるために、姉妹たちは聖なる泉に集まったのだ。未来に予想されるフィールドの姿とパラレルワールドで起こりうることをアカーシャの映像に示してもらい、姉妹たちは自分たちのとるべき選択肢を心のなかで吟味していった。自分がすべきことをすでに確信していたメアリーは、いまが思いやりから行動を起こすときであり、シャンバラの存在を世に知らせるときなのだということを理解してほしかった。そして、アカーシャの示す未来の映像を見つめるうちに、彼女たちはメアリーと同じ決断を下した。そう。秘密主義の時代は完全に終わったという結論で、彼女たちの意見がまとまったのだ。

6　愛と思いやりのフィールド

会がお開きになってからしばらくしたころ、ホーショーがその場にくっきりと姿を現し、少し離れたところから、イザベラと意見交換をしているメアリーの姿を見守っていた。メアリーは目の前にいる娘の倍以上の年齢を重ねたが、全身から放つ輝きは両者共に年齢を感じさせない。目に見えない愛のエネルギーがふたりの目からほとばしって、その場にいる者たちを包み込み、ハートから発する光は世界をつなぐ架け橋のように伸びている。

魔法使いがフィールドをスキャンすると、聖なる泉に集まった面々の多くにもこの天賦の才が備わっていることが見てとれた。彼女たちから惜しみなく注がれる愛のエネルギーに、そばにやってくる誰もが元気づけられた。メアリーは振り返ってこちらにほほ笑むと、イザベラの頬に別れのキスをしてからゆったりとした足どりでやってきた。ホーショーをあらためてあたたかく迎えると、ふたりは互いに腕を組んで、グラストンベリー・トアへとつづく聖なる坂道を登りはじめた。一歩一歩、ふたりが地面を踏みしめるたびに、光の姉妹団が目にしたものと、とり交わしてきた同意のすべてがフィールドの奥深くへとアンカーされていく。

「立派だったぞ、メアリー」

「事情を知る者がそうするように、彼女たちが賢い選択をしてくれたわ。力強いサポートもあったのよ。マトリックスの女王が私たち全員にわざわざ意志を示してくださったの」

メアリーがそう言ったところでふたりは足を止め、まるで魔法にかけられたかのような絶景を味わった。時間を超越したかのごときグラストンベリーのおもむきは、どの時代にも簡単にアクセスできるようにすべての時代が折り重なり、ひとつところに同時に存在しているかのようだ。

さらに坂道を登っていくと、ふたりはついに、グラストンベリー・トアにエネルギーを注ぐ聖なるグリッドの中心点にたどり着いた。その場に腰を下ろして内面世界に入ると、女王のハートから生まれた愛のエネルギーの泉にどっぷりと浸《つ》かり、その大いなるエネルギーに共に包まれた。真下には地球内部に存在する秘密の領域へと伸びるトンネルがいくつも走っており、シャンバラの扉へとつづく迷路をさらに複雑なものにしている。そこでは内側にあるものが外側にあり、上にあるものが下にあるといったように、フィールドがすべてをそのまま映し出している。

「宇宙船から直接来たの？」

静寂にすっかり魅了されたホーショーはこくりとうなずいた。

「司令官から何か知らせは？」

「彼女はヴォルカンの神々がじきに撤退するだろうと踏んでいるが、私にはやつらがこのままおとなしく退き下がるとは思えん」

「あの連中なら何かしかけるわね」

あきらめたような口ぶりで言うと、メアリーはつづけざまに尋ねた。

「それと、タオ・ラオが帰ってきたって聞いたけど？　エイトトランといい仲になってるって、タンが。ようやくぴったりの相手と出会ったのね、ふたりとも！」

そう言って笑ったが、メアリーには自分がやはり彼を恋しく思っていることが身にしみてわかった。灰色のローブをまとい、オオカミを連れて歩く彼の姿がまぶたに浮かぶ。私の大切な仲間であり息子でもある青年の師《メンター》となり導いてくれたタオ・ラオ。旅を共にしたとき、ジャングルのフィールドのおかげで私たちの間にある時間を超えたつながりが明らかになったことが、昨日のことのように思い出される。あのとき以来、彼のことが頭から、心から、片時も離れることはなかった。

メアリーのようすを静かにうかがっていたホーショーには、タオ・ラオの名を口にしたとたんに彼女のハートの刻むリズムが変化したのがわかった。

「修道僧も司令官も、どちらも元気にやっているよ」

「それと、ラニとタンは？　最後に会ってからしばらく経つの」

そう言ってメアリーはため息を漏らした。

「いまの任務についてからこのひと月、ずっと過去の世界にいるから」

「ラニはイシスと忙しくしている。タンはハートの王の出現を手伝うのに夢中になっているところだ」と言ってから、ホーショーはつけ加えた。

「近ごろはふたりとも心ここにあらずといった感じのときがあって、ここ数日は姿を見せていない。

おまえのほうはどうだね、メアリー？」

「元気よ」と答えて、メアリーは朗らかにほほ笑んだ。

「でも帰ればうれしいわね。未来の世界はこっちとは感覚がちがうし、それにマトリックスに異変が起きているのが気がかりで」

ホーショーが無言のままなので、メアリーは物思いに沈んだような声で続けた。

「こんなふうに過去の世界に生きるのって、おかしなものね……」

そうしてふたりは静寂のなかにたたずみながら、マトリックスに起きている微細な変化に思いをめぐらせた。


思いやりとはすなわち行動を意味する。聖なる泉で姉妹団の会がはじめて開かれてから数日が経ったある日、メアリーはその灰色がかったブルーの瞳がとらえるすべてのものに心奪われながら、自室のバルコニーから見える景色を眺めていた。山の頂きに向かってなだらかに伸びる坂道が、自然のもつ起伏に富んだ美しさを無言のうちに表現し、たくましく生い茂る木々の緑が山並みを彩っている。山一面にうっすらと湧いた霧が谷づたいに山裾《やますそ》へ向かって広がっていくのを観察しながら、この眺めをバルコニーにゆったりと腰かけて一望のもとに味わえることに、メアリーは至福の歓びを覚えた。手つかずで残る森のなかには、トールキン作品に登場するホビット族の住居を思わせる家々が点在し、夕闇のくり広げる魔法の時間が谷に降りると、そこにぽつん、ぽつんと明かりがともっていった。

しばらくのあいだこうして腰かけたまま、静寂とすべてがそこに「ある」という感覚をひたすらに味わい、いま取り組んでいることをすべていったん忘れてひと息つきたい。愛する人たちのいる場所から時間も距離も隔たった遠い過去の領域でフィールドを編み直す毎日。それでも、これが愛のなせる業《わざ》なのか、ハートが鼓動を打つどの瞬間も、彼らを感じることができる。

未来のパリは過去のものと外観こそよく似ているものの、そこには調和と秩序のエネルギーが満ちあふれていた。ジェイコブはメアリーと離れて暮らすことにも慣れ、仕事では自由な情報通信の実現を目指して熱心に取り組んでいた。ラニとタンはモンマルトルにあるメアリーのアパートからほど近いところに建つ小さなスタジオに越したが、ときどきエリュシオン号での時間を過ごしている。ジェイコブが週に一度ディナーでもてなし、そこで彼女はふたりに会っていた。細やかな気配りの利いたディナーは、ジェイコブがみずから買い物に出かけて自分の目で材料をセレクトし、全員分の料理や食卓のセッティング、そして皿洗いや片付けまでもこなすものだ。そんなことをしてもせっかくの料理の才能の無駄遣いじゃないかと見る人も、まわりにはいる。メアリーがほとんど食べないからだ。そのぶん、新作の創作料理に舌鼓《したづつみ》を打つ子どもたちの姿を眺めることが、ジェイコブの楽しみだった。とりわけタンの食欲は無尽蔵《むじんぞう》で、ジェイコブは喜んだ。一方のラニは母親に似て小食で、しかも生食の質素なものを好んだ。聖なる泉の会に集まるようにとの呼び声がかかる前に彼らと囲んだ食卓の光景を、メアリーは思い浮かべた。

「それで」ジェイコブはふたりのお気に入りのサラダを盛りつけながら尋ねた。

「ふたりから何かニュースは？」

彼らはきまり悪そうに目配せを交わすと、同時に言った。

「べつに。変わりないけど」

彼らにしてはめずらしい答えだ。いつもなら、ラニはイシスとのトレーニングでの出来事を張り切って披露し、タンはホーショーと得た気づきをあれこれ解説を交えながら話してくれるのだが。

「オーケー、話してごらん」

敏感に察したジェイコブが切り出した。

「私たちの間で隠しごとはなしだ。決まりだったよね」

ばれちゃったか！　とばかりに笑うと、ラニが観念したように言った。

「うーんとね、いま私たち、あるプロジェクトにとりかかっていて、うまくいくと融合を早めることができるかもしれないの……」

「でも、まだ話すには早いよ」とタンが止めに入る。

「ええ、でも理論上はすばらしいものなのよ。私、すっかりハマっちゃって！」

そう言ってラニは笑顔をはじけさせた。

「私たち、その名前を『ハートトランド・ゲーム』にしようかと思ってるの」

「ハートトランドだって？」ジェイコブはそう聞き返しながらメアリーにウインクを送る。

「そ、ハートトランド。こないだイシスが言ったのよ。『すべての存在は、おのれをハートトランドにアンカーしたときに真実と喜びを知る』って。そこで私たち、ピンときたの。これを表現するために私たちはゲームを開発しているんだって。すっと腑に落ちる感覚があって、いまでも納得しているわ」

「で、そのゲームっていうのは？」

ジェイコブが娘にそれとなく先をうながすと、ふたりはうまい言葉が見つからずに一瞬沈黙した。

「双方向発信型《インタラクティヴ》のシリーズゲームってやつ？」

いまいち確信のもてないラニはタンに救いを求める。

「うーん、まだ何て言ったらいいか……」と、タンも口ごもる。

「私たちがイシスやホーショーから学んだ錬金術のテクニックを広める手段とでも言えばいいかしら？」

タンの顔を見すえたままラニが言った。

「たぶんそうだね」とタンが結論づけた。

「ほらね」とラニが声をあげる。

「まだとりかかったばかりで、どこに向かっているのか私たちふたりにもわからないの」

「人間でいえばまだお腹のなか、ってとこかな。ま、やりながらおいおい知らせるね」

そう笑顔で言うと、タンは巧みに話題を変えた。

メアリーは、ともすると残してきた人たちに向きそうになる意識を抑えようとしていた。どの時代にいるかにかかわらず、彼女の仕事には「いま」という瞬間への集中が求められるからだ。気持ちが落ち着いてさえいれば、愛の光を送ってハート同士でつながり、彼らがいましていることも、感じているのかどうかも感じとることができる。彼女はたったいまそれを試みたばかり。しばらくの間《ま》をとったあと、目の前の瞬間と自然界の夜がくり広げるパノラマショーの観察に意識を集中し直すために、大きくふーっと息を吐《つ》いた。時が来れば、ハートランド・ゲームはそこに込められた意志をふたりに明かしてくれるはず。あらためて自分の中心に意識を向け、大自然から吸い込んだプラーナの癒しに身を任せた。

私は昔から、目撃者となり、課題解決につながる導管の役を果たすことでさまざまなことを学んできた。たとえば姉妹団が世界じゅうから集まるときにはその場に赴いて、これから生み出されようとしているものをこの目で見届ける。共に見つめ、共にハートとマインドで感じ、共に愛のフィールドへと進むことでそこに息づくエネルギーが私たちの細胞じゅうに染みわたっていくのを感じれば、頭で『愛とはこういうものだ』と理解していたところを超えた世界に私たちは入っていくことができる。実際に効果を及ぼしているのはフィールドなので、本当にいい仕事をしたときは、それが仕事とは感じられないほど楽に物事が運ぶ。兄弟団のメンバーがマトリックスの女王の呼び声を感じて姿を現すこともあるが、最終的なフィールドのチューニングはやはり光の姉妹団の手に懸かっていると私は思っている。

愛のエネルギーにあふれるフィールドを姉妹団と共に散策し、ときにはしばらくそこに滞在することが楽しみになり、いつも個性と魅力にあふれる面々が集まってくれることに大きな幸せを感じている。ホーショーが言っていたとおりだ。ついに私たちは世界の人々を愛のもつ慈養で満たし、二極性が生み出す負の連鎖を超えた世界に移行するチャンスを手にしたのだ。思いやりをもったおこないこそが、理想郷へとつづく道になる。

ホーショーから学んできた一連の錬金術のテクニックが役に立っているのは確かだだが、それだけではない。幾星霜の時を超えてさまざまな旅の経験をしてきたからこそ、私たち姉妹団は互いが意識を拡大してひとつになれるように愛のフィールドを生み出すことができた。さらに言えば、愛のフィールドを創造することはさして困難なことではないのだ。

実現のコツは呼吸にある。まずは呼吸のリズムをよどみないものに保ちながら、ハートを無限の愛の源へとつづく入り口に見立てる。吸うときに、この内なる泉の奥深くへと息をとり入れるようにイメージすると入り口は拡大する。息を吐くとともに全身の細胞からまわりのフィールドに向かって愛を広めていくようにイメージする。

創造をつかさどる宇宙の炎のエネルギーを集め、しかるべき材料を活かして「完璧なフィールド」という名の料理を創造してくれるのがこの呼吸のリズムであり、その材料となるのがハートの純粋さと研ぎ澄まされた意図、ヴィジョンの明快さ、そして心の底から愛を感じたいと願う渇望と欲求だ。この呼吸のリズムは、恋人同士や兄妹、友人の間で分かちあう愛とは異なる、生きとし生ける者すべてに対して抱く愛をも生み出してくれる。メアリーにとっては、すべての瞬間を意識的に味わうためにもこのフィールドに足を踏み入れることは大きな価値があった。

バルコニーに腰かけて眺めていると、ゆっくりと谷を呑み込む霧が見わたすかぎりの景色を覆い、地平線までもがぼやけていった。あっという間に、霧を貫いて届く光は電灯の光のみになった。視界がかすんでいくにつれて、コオロギやセミの声がにぎやかさを増し、たくましい木々の腕にこしらえたねぐらで名残惜《なごり》しそうにさえずる鳥たちの歌声をかき消していく。この夕暮れどきと、鳥たちが再び起き出す夜明けには魔法が存在する。その時間帯になると、時の迷路で心を過去にさまよわせて目の前の瞬間がくれるプレゼントを見えなくしてしまう者など誰ひとりいなくなる。

『愛のフィールドに存在し切ると、じつに多くの秘密が明らかになるものね』

空気を浄化するような濃い雨の香りがさわやかな木々の匂いと連れだって鼻腔《びくう》をくすぐる。研ぎ澄まされた五感がフィールドにあるものすべてを包み込んでいく。意識を拡大して周囲のフィールドをスキャンしていくと、頭上に広がっているはずの星の眺めを雲がさえぎり、灰色の空は渓谷を覆う霧と溶けあって、どこからが空でどこからが大地かがわからなくなり、すべての境目が消えてひとつになったかのようだ。しんとして、澄んだ静寂がメアリーのなかにも流れ込み、山の空気が呼吸とともに完璧なリズムに乗って彼女の身体じゅうを移動していく。

こうして母なる自然のエネルギー・フィールドにたたずんで過ごす静寂の時間がじつに愛《いと》おしい。しばらくして、マインドを姉妹団へとさまよわせると、空に奇妙な光のかたまりが現れて地平線の上を漂いはじめた。あの形はまちがいなく宇宙船エリュシオン号だ。さらに強く姉妹団のことを思うと、光は明るさを増した。宇宙船の放つ光は彼女の思いのリズムと調和して脈動し、自分たちがかつて旅立った故郷《ふるさと》の星と世界の融合が姉妹団の手に懸かっているということをあらためて思い出させた。フィールドを調整し、そこにたわむれ、自分たちがたどってきた旅路を楽しく振り返りながら進む私たちを、未来へとやさしく駆り立てているもの。それは、姉妹団の面々のハートに流れるビートとマトリックスが刻む鼓動のビート。

　この時代の空はさまざまな飛行物体の訪問を受けてにぎわうことがしばしばだが、その多くは宇宙船エリュシオン号と同様、一般市民の目からはいまだに姿を隠していた。なかには領域の間を自由に飛び回っているものもあり、その飛行はガイアのビートを強く発している山間《やまあい》で起こることが多い。この時代に生きているとこうした興味深いことにも出会えることから、姉妹たちは呼び声に応えたのだ。願いの泉には与えられた役割にうってつけの面々が勢ぞろいしたが、それもそのはず、愛のフィールドというものはきまって、またとないぴったりのキャラクターを理想的な運命の描く輪の中へと導くものなのだ。

『33人ね』

　宇宙が呼び声をかけた光の姉妹の数にあらためて納得を覚えたメアリーは、心のなかでそうつぶやいた。フィールドを保つ、ドリームタイムの魔法を使って新たな世界を紡ぎ出す、あるいは融合を早めるための歌を歌うといったことに大人数は必要としない。それでも、すべてのことはいかなる説明も受けつけないほどに大きな力《フォース》に動かされ、運命のペースに乗って自然な流れで起こっている。それこそが世界が「ある」ということであり、万物は時として、ただそこに存在するものなのだ。


　思いがだんだんとタオ・ラオへと向かう。メアリーは想像した。いま彼はきっと、頭上に輝くあの宇宙船のデッキを歩いている。あの人がすぐそこにいる。その存在が感じられそうなほど近くに。あの人が司令官と一緒にいる場面を思い浮かべると、奇妙な感覚が湧いてきて、心がどうにもざわついてしまう。私のハートは王になったジェイコブのもの。それでも、いまも心のどこかに、グレーのローブをまとった修道僧と寄り添い歩きつづけている私がいる。

7　誘惑と別離

『傷心を抱えた人というのは、山のようにいるものだ』

エイトトランにしばしの別れを告げに向かいながら、タオ・ラオは思っていた。青年が自爆テロを起こして融合のスピードを遅らせた。エイトトランが見たフラッシュの映像は、未来を鋭く見抜いていたのだ。誰かが時をさかのぼってフィールドをリセットしなくてはならない。犯人を導き、行くべき道を照らすこと。それが鍵となりそうだ。ホーショーをはじめとする長老の面々もこの意見に賛成だった。同様のことをタンがロキにおこなった例がある。そう、リサーチと説得を重ねて幼なじみの心を動かしたあのときだ。作用と慣性の力がマトリックスの内部で引き起こした結果をタンと共に追跡していくと、ロキは別の道を選択した。あれは戦略と強い情熱の勝利だった。すべては極秘のうちに進められ、人工知能・テラダックのコード書き換えも、ヴォルカンの神々に知られることなく完了した。私たちの未来に血も涙もない知的存在の居場所などないのだ。

マインドのなかに映像が流れ出し、エイトトランが危惧していたことが事実だったことをアカーシャが裏づけた。アラブ系の風貌をしたひとりの青年が、ちらちらとあたりのようすをうかがいながら膝にのせたブリーフケースを落ち着きなくまさぐっている。演壇では生気と情熱に満ちあふれた目と、熱く燃え立つようなエネルギーを帯びた若い黒人女性が、全世界を揺るがす名演説を打っている。客席では、黒髪を妖精のような髪型にした娘がその姿にすっかり心奪われてヴァイオレットの瞳をきらきらと輝かせ、彼女のハートがどんどん開かれていったそのとき、3、……2、……1、……爆弾がすべてを粉々に吹き飛ばした。腕や脚が宙を舞い、カオスがその場を支配する。

映像が切り替わった。融合のスピードが一気に落ち、地球がこれまでの軌道と平行線をたどっている。もうたくさんだ。

『犯人は大使の将来性に気づいていたのだろうか？』

平和の実現に向けたうねりがかねてから起きており、希望を抱かせる提言がいくつかなされた。さまざまな活動が展開され、刺激策も打たれ、その完結に立ちあうことを望む空気が世のなかに高まっていた。すべてが順調に進んでいたところへ、彼が現れた。若き、怒れる若者は殉教者として命を捧げる覚悟を決めていた。もとのバランスをとり戻すためには私の力が必要になる。タオ・ラオはそう確信した。

エイトトランがマトリックスに起きている動きを確かめに意識をさまよわせると、爆弾が閃光とともに炸裂し、宇宙空間で星が突然消滅するときに似た爆音がグリッドじゅうに響きわたった。このときを境に、エイトトランの夢はぴたりと収まった。マトリックスの光は色あせ、あれほど力強く打っていた女王の鼓動はほとんど聞こえなくなった。これは、彼女のハートの歌がもたらす安らぎを拒絶するような選択をわが子がしたときに起こるいつもの反応であり、このようすでは、マトリックスは過去の状態にあと戻りしつつあるように思えた。

「思いすごしだ」

女王の愛はいまも変わらずに流れており、地球の人々がとり乱しているだけだと、ホーショーはエイトトランに断言した。心のなかに絶えず思い浮かべていることが大きくなるのが宇宙の法則であり、それを引き金にしてヴォルカンの神々がいま突破口を開いてさらなるカオスを世にもたらす結果になったことは、ホーショーをはじめとする全員が知るところだった。

エイトトランから一部始終を打ち明けられたとき、タオ・ラオはすぐさま心に決めた。

『これは私が負うべき役割だ。自分にぴったりの役目がいま目の前で両手を広げて待ち構えている。このようなやりがいのあるミッションはしばらくぶりだ』

「食事でもどうだい？」会ってからしばらくしてタオ・ラオが誘いをかけた。

「私の部屋で？　それともあなたの？」

「君のところで。食べるものはぼくが」とだけ彼は言った。

「何か話しあいたいことでもあるの？」

「話すだけじゃないさ」

胸の鼓動が高鳴り、湧きあがる喜びからエイトトランに思わず白い歯がこぼれた。

その晩、いましがた来たばかりだというのにタオ・ラオは言った。

「もう行かなければ……」

「夜はこれからじゃない」

エイトトランは大きなふかふかのソファーに座るように彼を誘った。

「そうだね。ではもう少し」

「楽しみましょうよ」

そう言って彼女が艶《つや》やかにほほ笑むと、タオ・ラオは滑《なめ》らかな身のこなしで彼女が掛けているラウンジの端に移った。彼女のうなじにそっと手をあてると、ゆっくりと自分の方へと引き寄せる。彼の目が彼女の瞳をのぞき込むと、過去生へとつづく扉がふたりの内側で開いていく。

エイトトランにはそれがはっきりとわかった。そしてタオ・ラオにも。まるでこれまで秘められていたすべてのことを口づけが解き放っていくかのようだ。過去に数え切れないほどくちびるを重ねてきたような、あるいは重ねることを願ってきたような熱い思いにふたりは胸を焦がした。くちびるとくちびるがこれまでの空白を感じさせないほどの感覚で融けあい、ふたりは吐息を漏らしながら身を離した。

「行くよ」再びそう言ったタオ・ラオはかすれ声になっていた。

「君に聞いてほしいことが……」

「知ってるわ」

なぜ？　というような目でタオ・ラオは彼女を見た。

「風の噂で聞いたの」と言って、エイトトランはそっとつけ足すように言った。「あなたはきっと行こうと思うだろうと思ったし、私は喜んでここであなたの帰りを待ってるから」

「ぼくにはあの若者の心を動かすことができる。必ず」

希望に満ちた口ぶりで言うと、タオ・ラオは彼女に再び口づけた。

「過去へ行くのね？　自爆をやめさせるために」

タオ・ラオはうなずいた。

「問題は、どれくらい時間をさかのぼる必要があるかなんだ。そこは君の手助けが欲しい」

「エリュシオンのシステムコントロールを通じて計算すれば答えが出せるとは思うけど……。何が知りたいですって？」

「犯人がいつごろから自爆テロを意識するようになったのか。ぼくは何年さかのぼればいいのか」

「つまり、彼の心を動かしてその道を選択肢から消去する、爆破による殉教を考慮すらさせないために最適な時間枠をはじき出す、というわけね」

タオ・ラオがまたうなずいた。

「家族を奪われて復讐に燃えていたこと、歪んだ理想主義の影響……。いくつかの要素を加味して計算してみるわ」

エイトトランの鋭敏さに魅せられたのか、タオ・ラオは彼女の顔を見てにこにこしている。その笑顔に彼女は再び胸を締めつけられる思いがした。タオ・ラオの魅力に気づかされるとともに、いま自分たちが関わっていることを思い出させられたのだ。

タオ・ラオはこれからある任務にとりかかり、いずれ必ず彼女のもとに戻ってくるために、しばしの別れを告げに来た。彼にはこれまでにもさまざまな任務を負って過去の時代へと赴いた経験がある。前回は連邦解体前、初期のボスニアだった。血塗られた時代に、彼自身の血もまた流れた。時代の流れに絡めとられた彼は、どちらの側にも益《えき》を得《う》る者のほとんど出ない戦争に加担する羽目になった。平和を勝ちとるために戦うという考えは、やはり矛盾しているように思える。暴力は結局のところ、さらなる暴力をもたらすだけなのだ。戦闘シーンも、戦争がもたらす数々の悲しい場面も、この千年のあいだに彼はいやというほど目にしてきた。

タオ・ラオの肉体組織は清浄が保たれているので、早い時期に不死の生を手に入れた。自身でプログラムしてメンテナンスを続けているおかげで、彼の身体はよく機能していた。不死の生を手にした星の存在でありながら、ときに人間と同じように身体から血を流し、愛液にまみれながら愛しあうこともあり、さらに彼の内側にはいま、人のハートに宿るものと同じぬくもりのこもったビートが流れ、そしてその音はいまエイトトランに合わせて響いていた。

「すぐに帰るよ」

そう言うと、彼はもう一度エイトトランにそっと口づけた。くちびるを顔じゅうに這わせていると、彼女がため息交じりに言うのが聞こえた。

「ええ」

ふたりの心は迫りくる別れから再びお互いへと向けられた。どのようなことがあろうとも、自分たちは永遠にくり返しめぐりあう運命にあるのだ。

「わかったかな？」

翌日、早朝に彼女の部屋を出てしばらくしてから彼が尋ねた。

「ほかにも要因を抽出して時期を特定する必要があるわね」

片方の眉を上げると、タオ・ラオは、さっと屈み込んで彼女の頬に口づけてから、コンソールにあるハイスツールのひとつに腰かけた。ブリッジは何かと人通りが多いのだ。

システムが一連の計算を完了したので、エイトトランがタオ・ラオを巨大スクリーンの前まで連れていくと、そこには融合の進行状況とパラレルワールドの現在のようすが映し出された。

「ここよ」

彼女はすでに、原因究明に取り組む司令官モードに切り替わっていた。

「この千年紀の最初の10年間、この惑星はヴォルカンの神々が支配する世界そのものの姿をしていたの。見てもわかるとおり恐怖が世界を支配し、愛に根ざした考えはとるに足らないもののような扱いを受けて時代の影に隠れていた。エゴ、競争、欲望が幅を利かせ、一方で思いやりやハートのぬくもりはほとんど感じられずに、傲慢なハートがモラルに欠けた感情に支配されて横暴をふるっている……」

タオ・ラオがスクリーンに映し出されたフィールドを一望すると、ヴォルカンの世界を発したひと筋の光が伸び、タオ・ラオがじきに発見することになる青年のオーラ・フィールドにグサリと突き刺さるのが見えた。さらにもうひとり、またひとりとその光景はつづく。ついに何十本という光の線がつながった先にいる若者たちの心は、復讐を果たすことに、あるいは称賛を浴びることに飢え切っていた。それぞれに何らかの動機があり、強い欲望を抱えている。『やってやる。絶対に』強い義憤《ぎふん》に駆られた彼らは、そう心に固く誓っていた。

爆破地点を特定しようと、タオ・ラオがコンピューター・スクリーンをじっと見つめていると、ターゲットとなる青年が見つかり、その名前が耳のなかに響いた。「イェシフ」と聞きとれるその名に、タオ・ラオはこんなことが思い浮かんだ。

「イエス……イフ」

フィールドがこう訴えてくるのが聞こえてくる。

『そう、まずは血を血で洗うゲームが復讐への渇望を生んでいる現実を認めよ。一方で「そうだ《イエス》、もしも《イフ》こっちがやってしまったら……」とみずからに問いかけることが、フィールドのたどるコースを当初思い描いていた方向へと軌道修正することにつながるのだと、知るがよい』

イェシフという青年の名前を思い浮かべるたびに『導き、道を照らす』という言葉が心いっぱいに広がった。ミッションが明確になったいま、エイトトランの助力があれば、どの時点までさかのぼればいいかを突き止めることができそうだ。

「イェシフの説得に成功しても、怒りに燃えた別の殉教者が現れるかもしれないわよ」

彼を行かせたくないエイトトランがさりげなく言った。

「そういった人はいつの時代にもいるものさ」

エイトトランの身体を両腕で抱え込みながらそう言い放つと、彼女の頭のてっぺんに愛おしげに口づけた。人影が見当たらないのをいいことに、彼女はタオ・ラオの胸にしなだれかかると、自分を包んでいる男の匂いとぬくもりに我を忘れて身体をすり寄せ、彼をきつく抱きしめた。

「忘れてならないのは、この殉教した青年はターゲットとしていた女性だけではなく、まだ二十歳《はたち》そこそこの平和大使の命まで奪ってしまったということだ。ぼくが過去へと赴いてこの惨劇を回避するのはとても重要なことなんだ」

エイトトランは身体を離すと、それとなく忠告を与える。

「ええ、この事件の影響は私たちのいる未来の世界にも押し寄せてきているし、マトリックスの変化もすでに感じることができるわ。こんな状況下では、大使がせっかくこれまで推進してきた平和教育プログラムも日の目を見ることはなくなるわよね？」

「少なくとも彼女を通じてではないことは確かだね。別の人が現れて彼女の穴を埋めることになるだろうけど、イェシフの爆破成功はすでに融合を遅らせてしまっている」

「そういう人が現れなかったら？　あなたが時間をさかのぼって、それでも大使が亡くなる。さらに彼女の役割を継ぐ人がいなかったらどうするの？」

声に出すこともはばかられて、エイトトランの声は尻すぼみになる。

「その可能性をぼくたちが受け入れるわけにはいかないだろう」

ことの大きさを肌身で感じながら、ふたりは互いを無言で抱きしめた。

「いつ発つの？」

「明日さ」

再び身を屈めて口づけながら、タオ・ラオは言った。

「じゃあ、今夜は私のところに来てくれる？」

「喜んで」

タオ・ラオはそう言っておどけた仕草でおじぎをして先にその場を去り、あとに残されたエイトトランはマトリックス内のエリュシオン号の位置と殉教者の爆破がもたらした衝撃の大きさを確認する作業にとりかかった。

大小さまざまな影響がフィールドに及ぼした衝撃は計り知れないものがある。新たな世界が出現したときや宇宙が生命体をもつ創造物であふれ返ったときには、きまってその状況全体に合わせて空間《スペース》がいくつも生まれ、マトリックスの内部には新たな層が加えられる。

エイトトランから見て、生命は次元の枠を超えた多次元の存在であると同時に、ほかにもさまざまな要素をあわせもっている。錬金術的なプロセスのマスターに成長していく過程で、生命はパラレルワールドの影響を受ける。さらに、低次の世界を支配する時間という制約を超えて過去と未来を移動する才能を生命が手にすると、ゲームはさらに白熱する。つい何かの誘惑に負けて移動そのものに興じてしまい、理想の道をはずれて脇道に迷い込むといったことはままあるのだが、すべての力の源となるシャンバラの聖なる調べを知る者はそれにあてはまらないのだ。

8　怒りのフィールド、悲しみと苦痛のフィールド

『どうか、この怒れる心をお鎮めください』

無言のまま、青年はモスクの奥で祈りを捧げている。みな殺しにしてやる。腹の底から湧きあがってくる衝動をどうにも抑え切れず、おのれが抱く復讐への思いの強さに、イェシフは背筋の寒くなる思いがした。

誰もいないというのに、音を立てないように息を吐こうとしている自分がいる。

『安息の地へとお導きください』

慈悲の心にあふれた神に、青年は日に幾度となく祈りを捧げていた。世のなかは甚《はなは》だしいまでの残酷さにまみれている。神はなぜ世界じゅうにはびこる殺戮行為を、人々が負っている苦しみを、お見過ごしになるのだろう。

まだあどけない姪のすがるような目つきがマインドのなかにちらついた。少女が戦慄に顔をひき

つらせた刹那、そのやわらかな喉《のど》をナイフが情け容赦なく切り裂く。姪が前のめりに崩れ落ちた瞬間、イェシフの肩をかすめた流れ弾が兄の胸に命中し、心臓を形もとどめないほどに破壊された兄は即死した。スローモーションのように倒れていく兄の横で、別の銃弾が母の側頭部をとらえる。頭蓋骨が吹っ飛び、肉片と化した脳が姪の亡き骸に飛び散ると、母はどさりと音を立てて床に転がった。家族たちが横たわる場所に血の海が広がっていく。

「愛してるわ」

そう聞こえた気がした直後、イェシフはショックに意識を失った。

しばらくして目を覚ましたが、失血のせいか身体に力が入らなかった。死のにおいが重く宙に立ち込めている。まっとうな理由など存在しない。これが戦争の、腹の底に抑え込んだ怒りの、そして、手つかずのまま棄《す》ておかれた喪失感が幸福に包まれていた心をむしばみ、魂を悲嘆に暮れさせたことへの代償だ。

『生きている。俺はまだ生きている！』

恍惚として、いままでに感じたことのないような高揚感にイェシフは包まれた。

しかしその陶酔も、生気を失った母の瞳に、そして彼女の口元に残されたものを目当てにブンブンと飛び回るハエの姿に目がいった瞬間、地に叩きつけられた。顔の左半分は肉と血でめちゃめちゃになり果て、組織が何本かの腱《けん》にかろうじてぶら下がっている。襲ってくる吐き気を懸命にこらえると、激しい憎悪が胸の内にじわじわと広がってきた。母が、兄が、かわいがっていた幼い姪が命を奪われて目の前に転がっている。血も涙もない残虐行為に四方を囲む石の壁も凍りついたのか、モスクのなかはしんと静まり返っていた。

あたりのようすを確かめようと、身じろぎひとつせずに目だけを動かす。殺し屋たちがまだ見張っている可能性もあるし、いつ戻ってくるかもしれない。となると、死んだふりをしなくては。息を殺して、姪の首筋からだらだらと流れる赤黒い液体に視線をすえる。その流れは床の血の海と交わり、砂漠地帯に容赦なく降り注ぐ太陽の熱気で早くも乾きはじめている。時間がおそろしいほどにゆっくりと流れていく。ときおりすーっと遠のいていく意識のなかで、永遠とも思えるほどのあいだそこに横たわっていると、ようやく助けがやってきた。


いまはこうして別のモスクで安全に赦《ゆる》しを乞う祈りを捧げていられる。これから自分がおこなおうとしていることを、実際に、そして想像で犯す罪への赦し。正義を果たすのだから、天国に自分の居場所は約束されているはずだ。あとに残る弟たちも安全に暮らすことができるだろう。俺が死ねば彼らにはすぐさま弔慰金《ちょういきん》が支払われ、憎しみのない世界で安心して教育を受けられるようになる。目の前にある殉教の道を選ぶことが、俺の死が無駄に終わりませんようにと、弟たちを思い、イェシフは祈りを捧げた。

誰かが肩に手を置いた気がして顔を上げる。しかし、そこには誰もいない。目を閉じると口づけをされたような感触を頬に覚え、つづいて頭をやさしくなでられる感覚が湧く。母さんの手だ。今度はモスクの中庭から姪の笑い声が聞こえた気がする。近ごろでは道行く同じ年ごろの子の声がすべて姪の声に聞こえ、もしかしたらまだあの子は生きていて、振り返るとこの腕のなかにいつもの笑顔で飛び込んでくるのではと期待してしまう自分がいる。このあたりではしばらくバラは1本も咲いていないはずだというのに、芳香があたりに漂う。気象パターンが急速な変化を見せて、干ばつが異常なほど長引く影響で家畜の多くが死に、木々もほとんど枯れてしまっているはずなのに。

少なくとも父と弟たちが命拾いをしたことには感謝しなければならない。父たちは捕えられて暴行を受け、身体に痣《あざ》こそできはしたものの命に別条はなかった。父たちが囚われの身を脱して逃げ出すと、無法者たちは聖地に逃げ込んだ者たちの掃討《そうとう》に乗り出した。

こちらへ駆けつけようとしながら、パニックになって逃げまどう人の波に阻まれる兄弟の姿がマインドに浮んだ。そのだいぶあとになって、暗がりのなかで脈をとりながら遺体をより分ける彼らの押し殺した声が耳によみがえり、弟たちが探しに来てくれたとわかったときの安堵とともに、かいがいしく傷の手当てをしてくれた姿が思い出された。その直後だった。殉教者になる機会が俺に与えられたのは。

気がつくと、涙が頬を伝っている。ふと、背後から誰かのささやきが聞こえた気がして振り返ってあたりを見回したが、またしてもそこに人影はなく、がらんとした空間が広がっているだけ。だが、自分以外の誰かがここにいるのはまちがいない。過去の記憶だけではなく、与えられた機会をまっとうしたときにわが身に起こることへの葛藤が胸を苛《さいな》む。それでも、残された兄弟でいちばんの年長者は自分であり、家族の仇《かたき》を討つべき立場にあるのだ。

タオ・ラオが姿を現し、先ほどからモスクの壁際にたたずんでいる。両足までくっきりと映ったホログラムの映像で、別々の世界に姿を現したのだ。イェシフのいる場所をイメージしつづけているると、周囲のフィールドが徐々に変化して肉体が物質化していった。現地住民と同じ長い白のローブにターバンという出で立ちで青年の横にひざまずき、祈りに加わった。

イェシフは目を開けて見かけない顔にあいさつをすると、ふと胸のなかに深い安らぎが湧きあがるのに気づいたが、そのまま目を閉じて祈りのなかに戻った。時間を超越して生きる長老と、復讐への渇望と激情を抱えた若者のふたりは、ひざまずいたまま無言で祈りつづけた。イェシフは神の導きを、タオ・ラオは死の淵へ向かおうとする青年を引きとめるに足る言葉を求めて。

数日後、ふたりは再会した。このとき青年はモスクの階段に腰かけて沈みゆく陽の名残の美しさを噛みしめていた。イェシフは、生きることへの渇望をこれほど強く感じたことはいままでに一度もなかった。していることのひとつひとつが、胸に湧く何気ない喜びがもうすぐ最後のものになってしまうと思うと、すべてを心ゆくまで味わいたいと思った。

タオ・ラオは離れたところから青年のオーラ・フィールドの変化をスキャンして心理状態を観察しながら彼を見守っていた。

『彼はまだ心を決めかねている』

この事実をつかんだ魔法使いは希望に震えた。これで作戦を立て、説得にとりかかる時間ができる。青年の黒く濁ったエネルギー・フィールドは赤くとげとげしい光を放ち、そこにときおり夕陽の色とよく似た黄色の光が交じっていた。

タオ・ラオにはイェシフが目の前に課された責務にためらいを覚えているのが感じられたが、若きムスリムの決意は以前よりも固いものになっていた。復讐を遂げて制裁を加えてやるのだという思いが、魂の発する良心の声を凌駕《りょうが》していた。彼のしようとしている行為によって何百という命が奪われ、一生の傷を身体に負う者はそれ以上の数にのぼるだろう。心に傷を抱えたまま残りの人生を生きることになる人も大勢出てくる。

「イェシフよ」

モスクの階段に腰かけている彼の横に腰を下ろそうと近づきながら、タオ・ラオは声をかけた。

「私をご存じで？」

「君の勇気は後世《こうせい》に語り継がれるであろうな」

「私には勇気など」

将来への恐怖で胸がいっぱいの青年はため息を漏らした。

「真に勇気のある英雄は少ない。だからこそ英雄譚《えいゆうたん》は輝くのだ」

いっそう混乱したイェシフは、突如現れた導師タオ・ラオの顔を思わず見あげながら心のなかで叫んだ。

『いったいあとどれだけの血が流れたらすべては終わるんだ！』

「純粋な心の持ち主は軽はずみにことを為《な》したりはしないものだ、イェシフ。歴史を変える大事《だいじ》を為すには熟慮が必要となる。勇気は明瞭さと良心のあるところにこそ生まれるものだ」

「あなたは私のしようとしていることをご存じで？」

声に出すことすらおそれているかのように、イェシフは小声になった。

「いま君が目の前にしている選択も、そしてそれが世界に及ぼす影響もね」

この青年は必ず良心の声と再びつながることができる。それをまっすぐに信頼しよう。タオ・ラオはそう心に決めていた。答えはいくつものかたちで訪れるものなのだ。

夕陽のやわらかなぬくもりが降り注ぐ石段に腰かけて、ふたりは多くのことを語りあった。イェシフは偉大な師が現れたことにも気づかないまま、彼の言葉にだんだんと落ち着きをとり戻していった。やりとりのなかでイェシフは思うのだった。この人は自分という船の錨《いかり》となり、まっとうな世界へと戻る架け橋となる人だ。ひょっとすると、導師はこの苦痛から逃れる道をも示してくれるかもしれない。

＊　＊　＊

かつてラニがタンを相手にそうしていたように、エイトトランはテレパシーの回線を開いたままにして、時間があればいつでもタオ・ラオとつながれるようにしていた。互いに意識を融けあわせるなかで、エイトトランには別の時空にある地球のようすが見てとれた。爆破テロをはじめとする心ない暴力行為が家族を分断し、尊厳を奪い、マトリックスの女王のハートにあふれる愛を覆い隠して、地球に暮らす人々をあやうくバラバラにしかけている。

エイトトランは司令官としてリサーチを重ね、タオ・ラオが赴いた時代に関するデータを調べあげた。当時は怒りのフィールドが悲しみと苦痛のフィールドへと移り変わる転換期にあった。兵士のみならず、無防備な一般市民をも標的にした自爆テロが何百という実行犯によって敢行《かんこう》され、何千という単位の命が奪われたことでフィールドいっぱいに恐怖が拡散されて、ヴォルカンの神々の世界はその不気味な輝きを保った。やはり闇の存在が展開する戦略はどこまでも執念深いものがあり、彼らの計算どおり、その心理的ダメージが人々を激しく動揺させていた。

地球が3千年紀のはじめの10年を移行していた当時、自爆テロをおこなう人材の需要と供給が増加していた。このころになると、それまでのような洗脳を受けた者、あるいは過激テロ組織のおもちゃにされた者ばかりではなく、イェシフのように高い教育を受けた者やどこにでもいる一般の市民が犯行を志願していた。ただ、彼らの多くは人生のある時点で愛する人を殺害されるという悲劇を経験していたために、一連の行為には徹底的な破壊、そして自暴自棄というキーワードが共通に存在していた。だんだんと失望の色を濃くするタオ・ラオの力になろうと、エイトトランはさらに調査を進めた。というのも、導師と青年は絆を深めていくどころか、日に日にイェシフがタオ・ラオから距離をとりはじめたのだ。

タオ・ラオはイェシフの家族にとり入ろうとして、逆に流れを悪くしてしまっていた。家族の誰もが、イェシフが負っているのはこの世で最も崇高《すうこう》な任務であり、何が起ころうとも制裁は下されなければならないと信じ切っていた。

「これはせがれの責務なのだ」

「兄は一族の名誉にかけてこれを実行するのです」

「兄さんには報復する権利があるはずです」

出てくるのはこのような言葉ばかりだった。家族のフィールドをスキャンすると、彼らのハートは固く閉ざされ、目には愛する家族と父が長年連れ添った最愛の人を奪った無法者たちへの憎しみが色濃く残されていた。

9　運命の扉とフィールドのリズム

それから1週間が経ったころ、タオ・ラオは友人ふたりといるイェシフのようすを少し離れたところに腰かけて静かに見守っていた。イェシフは長身で筋骨《きんこつ》たくましく、目鼻立ちが整い、もともとは自信家タイプの青年だ。カールした短い髪が襟あしにのぞき、彫刻のように深く落ちくぼんだ目元からは黒いつややかなまつ毛が伸びている。友人たちは若者らしくほとばしるようなエネルギーを発散させながらたわむれているが、イェシフは気乗りがしないようすだ。友人のひとりが壁に向かってボールを蹴りはじめると、「俺も俺も！」ともうひとりがそこに加わる。ときおりイェシフにもボールを蹴ってよこすのだが、本人はどこ吹く風で、砂漠地帯に降り注ぐうららかな陽ざしにも気づかず、階段の上にひとり腰かけて物思いに沈んでいた。以前は気さくな笑みが浮かんでいた大きな口は物憂げに結ばれ、目はうつろで生気がなくなっているのがタオ・ラオには見えた。明るさをとりつくろう元気もなく内側にこもりっきりなので、仲間たちもついにあきらめて自分たちだけで遊びに興じるようになった。

タオ・ラオのなかに強い共感の念があふれ出し、何とかしてあげたいという思いが湧きあがった。修道僧の出で立ちをした魔法使いは、ハートから愛の光を放ち、粉々に破壊された青年のハートへと送った。イェシフのフィールドはまたたく間に口を開けてその愛の波動を吸い込んだかと思うと、ガードするかのようにまたすぐさま閉じてしまった。マインドでイェシフの奥深くに入ると、この青年の抱えている困惑が伝わってきて、心を抉《えぐ》られるような苦痛が日に日に深まっていること、愛する者を亡くした悪夢の光景にいまも苛まれていることがわかった。

イェシフのハートの傷が深まる一方で、心の底にいまもわだかまる怒りが彼のハートを包み込み、痛みと隣りあわせの悲しみをやわらげようとタオ・ラオが送るあたたかな愛のエネルギーを遠ざけていた。傷口はふさがるどころか広がるばかりで、あたかもウミがジクジクと流れるままの状態だ。どのように触れてあげればそんな心を動かせるのだろうかと探ったが、タオ・ラオはその糸口すら見つけることができずにいた。

青年のまわりに広がるエネルギー・フィールドをスキャンすると、そこには薄気味悪い灰色の光が彼のオーラ・フィールドの奥深くまで射し込んでいた。マインドを使って内面世界を移動して光のもとをたどっていくと、自分と同じようにイェシフのハートにチューニングした闇の者たちが『報復するしか道は残されていないのだ』というイメージを送り込んで怒りを焚《た》きつけていた。やはりホーショーの考えていたとおり、ヴォルカンの神々には黙って退き下がるつもりなど毛頭ないのだ。

イェシフの内面に燃えさかる怒りの火を鎮めようと、大いなる愛を込めてヴァイオレットの光線でできたフィールドを編んで青年をやさしく包み込み、その網の目がヴォルカンの神々が飛ばすサイキックの光を変容していくようすをイメージする。これだけではまだ足りないことはわかっていた。イェシフがあの日の記憶を再現してしまえば、そのたびに彼は闇の存在を引き寄せることになってしまうからだ。彼が赦し、その日の記憶から旅立つときまで、いつまでも再現は続けられるだろうが、いまのままではイェシフが赦すことはけっしてないだろう。青年のまわりには、彼を傷心と悲しみの世界から抜け出せないようにしようとささやきかけてくる破壊的勢力がうようよしていた。

ため息とともにエネルギーの発信を終了し、女王の愛と光でみずからに充電しながら、おのれのハートをそのエネルギーで満たす。メアリー、エイトトラン……。私が愛し、そして逆に私の人生という旅路を豊かなものにし、私の存在が織りなす模様を豊かで色鮮やかなものにしてくれた人たちの顔を思い浮かべる。タンとラニは抱えていた過去の苦しみのエネルギーを創造の力に変えるために立派に前進した。そして彼はいま、首《こうべ》を垂れて一心に祈りを捧げるのだった。

『さまざまなことを乗り越えて私たちはここまで来たのだ。イェシフを変えなければ！』

＊＊＊

怪しい物音にラニはハッとなった。ここは地球の未来にあたるタイムゾーン。タオ・ラオが現在注目している時代からはかなり先にある。

よからぬエネルギーを肌に感じて起きあがる。何かがおかしい。そっとベッドから降り、獲物に近づくヒョウのような忍び足で狭いスタジオのなかのようすを見て回る。滑らかな身のこなしだ。長い黒髪がカーテンのように覆うその顔には、ふたつの瞳がエメラルドグリーンに輝き、オリーヴ色の肌にはうっすらと浮いた汗がきらめいている。板張りの床を音もなく進み、玄関まで来たときだった。ドアのすりガラスごしに射し込む光にサッと黒い陰が走った。思わず足を止めたラニの見つめるドアの下から、何かがスッと差し込まれた。息を殺し、そーっと身を屈める。冷たい木の板にあてた耳を澄まし、誰がいるのか確かめようとフィールドをスキャンした。どうやら不吉な闇の存在がやってきて、強い憎しみの痕跡を残していったようだ。

『いったい誰が？　どうして？　どうやって私たちを見つけたの？』

私たちのしてきたことをよく知る者がいる。そうにちがいない。

ドアの向こうに誰もいなくなったのを見計らって、しゃがみ込んでおそるおそる手を伸ばし、差し込まれた紙切れをつまみあげる。そこにはこう書かれていた。

「すぐに手を引け。絶対に知れてはならないことが世のなかには存在するのだ」

不吉な予感をさせる言葉。もし無理にでも進めたらどうなるのかしら、と思った瞬間、得体の知れない真っ黒なエネルギーがどこからともなく現れ、ラニは窒息するような感覚に襲われた。

『これを記した者は、闇の魔術に長《た》けている！』

何度も深呼吸をして、いくぶん落ち着きをとり戻したものの、自分たちが何者かに見張られているという思いにラニは心がざわついた。ゲームはどんどん進化しているところだし、先へ先へと呼ばれているような感覚が日に日に増している。私たちは正しい道を歩んでいるはずよ。これだけの恩寵《グレース》の流れに乗りながら引き返すわけにはいかないわ。とにかく、これからはもっと自分たちの身の安全に気を配らなきゃ。

タンにはあとで必ず話をしようと心に決め、ラニは紙切れを棚の上の箱にしまった。つづいて、フィールドから闇のエネルギーを消し去ってくれるよう祈ると、忍び足でベッドに戻った。

「ヘイ……どうかした？」

まだ眠たそうな声のタンが、首筋に手を伸ばして抱きついてきた。

「ううん」ラニは小声で言った。「まだ寝てて」

しかし、その晩以降の睡眠と日々の忙しさのせいで、ラニは紙切れにあった警告を忘れてしまった。それでも、あの日と同じ明け方の静まり返った時刻になると、どこかすっきりしない感覚で目を覚ますのだった。

『何かがおかしいわ』

ラニとタンに魔の手が忍び寄っていることにも、ふたりの負っている役目が危険をはらんでいることにも気づかないまま、メアリーは完璧な王国を創造するための方法を探してフィールドじゅうをスキャンしていた。フィールドの科学にまつわることには百戦錬磨《ひゃくせんれんま》だ。フィールドに働いている力学や、調和に満ちた創造実現のためのフィールド調整法は熟知している。彼女は日々、瞑想しながら「そして宇宙はあなたの前で恍惚として身をくねらせる」というお気に入りの言葉をマントラにして何度も唱えていた。

タオ・ラオがイェシフを説得するために過去の世界にとどまっているころ、メアリーは聖なる泉の集まりを離れてバイロケーション（訳註　同時に複数の場所に姿を現す能力）で未来のパリへとやってきていた。到着の瞬間、メアリーは察知した。マトリックスの奥深くでもうひとつのシフトが起きている。それは、イェシフの爆破テロが引き起こしたものであることをエイトトランが突き止めたシフトだった。

意識をモンマルトルにある聖リタ教会へと合わせ、ホログラムで肉体を現したときには、すでに夜もふけてチャペルに人影はなかった。肉体の分子の調整を済ませてからフィールドをスキャンしてみると、遠い過去に彼女がその一帯に編み込んだ網の目が見えた。網の目はいまなおヴァイオレットの光を放ちながら生き生きと脈動しているが、それと同時に、女王が創造した愛の網の目に混乱をきたすようなエネルギーの存在も感じられた。

深く息をして、秘めたる力の源に向かってどんどん意識を降ろしていくと、ここしばらく感じたことのない強い決意のようなものが内面に湧いてきた。この数年、メアリーは政治の世界とのつながりを構築しようと何年も働きかけを続けてきた。姉妹団として無知や軽蔑の払拭《ふっしょく》を目指して世界じゅうを旅しながら、彼女たちはもうひとつのことを説いて回った。それは、愛が人に慈養を与えてくれるということであり、愛のパワーは世界じゅうの飢えを満たすと同時に、ハートの飢えも地球から一掃してくれるという内容だった。しかし、結局のところ、活動に積極的に関わってくれた有力政治家はことごとく選挙に敗れ、権力の座を追われることとなってしまった。

「こんな途方もなく難しい課題をやり遂げるなんて私たちにはできないわ！　絶対に無理よ！」

いっとき、メアリーが自己憐憫《じこれんびん》の落とし穴にはまって嘆いていると、女王がそっと語りかけてくれた。

『地球の歴史に名を残した聖人たちの暮らしを深く見つめなさい。アッシジの聖クレア、ルルドの聖ベルナデッタ、イシスの聖なる魔法を伝えた聖マグダレーン……』

聖人たちの名前とイメージがマインドに流れ込んでくる。一人ひとりの名前がマインドに響くごとに、メアリーは宇宙の導きに従ってその聖人が抱いていた信念を追体験するとともに、その信念を貫くことで獲得してきた精神的なたくましさから、みずからの強さをとり戻すことができた。

メアリーはささやき声で言った。

「では、お願い。信念について私が知るべきことをあらためて示し、そしてほかに何がマトリックスを邪魔しているのかを示しなさい」

この命令でいまは事足りるはずだ。時が来ればいろいろなことが明らかになってくるだろう。心地よい疲れに胸を躍らせながら、聖なる泉の会で自分たちが取り組んでいる課題をまとめるために、意識を静寂へと引き戻した。

チャペルのフィールドに流れるエネルギーがメアリーの心に力強さをとり戻させ、それに反応した肉体の細胞が瞑想のあいだじゅうチリチリとうずいていた。瞑想を終え、立ちあがって伸びをすると、立ち止まってタオ・ラオのために祈りを捧げてから背後の扉を閉め、ハートの声に従って家路につく。光の街・パリのアパートの部屋に帰るときはいつも心が躍る。

『私の古い友人を守ってくださいますように』

メアリーは帰り道を歩きながら、マトリックスの女王に祈りを捧げつづけるのだった。

時がいつものように流れるなか、一点の曇りもない堂々とした気持ちで姉妹団としての任務に臨むことができているものの、内面ではざわざわしたものを感じていた。ラニやタオ・ラオと同様、メアリーもここのところ落ち着かない気分に包まれていた。というのも、3人には三者三様の試練が身近に迫っていたのだ。

『季節はすでに春から夏に変わり、パリの街はロマンスの熱が高まって活気づいているというのに……。世界に暗雲が再び立ち込めて光は輝きを失い、カオスがどんどん広がっているようにしか感じられない』

夜、眠りのなかでタオ・ラオを思い浮かべると、イェシフの心を開くのにふさわしい方法を探りあてることに苦戦していらだつようすが伝わってくることもあったが、ジャングルを共に旅したときの記憶が再現され、彼の魂がこれまでに経験してきた人生や、彼と共に人生を送ったことを実感させてくれる思い出がよみがえることもあった。ドリームタイムの世界をさまよいながら、はっきりとわかったことがある。私たちはこれまで、恋よりもお互いの負っている役割を優先し、ハートの奥底から湧きあがる呼び声に従って新しい世界を探検するという選択肢を、ことごとく無視してきた。

『私たちには永遠という時間がある。私たちはそう思っていた。いつかきっとやってくる。何もかもがうまく運んで、私たちがより深い意味で一緒にダンスを踊る未来の時代が……』

そうしていま、ついにそのときがやってきた。エイトトランがふだん味わっているタオ・ラオの腕のなかに眠る感覚を、私はいま夢のなかで味わっている。このときをずっと待っていた。ふたりの愛のフィールドに身をゆだねる。そこはふたりが身体を重ねてひとつになるたびに我を忘れて没頭する世界であり、奇跡が限りなく広がるフィールドであり、ふたつのハートがひとつになり、魂と魂が肉体という境界線を越えて上昇し、互いの細胞と小宇宙が祝福の感覚とともに融合する場所だ。

つらつらと流れつづけるマインドが、エイトトランとの出会いの記憶にたどり着いた。彼女とはじめてコンタクトしたときは、驚きにギョッとしたものだった。セスとジェイコブがおこなったウォークインやウォークアウトにも似ているが、私たちの場合は魂を交換したわけではなく、フィールドに新たな魂が加わったというほうが近い。エイトトランは私にとって未来の自分であり、現在は、ひとりの自信に満ちた女性として、そして、じつに壮大でたぐいまれなる宇宙船をあやつる司令官として、みずからが創り出したパラレルワールドに存在している。私たちの出会いと融合はアグラが私に残してくれたギフトのなかでも最高のものになった。

助けを求めて祈りを捧げた私のもとに、答えは未来からの訪問者というかたちでやってきた。世界の間を行き来する訓練を受けた者にとって、この交代劇はまったく夢のような出来事だった。私は気づいたのだ。過去生にアクセスできるのであれば、同じようにタイムラインをたどって未来の世界へと渡ることもできるのではないか、と。

はじめて会ったときにエイトトランと私が体験した感覚を表現するのはなかなか難しい。まずはじめに、エイトトランの魂の一部が私の肉体に入り込んだ。じつに信じがたい話だが、突如として別の誰かが自分のなかに住んでいる感覚が湧き、互いがスッと融けあう現象が起きたというのに、そこに肉体を共有する違和感は存在しなかった。明け方の静寂のなかで、何の前触れもなく別の魂のダウンロードが起きたことに気づいたときには、呆気《あっけ》にとられたものだった。

目の前にある自分の役割に気づき、マトリックスの女王に願いを発したことからそれは始まった。『自分のこれからの役割を首尾よく果たしていくために必要なことすべてを、アカーシャとフィールドのアーカイブを使って示してください』

しばらくしてエイトトランが到着したが、当時の私には彼女の存在を感じたり、彼女の声を聞いたりする能力はなかった。互いに発しているエネルギーの周波数が異なっていたため、本来同期すべきものとはちがうチャンネルにふたりはチューニングしていたわけだが、エイトトランが周波数をチューニングし直すと、ダウンロードが始まった。

瞑想のなかで意識を開いて祈りに没頭していると、クラウンチャクラを通じてエネルギーの光線が入ってきた。突然、自分の肉体に別の存在が入っている感覚を覚え、そこにいるのが自分だけではないことに気がついた。

『誰かいるの？』

『お呼びですか？』

女性の声がして、助けを求めて願いを発した記憶がマインドを駆けめぐった。そうか、それでこの「ウォークイン」が起こったのね！

『司令官のエイトトランです。何なりとどうぞ』

未来の自分はきわめて事務的な口調で言った。自動調整機能が働いて私の神経回路が光り輝くと、右脳から左脳へといくつかのイメージがシュッ、シュッ、と流れていった。この瞬間からすべてが１８０度変化し、自分の身に起こった統合失調症のような状態に順応しようと格闘する日々が始まった。エイトトランのエネルギーに圧倒された私に代わって、彼女が肉体を操縦して役割を果たせるよう導いてくれたこともときにはあった。

ジェイコブが愛していたのはエイトトランではなかったために、当時の彼は私にぎこちなく接していた。司令官は、彼の知る最愛の人とは正反対のタイプ。ジェイコブは私に向かってこう尋ねることがあった。

「いまなかにいるのはどっち？」

私が瞳を愛に輝かせてほほ笑むと、ジェイコブはそこでようやく腕をとって歩き出した。ときおり、『私たち、いま仕事中なの』といわんばかりの冷たい視線を返すときは、いまは恋の時間ではないのだと悟ったジェイコブが退き下がるのだった。

エイトトランとの間にあるフィールドが開いたことを受け入れるようになると、私はフィールドをあやつるテクニックの次なるレベルにすぐさま熟練することができた。役割が明らかになり、それを果たすことを誓い、必要なスキルが伝授されると、私たちはふたりともフィールド調整のテクニックに夢中になっていたことから、目指す理想の世界とその実現に向けた任務、そして気晴らしの時間を共有しながら特殊な関係を築いていった。この段階ではまだ私にはエイトトランがエリュシオン号の司令官であることはおろか、そもそもそのような宇宙船が存在するという考えすら頭になかった。そうした知識はのちになって、ダウンロードしたエネルギーとのつきあい方を学んでいくなかでだんだんとやってきたのだ。

未来の自分は銀河系宇宙間世界連盟の司令官であり、フィールドの科学に長けた人物で、最後にはタオ・ラオの愛を知る運命にある。そう思い描いてみてもなかなかピンとこなかったが、タオ・ラオとはくり返し人生を共にしていたものの、いつも友人同士で恋人になったことなど一度もなかったから、未来の世界で親密な関係になると知るのは素直にうれしかった。いままでエイトトランと私をつないでいたのは融合の数学に関することばかりだったが、この大切な事実を知った以上、これからはより密に彼女とコンタクトをとりつづけよう。私はそう心に誓った。

エイトトランにとってみれば、過去の世界に暮らす見知らぬ人からフィールドのための手助けを求められ、その人物と肉体を共有するように言われて過去に飛ぶというのはとても奇妙な体験だった。それでも、メアリーの意図したプログラムははっきりと理解できた。『彼女はまさしく、未来の自分自身にコンタクトを求めたんだわ』私はメアリーが開いた意識の入り口に強く惹きつけられ、いったん互いの周波数が合うとすんなりアクセスできるようになった。向こうでの生活は、ふだんエリュシオン号に暮らしている者にとってまるで別世界の代物だ。メアリーの目を通じてジェイコブはもちろん、ラニやタンにも会うことができる。そう、私は彼女を通じて地球を旅して回り、融合を目指す人たちと会っているのだ。

いま暮らしている世界では、私は宇宙市民という位置づけになり、居住地は宇宙船ということになっている。この宇宙船はいくつもの次元世界の移動が可能で、さしずめ宇宙空間に浮かぶ小宇宙ホテルといったところ。私はその司令官を立派に務めている。そこは私にとっての家であり、オフィスであり、そして遊び場だ。ジェイコブとは失礼のないようにしているものの、距離がある。彼には情緒的なつながりが感じられないのだ。きっと、私たちをメアリーの時空で引き合わせた磁石のような力も、お互いの関係性にまでは及ばなかったのだ。それは、私がいまいる世界で恋焦がれている相手はタオ・ラオただひとりであり、ジェイコブは見ず知らずの人だからだろう。

メアリーがチューニングしてきたのを感じとったエイトトランは、コンソールから顔を上げて尋ねた。

『タオ・ラオには会えた？』

メアリーは無言であたりを見わたした。宇宙船に意識が吸い寄せられた理由は自分でもはっきりとはわからないが、何か知らされるべき情報があるはずだ。

『彼は元気にしてるの？　あの古い友人とはしばらく会ってないの』

エイトトランはてきぱきと事情を説明し、フィールドに生じた異変、融合が減速した理由と、タオ・ラオがそれらの悪化を食い止めるために負った任務を説明した。

『ほかに私が知っておくべきことはある？』

チューニングを中断する直前にメアリーはテレパシーで尋ねた。

『引き続きこっちに意識を合わせてちょうだい。それと……』

と言って、エイトトランはつけ加えた。

『これからも彼のことを祈ってあげて』


祈りや夢見の時間以外は、メアリーは庭に腰かけて静かに時を過ごした。そのときメアリーの耳には、ある言葉が響いていた。

『辛抱するのです。内なる安らぎの泉で休みなさい。そこですべてが変わっていくでしょう』

その声はいつもメアリーのハートをなだめてくれたが、それでも不安が消えることはなかった。イェシフの爆破テロだけではない。融合を妨害しようと企てる者の存在までもが感じられる。声の導きに従ってフィールドをスキャンし直し、内なる安らぎの泉で休むために瞑想の静寂に深く入って意識を開いた。

ゆっくりと息を吸い込みながら呼吸を整えていくと、息のリズムが一定した深いものになり、1分あたり数回というゆったりとしたものになった。しかし、マインドは勝手にひとり歩きとせわしないおしゃべりを始め、自分に呼吸をさせている見えざる力の発する愛を落ち着いて感じることができない。意識を息の出し入れに置いてマインドを落ち着かせよう。数をかぞえ、まとまりのない思考を遠ざけて、呼吸のリズムに集中しようと何度も試みた。

　だが、どれひとつうまくいかなかった。安らぎの泉にもこの不安はなだめることができず、逆にざわざわとした気持ちがふくらんでいく。いらだちを覚えながらもマトリックスの女王のハートに意識を集中し、女王の愛の光が時空を超えて自分のサイキックハートの奥深くに根づくところをイメージした。女王の愛がこの光の糸を通じて脈動し、宇宙を超えて必要なものを送り届けてくれる場面をイメージしながら息を吸い込む。意識がだんだんと落ち着いてきて心地よいビートをとり戻しはじめた。このビートに乗っていけばフィールドをサーフィンして感じた不安の源を突き止めることができそうだ。

　ここのところ、ジェイコブは新しく立ちあげたベンチャービジネスに、ラニとタンのふたりはようやく芽生えはじめた恋と新しいプロジェクトにと、みな何らかの不安を抱えていた。メアリーの不安はガン細胞のように彼女の内側でどんどん成長している。出所を探って得体の知れないこの違和感をやわらげようと、彼女は内面世界をサーフィンした。

『私が知るべきことを示しなさい、アカーシャ。さあ、私が知るべきことを、いますぐに！』

　内なるテレビのスイッチが入ったかのように、マインドのスクリーンいっぱいに映像がゆっくりと流れはじめる。はじめは前後の辻褄の合わないものが無作為に流れているように思えたが、眺めているうちに、ひとつひとつのつながりが理解できるようになってきた。

　かなり時間をさかのぼるようだ。はじめに見えたのは、ホーショーから訓練を受け、現在は連盟のメンバーとして活躍している数え切れないほど大勢の宇宙の騎士たちの姿だった。次に見えたのが、アグラとラニのおこなったドリームタイムのダンスが街に流れるビートを変えていくようすと、タンがプログラマーたちにインスピレーションを与えてテラダックのコードを書き換えていく場面。つづいて見えたのが、発生の危険性をはらんでいた幾多の自然災害が回避されていくようすと、膨大な数にのぼる生命が変容を遂げていく場面。さらにスキャンを続けていくと、メアリーはついに、自分が抱いている不安の出所にたどり着いた。

世界はいま、再び集結して勢力を強めたヴォルカンの神々の脅威に直面しているのだ。

『私たちは自分の不安に気をとられてマトリックスの現状が見えなくなっているんじゃない？　闇の帝王たちがガンのように増殖しはじめているというのに。みんな気づいているのかしら？』

彼らが地球のパラレルワールドで勢力を蓄えて、そのとげとげしいビートを帯びた鼓動が融合を妨害しようと再び迫りつつあるのが見える。身の毛もよだつパワーを放射し、多くの者に注がれる憎しみのエネルギーは邪悪の色が濃くなっている。そしてメアリーは気づいた。すべての突破口となったのが、あの自爆テロだったのだ。

アカーシャの映像から、イェシフが期せずして平和大使までも死なせてしまったこと、その影響がもとで自分は不安を感じるようになったことがわかった。テロ以前の闇の勢力はかなりおとなしく、それほど表立った動きは見せていなかったが、いまや復活の兆しを見せている。イェシフの事件によって、まさに爆発的な反応が引き起こされたのだ。フィールドをスキャンしてタオ・ラオが赴いている年代を観察すると、その時代には闇の影響力が限りなく大きくなっていることが見てとれた。これほどヴォルカンの神々が活発に活動していた例は過去になく、フィールドにあふれる映像に不安がさらにかきたてられる。

動揺を覚えたメアリーは、冷静さをとり戻そうと悪戦苦闘すると同時に、自分が知るべきことを理解しようと必死になった。なぜこんなことになってしまったのか。納得できないことだらけだったが、映像のなかで起きていることは古くから伝わる予言にあることばかりで、地球の人々が呼び声を発したのはまさにこれを回避するためだったのだとわかった。それにもかかわらず、闇の勢力は撃退困難なウイルスのごとく再びフィールドじゅうで増殖の一途をたどっているのだ。

何度瞑想してもメアリーははっきりと感じることができた。新たなパラレルワールドのどぎつい光が射し込んできている。ヴォルカンの世界から発したその光は、融合を遅らせるために数多くのマインドを無言のうちに、執念深くとらえていく。信じられないことだが、タオ・ラオがイェシフを止めないかぎり、アルマゲドン（訳註　世界の終末における最終戦争）は発生する。これが地球で進行している実際の状況なのだ。

『アルマゲドンか』

メアリーはため息をついた。どのようなかたちにせよ、これは起こることが決まっている。地球の古いやり方がそこで終わりを迎えることになっているからだ。ホーショーのいる領域においては、アルマゲドンはひとつの存在の仕方が終わり、高次のフィールドに再生すること、つまり意識のシフトを意味している。この転換が穏やかなかたちで起きうることを知る者にとって、それはハートレベルの拡大を意味するが、この再生が痛みを伴わずに起きうることを知らずにいる者はこう信じるであろう。アルマゲドンは血で血を洗う戦争に満ちた「終わりのとき」であると。

10　庭園と夢見のギフト

タオ・ラオは不安に眠れない夜を過ごし、新たな脅迫状を受けとったラニの心はざわついていた。そんな夜、ラニの母、メアリーは重苦しい気持ちに包まれたまま夢の世界を再びさまよっていた。

濃い霧の立ち込める谷間《たにあい》を、幽霊のごときおぼろげな姿で滑るように進んでいく。ベッドの上の身体は眠っているものの、夢見のなかではっきりと目を覚まして答えを探し求めていた。夢の世界とそこに込められたメッセージに意識を集中させていくにつれて、あたりの景色が浮かんでは消え、浮かんでは消えをくり返した。小高い丘がちらちらと見えたかと思うと、その丘には何本もの杭が立ち並び、吊るされた人の亡骸《なきがら》がゆらりゆらりと揺れている。思わず目を背《そむ》けたくなるほど苦痛に歪んだその亡霊たちの顔がぬっと目の前に現れる。気がつくと、炎に群がる蛾のように、よどんだエネルギーが彼女の宿す光を吸い尽くそうとまとわりついてきた。頭上では、どんよりと靄に覆われた空を禿鷲《ハゲワシ》たちが不気味な弧を描きながらこちらをうかがっている。背筋を冷たいものが走り、身体がぶるぶると震え出した。

『かまわずそのまま進みなさい』内なる声がうながした。

『用心して、でも冷静に』

突然、目の前の霧を破って長いひと筋の陽光が射し込み、道の上にきらきらと踊りながらメアリーを誘った。耳が聞こえなくなったのかと思うほどの静寂に深い安らぎを覚えながら内面世界の枠をいくつも超えていくと、彼女は色と光に満ちあふれたみごとな庭園にたどり着いた。天国に足を踏み入れたかのようだ。何なのだろう、胸に広がるこの神聖な感覚は。

『聖書に出てくるエデンの園みたい』

楽しげにたわむれては咲き誇る花の蜜を吸う蝶たちの愛らしい姿が見える。あたりをとり巻く空気がだんだん薄くなってきたかと思うと、どこからともなく新たな光が射し込み、傍らにオリーヴの木立《こだち》と巨大な岩々が照らし出された。ふと遠くを見やる彼女の目が、そこにぼんやりと浮かぶひとりの男性の姿に吸い寄せられた。振り返った男性の顔には、太陽のように明るい笑顔が広がっている。

『メアリー』

男性はテレパシーの声で吐息まじりに言うと、こちらに手を差し伸べてきた。

『よく来てくれたね』

『タオ・ラオ？』

『おいで』

タオ・ラオは彼女のマインドに向かって言うと、いつの間にか目の前に現れた道を先に立って歩き出した。

『ここは……ゲッセマネ？』

彼はうなずきながら、ほればれした目でいにしえの園を見わたした。

『私たちはなぜここに？』

『学ぶため、または証人となるために。あるいは、深い安らぎの感覚を見いだすためだけに、だろうか』

太陽は遠くに沈もうとしていて、夜がふたりを包みはじめていた。まるでふたりを楽しませるために誰かがやみくもにスイッチを入れているかのように、次から次へと星が空にまたたき出す。タオ・ラオが足を止め、彼女の手をとって座るようにうながしたので、ふたりは並んで苔むした土手に腰を下ろした。

『見て』

メアリーが声をあげた。彼女が指さした北の空にはいつもと変わらず金星がかかり、ふたりを照らしている。

『あなたは感じる？』

宵《よい》の明星《みょうじょう》から届く光が、このうえなくやさしい愛の波動でふたりを包む。ふたりはほほ笑みあい、その波動を肌から吸収すると、癒しのエネルギーを全身で味わった。

『ここのところ、不安を抱えているようだね……。ぼくもさ』

ためらいがちにそう言うと、タオ・ラオは彼女の身体にそっと腕を回した。メアリーがその抱擁に身を預けると、ふたりはひとつになったような感覚に再び包まれた。もう何も言うことはない。メアリーは、夢のようでありながら、これまでもずっとそうしていたかのように自然な感覚にほっと身体の力を抜いて、いつのときもふたりの間に鼓動していた愛に身をゆだねた。

『心を楽にして、純粋な愛の流れを奥底までたっぷりと味わいなさい』

心に宿る安らぎを見つめるようううながす内なる声が響くと、彼女のハートはタオ・ラオの存在に向けて開け放たれていった。そして、ふたりが内なる安らぎをたっぷりと味わったころ、あたりの景色がみるみるうちに様変わりした。フィールドに流れる愛のエネルギーが一気に上昇したかと思うと、光の女神が姿を現した。女神からは青白い光が放射され、澄んだ青のローブが彼女の身体に沿って流れるように揺れている。あまりのまばゆさに、メアリーには女神の輪郭がほとんど見えなかった。頭からは金色の光が放たれ、その上には12個の星でできた王冠がやさしくのり、たぐいまれなるその12の宝石はそれぞれのパワーのフィールドから輝きを放ち、肩には平和を象徴する鳩が乗っている。

『わかっています。なぜあなたが不安を抱いているのか、どうすればそれを癒すことができるのか』

周囲のフィールドを調整し、そう語りかけるような叡智に瞳を輝かせながらも、女神は無言を貫いている。彼女がふたりの波動に細かくチューニングしていくあいだ、タオ・ラオは座ったままその姿をゆったりと眺めていた。やがて3人が虹色の光とつながり、ハート同士でひとつに融けあうと、メアリーが抱えていた緊張は氷のごとく融けてなくなった。

『ああ、光の女神よ、来てくださったのですね』

『お困りですか？』

女神はタオ・ラオに目をやり、メアリーに視線を戻してそっと問いかけた。

『あるパラレルワールドの影響でフィールドが再び変化しつつあるのです。このパラレルワールドは急速に増長しています。タオ・ラオが説得を試みている自爆テロ犯を突破口にして、彼らは地球に入り込んできました』

『説得はいまだままならず……』

タオ・ラオがため息を漏らすと、メアリーは続けた。

『すべてが順調に進んでいると思っていた矢先に、ヴォルカンの神々が過去に戻ってイェシフという青年をとり込み、青年は融合の鍵を握る人物を殺してしまったのです。この行為が私たちのいまいる世界にどれだけの影響を及ぼしているか、そしてすべてを狂わせてしまったか、お考えください』

何ひとつとしてこの女神の目を逃れることはできないのだから、彼女もこの件は先刻承知のはずだが、女神はあえてメアリーのマインドに刻まれているそれらの光景を3人のなかに流させた。強い怒りが込みあげてくるなか、メアリーは続けた。

『地球のビートが変化しつつあることは誰もが感じられるはずです。まるでフィールドが歪められていくようですもの。今朝も私は自分が気づいたことを確かめるためにフィールドを深くスキャンしました』

マインドからマインドへと語りかけているあいだ、目にした光景がよりくっきりとした映像となって流れはじめたが、光の女神がいるおかげでメアリーはどんどん落ち着きをとり戻していった。いま彼女たちは、闇の存在たちがいる世界とは別次元の、世界と世界の狭間に存在するゲッセマネの園にいる。メアリーの心配に答えるかのように、ハート同士で語りあう彼女たちの前に巨大なスクリーンが現れた。

悠然と白馬にまたがるイエスの姿が映し出された。彼が口からいまいましい言葉を吐きながら周囲の者をみな殺しにすると、地球の河川は人々の血で真っ赤に染まった。仏教徒、ヒンズー教徒、イスラム教徒、無神論者と科学者、先住民が無差別に殺されていく。メアリーの知るイエスとは似ても似つかない邪心と怨念の塊が憎悪に満ちた力《フォース》を馬上から放つ。いたいけな子どもが母の腕から吹き飛ばされ、心を引き裂くような恐怖が見る者のフィールドにほとばしった。

場面が切り替わり、各国政府と平和の広がりを嫌う一味が共謀して和平会議の進展を妨害し、世界の資源を疲弊させていくようすが映し出される。そこではあらゆることでイスラエルを戦争へと向かわせ、神殿の丘における最終戦争へと突入するように画策されていた。この妨害シーンで、３人は、パレスチナの人々が復讐に燃えるキリストの再臨に先駆けて新たな教会を建設するために立ちあがるようすを目にした。復讐心に燃え、憎しみと怒りに満ちた姿……。目の当たりにした光景に、メアリーのハートにともっていた希望の火は凍りついた。

スクリーンの映像は、メアリーが今朝の瞑想で見た内容そのものだった。このときも、フィールドをスキャンしてみると、近ごろ自分を苛んでいた不安の源はやはりこれだったのだとわかった。

いま彼女はいにしえの園に座りながらようやく理解に達した。これらの光景はすべて、ヨハネの黙示録に記されていることを言葉どおりに解釈した人々の手によって煽動されているのだ。身の毛もよだつシーンの数々から、キリスト再臨の実現に向けて突き進む強大な力の存在をメアリーは思い知った。

『キリスト的存在があんな残酷なことをするなんて、どうして信じられるの？』

ドリームタイムのスクリーンに次々と流れるヴィジョンを眺めながら、メアリーは心のなかでつぶやいた。パワーの発信源を突き止めるために、フィールドに張りめぐらされた網の目をたどっていくと、フィールドに流れるエネルギーは3人をヴォルカンの神々が巣食う邪悪のマトリックスへとまっすぐに導いた。

つづいて3人が目にしたのは、キリストの再生を信じる世界に折り重なるようにして広がる世界のようすだった。そこではアッラーこそがすべてとされ、原理主義組織の面々がキリスト教の信者と彼らが唱える理想をことごとく叩きつぶしていた。このフィールドでは仏教徒も同じように根絶やしにされ、女、子どもまでもが過酷な仕打ちに遭い、そのハートに流れる純粋な歌はかき消されていた。原理主義組織はそれぞれに「われらの道こそが真実の道である」と主張し、そこでは見るものすべてがカオスを織りなしていた。

3人の叡智に力づけられるかのようにフィールドが再びシフトを起こし、今度はインド仏教の教典『カーラチャクラ（時輪）タントラ』で預言されている、シャンバラ王が外界において引き起こす最終戦争のようすが映し出された。

『おのれのパワーを悪用して純粋無垢な人々の涙で地球を満たし、地球内部に存在するシャンバラの世界を脅かした輩《やから》どもを抹殺するのだ！』

かつては調和に満ちた暮らしを営んでいた人々が、第32代シャンバラ王に率いられて戦士へと変わっていく。攻めるにしろ、守るにしろ、行きつく先はみな同じだ。３人はさらなる血が流れ、平和という名のもとに暴力が暴力を呼び、正義の使者を名乗る者たちが真実の支配を求めて刀を振りかざし、弓を引く姿を見守った。


『こうした勢力と対峙《たいじ》しなければならないのに、どうやったら世界を融合できるの？　魔法の王国とヴォルカンの世界、両方の世界が扉を開いてそれぞれのエネルギーが地球にあふれ返っているのよ。どうやって立ち向かえばいいの？　向こうがもくろみどおりに平和大使の殺害に成功したら？エイトトランは爆破を目撃していて、私たちもみな変化の兆しをすでに感じている。もしタオ・ラオが過去に行っても阻止できなかったら？』

すっかり意気消沈してしまったメアリーはため息をついた。

『しかも、終末論の実現に向けた動きも見られる……』

自分たちの理想こそが唯一絶対と信じて疑わない善意の人々があやつる「善と悪のジェットコースター」に翻弄されて、メアリーはげんなりしてしまった。喜びに満ちた融合を実現するヴィジョンを保たなければいけないことはわかっていたが、自分にそれができるのか、自信がもてなくなったのだ。意識を向けたことが拡大していくこと、恐怖が二極性のエネルギーを持続させ、「善」対「悪」

のゲームがくり返されることはフィールドをあやつる宇宙の騎士であれば誰もが知っている。それが頭ではわかっていても、目にした光景に圧倒されて、メアリーの不安は大きくなるばかりだった。

光の女神はメアリーに向かってそっとほほ笑むと、彼女のフィールドをヴァイオレットの光で満たしてその不安をやさしく洗い流してから、穏やかに口を開いた。

『たしかに、統合された世界を楽しむためには調和に満ちた高次のヴィジョンを保たなければなりません。あなた方もよく知っているとおり、すべての道は生命が織りなす虹色スペクトルの一部となって豊かさと独特の風あいを与え、それによって彩りに満ちた多様な世界ができているのです。魔法の王国では尊敬と尊重、そして健全さが日々の道を成していることはご存じでしょう。そして、この調和に満ちた共存の実現を可能にする「ウィン・ウィン・ウィン」の解決策を心から願うことが新たな領域の鍵となることも。ですから、メアリー、この理想を守りつづけなさい。それがあなたの課題です。この理想を守りつづければ、何であれあなたが感じたことはフィールドに再現されます。「私たちと彼らはちがう」というゲームには意識を注がないことです。それは二極性に支配された考え方なのですから』

タオ・ラオの腕にやさしく包まれるのを感じて、メアリーの目から涙があふれた。女神が語ってくれたとおりだ。私はたしかに自分の理想を見失いつつあった。光の女神は静寂に包まれた庭園にたたずむふたりの目を見つめながら、明るい口調になって続けた。

『ふたりも知っているとおり、魔法の王国はとても大きな力強いエネルギーをたたえたパラレルワールドです。そこは統合された愛のフィールドとして生まれた世界であり、地球上であらゆる文明の栄枯盛衰がくり返される幾星霜のあいだ、実現が夢見られてきた世界です。実現を夢見た者たちはみな、学びを重ねながら前進を続けてきました。真実の輝きが増すほどに、闇の世界は騒々しさを増しながら光のなかへと吸収されていく。それこそが二極性に支配された世界の性質であり、その世界はいま上昇に備えているのです。ですからくり返しますが、あなたのハートの呼ぶ方向からはぐれないようになさい。タオ・ラオに何があったとしてもです。そして、もうひとつ覚えておきなさい。ハートのフィールドが放つ波動はマインドよりも力強いのですから、純粋なハートこそが最大の強みなのですよ』

タオ・ラオがずっと抱きしめてくれているおかげで、メアリーの胸には安心感と力強さが湧いてきた。光の女神はさらに続けた。

『いま、地球上で調和を求める者たちはこれまで以上に強くあらねばなりません。もう善悪のゲームに、そして闇と光の戦いに意識を向けないよう、すべての人にうながすのです。彼らはいまも限られた視点に立ち、ハートが飢え、分離したままの状態でプレイしています。あなた方が永続を願う世界においては「彼らと私たち」という考え方は存在しません。ひとつになった「私たち」という、つまり、愛そのものの考え方だけが存在するのです。これ以外の考えを自分のものとしてしまうと、密度の濃い世界にはまり込んでしまうことになります』

メアリーは吐息に乗せて心のうちにある不安を手放していった。タオ・ラオとマトリックスの女王が注いでくれる愛を吸収しているうちに、メアリーは思い知らされた。理想郷が発する引力の力を私は信頼しなければならない、と。

メアリーに勇気をとり戻させるのにふさわしい言葉を探していたタオ・ラオは、安らぎのエネルギーを注ぎながら愛おしげに彼女の額に口づけると、そっと切り出した。

『ホーショーが創造の数学の授業を開いているから参加してみてはどうかな？　彼の視点に触れることで、君の抱えている不安はきっと消えるはずだよ。みんなも知っているとおり、世界の融合はハートレベルの問題でもあると同時に、フィールドの科学を理解していくことでもあるのだから』

心穏やかになった3人は、その場に流れるワンネスの感覚を味わいながら、無言のまま聖なる庭の魔法を満喫した。そこには、メアリーたちが先ほどまで目にしていた血を血で洗うパラレルワールドの世界とは正反対の光景が広がっていた。課題を前にしても信念の揺るがないタオ・ラオがほほ笑みながら言った。

『人間界では、運命の扉がその顔を絶えず変えつづけているように見えるものだ。アルマゲドンというのはあくまでもひとつの存在の仕方が終わり、次の形に移行するにすぎないことを忘れずにいるといい』

そう言って、タオ・ラオはもう一度メアリーを抱きしめた。

『でも、大勢の人が探し求めているエデンの園にたどり着くには、まず彼らの人生を二極性に根ざした世界に押しとどめていた考え方を手放さなければならないわ。女神がいま思い出させてくれたように、「彼らと私たち」という分離した考えをもちつづけることで、私たちは二極性のゲームから抜け出せずに、それをかえって活性化してしまっているのよ。私ですら、懲りずにまたその考えにはまり込んでしまった……』

　最後の最後まで自分のなかに残っていた疑念と恐怖の跡を拭い去るようにメアリーはふーっとため息をついた。

『信じられないわ。「私たちはすべての存在が尊重される世界でひとつにつながっている」という意識を保つことではじめてエデンの園にたどり着くことができる。そう知っている人は大勢いるというのに……。この分離意識は本当に誘惑に満ちたものなのね。これはすでに誰もが知っているフィールド科学の基礎ね』

『いいや、メアリー、思い出してごらん。君がいま目にした光景は、この千年紀のはじめの10年間で起きた出来事なんだ。そして、君がいま触れたフィールドへのアクセス方法や調整のための知識は、のちに超次元的フィールド科学プログラムがリリースされてから地球に届いたものなんだよ』

　タオ・ラオは夢見のなかで諭すように言った。

『イェシフの事件が発生した時間枠は、ちょうど君が姉妹団と共に活動をおこなっているころにあたる。こうしたフィールドの科学に関する一連の知識は一部の人々から大きくもて囃《はや》されてはいたものの、一般にはほとんど知られていなかったんだ』

　たしかにそのとおりだ。ゲッセマネの園での滞在はメアリーに自問自答させ、彼女の胸をある確信で満たしていった。

『どれくらいの時間が経てば、私は人間の残酷さに惑わされずにいられるようになるのか？　これを共同創造がくり広げるただのお芝居と見なせるようになるのか？　そして、そのような冷静な視点を保ちながら思い《コンパッション》やりと熱い思い《パッション》をどう共存させることができるのか？』

傍らのふたりが発する愛の光に包まれながらつらつらと考えていると、さらなる答えがじわりじわりとメアリーの胸にやってきた。熱い思いと冷静な考え、このふたつが手をたずさえて働くことで純粋な叡智がもたらされ、そこからとるべき行動の道がはっきりと見えてくるんだわ。その叡智への渇望がメアリーのなかに泉のように湧き出したとき、光の女神は彼女の手をとって、かつてこの庭園を歩いたキリスト意識の持ち主のフィールド深くへと彼女を導いていった。

内なるものすべてがゆっくりとひとつに融けあい、キリスト的存在のエッセンスが自分という存在の核に感じられるようになると、メアリーには人間世界の理想の姿が見えた。そう、私たちはとこしえに続く安らぎの到来を長きにわたって待ちわびていたが、それは人々が争い、殺しあうことでもたらされるのではない。純粋な愛があふれ、誰もがそのエネルギーに包まれたとき、その時代はやってくるのだ。

そのとき真の平和がやってくる。

そのとき平和は永遠《とわ》になる。


夢見がまた、はっきりと知恵を授けてくれた。世界の狭間の領域をタオ・ラオと歩みながら、過ぎし日のことを語りあうことができてよかった。彼の愛はかつてと変わらない純粋さで力強く鼓動し、手を伸ばせばいつでも私を支えてくれる。私たちのハートの女王である光の女神も。すべてのことがメアリーの心に深く刻まれると、夢の光景はすーっと消えていった。あくる日、メアリーはタオ・ラオから勧められたとおりにエリュシオン号へと帰艦し、ホーショーのクラスに出席したのだった。

11　情熱と迫害

タンは物音で目を覚ました。感覚が危険を察知して瞬時に警戒モードに入る。ベッドをそっと抜け出し、足音を忍ばせて部屋を横切ったが、間に合わなかった。激しい音を立てて扉が蝶つがいもろともはじけ飛んだかと思うと、タンは2本の腕に羽交い絞めにされた。

岩のような拳に腹を突きあげられ、たまらず膝から崩れ落ちる。両腕を背後にねじりあげるあまりの力に肩が脱臼しかける。後頭部にとどめの一撃を食らったタンは、半分意識を失いバッタリと倒れた。たくましい腕に抱えられて玄関を出て、石の階段を引きずり降ろされていくうちに身体じゅうが傷やあざだらけになる。押し入った連中の放つエネルギーは、タンがまるで憎むべき存在であるかのような強い嫌悪に満ち満ちていた。

そこらじゅうに声がこだましている。何語なのかはわからないが、なぜかその言葉に強い懐かしさを覚える。ローマ語だろうか？　アラム語か？　声の主たちは自分と同じように真夜中に自宅を襲撃されて家畜同然に連れ去られ、暗くじめじめとした牢屋に放り込まれたようだ。そこでまた何者かに蹴られ、タンは闇と失意の底に沈んでいった。

目が覚めると汗みどろだった。全身ひどい熱だ。傷は何の手当てもされておらず、放り込まれた牢屋の床の菌に感染しはじめていた。どれぐらいの時間、意識を失っていただろう？

肺から漏れるゼーゼーという音に交じって、周囲の発するうめき声が聞こえる。意識がもうろうとして夢のようでありながら、どこまでもリアルな感覚があった。

「シッ、起きていることがバレたら、また殴りに来るぞ」

何者かが今度はタンにもわかる言葉でささやいた。

白昼堂々、街から連れ去られてくる者、あるいは寝込みを襲われてベッドから引きずり出されてくる者。さらわれてくる男たちの数は日に日に増えていった。タンは混乱した。ここはどこなんだ？ そしてこの人たちは？ 世界ではいま、いったい何が起きているんだ？

タンは身体を起こして体内をスキャンし、高熱の源を探ってみた。痛みに頭が参ってしまううえに、熱が日に日に高くなり、身体の痛みと闘う心の混乱に追い打ちをかけていた。内なる声がこう諭した。

『はっきりと思考する必要がある。まずはおのれを癒しなさい。方法は知っているはずだ』

自分が何者なのか、どうしてここにいるのかは思い出せないが、この言葉は心に深く残り、タンに落ち着きと内なる安らぎをもたらしてくれた。そうだ、いまの居場所はわからないかもしれないけど、身体の癒し方なら知っている。

タンは流れるようなリズムで深くよどみない呼吸を始めた。ハートチャクラにエネルギーの車輪を思い浮かべると、おのれの生命を動かしている力を宿すその車輪からグリーンの癒しの光があふれるようすをイメージした。さらに想像をふくらませる。このエネルギー・センターは呼吸することができて、サイキックのハートを通じて深く息を吸い込むと、内面に広がる無限の愛と癒しのフィールドからエネルギーを存分に吸収することができるのだ、と。吐《は》くときには直感の力でグリーンの光を傷《いた》んだ箇所へと注ぎ、吸って吐くたびに内なる力強さと癒しのパワーを引き出していく。そして、内面のキリスト的存在に意識を置きながら、タンは心のなかでこう唱えはじめた。

『私は世界を癒す者。私を通じ、この両手を通じ、すべてを癒す』

両手がチリチリとうずき出し、静かなパワーで熱を帯びていく。痛みが根強い箇所に手をそっとあてがった。集中してこのマントラをくり返し唱えていると、光が痛む箇所に絶え間なく流れ込んで癒しが始まるのがわかった。2、3日それを続けるうちに熱はだんだんと下がってマインドもすっきりし、そこでタンは自分が何者なのかを思い出した。

『そうだ、俺は世界の間を飛び回る宇宙の騎士なんだ』

間もなく、狭い牢獄は囚われの身となった者たちでいっぱいになった。牢のなかは食料や水にも事欠くようになり、監禁されていた仲間の幾人かは亡くなってしまった。耐えがたい臭いが充満し、仲間たちが生き延びることへのわずかな希望にすがろうとするなか、タンはそれを乗り越えるために訓練で学んだことを活かした。いまが大いなる闇の時代であることが周囲のささやきから知れた。イエスが罪人《ざいにん》のように十字架にはりつけにされても、彼を慕う者たちはどうすることもできず立ち尽くすばかりだったという知らせとともに、周囲からさめざめと泣くようすが伝わってきて、気がつくとタンの目からも涙があふれていた。

そこですべてを思い出した。

ルカに連れられてイエスのもとに通った日々のこと。弟子たちが慕わしげに若きマスターの足もとに腰を下ろして彼から教えを受けているようす。みなが彼の語る言葉に聞き入り、希望と思いやりの感覚に満たされていくようす。やさしき魂のまわりにはつねに燦々《さんさん》と光が降り注ぎ、その光のなかでイエスが内なる王国の存在について、そして心やさしくあることがもつ力について説いていたこと。イエスの言葉だけではなく、弟子たちの彼を慕うようすまでもがありありとよみがえり、タンの魂を深く揺さぶった。

牢内がパニックに陥るなか、タンはひとり心穏やかにイエスとの思い出をたどった。出会ったときの印象や混沌の時代を乗り越えた記憶がよみがえる。落ち着いてイエスという人物を感じ、共に過ごした日々を振り返るうちに、タンは内面に広がる王国の存在をはっきりと感じることができた。内なるキリスト的存在が微細なエネルギーを発している。一心にそれを吸収していると、ハートがそのエネルギーに合わせて朗らかに歌い出し、夢に見ながらもずっと知らずにいた至福の感覚がほとばしっていった。

イエスと一緒にいると、それまで抱えていた飢えの感覚がことごとく消え失せた。彼のそばにいるだけで、果てしない叡智をたたえた生命の力《フォース》が刻むビートとつながり、無限の愛に包まれているような感覚を覚えるのだ。この恩寵《グレース》に満ちた状態にいるとき、タンは自由とともに夢のような心地を味わうのだった。

壁のところどころにできた割れ目から細い銀色の光が射し込んでいる。と、入り口の扉がバタンと荒々しく開かれた。

「立て！」

タンのいる牢の男たちは乱暴に立たせられ、槍の穂先で背中を突《つつ》かれながら一列縦隊で夜明けの広場に出されると、一人ひとり順番にこう問い質された。

「ヤツを棄《す》てるか」

多くの者が苦々しげに「棄てる」と答えて連れていかれた。

残されたわずかな仲間たちが戸惑いのあまり茫然とその場に立ち尽くしている。タンは彼らと共に順番を待った。さわやかな空気を吸い込み、頬をなでる風を感じながら夜明けの光を味わう。心地よさにうっとりとして、自分が置かれている危険な状況などどこ吹く風という気分がした。

棄てるか？

その言葉をうわの空で聞いていると、何者かに膝の裏を殴打された。前のめりに倒れ、剣の先でついとあごを持ちあげられる。視線の先には、いままで見たことのないような、まるで人間味を感じられないふたつの瞳があった。

「『ヤツを棄てるか？』と聞いておる」

タンが首をゆっくりと左右に振ると、剣の向こうにある顔が片頰を上げて、フン、と笑った。

「ならば、せいぜい覚悟するんだな。おぬしらが愛の神と讃える亡き王に会う覚悟を。どこへ行ったのだ、ヤツがおぬしらに示す慈しみとやらは？」

残されていた者たち全員に同じ質問がくり返され、裏切ることをかたくなに拒む者もいたが、死の恐怖に屈してしまう者もなかにはいた。

「丘に連れていけ」

最後にあの冷酷な男の短く命令する声がタンには聞こえた。


すべてがまったく現実味のない夢のように過ぎていった。

十字架か、それとも木の杭が地面に立てられているのだろうか？　人物までは特定できないものの、すぐ横にもひとりがはりつけにされていた。左右から男たちのうめき声が聞こえてくる。見下ろすと、地面には母親と自分の愛する女性がいて、慟哭《どうこく》しながらこちらを見あげている。つい先日、この丘にはりつけにされた人のことが思い浮かんだ。

『神よ、彼らをお赦しください。彼らは自分たちのしていることがわからずにいるのです』

キリストの声がタンの魂にこだまして消えたが、喜びの感覚が彼をつかの間の安らぎに浸らせた。

タンは目を閉じてそっとため息をついた。

スポンジのようなものを先端につけた槍が口元にすっと伸びてくる。酢だろうか？　水ではなさそうだ。冷たくさっぱりとした味わいに目を開けると、友人の顔がそこにはあった。ローマ兵と思《おぼ》しき出で立ちのこの青年と共に自分は大きくなったのだ。最後にこうして思いやりを示してくれた彼のことは、ぜったいに忘れないだろう。

別の記憶が胸によみがえってきたが、これは未来に経験することになっている記憶のようだ。ロキか？　いま、死の間際に何かを飲ませようとしてくれたあの兵士はロキなのか？　そう思い至った瞬間、いたずらの神と同じ名をもつ友が、こちらに向かってそっとほほ笑んだ。目にはタンを慕う証《あかし》の涙がいっぱいにたまっている。このひとときだけ、兵士は身にまとっている軍服も忠誠心も忘れていた。

血も涙もないもうひとりの兵士がタンを背中から槍で突いた。肩の下から生温かい血がしたたり、槍を引き抜いた瞬間、ぱっくりと開いた傷から鮮血がほとばしると、タンの頭はがくりと前のめりにうなだれた。その姿に彼を愛する者たちは驚愕の叫びをあげ、むせび泣いた。

「いやーっ！　やめて！」

叫ぶ母の口を誰かの手がやさしく覆い、別の誰かが彼女をきつく抱きしめる。そのようすを見ていたタンは心のなかで懇願した。

『もう二度とぼくに誰かを愛させないでください。ぼくが下す選択のせいで、愛する人たちにこのような苦しみを背負わせないために。もう二度と！』

タンは心の底から願った。その一言一句が天に響きわたり、来《きた》るべき未来のフィールドへと向かった。このときの願いの言葉が、自分は愛する家族と共に人生という霊的なお芝居に参加してもいいのだと思えるようになるまで、無意識の信念として残ることになった。その深い確信が彼に訪れるまでには、じつに長い年月を要することになる。

牢に入る前は壮健そのものだった彼の身体も、1週間受けつづけた拷問と脇腹にできた傷のせいでそのたくましさがじわじわと奪われつつあった。もはや身体をまっすぐに支えていることもできない。兵士に材木で膝を刈るように殴られて、前のめりに倒れる。身体は目に見えて体重が落ち、あばらの浮きあがった肺は呼吸もままならない。

最後の陽の光が夕闇に空を明けわたして消えると、タンの意識はゆっくりと身体から漂い出て、十字架が立つ丘の上をさまよいはじめた。その場に崩れ落ちる母の姿が見え、死にゆく息子にすがりつく彼女の悲しみと愛が痛いほど感じられた。と、そのとき、目の前に光が現れた。

光のなかには大いなる愛をたたえた存在がいて、それがこう語りかけてくる感覚が伝わってきた。

『そろそろ時間だ』

いつかまた必ず会うであろう丘の上の人々に惜別の祈りを送ると、これまで受けていた迫害が赦されて過去のものとなった領域へとたどり着いた。到着の瞬間、タンは肉体の重みから自由になり、疑いの詰まったマインドから解放される喜びでいっぱいになった。

『ホーショー？』

タンは目の前の光に尋ねた。

『何だね？』

『本当にあなたなんですね？』

魔法使いはほほ笑みを返した。

『ずっと一緒にいてくれたのですか？』

『ああ、はじめからね』

＊　＊　＊

昼寝から目を覚ましてあたりの景色を見わたしたときには、だいぶ遅い時刻になっていた。

『夢だったのか』

タンはふーっとため息をついた。水の流れる音が聞こえてきたので、そっとベッドから抜け出して部屋を横切った。いままさにシャワーの滝のなかに入ろうとしていたラニの背中に手を伸ばし、そっとこちらを向かせる。今日もラニは美しく、気分もよさそうだ。

「ハーイ」ラニがやさしい笑みを向けてくる。

「夢の邪魔をしたくなかったから」

「ラニが邪魔になんかなりっこないよ」

「さっとシャワーを浴びようと思って。ちょうどひと仕事片付けたところよ」

そう言いながらラニはタンの服をみるみるうちに脱がせると、祝福するかのような湯の流れのなかに彼をグイと引き寄せた。タンは何度かの過去生で味わった苦い経験のことなどすぐに忘れてしまった。

「大丈夫か？」

身体をさっぱりさせたあと、タンがシャワーを出ながら訊いた。

「ええ、どうして？」

「何か考えごとでもあるみたいだから……」

「やることは山ほどあるのに、息抜きの時間がほとんどなくて……。でも、タンといるのが最高の気晴らしになるわ」

くり返し届くメモの存在とそのおそろしい文面を頭から消し去りたいラニは、かすれ声でささやいた。

「話したいことはあるんだけど、それは明日にしましょ。で、いまシャワーのなかで楽しませてくれたから……。どう、ベッドでそのつづきは？」


ラニは明け方にベッドを抜け出してタンのもとを離れた。タンはなかなか寝つけずにいた。静寂のなか、横になったままマインドで時間のフィールドをスキャンしながら、前回見た夢の内容を思い返した。すると突然、彼はひとつのことを悟った。過去の出来事などどうでもいいのだ。自分にとって最も大切なのは、何がいま自分のハートを満たしてくれるかだ。ホーショーがいつも言っているように、重要なのはハートでいま起きていることであり、それ以外はすべて枝葉末節にすぎないのだ。

こんな自分にも少年時代ってやつがあって、ラニがかわいい妹だったなんていまでは信じられない。幼い少年少女は魔法の世界を旅した。そこは黒魔術師と魔女の棲《す》む喜びと苦痛の入り混じった夢の世界であり、そこにはオオカミや歌姫、妖精たちが登場し、自分は何年ものあいだその幻想的な世界のとりこになっていた。しかし、いま自分が夢中になっているのはラニ、そして、彼女とこれから築いていく未来のことだけ。未来の王たちと、彼らがハートをとらえて離さない女王たちにとっての理想の未来を築いていくことだ。

そして、愛のフィールドでは理想郷が俺たちを呼んでいる。

『忘れずにいなさい』

フィールドがそう語りかけている気がした。

『夢で体感したあの感覚を。キリストと共にいるときに味わった感覚を。それを、あのゲームを通じて届けるのです』

12　夢想家と実行家

タオ・ラオは過去の時空へと戻り、どうにかイェシフの気持ちを変えられないだろうかと、かすかな望みにすがって粘り強く接触を続けていた。爆破決行の日が迫っている。自爆テロにもさまざまな準備や計画が必要となることでいくらかの時間稼ぎになることが、せめてもの救いだった。説得の効果はいつ現れるのか。それが最大の問題だ。イェシフはいまでも、無邪気な姪が母親と共にむごたらしく殺されたときの記憶を反芻していた。


「イェシフ？」

父親のアリがそっと肩に手を置いても、イェシフは息をしているのかどうかも疑わしいほどじっとしたまま物思いに沈んでいた。と、そこへ、電話のけたたましい音が鳴り響いた。アリは座っている場所から手を伸ばして受話器をとりあげた。

「アリだが」

相手の察しがついている彼の声には悲しみがにじんでいた。

「そろそろだ。準備はほぼ整った」

低い声が冷酷に言い放つ。

「あとどれだけ？」

「1週間か、長くても2週間だ。それまでに覚悟を決めておけよ、アリ。お別れをしておくんだ。いずれ天国で会えるのだから」

堅苦しく、ぎこちない声から父の悲しみがのぞくと同時に、彼がこのことを誇りに思っているようすもイェシフの耳に伝わってきた。もう逃げ道はない。家族まで巻き込んでしまったいま、自分が逃げ出してしまえばどんなことになるのか、想像もつかない。母さんと天国で再会することに迷いと不安を覚えておびえている自分がいる。

『もうすぐ行くからね』

壁に飾った写真に向かって心のなかでささやく。祈りを捧げようとひざまずいたそのとき、廊下の時計が時を告げた。


イェシフが良心と格闘しているそのころ、宇宙船の士官候補生用トレーニングルームでは、図を描くホーショーのうしろ姿をメアリーが眺めていた。ホーショーはその図を「現状見取り図《マニフェステーション・マップ》」と呼んでいた。世界の融合の現状を明確に理解するうえで重要なのでね、と言うと、彼は巨大なシミュレーションパネルにいくつかの円を描いていった。パネルの中央に地球世界を表す円を描き、その上下にもふたつずつの円を描いて大まかな視覚モデルを作った。

「まず、これだが」そう言って地球の右下に描いた円を指した。

「これはヴォルカンの世界を表している。いまだに物理的領域の低次の神々を崇拝する者が多くいる世界だ。みなも知っているとおり、ここはカオスに支配され、混沌と欠乏、恐怖の広がる世界。誰もが幸福の源泉は外にあると思い込み、それを探すことに汲々《きゅうきゅう》とする世界だ」

弟子たちがうなずいた。永遠につづく幸福を自分の外に探すものの、失望する羽目に陥る人が大勢いることを彼らは経験から知っていた。

「そしてこれは」つづけて彼は、地球の左下に描かれた円を指した。

「より強い制限の働くパラレルワールドで、キリストの再臨を早めるために、終末論で描かれた戦争をはじめとする出来事の実現を熱望する世界だ。諸君のなかには融合実現のために過去の世界に戻る者もいるだろう。この世界は現状がもつひとつの側面だから覚えておきなさい」

この魔法使いの観察眼から逃れるのは、とうてい無理ね。そう思ってメアリーは心のなかでほほ笑んだ。ホーショーはフィールドの数学がどのような効果を発揮しているのか、フィールドはどのようなことに影響を受けやすいのかをテーマに、この船上ですでに長いこと教えつづけていた。ホーショーがこれからどのような知恵を授けてくれるのか、おおよその想像がついているメアリーは、胸をときめかせながら講義のつづきにゆったりと身をゆだねた。

ホーショーは、地球の下に描いたふたつの円を指すと、そこから先は言葉で説明する必要性を最小限のものにするために、それぞれの世界の映像を弟子たちのマインドのなかに解き放った。ホーショーには、メアリーがふたつの世界からスキャンしたものと同じ光景が見えているようだが、その観点は異なるようだった。タオ・ラオや光の女神と同様、彼は落ち着いてこれっぽっちの恐怖も抱いていない。そしてメアリーにはわかることがもうひとつあった。彼にはいま、この場にいる者たちに秘密にしていることがある。さらに講義はつづく。

「そして、地球の右上にある円は魔法の王国、つまり、人間たちが夢見る理想の世界を表し、その隣にあるのは彼らが思い描く混乱に支配された現実を表している。この混乱の世界は、いまは比較的おとなしくしているものの、宇宙のフィールド全体にその影を落としている。ではつづいて、魔法の王国のもつパワーと美しさ、力強さを眺めるとしよう」

ホーショーは、今度もマインドに映像を解き放って、魔法の王国に広がる夢と理想に満ちあふれた世界のようすを伝えた。その映像を受けとった者はみな、そこに映し出された光景に圧倒されると同時に心を鼓舞され、胸に抱く理想をかきたてられる思いがした。このとき見た映像から、メアリーが聖なる泉のほとりで姉妹たちと見た光景が、シャンバラのものだったことが裏づけられた。

「よろしい。ではつづいて、世界をつなぐ扉のようすを見るとしよう」

下のふたつの世界から光線が絶え間なく発されていく。混沌のエネルギーを帯びた無数の光線が、イェシフをはじめとする地球世界にいる大勢の人々のハートにつながるのを、パネルの前にいる者たちは目撃した。光の線が野放図《のほうず》に伸びていくようすに、弟子たちは眉間《みけん》にしわを寄せていらだちをつのらせた。

何の前触れもなく、パネルに新たな光の線が勢いよく湧き出てきた。今度は明るい色合いの光線が魔法の王国から地球に向けてぐんぐんと伸び、より文明化された世界の創造を夢に描く人々のハートにその一本一本がつながっていった。

「何が見えるかね？」

ホーショーはそこで問いかけた。目前に控えた旅のために状況をつぶさに把握する必要性を自覚している弟子たちは、その光景を目に焼きつけようとパネルを食い入るように見つめている。

「下のふたつの世界から伸びている光線のほうが、魔法の王国を発した光線よりも数多く地球へとつながっていますよね？」

若い弟子が問い返した。

「そのとおりだが、もっとよく見るのだ。線が帯びている色や波動はどうだ？　そこには何が見え、どんな感覚が湧き、何を感じるかね？　この光線のすべては、果たしておまえたちに何を明らかにしてくれる？」

パネルを見つめていた弟子たちは目を閉じて自分の内側を探ると、パラレルワールドに次々とつながっていく光線の存在をじっくりと感じてから目を開いた。

「さて？」

魔法使いはいかにもうれしそうな笑みをこぼしながら尋ねた。

「彼らの波動は弱く、色も濁っています」

と答えながら、メアリーは下のふたつの円を指した。

「なるほど。ほかには？」

「彼らが発するメロディーは自分のことしか考えないわがまま放題な代物《しろもの》で、支離滅裂です。ビートには思いやりのかけらもありません」

「ほかには？」ホーショーは彼女につづきをうながす。

「私たちは思い出さなくてはなりませんね。思いやりと調和のフィールドのもつパワーを。そして、このフィールドは愛の性質を帯びていない者や、分離を創り出す者すべてに調和を与えることができるということを」

「そのとおりだ。では、ここで波動較正《カリブレーション》の数値について詳しく見ていくことにしよう」

そこでホーショーはこう続けた。ハートが真実に向けて開かれ、生きとし生けるものすべてを尊重するゲームに波長を合わせると、そのハートの持ち主のフィールドから発される波動は大勢の人に力を与えると。さらにホーショーは続けて言った。

「思い出しなさい。個人の波動を300の値に較正すると、低次の世界から伸びる9万の光に調和をもたらすことができると判明したのは前の千年紀の終わりごろだ。それでは、700の場合はどうかな？　700となると、人が思いやりに満ちた安らぎと愛の流れるフィールドに深くつながったときに発する波動だが、これに較正すると？」

「7億本の光線に調和をもたらすことができます！」

誰かが歌うような声で叫んだ。この事実を忘れていたのか、弟子たちは一様に目を丸くした。それはメアリーも同じことだった。

「そのとおり！」

ホーショーは興奮気味に答えると、言葉に力を込めた。

「忘れるでないぞ。パワーは光線の本数に宿っているのではない、一本一本の光線そのものに宿っているのだ。さらに、『私たち』という調和に基づいた集団のゲームは『俺が、私が』という自分中心の分離に基づくゲームを必ずや凌駕するものだ。だから――」

と言って、メアリーの方に向き直ると、ホーショーはこう話を締めくくった。

「安心して、おのれの理想を貫きなさい。そして、融合実現の夢を胸にしっかりと描き、導きに従って、実現を助けるために過去の時代に赴くがよい。すでにエリュシオン号はおまえの存在を通じて実現に役立つプログラムを地球にダウンロードしてある。だから安心して、身も心もすこやかな旅をするがよい。最後に、成功を祈る！」


クラスは解散になった。メアリーは講堂の階段を下っていくと喜びいっぱいに彼に抱きつき、そのぬくもりに包まれながらハートとマインドの安らぎを味わった。彼に言われて思い出したことがある。大いなる善の創造をこころざして集まった者は、あらゆるフィールドのパワーに思うがままにつながることができるのだ。

「本当にそんなに簡単にいくと思う？」

「心から望めばそうなるものだ、メアリー。複雑なゲームを望むのであれば、その選択に従って好きに創造すればいいだけのこと」

それもそうね、とメアリーが声を立てて笑い、ふたりは話のつづきのために腰かけた。椅子にはまだぬくもりが残っていて、メアリーの椅子からは先ほどまで腰かけていた若い女性の思いが感じられた。どうやらその娘は、ホーショーの講義のあいだじゅう、芽生えたばかりの恋に心ここにあらずだったようだ。出席者の誰もがホーショーの言わんとしたことを消化し切る準備ができているわけではない。メアリーがその恋煩《こいわずら》いを読みとったことに感づいたホーショーは、そっと尋ねた。

「それで、どうしているかね、仲むつまじい恋人たちは？」

「ラニとタンのこと？」

「ほかにいるかい？」

「うまくいってるわ、ホーショー。ふたりはいま地球の若者向けのテレビゲームを開発するのにかかりっきりなの。魂の啓発をしながら楽しめる内容なんですって」

「より多くの求道者に魔法の王国の存在を知らしめるものになるわけだな？」

「ふたりがあまり多くを語ろうとしないから、確かなことは言えないわ。完成するまでのお楽しみですって」

「はっはっは、私も同じことを言われた」

魔法使いはそう笑いながら、メアリーがふたりのプロジェクトを見守っていることに感心した。

「人って恋をすると、とてつもない気づきや想像力を発揮するものなのね。あの子たちがどうしてもいまのプロジェクトを秘密にしたいって言うのなら、私たちは我慢するしかないわよね。そういえば、タンは近ごろキリストの夢を見るって言っていたけど……」

「キリスト的存在のエネルギーは近ごろフィールドにどんどん広まっているのだ、メアリー。おまえも知っているだろう。『いまは再臨の時代。ハートランドが呼び声を発している』と。その時代とはほかでもない、おまえとタオ・ラオがフィールドの調整に取り組んでいる時代だ。そして、タンとラニのゲームは完成すればまさにその時代に向けてリリースされることになる」

ふたりで講堂の椅子に腰かけて話をするなかで、メアリーは先日見た夢の話を切り出した。タオ・ラオとゲッセマネで会い、そこで思いもしない事実を知らされた、と。ホーショーは大きく息をつくと、白状した。フィールドに異変が生じていたところへ、復讐の道を探っていた青年にヴォルカンの息がかかって自爆テロの犯行に及び、その異変のエネルギーがフィールドに浸透していったこと。そして、その光景の一部始終をエイトトランがタオ・ラオに明かしたこと。

「理解できないわ。何もかも完璧に運んでいたのに。どうやったらそのイェシフという青年が現れたりするのかしら。何もないところからいきなり現れたみたいに……」

魔法使いがなだめるようにメアリーの腕をポンポンと叩く。

「ヴォルカンの神々にも魔法の訓練を積んだ者は多いのだよ。エイトトランは確信している。彼らが融合を遅らせるための試みとして時間をさかのぼり、イェシフの心に燃えさかる復讐の炎をあおったのだとな」

「それでは、この千年紀の変わり目に、地球にいたイェシフという青年が家族を亡くしたということなのね？」

「いかにも。それでもヴォルカンの触手《しょくしゅ》がイェシフに伸びていなければ、彼は気難しい老人として一生を終えたことだろうよ」

「つまり、闇の連中が意図的に歴史をあやつって過去の出来事を変えてしまったということね？」

「なにも連中がはじめてというわけではない。それに今後も似たような手合いは出てくるだろう」

「それなら、タオ・ラオが説得に失敗したらどうなるの？　こんなこと考えても楽しくはないけれど、でもどうなるの？」

「思い出しなさい。われわれは誰もが平和大使なのではなかったかな？　全体像のなかで、それぞれが重要な役割を担っているわけだが、それでも、誰かが失敗すれば必ず別の者が立ちあがって代わりを引き受けてくれるのだ。メアリーよ、いまはおのれの抱いている理想像に集中して、つねに思いやりのフィールドに深く根ざした行動を心がけるのだ。あわせて、タオ・ラオも過去にしっかりと訓練を積んでいることを忘れずにいなさい。自分でも言っていたように、タオ・ラオが失敗する可能性をあれこれ想像しても楽しくはないだろう」

13　砂漠の魔法

身体に力が入らず、いつにないだるさを覚えた。砂漠の熱波は相変わらずの苛烈《かれつ》さだ。近年になって気候が急激に変動していること、そして、人類がそこから目を背けようとしている事実をタオ・ラオはすっかり忘れていた。そう、一部の者が唱えている説のとおり、地球はこのころから徐々に氷河期に突入するはずだったが、ちょうどこのころ、つまり、千年紀の変わり目になって人類はガイアが提供してくれる資源の扱いをあらためはじめていた。それでも、砂漠の暑さは依然として情け容赦がない。創世記には「汝は塵《ちり》なれば塵に帰るべきものなり」とあるが、人類は自分たちの肉体を不死のものにしないかぎり、まさに灰塵《かいじん》に帰《き》してしまうだろう。

古色蒼然たるモスクのなかでひざまずいて祈りを捧げる。数メートル向こうにはイェシフがいる。そこでタオ・ラオはマインドをさまよわせて再び時空を超えていった。一度肉体をもった暮らしを経験し終え、再び別の肉体を経験してからどれくらい経つだろう？　この数千年のあいだに、私は何人の人を愛し、失ってきたのだろう？　どれだけの痛みと苦しみを目撃してきただろう？

内面奥深くに絶えることなく脈打つ愛にうっとりと浸っていると、自分も、そして身のまわりにいる人たちも、生命はけっして死なないのだということがわかる。すべては永遠であり、強く願えば願ったぶんだけ自由を手にし、なりたいと夢見たぶんだけ愛と叡智に満ちた存在になることができる。

魂の自由は、人々がそれを夢見るかどうかに懸かっているのだ。

そしていま、モスクの静寂のなかでタオ・ラオはマインドをマトリックスいっぱいに拡大すると、宇宙の空に堂々たる姿で浮かぶエリュシオン号のフィールドを捕捉した。ハートを開いて船内に向かってビームを放つと、それは最愛の人に直撃するよう目標ポイントが設定された熱感知ミサイルのように船内を飛び回った。彼女なしには生きられない、タオ・ラオはそう感じていた。

『ああ……タオ・ラオったら……。いったいどこに行っちゃったのよ……。私のことなんてちっとも恋しがってないんじゃない？』

『ちがうよ……』と言いかけて、ハッと気づいた。自分が姿を現す気配を察して、エイトトランがからかっているのだ。

『わかってるわ。ずっと忙しかったんでしょ』

『愛を忘れるほどというわけじゃないさ』

『目の前の一瞬一瞬を楽しむってことを覚えたら？』

これは自分にもあてはまることだと知りながら、彼女はまたからかった。

『だから君といられるときはいつでもぼくは……』

とタオ・ラオは思わせぶりに言葉を切った。ふたりの冷やかしあいはいつも楽しい。

『いつこっちに姿を現せるの？』

『いま現してるよ』

『ちがうわ。肉体をもって現れるって意味よ』

『君がよければ数時間後にでも。いつなら時間が空《あ》いてるのかな？』

『もうすぐ休憩時間よ』

『よかった』

『私から行く？』

『宇宙船を離れるのかい？　時空の移動を経験しようってわけ？』

『あなたに会いたくてしかたないの。私にとってもいい経験になると思うわ。千年紀の初期に地球上を歩いた経験なんて覚えているかぎりではないと思うし……。もちろんメアリーの目を通じては別だけど』

エイトトランは楽しそうだ。

『ならばおいで。一緒に夕陽を眺めよう』

『すてき。デートね。じゃあ、ちょっと意識を集中してあなたのいる場所の座標を確認させてちょうだい』

「うわぁ、すっごい、気持ちいい！　宇宙船のシミュレーターとはおおちがい。やっぱり実物にはかなわないわね！」

エイトトランはラクダの背中にまたがると歓声をあげた。ラクダは官能的な揺れを伴って砂漠をのんびりとした足どりで横切っていく。さすがに乾燥した空気とこの熱さにはエイトトランも閉口した。汗がとめどなく背中を流れ、ふたりの身体がラクダのリズムに合わせて揺れている。ラクダから立ちのぼる野生の匂いを嗅ぎながら彼と汗にまみれる。そして乾いた暑さ、どこまでも広がる砂、砂、砂の景色。すべてが精妙に絡みあい、うっとりとさせられる。

「あそこだ」

涸《か》れ谷《だに》にできた荒れ地に入ると、タオ・ラオが指さした。

「岩谷の脇に石灰岩がむきだしになっているところがあるだろう？」

「ええ……。あれが？」

「まあ、見てなよ。もうすぐにわかるから。泳いでみるかい？」

「こんな砂漠で？　冗談でしょ、からかわないでよ……」

にやりとしたタオ・ラオが急にラクダの速度を上げさせたので、エイトトランは思わず叫びそうになるのをこらえて笑い転げた。そうして数分ほど走ったところで、ふたりを乗せたラクダは足を止めた。

「うわぁ」

それ以上、エイトトランには言葉が出なかった。音が先に耳に届き、つづいて景色が目に飛び込んできた。巨大な岩のてっぺんから滝が清らかな水の壁となって流れ落ちている。その下には幅わずか数メートルながら、底の深そうな水辺ができていた。エイトトランはラクダが膝を折ってしゃがみ込むのも待ち切れずに、半ば落ちるようにしてその背中を滑り下りると、あっという間に下着姿になり、もの言いたげな顔で訴えた。

「本当に……裸になっちゃいけないの？」

そうつぶやくと、大きく見開いた目をタオ・ラオに向けた。タオ・ラオは『アラビアンナイト』から抜け出てきたロマンティックなヒーローのように、白の長いローブをまとっていた。きれいに整えた口ひげと白髪交じりの短いあごひげを蓄え、オリーヴ色の肌と大きな瞳の顔がいたずらっぽい笑みに輝いている。

「裸だって？　いいや、まだだめだよ、ここはだめだ。誰が通りかかるかわかったもんじゃない」

「でも、出発してからこの方、人っ子ひとりいなかったわよ」

「あの素早さには驚かされるよ。いつの間にやら、どこからともなく現れるからね」

信じられない、といわんばかりに首を振って笑うと、タオ・ラオは流れるような動きでラクダの背から降り、蹴るようにして靴を脱ぐと、ローブも脱いで、ミケランジェロの彫刻のような肉体を露わにした。すがすがしいエネルギーに満ちた水には小さな魚がたくさん泳いでいて、足の指を食べようとするかのように爪先をつついてくる。エイトトランはくすぐったそうに笑いながら魚たちをうっとりと眺めていたが、やがて顔をくるっとタオ・ラオに向けて軽く口づけると、砂漠のプールに頭から潜《もぐ》った。ひんやりとさわやかな水に包まれる感覚をひとしきり味わうと、あまりの解放感にうれしくなって、子どものようにはしゃぎながらタオ・ラオに水をかけた。彼女はいま、愛する男とたわむれるひとりの女になっている。留守中のことは頼もしい同僚たちに安心して任せられるので、何の責務も心配も、神経を使う宇宙船もここにはない。

「ねえあれ！　何かしら？」

彼女が無邪気な声で指さしたのは、ふたりの真下にある岩と岩に隠れた隙間から漏れ出た光だった。

「どこに続いているのかしら？」

そう言うが早いか彼女は潜りはじめ、タオ・ラオは水中に消えていく彼女を見守った。

「来て……」

戻ってきて蠱惑《こわく》的なささやきを残し、再び水中に没したエイトトランについていくと、滝の向こう側にある先ほどより小じんまりとした水辺に出た。ここは水のカーテンに仕切られているので、下着を脱ぎ捨てた彼女につづいてタオ・ラオも裸のままつるりとした平たい岩の上に横になった。

砂漠の静まり返った空気に包まれ、天然のヴェールで身を隠しながら、恋人たちはひとつに融けあって互いへの焦がれる思いを満たしていった。それから自然界の静寂をしばらく味わったのちに、エイトトランは話を切り出した。彼女には、タオ・ラオが何かほかのことを考えているような気がしていたのだ。

舌先でタオ・ラオの胸板に浮いている汗をつつつと拭いながら、彼女は嘆息《たんそく》した。

「大自然のなかで愛しあったせい？　それとも闇の連中との生命に関わる駆け引きやイェシフのこと？」

タオ・ラオはエイトトランを腕に抱いたまま、愛する人の匂いを思う存分味わおうとするかのように、彼女の香りを呼吸したまましばらく押し黙っていた。

「どうしても彼の心を動かせなくてね……」

「そろそろターゲットを変えるべき時期なんじゃないかしら？」

「平和大使かい？」

「そうね……」

「爆破の瞬間に現場に居あわせないようにするってことかな？」

タオ・ラオが念を押す。

「代替案《だいたい》としてはよさそうな気がするわ。ねえ、最後にもうひと泳ぎしてからあなたが寝泊まりしているところに案内してちょうだい」


燃えさかる巨大な球体と化した太陽が地平線をまっぷたつにして沈みゆくあいだ、突き抜ける空の青はしだいに淡いピンクと紫に染まっていった。そこから正反対の場所に銀盤のような月が姿を現し、夕闇が見わたすかぎりに広がった。恋人たちはラクダを立ち止まらせて、天空にたわむれる光をしばし楽しむと、そこから砂漠を数キロ横断して、タオ・ラオが寝泊まりしている場所にたどり着いた。

テントは砂嵐の盾がわりになる岩場の向こうに広がる居留地に建っていた。すぐそばのオアシスを密生した樹木がとり囲み、水面《みなも》に月明かりがきらめいているのが見える。

「すてき……。あなたもどう?」

汗を洗い流したくてたまらないエイトトランはそう言ってほほ笑むと、服を脱いでいく。全身が砂と汗にまみれている気がして、今度は何の躊躇もなく冷たい水に入っていった。水の量はほんのわずかだったが、それでも十分だ。タオ・ラオは水たまりのなかで彼女の傍らに横になると、両手を枕にして夜空の星を見あげた。エイトトランはこれほど多くの星を見たことがなかったし、星空というものがこうも美しいものだったとは、いままでまったく気づかずにいた。まるで宝石をちりばめたかのようだ。砂漠で過ごす時間は、タオ・ラオと過ごしている瞬間と同じくらい心躍る魔法の時間を提供してくれた。

「泊まっていく?」

「砂漠のど真ん中のテントに?」

「ぼくと、もっと……」

「戻らなきゃ……」

「ひと晩だけ。君がいままでにしたことのないことをしようよ」

タオ・ラオがこんなふうに食い下がるのははじめてだ。タオ・ラオは身を屈めてエイトトランのうなじに口づけると、かすれ声でささやいた。

「経験したことは?」

「何を？」

「砂漠のど真ん中に立つテントで、愛する人と一夜を明かしたことさ」

ハートが彼と自分への愛に満たされて、エイトトランはうれしそうに笑った。タオ・ラオは彼女を心から愛し、彼女は過去、現在、未来の自分を知らしめてくれる彼のぬくもりに完全に心を開いていた。このとき、ふたりは時間の枠を超えて互いの生命をつなぐ網の目の存在を全身で感じていた。エイトトランはメアリーであり、アグラであり、いにしえの女王であり、未来の時空に存在する銀河系の王女。そしてタオ・ラオは、過ぎ去りし幾千年のあいだ途切れることなく彼女のもとに現れた恋人たち。エイトトランは彼と出会ったときから気づいていた。

『私はタオ・ラオがこれまでの人生で愛してきたすべての人。つまり、マトリックスの女王が姿を変えた存在。そして、その時代時代に私が愛したタオ・ラオは私のハートの王だったのだ』

14　目撃者と観察者

エイトトランとのつかの間のバカンスを終えて任務に戻っても、タオ・ラオは引き続きにこやかに過ごすことができた。これまで、イエシフのハートにつながる架け橋を見つけるという希望は捨てずに、この若き自爆テロ犯の生き方について可能なかぎり知ることだけを考えてきたが、状況は芳《かんば》しくなかった。それでも心が晴れやかに落ち着いていられるのは、変える方法がいくつもあることに気づいたからだ。さっそくフィールドの軌道を融合実現に向かうものに戻すための計画を見直しにかかった。

『いまはとにかく事態の推移を観察して目撃者になることに徹し、時が来たら行動に出よう。それでも、エイトトランが言っているとおり、自分にはあらゆる可能性を検討して視野を拡大する必要がありそうだ』

タオ・ラオがミッションの標的《ターゲット》をあらためたちょうどそのころ、メアリーも同じように方針転換に踏み切っていた。もっともこのころは、自分たちがイザベラという同じ女性を標的《ターゲット》に定めていたとは、ふたりとも知らずにいた。

ドリームタイムでゲッセマネの園を訪れて以降、メアリーはある思いに駆られていた。さまざまな世界へとつながる道筋をつくってくれたいにしえの聖人たちに会うことで、イザベラのことを詳しく知りたい。聖なる泉の会で知りあったヴァイオレットの瞳をしたあの娘のことが、どうしても頭から離れないのだ。

メアリーはもう一度、聖リタ教会のこじんまりとしたチャペルを訪れると、静寂のなかで瞑想しながら命令した。

『私が知るべきことを示しなさい』

意識を拡大して時空をどんどん超えていく。行く手を覆っていたヴェールが次々に開かれ、世界から世界を渡り歩いていくと、ひとつの時空の扉が目の前で開いた。扉を抜けて、人里離れた森に建つ僧院に足を踏み入れる。すると、そこには聖フランチェスコの姿があった。

「ああ、キアラ、来てくれたんだね。じつにうれしい！」

キアラの目で身体を見下ろすと、彼女は地味な色合いの粗末な衣服を身にまとっていた。どうやら季節は夏のようで、小さなパンのかたまりを捧げ持つ両手には、過酷な勤労の跡が刻まれている。メアリーのものではない声でフランチェスコへのあいさつの言葉が述べられると、内面にとてつもない喜びがほとばしった。キアラたちシスターは物質的には貧しいかもしれないが、魂はけっして貧しくはないのだ。このゆるぎない信心を抱いた者たちと共に歩むことで受ける恩恵の豊かさが胸にひしひしと伝わってきた。

フランチェスコと交わした言葉はよく思い出せないが、じつのところそれはあまり重要ではない。メアリーがハートスペースで受けとったものは、彼女の魂を癒す音楽そのものだったからだ。ほどなくして、キアラの身体に完全になじむと、この聖人がたどってきた人生のすべてが目の前で露わになった。キアラが重ねてきたすべての選択、そして悲しみの体験、さらには、それまで手にしていた裕福な生活を捨ててサン・ダミアーノでの清貧《せいひん》な暮らしを選ぶと彼女が打ち明けたとき、家族がとり乱したようすまでもが見えた。

つぎに体感したのは、修道院のシスターたちに愛を注ぐようすと、日々の暮らしのなかで数々の奇跡を体験することで、キアラたちが「私たちはつねに神に守られている」と信心を深めていくようすだった。彼女たちは生涯を通じて嘲笑や誤解、脅しを受けていたが、フランチェスコとキアラの交わしたエネルギーには純粋な愛があふれていた。

ふと、誰かが近寄ってくる気配を感じた。メアリーには瞬時にそれがキアラの妹であることがわかった。横を向いてその顔を見た瞬間、彼女はハッとなった。当時の人生で、聖・キアラの妹として生きていたのはイザベラだったのだ。

突然すべての動きが止まって映像がぼやけ、周囲のエネルギーがシフトしたかと思うと、メアリーは緑に包まれたアッシジの丘を離れていった。再び別の時空の渦に吸い込まれると、純粋なハートをもった少女の身体にすーっと滑るように入り込んだ。

借りた身体で目を閉じて黙想しながら周囲のようすを感じると、身体の主は何千という人々が固《かた》唾《ず》を呑んで見守るなか、ひざまずいて聖母との深い交わりに没頭しているところだった。頭のなかにだんだん光があふれ出し、ハートには畏怖の念が湧いてくるとともに、やさしい感情で満たされていく。しばらくすると内なるフィールドがシフトして、そこには見るも麗しい女神のような女性がハートからまばゆいばかりの光を放ちながら立っていた。無言でひざまずいたまま首《こう》を垂《べ》れる娘に聖母が愛の光を注いでいく。少女ベルナデッタの信心もさることながら、聖母出現のこの場面はゆるぎない力強さに満ちていた。

すでにその言葉が世界に広く知られている以上、具体的にどのような言葉やメッセージが娘に語られたかはここでも重要ではない。聖堂が建てられ、ベルナデッタの目を通してその光景を眺めていると、やがてここルルドに、世界じゅうから大勢の人が巡礼と癒しを求めて押し寄せるのだということをあらためて実感させられた。

このときメアリーが最も強く感じたのは、ヴィジョンを受けとることができるだけの純粋さとオープンな心をもった少女のゆるぎない信念だった。無学な少女は「そのような御言葉《みことば》を受けるに値するのは自分たちだけだ」と信じて疑わない尊大な教会関係者の詮議に立ち向かった。罵《ののし》られ、つばを吐きかけられ、さまざまな試練にさらされながらも信念を貫き、列聖《れっせい》という思わぬ称賛をのちに受けることになったベルナデッタとキアラを思うと、メアリーは謙虚な気持ちに包まれるのだった。

「もしも私があの聖人たちの魂がもつエッセンスをつかんだら、私たちはその要素をフィールドに加え、信念の波動を強め、マトリックスのなかで優位にある疑念のパルスを弱められるんじゃないかしら？」

メアリーはいま、夢を見てからずっと考えていたことを明かして魔法使いに意見を求めていた。

「私の見方が偏っていたらごめんなさい。でもね、ホーショー、私には融合実現がこの女性たちの力に懸かっているんだって、この夢は意味があって現れたんだっていう気がしてならないの。タオ・ラオがフィールドを私たちの意図している姿に戻せれば、すべては以前のように続いていくはずよね。でもね、私たちはそこからさらに融合実現を早めることができるはずよ」

「しかしな、おまえが言ったように層を加えたところで、飢えに満ちた世界を満たすことができるにすぎない。われわれはいまでも何も失ってはいないし、あらゆることが可能なのだよ」

ホーショーが肩にのせた手のぬくもりが、首の付け根に溜まっていた緊張のかたまりをやさしく解きほぐしてくれる。全身の力を抜いてホーショーのエネルギーに自分をゆだねながらメアリーは嘆息した。

「兄弟団のパワーを小さく見ているわけじゃないのよ、ホーショー。だけど私たちはもうこれ以上待っているわけにはいかないの。能力にあふれたグループに性別など関係ないし、融合までの道のりでは、その実現にふさわしい者が私たちのもとに集まるはずよ。ヴィジョンさえクリアになればどんなことでもあっという間に達成することができるはず。だって、フィールドの数学がこの出来事をサポートしてくれるのですもの」

メアリーが再び古い友人に注意を向けると、彼は考え込むような目つきで宵の明星を見あげていた。

「ホーショー？」

「なんだい、メアリー？」

「新しい長老の面々にはよく思わない人もいるようね。でも、呼び声を受け入れる準備ができた人々にシャンバラの交響曲の存在を明かすことしか打開策はないと私は思うの。それにあなたが言うとおり、ラニとタンは同じ衝動を感じているようだし」

「そうだな」

急ぎの用があるわけでもないので、ふたりはそのまま心地よい静寂に浸った。

「あなたも知っているとおり、私がドリームタイムの最中にゲッセマネの園でタオ・ラオと光の女神に会ったとき、私たちにはこの現状にとても多くの層が絡みあっているようすが見えたの。イルミナティとヴォルカンの神々のつながりや、世のなかをコントロールして恐怖で支配しようという世界統一政府主義者の存在、あなたたち光の兄弟団も闇と悪の権力と戦っている……。果てしなく続くテニスの試合みたいにゲームは延々と続いているの！　文明は時のサイクルのなかで栄えては滅び、生まれては氷河期の到来とともに消える。人類が生まれながらにして自分たちに備わったすばらしい創造力の存在を知っていくあいだにも、そうしたことはすべてアカシック・レコードに記録されてきた」

メアリーは言葉を切ったが、ホーショーが一言も発しないのでそのまま続けた。言葉と思考が一気にほとばしり、彼女は抱えているイライラを何の遠慮もなく爆発させていった。

「こないだ、ラニに聞かれたの。『もし地球がこれまで、学びの機会だけを果てしのないほどくり返し与えてきたのだとしたら、それっていったい何の意味があったのかしら』って。そしてあの子、こう言ったわ。『そもそも私たちはどうして融合を目指しているのかしら。これまで地球が私たちに、つまり、くり返し生まれ変わる魂に授けてきたギフトは申し分のないものだったはずじゃない』って」

「おまえは何と答えたのかね？」

「あなたが前に語ってくれたのと同じことよ」

「地球はこれから殺しあいや戦争のない大いなる平和の時代に向かう運命にある、ということかね？」

「そう。そして、私たちはあえて多少の制限を経験するために花として生まれくることもあれば、すでにそこにある花壇を整え、あるいは新たな花壇をこしらえて、みなに明るい眺めを提供するために園芸家として生まれることもある、って」

「ならばメアリー、いまの気分はどうだね？　だいぶ落ち着いてきたように見えるが」

「ラニのことがちょっと心配だわ。どこか悩んでいるというか、不安そうなの。フィールドが聖人たちの人生を見せてくれて、彼女たちが信念をもって成し遂げたものに触れることができたのはよかったわ。おかげで私たちはひとりじゃない、そして呼び声に応えるのが誰であれ、タイミングが運命によって定められていることもあるのだと思い出すことができたの。私は実際のところ運命論者ではなくて、むしろフィールド同士が引き寄せあうことで私たちがすべてのことを創り出しているると思っているけど、それと同時にこれまでの経験から、私たちが共鳴する波動によって事前に運命づけられている出来事もあると思っているの」

「フィールドの編み込みについてはどう考えているのかね？」

「主に言えることは、歴史を軌道修正するために地球にやってくる存在はみな、けっしてひとりぼっちではないということ。そして、私たちは与えられた課題に対処できるだけの教育を受けているということよ。この思いがあるおかげで、私はタオ・ラオが成功すると確信できるの」

「夢の現実化のテクニックがフィールドの編み込みのテクニックと関連していることに気づいたわけだな？」

「それだけじゃないわ……。フィールドに力強い純粋なエネルギーを注ぐことで、フィールドが発している優位のパルスと弱いパルスを変えることのできる方法も理解したわ。お手本となる聖人たちがまとっていた波動をフィールドに広め、満たしていくことで融合の方向性を変えられると思ったのはそういうわけなの」

ホーショーはやわらかな笑みを浮かべると尋ねた。

「では、ラニについてはどうする？」

「必要なら私はいつでもあの子の力になるわ。人は子どもをどこかの時点で手放して、あの子なら自分の力でやっていけるはずだって、やっていく力をきっと身につけて、直面するすべてのことを解決していけるって信頼してあげないといけないもの」

「それでは、マグダラのマリアは？　彼女の波動をフィールドに加えるのかね？」

「そうせずともマリアのエネルギーはおのずから現れるわ、きっと」と、メアリーは断言した。

「それでは、これからふさわしい人物を集めて、シャンバラの聖なる交響曲の存在をみなの前に明らかにするわけだな。無論、曲のビートを見つけるために必要な扉の存在も」

「扉ですって？」

「もちろんだ、メアリー。覚えておきなさい。よりよい世界のヴィジョンを示して誰かを誘うだけでは十分ではないのだ。そこに至る道のりにおいて、その世界を覆っていたヴェールをとりはずす必要がある。ラニとタンが夢中になっているのはそこだと思うのだがな」

　ふたりはしばらくのあいだ、自分たちを包んでいる穏やかなエネルギーを味わいながら沈黙に浸った。生き生きとしてさわやかなエネルギーを発するこの魔法使いがいる場所では、彼につられてすべてが生まれ変わったようになる。ふたりはいま、パリにあるメアリーのアパートの屋上庭園に腰を下ろして、桃色がかった金色の光を空いっぱいに解き放つ夕陽を眺めていた。レインボーカラーのゆったりめの服に包まれた彼女の肌は若々しく輝き、金色の髪には陽の光が反射して、落日とともにその色が変わっていく。魔法のような光がふたりのまわりで神秘のダンスをくり広げ、風景を完璧としか言いようのないものにしていく。

　メアリーは近ごろ、庭園を砂漠のオアシス風に模様替えしていた。サボテンをはじめとする巨大な植物を花壇に植え、株元を白い砂利で覆い、株同士は水晶を並べて仕切った。花壇はゆるやかなカーブを描いて周囲を壁に囲まれているものの、ゆったりと腰を下ろして街の景観を楽しむスペースまでたっぷりととってある。この時期のパリの空気はとても穏やかだ。

『この暖かな天気が植物たちにも伝わって元気に育ってくれるといいんだけど』

サボテンたちは彼女に似たのか、とても独立心が旺盛で我慢強く、多くのものを必要としない。と、そこへ、突然、視界の端に鮮やかな色合いがパッと広がった。色の方に目をやると、お気に入りのサボテンのひとつが見るも美しい紫色の花を咲かせはじめているではないか。その咲き姿は、最近見た夢のシーンにメアリーの記憶を巻き戻していった。砂漠に降り注ぐ月の光を浴びながらタオ・ラオと愛を交わす夢。くちびると愛撫を重ねていくと、近ごろ高まりを見せていた彼への焦がれるような思いがかなえられ、満ち足りた感覚に包まれるのだった。

あれはエイトトランが起こしたことなのかしら？　彼女が私をふたりのフィールドへといざなったの？　本当に夢だったの？　それともタオ・ラオとエイトトランが実際に体験したことだったの？

しかし、それもいまさらのことのような気がする。私たちが未来の時空で恋人になる運命にあることはわかっているのだ。そう思うとメアリーは満足することができた。覚醒を遂げた者たちが暮らす領域には、たったいま彼女が思い浮かべているような驚くべきことが山のようにあるのだ。

「どうしてもなじめないの」

メアリーはひとり言のように言った。

「未来の自分を相手にするのって……。しかも、私と同じでアグラを通じてこちらの世界に現れるのよ。これってていつになったら終わるの？」

メアリーは、魂のエネルギーが分かれて複数の人生を同時に送ることを言っていた。錬金術師の領域では、時間は連続して流れるものではなく、過去、現在、未来がそれぞれ隣りあって同時に存在している。高次の領域においてはそのすべての世界に出入りすることが可能で、架け橋によって網の目のなかですべてがつながっている。メアリーが何を問うているのかわからず、魔法使いは聞き返した。

「司令官との交信がいやになったということかな？」

「いやというほどじゃないけど。私の顕在意識は、大部分がこうしてアグラの肉体に入っているの。エイトトランが感じていることがわかるのは私の魂だけ、それもごくたまによ。私たち、いまだに時間や次元の壁にさえぎられているような気がして……」

その言葉を聞いてホーショーは悟った。メアリーには忍耐が必要なようだ。時間が経てばふたりのフィールドがひとつに融けあって、すべてがはっきりと感じられるようになるはずだ。それがわかると、魔法使いは愛おしげに彼女を見つめてこう語りかけた。

「すべてが至福の海へと帰る時代がいつかやってくる。そのとき、パラレルワールドも、魂の分身もすべてひとつに編み込まれるのだ。だからメアリー、いまは辛抱するのだ。そしていまここにあるすべてをただ味わいなさい」

ホーショーは立ちあがってメアリーをやさしく抱きしめると、視界からすーっと消えていった。残されたメアリーの心はだんだんとタオ・ラオに向いていく。彼のいる過去の時代に意識を送ると、そこでは殺戮行為と憎しみの連鎖によって絶え間のない聖戦と大いなるカオス、そして激しい論争がくり返されていた。そのただ中に、彼の姿はあった。

＊　＊　＊

どうにか翻意《ほんい》させようと努めてきたが、あの若者の人生は終わりが近づいているようだ。着々と任務を進め、別れを告げる覚悟を固めつつあるいま、彼の行動はすべて、完結が近いことを物語っていた。静かに瞑想にふける修道僧は完璧な解決策を求めて、イェシフがヴォルカンの世界とつながる扉を閉ざすように祈るのだが、当の本人は自分を陰であやつっている者の存在はおろか、自分があやつられていることにすら気づかずにいた。

タオ・ラオはエイトトランとの時間を過ごすことで状況を客観視するとともに、ふたりで培ってきた愛のぬくもりのなかでいっときの休息を味わうために、ときおり未来の時空に帰っていた。朝になると再び姿を消し、何とか青年の復讐への渇望を削《そ》ぐことはできないだろうかとの願いを胸に時空を旅し、イェシフの人生にあるいくつかの場面へと移動した。

イェシフと一緒にいないときには滑り止めとして、いままさに才能を開花させつつある平和大使の説得を試みた。この若き才女の動きにも目を光らせておく必要がある。イェシフを止めることができない場合には、爆破の現場に大使が行かないようにしなければならない。しかし、この平和大使がメアリーの注目していたイザベラであり、かつて聖キアラの妹だったことはタオ・ラオもまったく知らずにいた。

若き平和大使のことを詳しく知ろうと、タオ・ラオは腰かけて瞑想状態に入り、イザベラを包んでいる網の目を探っていった。人のまわりに編み込まれた模様は、じつにさまざまなことを明らかにしてくれるものだ。イザベラのエーテル体の上には大きな杯がのっていて、この杯に集められた美しい光は彼女のクラウンチャクラから脳内に注がれ、しかるべき部位をつねにチューニングしていた。彼女のエネルギー体をさらにスキャンしていくと、杯から絶え間なく全身に流れ込むヴァイオレットの光は鼓動とともに彼女のハートから外に向かって波のように広がっていた。このようにエネルギーの光を集めて周囲に注いでいくこの娘は、やはりただ者ではない。それもそのはずだ。イザベラはオープンなハートと活性化されたテレパシーのエネルギー・センターを持ちあわせているだけでなく、聖キアラのオーバーシャドウを受けていたのだ。

『タオ・ラオ、会えてよかったわ』

聖キアラが彼のマインドに呼びかけてきた。

『ぼくもだよ』タオ・ラオは心のなかで笑みを浮かべた。

『この子はあなたにとって大切な人なの?』

『ああ、君の世界にとってもね』

タオ・ラオが笑みを送ると、ふたりは共にイザベラを見つめ、生命の網《ウェブ》の目のなかで彼女がたどってきた旅路を眺めた。

15　パンドラの箱

タオ・ラオが過去の調整に全力を注いでいるころ、ラニとタンは新しいプロジェクトにますます没頭していた。想像をあれこれとふくらませ、議論を重ね、互いをいたわり、あるいは試すふたりが感じるのは、自分たちの創造力に駆り立てられていく高揚感だけだった。

「オッケー！」ラニは興奮に声がうわずっている。

「じゃあ、ゲームでは行動の報酬として何らかの感覚刺激が与えられるわけ？　恍惚状態とか、エンドルフィンが絡むような？」

「そのとおり！」

「でも、タン、それだとしばらくしたら退屈してこない？」

「いいや、だからそこにさまざまな関門や試練、儀式を用意しておいて、プレイヤーはそれを経験してより深いレベルに達して快楽の都市《プレジャーシティー》にたどり着くのさ。快楽はいろいろなかたちをとることができるからね」

そう言ってタンはにっこりとして見せたが、ラニはその笑みをわざと受け流した。さもないと自分たちが快楽のフィールドにはまり込んでしまって、仕事が何ひとつ終わらなくなってしまう。ラニは代わりに興奮したような声を返した。

「ってことは、理想郷にたどりつく道筋を見つけるように仕向けるの？　つまり、魔法の世界につながる道を？　私たちは経験済みね、タン。それならエイトトランに助けてもらえば再現できる！」

「エイトトランって、エリュシオン号の司令官の？」

「そうよ、どうして？　ここ最近、彼女がメアリーやイシスとつながっているから私も会ってることは知ってるでしょう？　フィールドの科学には長けているし、本人も『タオ・ラオのことを思いわずらわずにいられるから喜んで手伝うわ』って言ってたもの」

ラニの顔が興奮に輝くのを見ていると、自分たちがいまとても意味のあることに取り組んでいるのだと、タンはあらためて思い知らされた。ふたりは錬金術の世界で自分たちの力を活かす道を以前から模索していて、ホーショーたちと活動を共にすることを願う若き才能の啓発に役立つ分野を開拓したいと考えていた。司令官の助けが加われば、それがはかどることは請け合いだ。

いまやふたりの出会う人、旧知の人の誰もが融合実現に向けて取り組んでいた。彼らは自分たち一人ひとりが意識の網の目を成していて、それがいま転機にあることを自覚しているのだ。みんながいま『いつか成熟してみなに慈養を注ぎ返してくれる日が来るように』との願いを込めて、大きな可能性をたたえたフィールドに栄養を注いでいる。そんな気がラニとタンはするのだ。誰もがこれだけ強い衝動に駆られているさまは、マトリックスの女王からいっせいに号令でもかかったのではないかと思えるほどだ。

ゲームと感覚刺激の仕組みを編み出すのにかなりの時間を費やした影響で、ラニとタンには昼と夜の逆転が始まっていた。くたくたになりながらも充実感を覚え、ねぐらの隅に敷いておいたマットレスにどさりと倒れ込んでわずかな睡眠をとり、あるいは互いに対する情熱を分かちあう快楽を貪《むさぼ》る。そしてひとたび眠りに落ちると、夢のなかにはさらに多くの出来事がふたりを待ち受けていた。


この夜、ラニはギリシャ神話の登場人物、パンドラの夢を見た。この夢は自分たちがいましていることとどのような関係があるのだろう。夜のしじまのなかで横になったまま心を探ってみたが、洞察は得られなかった。ベッドをそっと抜け出し、部屋を離れる前にタンがぐっすりと眠っているのを確かめた。夜明けの光が彼の寝顔にやさしく降り注いでいる。やわらかな笑みを口元に浮かべて眠るその姿に、ラニはあらためて思い知らされる気がした。彼のことをずっと、こよなく愛していたこと。そして、彼が本当にすばらしいパートナーであることを。横に寝ていても気が休まるし、ベッドでの相手としても楽しい……。と、欲望に引き戻されていつものように朝のたわむれにふけってしまわないように、ラニは頭をぶるぶるっと振って魔法を解いた。

なぜパンドラが？　明け方の夢が頭にこびりついたままラニは歯を磨き、冷たい水をグラスで飲み干すと、着物風の絹のローブに袖を通し、ろうそくとお香に火をつけた。パープルの堅めのクッションに蓮華座になると、身も心も静寂にゆだねて、自分が知るべきことを示してくれるよう心のなかでアカーシャにお願いし、マインドをパンドラの箱のパラダイムに移動させた。そこでラニが目にしたのは、快楽と災いが一緒になって楽しげに飛び跳ねているフィールド、世界の融合を如実に映すパラダイムだった。

『その箱のなかに、もうひとつの箱を作りなさい』

瞑想しているラニのなかに語りかける声があった。

『エイトトランなの？　パンドラの箱のなかに箱を作れって言った？』

『そうよ。あらゆる災いを入れておく箱』

エリュシオン号の司令官はテレパシーで応答した。

『どんな問題もこのなかに吸い寄せられて、そこでフィールドの数学が調和をもたらすのね？』

ラニは提案されたことをおさらいした。

『ウィン、ウィン、ウィンの解決策を通じてね』

『ああ、なーるほど。あとでタンとも話しあってみるけど、要するに、このゲームの人工知能センターが問題解決能力を発揮して、その箱のなかで平和的な解決策を見つけ出し、プレイヤーを快楽のゾーンに導くようにすればいい、ってことでしょ？』

『それこそ人工知能の役割よ、ラニ。せっかくだから活用しないと』

エイトトランと意見を交換していると胸が躍った。彼女とは日ごろからほとんどの時間で意識がつながっている。箱のなかに箱をこしらえるという比喩《メタファー》は、フィールド調整の方法を理解するうえで示唆に富んだ答えだ。話しあいを終えると、ラニはこのことをタンと話すために瞑想用の部屋を出た。タンもそろそろ目が覚めているころだろう。

「パンドラのはこぉ、ううん、快楽と……」

タンはまだ夢見心地で寝ぼけた声を漏らしている。

「そして災いの詰まった世界ね」

「うん、でも、いまは災いはほっといてさ、快楽だけに目を向けない？」

タンはおどけて、意味深な冗談でリサーチモードからおびき出そうとしたが、ラニは受け流した。

「無視しても災いがぶり返して痛い目に遭うだけよ。あなたも知ってるでしょ」

「気を紛らわすには最高だと思うけどな」

「え？　パンドラの快楽だけに目を向けようってわけ？」

からかうように言いながら、ラニはベッドで横になったままの彼の横に腰を下ろした。

「んー」タンは身を起してラニの首にそっと噛みつくと、心地よさそうにうなった。

「そうね。でも、パンドラの伝説では喜ばしい出来事がいくつも組みあわさって起きたあとに、きまって災いがやってくるのよ」

「それは、人はどうしても自分が与える以上に得ようとしてしまうからだよ。与えることではじめて受けとる権利を手にするものだし、大いなる喜びも得られるのに」

「言えてるわね。でも、否定することがいいほうに働くとはかぎらないわよ。問題ってものは、解決策さえ見つかれば調和をとり戻すことができる場合もあるんだから」

ラニは彼の誘いをいなしながら声をひそめた。

タンのいちゃつきたい欲望を受け流すと、ラニはくつろいで腰かけたまま、先ほど瞑想で受けとった示唆の説明を続けたあと、興奮気味にこう言った。

「だから私たちはまず、パンドラの箱のなかにもうひとつ箱をつくる必要があるの。その箱はいまある災いと、これから起きる可能性のある災いを自動的に解決するの！　フィールドを動かす装置と基本プログラムが調和を生み出すように設定されていれば、フィールドがカオスのままで存在しつづけることなんて不可能だもの……」

「災いを監視して、自動で解決策が作動する……。そのあとは？」

タンが意味ありげに眉毛を上げた。

「うふふ、そうなれば快楽だけに集中する余裕ができるわ」

そう言ってラニが笑うと、タンは彼女を引き寄せて、あっという間にベッドカバーの下に隠れた。

エイトトランの考えでは、ラニとタンが開発しているゲームはフィルター処理の役目を果たすとともに、テラダックの脅威を解決するためにタンがロキに実行をうながしたトリプル・ウィンコードと同じ役目を果たす可能性があるという。フィールドに起こるどんな不調和も自動的に処理するインプリメンテーションシステムのような役目だ。ふさわしいプログラムを使えば、彼らのゲームはどんなフィールドをも調整が可能になる。プログラムは大いなるゲームの役に立たない行き当たりばったりの思考パターンを無力化して、今回の自爆テロのように、ときとして起こるフィールドの異変を回避することも期待できる。

エリュシオン号の司令官を務める彼女は、問題が発生するそのつど対処していたのでは際限《きり》がないのだから、解決すると同時に、再発防止策としてフィールド調整の方法を最適化していく必要があると認識していた。彼女の論理的なマインドには、不調和に満ちたエネルギーが箱に吸い寄せられてパターンを調整され、フィールドにすんなりと融け込んでいくイメージが浮かんだ。これによって、将来的に発生の可能性をはらんだ問題までもが解決され、あとに残るのは快楽のフィールドだけになる。

「要は、どのような意図を込めて、どこに向けてクリアなエネルギーをフィールドに流すかということよね？」

ラニはたわむれの余韻をタンの腕のなかで味わいながら、これまでの経緯を説明した。

「エイトトランは、私たちにテレビゲームのなかで実験してから、それを大いなるマトリックスのなかで応用したいんじゃないかしら。小さな規模でスタートして、それを洗練してより大きなフィールドに発信していけるように」

「じゃあ、パンドラを夢に見ていたのは、こういうアイデアをダウンロードするためだったってこと？」

「そうね、だってほかに理由がないじゃない。私たちがハートランド・ゲームに熱中し出してからこの方、夢見の効果が増してきているのはわかるでしょう？　あらゆる可能性を探ってすべての洞察を検証する。私たち、そう決めたはずじゃない？」

「オーケー。じゃあ、仕組みはわかったけど、神話の内容はどうなるんだい？　パンドラのことで何かフィールドから告げられたことは？　俺の記憶が確かなら、パンドラはすばらしい才能と一緒に美貌を天から与えられていたんだよね？」

ラニはタンの意味深な言葉に目をくるりと回してあきれて見せた。

「まあそうね、たしかに女神アフロディーテは、神力でもってパンドラにとびきり優雅で美しい風貌を授けたわ」

「言い伝えでは、ゼウスが創造した最初の女性なんだよね？」

「ギリシャ神話ではね。もちろんゼウスはヘルメスとアポローンの力も借りていて、ヘルメスは説得力を、アポローンは音楽のテクニックをそれぞれ授けたの。それがパンドラの名前の由来よ」

「完璧ってこと？」

「いいえ、どうして彼女は箱を開けたんだった？」

「好奇心が湧いたから？　どっかの誰かさんみたいだな」

そう言ってタンはからかったが、ラニはリサーチモードに入ったままとりあわない。

「そのとおりよ。アカーシャに記録されているある神話によれば、プロメーテウスが天から火を盗んだとき、ゼウスは仕返しにパンドラに瓶をひとつ持たせてプロメーテウスの弟のもとに送り込んだそうなの。ぜったいに開けないように言われていたのだけど、彼女はもちろんそれを開けた。好奇心が勝り、瓶に入っていたありとあらゆる邪悪なものが逃げ出して地球上に流れ込んで、フィールドに染みついてしまったの。それで彼女が蓋《ふた》を閉じたあとに残っていたのが希望だったんだって。でも、私はこっちの解釈は好きじゃないの」

「別のがあるの？」

「こうした逸話《いつわ》にはきまっていろいろな解釈が存在するものよ」

いまでもときおり自分の兄として見てしまう相手にラニはそっけなく言ったが、すぐに、彼は自分の恋人であって血のつながった兄などではないのだと自分に言い聞かせた。

「で、その解釈ってのは？」

「知る人ぞ知る神話によれば、ゼウスはパンドラを人類への祝福の証と贈り物として創造したとされているの。パンドラはすべての神からの贈り物が詰まった箱をたずさえて地球に送られた。生まれながらの好奇心で彼女は箱を開けてしまい、贈り物は希望だけを残してすべて飛んでいってしまった。この話のなかでパンドラという名前は『すべてを授ける者』あるいは『贈り物の送り主』という意味だとされているの。だから彼女は世界にどれだけ悪がはびこるように思えても、心に希望を忘れずにいるように励ましてくれるのよ」

「じゃあ、ラニはパンドラの箱は比喩《ひゆ》的に鍵を握っていると？」

「うーん、最初の言い伝えだと善と悪の話にしかならないけど、悪ってのはエネルギーの不均衡にすぎなくて、そこに手をかけてあげれば調和をもたらしたり、あるいは洗練して最大限の学びを引き出してあげることや、ネガティブな副作用を最小限に抑えることができると思うの」

「なるほどね」

タンはうなずくと、理解をはっきりさせるために聞き返した。

「エネルギーを洗練するってのはハートランド・ゲームがプレイヤーに示す学びの大切な部分だ。

パンドラの箱はどうやらこのプロジェクトにとって重要な意味をもっていそうだな。ってことは、考えるべきなのは、いかにフィールドを洗練して快楽が前面に現れてくるようにするかってことかな？　快楽はより大きく、苦しみはプレイヤーが全体的な目標を達して効果的なフィールド・コントロール法を身につけるために必要最小限に抑えるようにってこと？」

「それがエイトトランの言っていることね」

ラニが同意すると、「そうみたいだね」とタンもうなずいた。

「でも、俺たちはただやみくもに直感に従っているだけにも思えるけど」

「わかるわ。それでも私たちはエイトトランにサポートしてもらっているし、このことがもっと大きな意味を帯びてこないかぎり、この件に関して彼女がいま以上に私たちに意識を合わせてくれることはないわ。同じように、宇宙船エリュシオン号がエデンに至る道筋をフィールドじゅうにダウンロードしているところだからといって、フィールドがこの旅を楽にしてくれるわけじゃないの。道というのは発見されて、なおかつ通ることを選択されないと意味がないのよ」

タンは無言で耳を傾けてからつけ足した。

「そうだね。じつは、それこそ俺たちが開発しているゲームの目的だと思うんだ。子どもたちは俺たちの未来だから。子どもは双方向型《インタラクティヴ》のテレビゲームが大好きだし、俺たちはこのゲームで子どもたちに融合を高速化するテクニックを授けることができる。想像してみてよ。プレイヤーはゲームのなかで不利な状況に悩む人たちの指導者《マスター》になるんだ。レベルをクリアするたびにエンドルフィンの放出をうながされる双方向シミュレーションを通じて、よりよいライフスキルへと導く。同時にこのゲームをプレイすることで高度な問題解決能力も授けてくれるんだよ!? 考えてもみなよ。争いや対立が存在しない状態があって、そこから自然な流れに乗って生まれるのが平和ってものだろう?」

ふたりの間に『これだ!』という感覚が一気にみなぎり、タンとラニは自分たちが核心を突いたことを実感した。

「となると、俺たちのゲームに登場させるパンドラの箱には、天地創造以来、いにしえから伝わるフィールドをつかさどっていた法則を応用する必要があるってことだね? 時間の概念を超えた世界からどこからともなく生まれた法則。理想郷への道を明らかにするために女王がそのハートからマトリックスに解き放った法則を?」

ラニが瞳をキラキラと輝かせながらうなずくと、ふたりは湧きあがる喜びにほほ笑みあった。

「でも、そこはあくまでも演出にすぎないわ。ゲームそのものはシンプルだけど楽しめるものにしなきゃ。私たちがフィールド調整の方法にワクワクさせられるからって、ほかの人も同じように感じるわけじゃないんだから」

プロジェクトについて話し込んでいるふたりの傍らには棚があり、そこにはいま話題にのぼっていた箱とはまったく意味合いの異なる箱が収められていた。恐怖のメモがいくつも収められているのだ。この箱が帯びる邪悪なエネルギーは、幸いにも目に見えない網の目によって無力化されていた。前回から時を置かずして新たなメモが届き、そこにつづられた断念を迫る言葉はラニの心にじわじわと染みていた。しかし、その脅し文句に思い悩むひまもないほどプロジェクトに忙殺されていた彼女はタンにメモの存在を伝えそびれてしまい、それによってタンは脅迫の事実を知らされないままになってしまった。

16 快楽《プレジャー》の都市《シティー》と恩寵《グレース》の入り口

新たなプロジェクトに没頭しながらも、若きカップルは心穏やかに時間を過ごしていた。内面に宿る安らぎが大きくなるにつれて、人生と、そこで演じることに決めた役割にだんだんと夢中になる自分たちがいた。最近になってエイトトランが折に触れて戦略を授けてくれることも心強かった。

タンはすでにロキを心配することもなくなっているし、ラニが悪夢にうなされることもない。ふたりとも過去の亡霊を克服して仲むつまじく過ごしながら、自分たちの居場所でつかの間の安らぎを味わっているところだった。しかし、その穏やかな時間もすぐに打ち破られた。

「うーん……。あまり長つづきしなかったわね」

ラニは心のなかで嘆息した。安らかな気持ちはすでに消し飛んでしまっている。おどろおどろしい言葉の並んだ紙を折りたたみ、シルクのように滑らかな肌触りのパンツの尻ポケットにつっ込んだ。この3週間で3通目だ。彼女たちのしていることに神経を逆なでされた何者かがクギを刺そうと送りつけたメモに、ラニは心を揺さぶられた。新たな手紙が届くまでの間隔が短くなったうえに、この3通目は彼女の枕元に置かれていたのだ。何者かが押し入ったはずなのだが、それらしい痕跡は何ひとつとしてフィールドに残されていない。動揺したラニは、ずっと彼女のガイドとなり、味方となってくれている母親のもとを訪ねた。

「このことをタンに話したことはあるの？」

「まだよ、ママ。でも、話すわ」

それを聞いて、どうしていままで？　という目でメアリーは首を片方にかしげた。

「私たち、ずっと頭がいっぱいだったから……。お互いのことや、プロジェクトのことで」

ラニは答えた。

「ははーん、例の謎のプロジェクトね……」

「謎じゃないわ、まだ形を成していないっていうだけのことよ。私たちは毎日、ヒントをもらうためにちょっとでも網《ウェブ》の目を見るようにしているし、フィールドも魔法のように私たちを導いてくれている。まるでゲームが生き物になったかのようよ」

ラニは穏やかな口ぶりで言うと、ひとり言のようにつぶやいた。

「わからないのよね。このゲームの何がそんなに脅威になるのか……」

「このゲームがあると、人々が自分の本来もっているパワーに目覚め、それを保つのに有効な手段が知れてしまう。物事を見抜く目が養われて、賢明な選択を人々がしてしまうことで、これからはカオスや戦争をせずとも融合を実現してしまう、ってなトコじゃないの？」

メアリーは冗談でも言うような口ぶりになった。

「あっ、そう考えると、タンと私がこのことを直観的に秘密にしようとしたのも当然のことよね」

「あなたたちのしていることを知っている人は、エイトトラン司令官以外にいる？」

「ホーショーだけね。彼はときどき現れて、そのたびに示唆に富んだ言葉を残してはすぐに姿を消すの」

「ほかにには？」

ラニは一瞬考えてから皮肉めいた口調で言った。

「タンがアフロディーテにちょっとばかり話したかも。少し前にふたりがいい感じになってたところに……」

「その件はもう済んだのではなかったの？」

メアリーは娘の口ぶりの変化を聞きとがめた。

「ねえ、女って、男女のことで心から安らげるようになるものなの？」

「なるわ、いつかはね」

そう言ってほほ笑むと、メアリーはすぐに真顔になった。

「さあ、ラニ、考えて。私たち、その脅迫状の出所をつかんで、無力化する必要があるの」

娘と共に静寂のなかに腰かけてフィールドをスキャンしていると、メアリーはあることに気がついた。私たちは善悪の二極性のゲームを超えて次なる次元へと移行するためにこの星でずっと立ち働いていた。私がシャンバラの聖なる交響曲の存在を世に知らしめることに意識を注ぐ一方で、ラニとタンはシャンバラの入り口につながる道を明らかにする役割を負っている。この子たちはじつに独創的なやり方でその役割を果たそうとしていて、実際のところ、その方法であれば教師から知識や技術を教わるのとは異なるかたちでスキルをもたらしてくれそうだ。

「うまいこと考えたわね。ところでこの構想はどうやって思いついたの？　それに、いまはどのくらいの段階にあるのかしら？　完成の見込みはいつごろ？」

「いまは有機的な進化をゆっくり遂げているところなの。誰もが快楽を求めるものだし、それに、その快楽というのは一時的に終わるものではないはず。やっと届いたと思ったら消えていくものではだめだし、あとに苦しみが待っているものでもいけないの。もしも悪というものが私たちの知っているとおり単なるエネルギーの不均衡にすぎないのであれば、効果的にエネルギーのバランスをとり戻す方法を人々に訓練し直してもらって、世界が破滅に進むような関わり方をしないようにすればいいじゃない、って、私たちは思ったの」

「ホーショーとイシスから教わった知恵を活かすわけね？」

「そうよ。タンと私もやっぱり恋人同士だから、ママとジェイコブみたいにふたりでよくお楽しみをもつのよ。恋の遊びとでも言うのかしら。ロマンティックなおしゃべりをしたり、あれこれ空想したりね。そしたらある日、私たち、とんでもないダウンロードモードに入っちゃったみたいで、アイデアが次々にあふれるようにやってきて、ゲームに新たな層が加わって『快楽』のひな型ができたの。そこにエイトトランの助言も加わったとき、まるでゲームが命を手に入れたかのようにすべてが生き生きと動き出した。正直なところ、完成の時期までは私にもわからない。って言うよりも、私もタンも、まだゲームのファイナルステージすら細かく詰めていないの。もちろん、これこそ私たちがやるべきことだってわかってるし、ホーショーもはじめのころは、エイトトランと協力してフィールド調整の方法をまとめあげるようにってテレパシーで伝えてきたことがあったわ」

「でも、快楽ってものはやっぱりリアルじゃなきゃね……。体感できて、味わい、楽しめるような」

「ええ。精神、感覚、そして霊的なレベルでも。力を与えて融合をサポートすることにプレイヤーの意識を向けさせて、要所要所でご褒美を与えてさらに深いレベルに行こうというモチベーションをかきたてながら、実際に活用できるようなフィールド調整のスキルを訓練させるものがいいわね」

そこまで言うと、メアリーは立ちあがってキッチンに飲みものを淹れに行った。

「紅茶はいる?」

ラニは首を振った。窓辺では鳩のつがいがやわらかな声で歌い、そこからそよ風が部屋の中に流れ込んでくる。春が過ぎ、夏がまたやってきて、窓辺の植え木箱は色とりどりの花々でにぎわっている。

表情《かお》に出さないようにはしているものの、メアリーは心配なのだ。タオ・ラオはイェシフの説得がうまくいっていないようだが大丈夫だろうか。そして、タンとラニに宛てて残されていたというメモのことも。彼女自身も、フィールドを調整する過程で数々の脅迫や嘲笑を受けた経験があったので、準備のできていない者の心にそれがどれだけ堪《こた》えるものかが痛いほどわかるのだ。プロジェクトを投げ出すことなくこの難局を乗り切ることができるだけの強さが、ラニに備わっているといいのだが。

「ラニ。悪いことは言わないから、まずはこの脅迫状のことをタンに話しなさい。誰かにプロジェクトのことを話したかを訊いて、もしそうなら、その人がほかの誰かに話していないかを確かめるの。この代償は無視しておくには高すぎるから、まずはその追跡をすることね」

「代償って？　私の命？　私、死ぬのなんて怖くないわ。ママもそれはわかるでしょう？　死ぬことなんて着ている服が変わるようなものだもの。今度はひょっとしたら男の子になって、またママのことを困らせるかもよ！」

「ふざけている場合じゃないわ。感じるの。それが現実になりそうなにおいがフィールドにプンプンしてる！　ラニ、あなたたちにあきらめさせようとしている連中がいるの。彼らにとってこのゲームはとてつもない脅威なのよ」

「はいはい、わかったわよ。じゃ、そろそろ行くわね！」

母と別れのハグを交わすと、ラニは近ごろタンと共同で借りているスタジオに歩いて帰った。身のまわりの安全に気を配り、妨害を企てる者たちの目につかないように注意する必要がある。しかし、何者かが侵入して脅迫状を残していった以上、ここもすでに安全とはいえなかった。

恋人たちは出窓の前に腰かけていた。この窓はホログラフィックな映像でできていて、パリの街並みと、夕陽をバックにしたうしろ歩きのビーチの景色を代わる代わる映し出し、ふたりで息抜きに訪れては、浜辺でじゃれあったときのことを思い出させてくれる。この窓は生ける芸術のフィールドだ。

ふたりはぴったりと寄り添い、窓辺に腰かけて会話に入り込んでいた。テーブルの上にはすべてのメモがのっている。

「新しい長老たちのなかに、私たちのしていることに反対する者がいるのよ、タン」

「反対する、ってどういう意味さ？　長老と名のつくような人がどうして俺たちのしようとしていることに反対するんだ？　平和への道のりってものは、選ばれしごくわずかな者たちの動かす政府をつくることではなく、自治をおこなうことさ。それくらい彼らだって理解しているはずじゃないか。人々は自分を知り、律するための錬金術的な手段を与えられる必要があるんだよ、ラニ。おまえだって知ってるだろう」

「私はただ、新顔の長老のなかに古臭い考えに固執している人がいるみたい、って言ってるだけよ。私たちが明かそうとしている錬金術的な手段が、ごく限られた人たちだけに与えられていた大昔の考えにね！」

「それってつまり、そのような貴重なものをたいして知識のない連中の前にさらすのは豚に真珠だってこと？」

「そうねえ、そう考える人もいるのかもしれない。でも、私はとにかくこの脅迫状の出所を突き止めたいと思っているの。タンはアフロディーテに私たちのしていることを話した？」

「それがどうしても思い出せないんだ。最後に会ったのはずいぶん前だから。あのべっぴんさんは元気にしてるのかな？」

タンがかつてのライバルの名前を口にするときまってそうなるように、ラニの肌がチクチクとうずいた。非の打ちどころがないほど女性の魅力に輝いていたアフロディーテに、世の男性はみな呆《ほう》けたようによだれを垂らすのだった。もちろんタンだけはちがって、彼は最後に去りゆくアフロディーテを見送った。

「彼女はいまもロキと続いてるそうよ。きっと上手に互いを求めあっているのね。このあいだ、ふたりの姿を思い浮かべてみたんだけど、あの子、妊娠していたわ。手放さなきゃよかったって、後悔してる？」

「俺にはラニしかいない。いつでも……。わかってるだろう？」

「ちょっと試しただけよ！」

「で、アフロディーテが妊娠してるってラニは感じたんだ？　もしかして、気になる？」

「え、私が？　私たちに？　赤ちゃん？　まっさかあ！　いやじゃないけど、若すぎるわ。まだ早いわよ」

「ちょっと確かめただけだよ」

ラニの顔が再び不安に曇った。

「見て」

そう言って最近届いたメモをタンの顔の前に持っていく。

「どのメモも同じ書体でタイプされていて、すごくめずらしい紙を使っているわ」

「コード化されているのか？」

「感覚探知機《センストレーサー》を使ってね……」

「ってことは、ラニが示した反応はすべて、これを書いたヤツのところに記録されているってことか……。お金かけて、たいそうなテクノロジーを使ったもんだな……」

「でも、感情を差し挟まないトレーニングで鍛えてくれたホーショーに感謝できるじゃない！　ところで真剣な話、私たち、どうしよう？　メアリーにはこの出所を確かめて脅威を無力化するようにって言われたんだけど。でも誰に？　どうやって？　どうして？」

「どうして、の答えはまさにメアリーが言ったとおりだよ。それと、俺たちの開発しているモデルがあまりに脅威なんだ。まず第一に、このゲームはヴォルカンの残党をまちがいなく動揺させて、連中の置かれている状況を変えるだろう。でも、ラニの言ったことが当たっている可能性もあるね。だからそっちは俺がホーショーと追跡するよ。つまり、長老たち全員が俺たちを応援してくれているのか。そうでないなら、誰が何の理由で反対しているのかを確かめる。情報は多ければ多いほど、俺たちが脅威を回避できる可能性も広がるよ」

「でも、相手が私を排除するようなことがあったら？　たとえば私を邪魔者だと思って消すようなことがあったら……。それでもあなたは続けてくれるわよね？」

「状況によるな。ひとりでやり直しがきくのか、とかさ。思い出してもみろよ。俺たちが手にしているのはそんじょそこらにあるものじゃないからね。それに、これだけたくさんの貴重なアイデアにたどり着くことができたのは、俺たちが恋の遊びを楽しんでふたりで語りあったからだろ。あんなこと、ひとりじゃうまくできっこないよ。とくに、ラニがいなけりゃ無理さ。気づきを共有したことで生まれた特別なパワーが俺たちのエネルギーをひとつにしてくれた気がするんだ……」

「つまり、私たちのどちらかがいなくなったら、残されたほうのもっている創造的なインスピレーションは涸れてしまうってこと？」

「おそらくね……。俺たちはふたりでひとつ、力を合わせてがんばろう、ってトコかな」

「ねえ、こうなったら知っていそうな心当たりのある人に狙いを絞りましょうよ、タン。ひょっとしたら、あなたが何かヒントになることを思い出すかもしれないし」

タンは身を乗り出すとラニをギュッと抱きしめて耳もとでささやいた。

「もちろんおまえに怖い思いはさせないよ、絶対に」

ラニは身体を緊張させると、ため息をついた。

「あなたにどうこうできることじゃないのよ、タン。そして、私にも。私たちには、ただ気をつけることとしか……」

「そして目立たないようにすること」

「プロジェクトに興味がなくなったふりをしたほうがいいかしら？」

「警告を聞き入れた、って思わせるってわけ？」

「そうすれば、いくらか時間稼ぎにはなるかも……」

「よし。じゃあ、今夜はもう仕事はなしにしよう。おいで」

そう言ってタンはラニを立ちあがらせるとつづけて言った。

「踊りに行こう。俺たち、ずっとここに缶づめだったもんな！」

その夜はあっという間に過ぎた。

夢のような食事に舌鼓を打ち、キリリと冷えた甘い口あたりのワインと落ち着いた店の雰囲気に酔いしれたあと、ふたりはダンスフロアに降り立った。その場にいる誰しもが思ったことだろう。ふたりは仕事のことで頭がいっぱいになった男女などではなく、恋の果実をひたすらに味わっている恋人同士にちがいないと。

あくる日のこと。ベッドの上に広がる夜明けの陽ざしに目覚めをうながされたタンは、彼女がいなくなっていることに気づいた。何の前触れも、跡形もなく、フィールドから消えたのだ。唯一の手がかりがサイドテーブルの上に残されていた。彼女がいなくなったいま、畳んで置かれたままになっていたあの脅迫状が、強力な闇のエネルギーをはっきりとあたりに放っていた。

17　創造の王国

「ラニが消えた？　消えたってどういうことだい？」

「消えたんだよ。いなくなったんだ。フッと！　跡形もなく消えたんだ！」

「どうしてそんなことを起こすんだ？」

「起こす、ってどういう意味さ？　これはただこうなったんだよ。ラニが脅迫状を3つ受けとっていた。それを俺が知らされてすぐに俺らは手を引いた。知りもしないことに、俺がどうやって関わることができるっていうんだ！」

「つまりだ、どう見たってそれは手を引くのが遅かったんだよ！　それに何ごとも『ただそうなる』なんてことはありえないんだよ、タン。君だってそんなことは知っているだろう！　君たちのしていたことがこのことをフィールドに招き寄せて……」

　ジェイコブは不安で頭がいっぱいになり、ラニが自分の面倒は自分で見られる女性であることもすっかり忘れて、怒りにとり乱していた。エリュシオン号内のメアリーの部屋で、彼はタンと一緒になって落ち着きなく右往左往しはじめた。ジェイコブがこの部屋に来たのは過去に一度だけだ。ふだんはメアリーとパリにとどまっていて、エリュシオン号から呼び声がかかったときだけメアリーが行き来している。悩ましげな表情の彼が、ふと、傍らのタンに目をやって、その腕に手を伸ばした。

「悪かったよ。君の気持ちを汲んであげられなくて。でも、あの子は私の娘なんだ！」

「ようやくラニを、本当のラニを知ったっていうのに！　彼女を手放すことなんてできない。そんなこと……」

タンは嘆き悲しんだ。

ジェイコブは胸をかき乱すような怒りを努めて抑えながら、穏やかな口調になって問いかけた。

「新しくメモは届いたのかい？」

「いや、ひとつも。だからイラつくんだ！　これまでの一連の出来事がどうつながっているのかもわかりゃしない……」

「ホーショーには？」

「知らせたよ。辛抱しなさい、って。もしかしたら誘拐犯から要求が来るかもしれないから、って。どうして俺に彼女のエネルギーが感じとれないんだろう、ジェイコブ？」

「わからない……」

ジェイコブは、タンの荒《すさ》み切った気持ちを思って嘆息した。血のつながりはないものの、彼はずっと親思いの息子でいてくれた。彼が玄関先に届けられたとき、育てようという決断をしたメアリーは正しかったのだ。

「エイトトランは、ひょっとするとラニは何らかのかたちでかくまわれているのかも、って考えている。どこかのパラレルワールドとか……」

「ああ、何てことだ！」ジェイコブが嘆く。

「どうしてこう物事ってのは単純に運んでくれないんだ？」

＊　＊　＊

ラニはゆっくりと身体を起こした。明け方の光に目が慣れてくるに従って、豪華な部屋のようすが浮かびあがってきた。深いヴァイオレット色とピンク色に、ところどころにターコイズブルーをあしらった調度品が部屋じゅうに並んでいる。素材から色かたち、デザインまで、見るからに高価なものばかりだ。

ラニが目を覚ましたことに気づいて、ひとりの若い女性が部屋に入ってきた。カーテンが勢いよく開けられると、目の前にうっとりするような景色が現れた。

「ここはどこ？」

「シャンバラよ、もちろん」

「私、どうやってここに？」

「わからないの？」

「ええ……。明け方に、家のベッドでうとうとと目を覚ましかけていると思った次の瞬間、起きてみたらこの景色のなかにいたの」

「あら」

娘は答えに困った。彼女の客人は長いこと苦労してようやくたどり着くか、幸運に恵まれて魔法にでもかけられたかのようにスイスイとたどり着くかのどちらかが多い。誰かがドリームタイムのマジックを通じて呼びかけないかぎり、こんなふうに世界の境目を一気に突き破るようにしてやってくる者はほとんどいないのだ。彼女は咳払いをひとつするとあわててとりつくろった。

「ま、すべては理由があって起こる、って言いますからね」

そう言うと、娘は大股で扉から出ていきながら肩越しに指さして言った。

「そこを出たら中庭に食べ物があるわ。それと気に入るかどうか、服はバスルームに掛っています」


立ちあがって伸びをしたとき、自分がずっと裸のままで眠っていたことに気がついた。バスルームにぶらりと足を踏み入れてどんな服があるのかを確かめてから、部屋の前にあるプールで水浴びをした。プールは中庭の隅にひっそりとたたずみ、そばには鯉や白鳥がゆったりと泳ぐ池もいくつかあって、おとぎの国からそっくりそのまま飛び出してきたような、とてものどかな雰囲気をたたえていた。そして1時間後、あつらえたかのようにぴったりの鮮やかなグリーンのサマードレスを身にまとったラニは、あたりの景色を引き続き楽しもうと中庭に出た。

黒髪を陽ざしに照らされ、大きな瞳をエメラルド色に輝かせたラニは、まるで天国にやってきたかのような安らかな気分に、この場所がすっかり気に入ってしまった。どういうわけか、これっぽっちの疑問も、不安や落胆も湧いてこないし、身の危険も感じない。自分がシャンバラへと運ばれてきたことに驚かされるばかりだ。

歩みを進めてテラスに出ていくと、この屋敷が海を遥かに見下ろす崖の上に建っていることがわかった。純白の壁に真っ青な扉をした家々が建ち並び、そのまわりに色とりどりの夏の花が咲き乱れる風景は、エーゲ海のサントリーニ島を思わせる。まるで魔法にでもかけられて、永遠に続くかと思われた上昇と下降をくり返す夢、善と悪の戦い、そして脅迫状とカオスの夢から目覚めたような、じつに爽快な気分だ。


「うわあ、ほれぼれさせられるよ、ラニ！　君のお母さんそっくりだ！」

「ええ、でも肌の色はジェイコブ譲りよ。伯父さん、しばらくね！」

「久しぶりだね、本当に！　でも、君もすっかり大人びたものだな。いまいくつだったかな、ラニ。16だったかな、18？」

「22よ、伯父さん。ついこのあいだなったところ。私たち、どうやってこの屋敷に来たの？　ひょっとして伯父さん、知ってる？」

「ああ、もう察しはついているかもしれないけど、ぼくは君の歓迎委員会の一員なんだ。シャドウとクリスタリーナもじきに来ると思うが……」

「それで、私はどうしてここに連れてこられたの？　もちろん、いやってわけじゃないのよ。こんなに気持ちが生き生きとして、いまこの瞬間に存在できるさわやかな気分は一度も味わったことがないわ。これほど慈養にあふれるフィールドがあるなんて知らなかった!」

「何か問題でも?」

「つまり、私はそれまでタンと共同で借りているワンルームの仕事場にいたの。ゲームのことでいくつか夢を見て、彼の腕枕から離れたと思った次の瞬間、私はシャンバラにあるベッドであくびをしていたの。ここは、タイムゾーンは同じでも別のフィールドよね。パラレルワールドなの?」

「それで?」

ラニの疑わしげな口調にはとりあわずに聞き返すものの、彼は、自分がゲームの存在をすでに知っていることがラニにばれていると気づいているようだ。

「つまり、私はあのゲームにここに連れてこられたような気がするんだけど、もしかしたら、何か別のとても強い力が働いてフィールドをいくつも超えてきたんじゃないかな、って思ったの。だから、ねえマイケル、何か知ってる?」

メアリーの兄は大柄でたくましい身体つきをしていて、長老会、つまり、いにしえから伝わる錬金術の叡智を選ばれし者に伝授していくために設けられた階層組織にあっては新顔にあたる。グレーがかった銀白色の髪は、その鮮やかな色合いで見る者の目を惹き、短く刈り込まれたひげが年のわりに彼を若々しく見せていた。ラニの印象に残っているのは、その澄んだブルーの瞳だ。昔からとても冷淡な目をしているか、涙とも叡智ともつかないキラキラとしたもので輝いているかのどちらかで、それはその数年をどの家族の集まりに参加していたかによって変わった。とても親密で、家族の絆と心からの愛が感じられることもあれば、まるで赤の他人であるかのような心の距離を感じることもあった。

メアリーと兄のマイケルはかつて、よりよい世界を目にしたいという願望で固く結束していた時代があったが、それをいかにして創造するかというヴィジョンに大きな隔たりがあった。マイケルは昔気質《むかしかたぎ》の人間で、しきたりといにしえの神聖なる書物に記されていることに従って行動するタイプで、メアリーはつねにおのれのハートが発する声に耳を傾け、静かな暮らしを送りながら、瞑想を通じて自分の内面深くに入り込んでフィールドのリズムを感じることを心がけていた。理想の王国を創造することがふたりの目指すところのようだが、それをいかにして築くかについては、兄妹の知る最高の賢人たちですらその理想形を見つけ切れずにいた。もしかすると、この若者たちなら答えを知っているかもしれない。マイケルの目から見れば、タンとラニは祝福されし存在。そう、あの伝説の夢見の子どもなのだ。

「あのゲームのモデルはすばらしいね、ラニ。思うに、君がここに連れてこられたのは、話しあってそれを洗練するためではないかな？」

「じゃあ、どうして長老たちはタンも一緒に連れてこなかったのかしら。彼の物を見る目にはいつも助けられているのよ」

「そうだね。しかし、はじめにその集団の全体的なヴィジョンをもった者と組んだほうが物事は楽に進められるものだ。それに、ふたりのなかでイメージを把握してそれを最終的なかたちにまとめているのは君なんだろう？」

「いつもってわけじゃないけどね。じゃあ、伯父さんはメモが3通届いたことはまったく知らないのね？」

「メモ？」

「ええ。つまりは脅迫状よ。警告してるの。ゲームの開発をやめるように、さもなくば殺す……。とまあ、これはヴォルカンの神々おきまりの手口でしょ？」

「興味深い。もう少し聞かせてくれないか。いったい何があったんだい？」

「私の質問に答えてもらってからね」

血はつながっていてもハートに流れる歌にはどこかちがうものが感じられたが、ふたりは腰を下ろしてなごやかに話しはじめた。

「長老たちが何の目的で私をここに連れてきたのか、まだ話してくれていないでしょう。スタジオに来て私たちふたりと話をすればいいことじゃない？　どうしてわざわざ私をここへ連れてきたの？」

「ここが気に入らないかね？」

「もちろん気に入ってるわ。シャンバラを好きにならない人なんているわけないでしょう？」

伯父にはぐらかされているのがわかって、腹の底にわずかないらだちが湧いてきたが、そんなことにとりあうつもりはない。

「じゃあ」ラニは話題をまったく別の方向に向けた。

「あなたはよくここに来るの？」

マイケルは声をあげて笑うと、瞬時に悟った。この子は自分と同じくらい直観が働くだけではなく、かなり頭の回転が速い。しっかりと見張っておかなければ。

「呼び声があったときだけさ。ねえ、ラニ、ここにいて理想の王国のしくみを観察することが君たちの仕事にどれだけのヒントを与えるか、考えてごらん」

「しくみは合っているわ。長老たちだって、フィールドを調整する方法を私が明かしても邪魔だてしやしないでしょう。ほかにどうやって調和をとり戻すっていうの?」

「では、明かしたらどうなるかな?」

「戦争も苦しみも、病気もなくなるわ」

「そのとおり。製薬会社が中毒性のある薬を供給することもなくなるし、武器商人をはじめとする戦争を商売にする者も、女子供《おんなこども》を巧みにだます人身売買組織も根絶される。君たちが目撃していたことはこちらでも見ていたよ。もちろん君は何の障害もなしにこのプロジェクトを完了して世に広めていけるとは思っていないだろうね? 地球上では誰もが監視されていて、何者もヴォルカンの連中の目を逃れることはできないことは君も知っているだろう。とりわけ厳しいのは、君たちがゲームを広めようとしているタイムゾーンだ! あの千年紀のはじめの10年間には、いまだに大きな抵抗勢力が残っている」

表情の変化から、ラニがまだこの点について考え抜いていないことがマイケルには見てとれた。ラニとタンは、闇の神々のパワーに対抗できる叡智を持ちあわせていながら、宝の持ち腐れにしてしまっているのだ。ゲームを洗練させるか、手を引くようにわれわれ長老たちがうまく考えをすり込まなければ、玄関に銃弾が撃ち込まれるぐらいのことで済めばいいほう、といった状況にもなりかねない。

「ねえ、しょせんこれは、当時の若者にふつうとちがった精神的な刺激を味わってもらうためのテレビゲームにすぎないのよ」

「より意識の啓《ひら》かれた未来を創造するために必要なものなんだろう？　理想郷へとつづく道筋を思い出すための？」

「ええ、それで……？」

「みながみな、自分が創り出した世界の王様になりたいと願っているわけではないのだよ、ラニ。あるいは、調和に満たされた世界の創造を願っている者ばかりでもない。ときには秘密主義や、闇の神々たちの巻き起こすことが大いなる教訓を授けるようにできていることもある」

「それは私たちも知っているわ、伯父さん。だから、私たちのゲームもあらゆるタイプの儀式を経験できるようにつくっているところよ。いにしえの神秘はすべて封印され、ひとつひとつ試練を経験することではじめて次のレベルに進むことができる。さまざまな層とレベルでできた、まさに人生そのものなの」

「君たちふたりがそこまで深く考えていたと知って私もうれしいよ。いにしえから伝わる神秘を誰も彼もすべての人に明かすわけにはいかないんだ、ラニ。君にもわかるだろう。さあ、浜辺まで一緒に散歩するとしよう。崖の下まで行くと洞窟があってね、そこでは泳ぐこともできるんだ。しばらく温かな水のなかに座ってのんびりしないかね？」

マイケルの声は眠りを誘うような響きすら帯びていて、ラニは魔法の呪文にだんだんと力を奪われていくかのように少し気を許してしまった。立ちあがって伸びをして、自分を縛りつけていた古びた鎖を解くようにブルブルッと身体を震わせると、ラニは部屋に戻ってバスルームにあった水着を手にとり、伯父のあとにつづいて狭い道を降りていった。人間界とそこでくり広げられているゲームのもつ力がだんだんと失われ、ラニはシャンバラにいつまでもいることができるような気がした。

伯父は毎日、部屋にやってきた。ときおり、長老をひとりかふたり伴ってくるが、彼らはいつも曇った色のオーラを発していた。あるときは根掘り葉掘りと尋ね、あるときはうまい話で誘い、まためるときは親切そうに協力を申し出ながらも、みなきまってラニとはちがう見方を示した。ふたりのもっている知識をできるだけゲームのなかに盛り込まないようプログラムの組み直しを遠回しに迫る長老たちの言葉に、それが向こうの策略だとお見通しのラニは笑顔でうんうんとうなずいて、すべて聞き入れたふりをした。

「過去の逸話を披露する、体験談を聞かせて人々の気持ちを鼓舞する、勇気ある者には課題を課して意欲を刺激するのもいいだろう。しかしだ、ラニ、いにしえから伝わる神秘の教えを明かしてはいけない。あの教えはごくひと握りの、選ばれし者たちにのみ与えられるものなのだ！」

説得のなかで彼らが言っていたことを要約すると、およそこうだった。

ラニは毎晩、タンや仲間の名前を心のなかで叫びながら屋敷周辺のフィールドをスキャンしたが、そのたびに彼らの存在の痕跡が完全に消されたことを思い知らされるだけだった。どれだけがんばってみても、フィールドに彼らの存在を感じとることはできなかった。

何かがおかしい。この楽園には何かあるんだわ。

そもそも、私をいま預かっているこのシャンバラは本物なのかしら？　愛に根ざしたフィールドであるはずなのに、どうして愛する人へのアクセスが拒否されたりするの？　本当に愛のフィールドであるならば、愛と愛は必ず引きあうはずでしょう？

そんなことをあれこれと考えながら、ラニはフィールドのエネルギーに深くグラウンディングしていった。このフィールドではどこにいてもたちまちのうちにうっとりとした感覚に包まれ、満たされた五感がそのなかに呑み込まれていってしまうからだ。数日が数週間になり、滞在が延びていくうちに、タンに会いたいという思いはしだいに成長をやめ、彼女は代わりに答えを探し求めるようになった。新しいこの場所のエネルギーはまちがいなく魅惑的だ。

『ある意味では私を元気にしてくれているのはたしかだわ。でも、ここにはいまだに隠された秘密がある』

宇宙の法則と、数学的コード、愛のエネルギー。この3つはとても重要な要素としてタンと開発しているゲームの基礎を成し、そして、パンドラの箱のなかに比喩的に入れるもうひとつの箱がこのゲームでいちばんの鍵になる。ラニはシャンバラにあるいくつもの庭園を散歩しながら、そう確信した。判断も、何かを手に入れようという期待も差し挟まない生まれ変わった目で、まわりのすべてをつぶさに観察する。私はいま、何にも邪魔されることなく至福と幸福感を味わえる場所で、目の前にあるものを見つめている。思考し、観察しながら、待ちわびている……。でも、何を？自分でもわからない。わかっているのは、いまいる場所がほぼ完璧な場所であること。そして、辛抱づよく観察を続けなければならないということだ。

奇妙なことに、タンや母親のことが思い浮かぶことはほとんどなくなっていた。いまはハートランド・ゲームのこと、そのゲームがもたらすであろう結果、そして、どうしたらマイケルをはじめとする長老連の不当な干渉からゲームを守ることができるか、頭にあるのはそれだけだった。

ゲームによって安らぎを手に入れる人もいれば、シャンバラの存在を知る人もいるだろうし、地球には楽園のような状態がもたらされて、遥か昔に予言されたことが実現を見るということもあるだろう。そう考えると、とてつもなく重大な責任に押しつぶされそうになるので、数学的コードの見直しに意識的に没頭して、まずはそちらの漏れをつぶしていこう。このゲームは完璧に仕上げる必要がある。

たしかに、マイケルの言うとおりだ。このゲームを広めていくタイムゾーンにも万全を期さなければならない。完成すれば、このゲームは地球の歴史のなかで最もふさわしい時代に浸透していって、オープンな者たちに未来を変える方法が伝授され、どれだけの干渉があろうとも、シャンバラの聖なる交響曲の存在は必ずや受け入れられていくんだわ。

ラニの心のなかを読んでいたマイケルは、無言のまま近づいて彼女の横に立つと、開口一番こう言い放った。

「それは難しいな、ラニ」

「そうかしら」

ラニは考えるより先にそう答えていた。こうして心のなかを勝手に読まれることにはだいぶ慣れたが、今後は思考の防御《バリア》を忘れずにいよう。

「プログラミングして、明確な意図を込めて、プレイヤーを方向づけるための決まりごとを定めるだけのことよ」

「これはそこいらのテレビゲームやボードゲームとはちがうんだぞ、ラニ。未熟なまま錬金術を実践すれば、人生を破滅に追い込む可能性もある」

「私たちだって知ってるわ。できるかぎり細心の注意を払っているし……」

「ああ。しかし、これは現在の自分を映し出すにすぎない可能性もある。人生の描く輪のなかではすべてが何らかの意味があって起こっていて、誰もが最後には学びを得てその輪が完結するようにできている。君とタンが作っているこのゲームはその道筋をも変えうるものだ……」

「いいえ、そんなことはないわよ、伯父さん。ゲームはピンチを最小限に食い止め、痛みをやわらげるだけ。気まぐれな運命がカルマの学びを完結させていくことにこれからも変わりはないわ」

マイケルは不気味に押し黙ったまま、遠くを見るような目つきであごひげをなでている。

『この子は本当にわからないのか？　あのゲームがどれだけの可能性をはらんでいるのかが、ふたりには見えていないのか？』

「何ですって？」

ラニは、伯父が自分とかけ離れた考えを抱いていることを知って聞きとがめた。いまやマインドリーディングは双方向でおこなわれていた。

「冗談でしょう？　このゲームには運命を支配したり、恩寵《グレース》を消すなんてことはできないわ！」

「なぜだね？　これはあくまでも数学的な問題なのだ。ひとつひとつの構成要素そのものが完璧にできていれば、フィールドそのものが完璧な状態で現実化する。そうなれば、そこには人生のスパイスとなるべき神の恩寵が入り込む余地も必要もなくなる可能性がある」

とマイケルは反論した。

「恩寵の流れていないフィールドなんて意味がないじゃない？　でも、そうね、伯父さんの言うとおりかも。パンドラの箱をどう再現しようか、もがけばもがくほどこんがらがって」

「開いたとたん、なかから災厄という災厄が世界じゅうに飛び出してしまったパンドラの箱かね？」

「いいえ、開いたらなかにあったすばらしい贈り物の数々が飛び出して、あとには希望の詰まった箱がひとつだけ残されるの」

「希望が？」マイケルは探るような目でラニを見つめた。

「希望と基本的なフィールド調整の方法よ。このストーリーであれば私たちの解釈と一致するし、ゲームに込める意図にもぴったり合うの。それとね、伯父さん？」

「なんだね、ラニ？」

そう言いながら、彼はラニが同じシャンバラにいることがうれしくてたまらないようすで彼女をぎゅっと抱きしめた。

「私はどんなものであれ、恩寵がフィールドをさびれさせるはずがないと信じているの。その流れはいまはただ隠されているだけで、ハートトランド・ゲームをプレイすることはその流れを強めることはあっても涸れさせはしないのよ」

「ハートトランド・ゲームだって？」

「そうよ。そう呼ばれることになるはずだって、ゲームから告げられたの」

そう言うと、ラニは泳ぎに出てすべてのことをもっと深く掘り下げようと、マイケルをその場に残して大股で歩き出した。『マイケルの言うとおりね。どれもそうひと筋縄ではいかないことばかりだわ』と思いながら。

18　メアリーとマグダラのマリア

「やったぞ！」

突然鳴り響いた歓喜の叫びに、闇の者たちは驚いて顔を上げた。

「あいつを見つけた！」

「あいつ？」

「セスだ。ヤツはジェイコブの身体を受け継いでいた」

「どこだ？　永遠に姿を消したものだとばかり……」

「ここだ」

フィールドをスキャンしていた者が、フィールドで大きさを増しつつあるパルスの1点を指さした。ヴォルカンの神々に遠隔透視のために雇われたこの者は、これでようやく報酬に見あう仕事ができた。

「ヤツの過去や現在の居場所はこの際どうでもよい。彼はいま怒りに燃えているのだ！」

「追跡するのにいっそう都合がよくなるではないか！」

「ヤツの怒りの火をあおることができるのでは？」

「いかにして？」

「いまは泳がせておきましょう。攻撃のチャンスは必ずやありますとも。イェシフのときのように！」

「われわれの自爆テロ犯候補は近ごろどうしている？」

過去の時空に暮らす自分たちのあやつり人形とも言うべき若者のようすを、ひとりが尋ねた。

「すべてはいま、計画の最終段階にあります。処刑の日は間近です。世界に最大の衝撃を与えるのにうってつけの人物《ターゲット》を選びましたよ。イェシフはいまも復讐のことしか頭にありません。とりわけ、いまはあの修道僧も説得が思うに任せず途方に暮れたのか、彼から目を離していなくなることが多くなっています」

「完璧だ……」

タオ・ラオがイザベラとの関係づくりに比重を移しただけであることも知らずに、一同はニヤリとした。

「ところで、その人物とは？」

「この者だ」

セスの甥、ナタスが答えたのを合図に、若い黒人女性の姿がスクリーンに映し出された。

「しばし、この娘の言葉を聞かれよ」

思わず聞き惚れてしまう魔法のような声と整った目鼻立ち、情熱と思いやりをあわせもつ演説家を絵に描いたような女性だ。目にはその若さを感じさせない知性と叡智が輝いている。彼女はガンジーであり、マーティン・ルーサー・キング・ジュニアであり、ネルソン・マンデラであり、その全員を魅力あふれる容姿にひとまとめにしたような存在で、一同を一瞬にしてとりこにした。

「まだ若いが、ここのところ地球のフィールド内で急速に頭角を現している」

神のひとりが声も高らかに述べた。

「彼女の将来のようすを見るとしよう」

選挙では地滑り的勝利を収め、黒人女性ではじめてアメリカ合衆国大統領の椅子に座ることになっていた。

「この娘は屈することを知らず、悪のにおいは微塵もない」

「何？　われわれもあやつることのできない大統領のあやつり人形ということか？　それははじめてだな！」

ひとりが皮肉たっぷりにせせら笑った。

「そのとおり」セスの甥が答える。

「だからこそこの娘に目をつけたのだ。1発の爆弾と怒りに燃える若者を利用し、さらにこの娘とは別の黒人女性も排除される」

「完璧だ……」

神々はいっせいにつぶやいた。彼らは自分たちが支配するマトリックスの中心に集合していた。

彼らが地球全体に張りめぐらせた闇のエネルギーのみなぎる網の目。その中心には会議室があり、室内には薄暗い明かりがともっている。自分たちが牛耳る苦痛に満ちた時代を持続させようという決意を表す十字架が部屋の奥に掛けられ、地球最後の日にまつわる不安と恐怖の恩恵ともいうべき代物が部屋のあちこちに並んでいる。歓喜の日は間近だ。キリストが再臨して不信心者を抹殺し、邪魔者を排除するのだ。そこには彼らの傀儡《かいらい》になることを拒む各国の首長候補も含まれていた。

「では、叔父貴にはこのところまったく会っていないのだな?」

爆弾の炸裂する映像がスクリーンから消えていくなか、誰かが尋ねた。錬金術師のホーショーと同様、彼らもこうして過去や未来をつねに観察していた。

「会っていない。しかし、ジェイコブのなかでセスの存在が目覚めた理由が何であれ、われわれは彼を生かしておかねばならぬ。彼の怒りをあおるのだ。セスのことだ、予言に描かれた自身の子どもが成長したいま、彼もこの一世一代の見ものに加わるはずだ!」

「子どもにはすでに手を回しております」

「なんと」ナタスは感嘆の声をあげた。

「仕事の速い!　いかにして?」

「メモを少々。いつものように脅しをかけたんでさ……。踊りに出かけたところから見て、ガキはすでにこちらの存在に感づいているようです。いつもは部屋にこもりっきりで作業に没頭しているんでさ」

「ご苦労!」

暗い目をしたナタスは不気味に片頬を上げた。

＊　＊　＊

どぎつい光がジェイコブの顔に降り注ぎ、目じりに刻まれたしわが露わになる。ラニが失踪してからというもの、彼は週があらたまるごとに十《とお》は年をとったようになっていた。内面で何かが再びふくれあがっていくのがわかる。暗く、不気味なほどになじみ深いその何かは、胸の苦しみをエサにしてどんどん大きくなっていた。

怒りのあまり何も手につかず、娘の失踪の理由探しで頭がいっぱいのジェイコブとは異なり、メアリーはすぐさまフィールドをスキャンして手がかりをかき集め、入ってきた情報の分析にとりかかった。ラニはどうやってあんなふうに何の跡形もなく姿を消したのかしら？

前回は少なくとも行き先を知っていた。タンとラニが子どものころ、ふたりがある日突然にいなくなったとき、魔法の王国に呼ばれたのだと直観することができたおかげで、疑問はすぐさま氷解した。

でも、今回は？

どうしてタンではなく、ラニなの？

もしホーショーが示唆したとおりゲームに関係しているとしたら、なぜふたりを離れ離れにしたのだろう？　いまひとつだけ言えるのは、どこにいるにしても、あの子はまちがいなく平穏無事に過ごしているということだ。脅迫めいたエネルギーのメモを受けとってはいたが、娘は危害を加えられるような状況にはない。仲間たちはラニが謎の連中の手に渡ってしまったと思っているようだが、エネルギーを感じてみると、どうもラニ本人はついに自分が見いだされたと感じているようだ。そちらに夢中になっているうちに、ジェイコブのオーラ・フィールドに影が射しはじめ、彼の内面にセスのエネルギーが復活の兆しを見せていることをメアリーは見逃していた。その代わり、彼女はある夢を見た。薄暗いエネルギーを帯びた謎の人物たちが、ラニをずっと人質にとっている夢だった。そのなかで、彼らはシャンバラの聖なる交響曲の存在はけっして明かさないようにと、ラニを睨みつけながら警告していた。


「ホーショー？」

「どうしたかね、メアリー？」

「人があんな感覚に陥るフィールドがひとつだけ存在するわ……」

「君がラニとつながっていて感じるエネルギーのことかね？　自分が見いだされたように感じるエネルギー？」

「ええ」

「シャンバラか？」

「ええ、それは明らかなのでは？　私たちはずっと見当ちがいをしていたんだわ。ラニの失踪は、脅しとも忍び寄る危険とも無関係だったのよ。もし関係があれば、私はあの子のまわりにそのにおいを嗅ぎとることができるはず。ラニは心安らかに過ごしていて、見いだされたと感じている。そんな感覚をもたらすことができるのはシャンバラだけよ！　メモを持ってきた連中のエネルギーには不吉なものが感じられたから、それがラニをかくまっている人たちと同じものとはとても思えないわ」

「しかし、われわれはシャンバラのフィールドを確かめたが、ラニと同じ特徴をもつ者はひとりとして見当たらなかった。少なくとも、われわれの知るシャンバラでは、だが」

「代替モデルってこと？　ラニはどこか別の場所にかくまわれているかもしれないってこと？　そういえば、私、あの子がいなくなってから毎晩、マグダラのマリアの夢を見るの」

「フィールドにラニを見つけ出すようにずっとお願いしていたわけだな」

「何らかの手がかりは得られているみたいなんだけど、ちんぷんかんぷんで」

「どういうことかね？」

「そうね、夢を見るたびに、マグダラのマリアがいた時代に関する別々の解釈が示されるの。説明すると長くなるから、マインドを融合しましょう。そうすれば、あなたにも見えるはず」

魔法使いが身を乗り出して額をメアリーのそれにあてがう。ふたりが呼吸のリズムを合わせると、その光景が徐々にマインドのなかに流れはじめた。

大理石でできた古式ゆかしい祭壇の前にひとりの少女が立っている。祭壇には創造をつかさどる女性の原型であり、母性と豊穣の神であり、大地と天空から生まれたとされる女神・イシスの暮らしを描いた彫刻があしらわれている。

幼きマグダラのマリアが目を閉じてひざまずいている。内面世界をスキャンしていくと、イシスの姿が見えた。イシスの前には司祭たちが立っている。女神が彼らをまばゆいばかりの光で照らしながら、いにしえの祈りを唱える。司祭たちは女神が世界に帰ってきたことへの祝福の祈りを捧げている。タントラの訓練を受けてイシスの魔法に長けたマグダラのマリアには、覚悟ができていた。彼女にはわかっていた。自分が誰のものになるのか、その相手の顔や名前こそわからなかったが、運命が進むべき方向へと導いてくれることも、やがて堂々たる王のような威厳に満ちた人が寝台のそばに現れ、自分のハートに入ってきて聖なる結婚を遂げることも。そして、それが自分の運命の人であることが会った瞬間にわかるということも。人々から崇拝と尊敬を受け、寺院を離れて世界のなかに自分の居場所を探し出した彼女が、若かりしころに夢の編み込みとフィールドのエネルギーを高める錬金術の訓練を受けているようすも夢は示していた。

そこまでを目撃すると、場面が大きく切り替わった。マグダラのマリアが井戸のそばに立っている。そこにもうひとりが水を汲みにやってきたので、マリアは脇によけて場所を譲った。うやうやしく会釈を交わしたふたりは、向こうにある丘の曲がりくねった道を熱に浮かされたように騒ぎたてながらのぼってくる一団に目をやった。

集団の中央には、マリアがいままで出会ったなかで最も人を強く惹きつける魅力に満ちた男性がいた。目が合った瞬間、胸の鼓動が暴れるように高鳴り、この人こそが運命の人だと彼女は直感した。ふたりの間に喜びがあふれ出す。半分同士だった魂が再会を果たしてついにひとつになるのだ。彼の放つ心地よい光を浴びてたたずみながら、マリアは悟った。私は彼という光にとっての陰となり、彼の抱いている夢を大地に根づかせる膠《にかわ》となり、彼の心をなごませる香油《こうゆ》となるのだ、と。

年かさの女性が歩み出て、マグダラのマリアのフィールドに施されたイシスの封印と、彼女の腕にはめられた黄金に輝く蛇のブレスレットの存在を認めた。女性はマグダラのマリアをじっと見つめたまま、井戸端のふたりとまったく同じ所作で抱擁を交わした。

「こちらは息子のイェシュアです。私はマリア」

「私もマリアといいます。マグダラのマリアです」

「さあ、マグダラのマリアさん」そう言うと、年かさの女性はほほ笑んだ。

「うちに来てひと休みなさらない？　どうぞ遠慮なく、ゆっくりしていってくださいね」

『ここまでで』メアリーはテレパシーで魔法使いに語りかけた。

『夢が示してくれたのは彼女が受けた訓練のようすと、イエスとその母に出会ったときの場面ね。次の夢でまたいろいろと目にしたの。てんでバラバラの場面をいくつも見せられてはじめは混乱したけど、ひとつのパラレルワールドはじつにたくさんの世界にエネルギーをもたらしているのだとわかったわ。私はどの解釈がいちばん正しいとか、何が彼女の人生の真実かとか、地球に降り立った神聖なるメッセンジャーたちの人生が誤解によってどれだけ歪められてきたかなんてことは考えたくないの。ただ、メッセージの大枠《おおわく》をとらえて、どうしたらラニを見つけられるのか、この夢が伝えようとしていることを知りたいだけなの』

メアリーのいらだちが伝わってきたので、彼女が落ち着くまで魔法使いがしばらく間をとると、つづきの場面が流れはじめた。

あらためてマインドを深く融合したふたりに、マグダラのマリアとイエスが一緒に育っていくようすが見えた。王族のようにいいなずけとして育てられ、イエスはダビデ族の系統を、マグダラのマリアはベニヤミン族の流れを汲んでいた。つづいて見えてきたのが、政治的な理由から司祭たちの力を恐れてふたりが離れ離れにされていくようす、牧師となったイエスが神の呼び声を聞く心の持ち主たちに向けて教えを説きながら、寛容と赦しの道を模索するようすだった。

さらに夢のおさらいを続けると、メアリーとホーショーは、マグダラのマリアが司祭たちの手によって伝道師のジョンと婚約させられ、ふたりの間にジョン・ジョセフという男の子が生まれ、その子の血筋がイタリアに広まり、メディチ家の家系が生まれるのを目撃した。伝道師のジョンが処刑されると、マリアとイエスはついに結婚し、サラ・タマルとダヴィデ・イェシュアという子どもふたりに恵まれた。一見、奇抜に映るこうした成り行きも、当時ではめずらしいことではなかったようだ。つづいて夢が示したのは、サラがマグダラのマリアと連れだってカタリ派の人々と共に現在のフランスで暮らすようになり、ダヴィデ・イェシュアがアリマタヤのヨセフとグラストンベリーに赴くようすだった。夢がそこで終わると、メアリーはふーっとため息をついて立ちあがり、部屋のなかをゆっくりと行ったり来たりしはじめた。

ふたりならこうしたことはアカーシャで確かめることができたはずだが、魔法使いはあえてメアリーの夢の記憶に入って、それが伝えようとしている全体像を感じとろうとしていた。マグダラのマリアはみずからの人生を例にとって、彼女にラニを見つけ出す手がかりを差し出そうとしてくれているのだ。ホーショーはずっと押し黙っていた。しばらくの沈黙が続いたあと、メアリーが先に口を開いた。

「いま見た夢をすべてつなぎあわせれば、ちがった話の筋がいくつか見えてくるはずね。この話にまつわるさまざまな解釈が世に存在するように」

「たしかに存在するな、メアリー。たしかに存在している」

「ええ、そうね」

ホーショーがほほ笑むと、メアリーは彼の存在が放つエネルギーを活かしながら、これまで見てきたすべてをつなぎあわせ、夢の内容をこのような方法で示すことでマリアが伝えようとしているものを探った。

「マグダラのマリアに関する歴史は、真実を隠したがっていた人たちの手によって記録されたようね」

「それぐらいのことはおまえも知っていただろう？」

ホーショーの冷やかし半分の口ぶりが物思いに沈んだ気分を明るくしてくれたおかげで、メアリーは声を立てて笑い、肩の力が抜けた。彼がいてくれてよかった。もちろん彼の言うとおり、私はそのことをすでに知っていた。こうして納得のいくまで話しあうことがいつも役に立つので、彼の存在は本当にありがたい。

「そして、おまえが見た夢は？」

「こま切れになったものばかりよね。物語のなかにいくつもの物語が折り重なっている。それらはきっと、遥かな時の流れのなかで生み出されたパラレルワールド以外の何ものでもないのよ。さまざまなことを覆い隠し、そして露わにするために生み出された世界であり、真実を守っておくための領域なのね」

「では、そこに込められたおまえへのメッセージとは？」

「マグダラのマリアの夢に込められているのは、純粋な教えのもつメッセージが隠されている以上、一連の解釈には意味なんてないと私が思っていることね。それでも、私たちが訓練してきたように、内面世界を通じて聖なる存在に直接チューニングすれば、誰でも教えに込められたメッセージは得られるんだわ。じゃあここで、どうやってラニを見つけ出せばいいかについて、彼女が私にくれたメッセージは何か？　それはつまり、さまざまな世界や物事の見方が存在するということ。そして、いまラニがいる世界は私たちには見えないように隠されているのだから、そこはきっと大いなる魔法の持ち主がいる領域にちがいない、ということね」

そういうことだ、と魔法使いは笑顔で答えた。真実というものはやはり、それを知る必要のある者のハートに必ず届くものなのだ。

19　シャドウランド

「われわれはそれをシャドウランドと呼んでいる」

「シャドウランド？」

「あるものを影のようにそっくり映し出す時空。しかし、そこに暮らす者にとっては別として、現実味に物足りなさが残り、景色の彩りに精彩を欠くなど、どこか片手落ち」

「シャンバラ・シャドウランドにラニは捕われているの？　一連の夢はそれを私に伝えようとして……。シャドウランドを探すようにって？　マグダラのマリアの人生と同じように、物事には必ずいくつもの見方が存在すると、そういうことなの？」

「調べてみる価値はあるだろう」

ホーショーは笑みを浮かべると、ぬくもりで彼女を落ち着かせようと、メアリーの手をポンポンと励ますように叩いた。

「でも、誰がこんなに錬金術に長けたことを？　ラニでさえリアルに感じてしまうようなものを生み出すなんて」

「長老会のひとりであることはまちがいない。誰が何の目的でおこなったのかはまだ不明だが」

「あら、じゃあ、このことをタンに知らせなきゃ！」

「本気かね？」

ラニとタンが借りているスタジオに向かおうと準備を始めたメアリーに念を押す。

「ほかにどうしろって言うんです、ホーショー？」

いらだったメアリーはため息とともに吐き捨てるように聞き返した。

「タンには知る権利があるわ。私たちにはタンの力も必要だし、あの子はラニと本当に親しい関係にあるから、私と同じようには感じられないと思うの。ラニはいま、身体には危険が及んでいないかもしれないけど、私たちが思っている以上に大きな危険にさらされている。それに、シャンバラのシャドウにあたるその場所は、ふたりがこれまで取り組んでいたものをまるっきりちがうものに変えてしまうかもしれないのよ。あなた、前に言ったわよね。シャンバラへの道を明らかにする必要があるって？　私はタンとラニがいまこんな目に遭っているのはそのせいだと思うの」

鍵と帽子とコートを手にとりながら、メアリーは先ほどの会話にこうつけ足した。

「彼女、気に入ったわ」

「マグダラのマリアかね？」

「ええ。夢のなかで見た彼女のたたずまいが。堂々として、大いなる意識と思いやりをたたえて、愛に満ちあふれた女王のようだった。ひょっとすると、それで私の夢に現れたのかもしれない……。女王のように振る舞うことを思い出させるために。どんなことが起きていようとも愛に満ちた知恵深き人であるように」

ふたりは、宇宙船《スターシップ》に気をとられることなくプロジェクトに集中できるようにとタンとラニが借りた近所の小さなスタジオへと向かった。スタジオはモンマルトル地区の中心にそびえる急峻《きゅうしゅん》な丘の頂上に建っていた。屋根裏部分にあたるその部屋には大きな出窓がいくつかあり、訪れた者は螺旋階段で最上階までのぼることになる。ラニはここが大のお気に入りで、とりわけ、こじんまりとしたバルコニーから臨むパリの街並みが好きだった。

「記録の殿堂は何を示してくれるかな。アカーシャはマグダラのマリアの時代やキリスト教の迫害、イエスの人生や彼が愛した者たちのことをどのように記録しているだろうか。タンはいまもその時代のことを夢に見ると言っていたが」

途中の公園にさしかかり、陽ざしを浴びながらの散策と会話を楽しんでいたホーショーは、ふと思い立って一瞬、アカーシャをスキャンしてから言った。

「やはり、あそこにはすべての見方が記録されていた。パウロの解釈をもとに記された教会の興《おこ》り、彼の描写によるイエスの説いた教え、そして、彼が初期の弟子ではなかったために、イエスから直接授かった教えを人に授けることが許されなかったという事実もな。もちろん、バプティスト派がジョンを真の預言者として歓迎したことや、彼らがマグダラのマリアを娼婦として描写するに至った経緯も。殿堂はさらに、清浄なる者たち、つまりカタリ派の物語や、彼らが光と愛の道を守るためにおこなった戦いと、何千年と続けられてきたそれにまつわるゲームも……。そのすべてを記録していた」

「それって大切なことかしら？」

「いいや、メアリー。その点ではおまえの言うとおりだ。真実のメッセージはいつでもそこにあり、その声を聞こうと愛のフィールドにとどまるすべての者たちに聞き届けられるものだ」

「エイトトランは、全員がそのメッセージの出所に直接向かうようにと勧めているの。フィールドの科学の観点では、ゆったりと腰かけて瞑想状態に入り、自分のハートからメッセンジャーのハートに向けて愛の光を送り、教えに込められた純粋なエッセンスを自分にダウンロードしてくれるようお願いするだけだから、誰にでも可能だって。そうすることで宗教的ドグマと文化的背景から生じる混乱を避けられるそうよ。でもね、ここでひとつ聞きたいんだけど、『愛の書』っていったいどんな書物なの？　マグダラのマリアの夢にこの書物のことが何度か出てきたの」

「カタリ派が言うところの、神からの託宣を正しく伝えるためにイエスが書いたとされる書かね？」

魔法使いが聞き返す。

「ええ。これは実在するの？　実在するとしたら、いまどこにあるの？」

真偽のほどを確かめたいメアリーは率直に切り込んでくる。

「アカーシャで目にしたことはあるが、この本が物理的世界に実在したかどうか、その答えは私にもわからない。私に言えるのは、イエスの教え、つまり、純粋なハートから発した意図、ひとつひとつの託宣の奥に込めた愛、そして世界は調和に包まれてひとつであるという明確な信念がアカーシャには記録されていて、それがイエスの存在からあふれ出ているようすが見えたということだ。いわば、愛の伝道師ならではの姿だな」

「じゃあ、やっぱりすべての真実を知りたければ、エイトトランが言うように真実の出所に直接行く必要があるということ？」

「思い出しなさい、メアリー。これもふだん教えているとおりだよ。唯一の真実が現れるのは、マトリックスのハートに立ち、女王の愛を感じたときなのだ。創造物はすべて彼女の子宮から生まれ出ずる。愛に包まれた子宮のなかでは言葉や疑問の入る余地はない。すべての存在はその崇高さの完成形であり、いかなる渇望もとどまることはできないからだ」

ホーショーは再び恋焦がれるようなうっとりとした口調になると、目にはいつものやさしい叡智に満ちた光が湧き、顔は輝き、声は穏やかさと深みのある響きを帯びはじめた。ホーショーはあらためていまこの瞬間に意識を集中した。地球の街角を出歩くことはめったにないので、いまこうしてそれを体験できることについ心が躍る。輝きを失うようすのないパリ中心部の街並みは、以前から彼のお気に入りだった。この魔法使いがメアリーの人生に登場してから、彼が覚えているかぎりでも相当の年月になる。

通りの角を曲がって、タンの部屋に続く階段に足をかけたところでメアリーがつけ加えた。

「それじゃあ、真実を求めてそれをいかに見分けるかについて語りあった最後に聞くけど、あなたはエイトトランのこの意見には賛成？　つまり、純粋なフィールドから直接自分の精神的な領域に洞察をとり入れると、マインドというフィルターを通って世界がつくられるから、受けとる人の解釈によってすべてのことが多少なりとも色づけされることになるというものなんだけど？」

「まちがいないとも。それを書き記す者が間に入った場合は特にな。彼らがメッセンジャーにまつわるエピソードを拾い集めていれば、なおさらそれがあてはまる。なぜなら彼らに認識できるのは、脳や思考回路をオーバーヒートさせることなく顕在意識が許容できる範囲のことだけだからだ。純粋で神聖なダウンロードは消耗がとても激しくなる場合がある。高次の周波数に触れることの多いライフスタイルで過ごしていれば、記す者にも純粋なデータの受信やダウンロードは可能になる」

「書く人が神聖な力をもった存在にオーバーシャドウされている場合でも？」

「その場合でも同じだ、メアリー。その場合でもな」

「どうして？　純粋な真実はまったく存在しないの？」

「言葉だけではどうしても足りないのだよ。さらに、言葉というものは誤解の余地を生むものだ。書き手の意識がそこで強調して映し出されるわけだな」

「そうなるとやはり、出所へ直接向かうことが大切なのね……」

そうあらためて思い知らされたメアリーはため息をつきながらタンの部屋の扉をやさしくノックすると、いつも持ち歩いているキーで扉を開けた。

「マトリックスの網の目はどこまでも途切れることがないのね。ときにはわけもわからないほど。でも、来てちょうだい。タンに会ってこれまでにわかったことを伝えなきゃ。きっと、あなたの言うとおりよ、ホーショー。心の奥深くではっきりと感じるの。ラニはいまシャンバラのシャドウランドにいるって」

スタジオをさっと見わたす。そこらじゅうに書類や衣服が散らかっていて、部屋のなかを嵐が通ったかのようだ。ラニはいつもだらしのないほうだが、タンがここまでひどい状態にすることはぜったいにない。

「タン!?」

ラニの突然の失踪に心配のあまり自分を責め、憔悴し切ったタンの姿がそこにはあった。メアリーは驚きを抑え切れず、悲鳴のような声をあげた。タンはみぞおちにパンチでも食らって息が詰まったかのようだった。かつてはキラキラと輝いていた瞳はどんよりと灰色に濁っている。ひげも髪の毛もまったく手入れをされておらず、何日も眠っていないようすだ。ラニがもう少し早くメモを見せていれば、タンにも何らかの対処をして彼女を守ることができたというのに。

ラニは眠っているあいだにいなくなった。ベッドから忽然と姿を消してしまった。ついさっきまでそこにいて、彼女のうなじから立ちのぼる甘い香りを嗅いでいたはずだったのに。それなのに、いなくなった。きれいさっぱりラニは消えてなくなったのだ。メアリーには彼女が安全に過ごしているのが感じられるかもしれないが、いまの彼には胸を抉《えぐ》るような心の痛みしか感じられない。

寝起きのまま、しわくちゃのベッドに茫然と腰かけているタンには、魔法に習熟した者たちがラニを連れ去った可能性があることなど知るよしもない。彼は育ての親が到着した気配にも気づかずにいた。

「タン?」

メアリーがそっと身体を揺すると、機械にスイッチが入ったかのように彼の目にほのかな光がともった。

「メアリー！　ホーショー！　来てくれたんだ。うれしいよ……。何かわかった？」

タンの声は期待と興奮の色を帯びていた。

「私たち、ある発見をしたようなのよ、タン。手をとって、マインドを融合して見てみましょう。意識をチューニングして。そうすればあなたにもあの子のようすを見て感じることができるから」

「無理だよ。俺だって何度も試したんだ！　何も得られないんだ。信じられる？　こんなにラニのことを愛している俺が、受けとれないんだ、これっぽっちも！」

「それはあなたたちがあまりに親密な関係にあるからよ。私とマインドを融合しなさい。私の意識の明瞭さと強さを利用するの。ホーショーもいるんだから、きっとできるわ。フィールドの状態を探って彼女を探し出すのよ」

メアリーは、シャドウランドのことを語って聞かせた。実在の世界をモノクロにしたような世界が存在すること。これが地球のシャドウランドであれば、いまだに二極性に支配されて光が足りない状態を反映しているために景色も真っ暗になっていること。

シャンバラのシャドウランドには薄暗く透明な世界が広がっていた。シャンバラという世界は完璧なビートと調和しており、二極性の存在を制御する法則が働く余地も必要も残されていない。そこでは何もかもがひとつになって存在しているからだ。コード化されていることで、すべてが調和しながら存在している。やはり、シャンバラにもシャドウランドが存在することはまちがいないらしい。そこまでタンに打ち明けてから、メアリーはため息交じりにつけ足した。

「私の想像では、あなたがラニと共同で開発しているゲームが、シャンバラのオペレーション・コードと一致しているんじゃないかと思うのよ。そのコードを外部に漏らしたくない、知られたくないと思っている人たちが、長老会のなかにいるんじゃないかしら」

「長老会？　長老の一部がラニの失踪に関わってるって言いたいの？　あっ、思い出した！　そうだよ！　そのこと、ラニがいなくなる前の晩にチラッと言ってた！」

「おそらくラニの想像どおりね。でも、いまはあの子も無事にしているわ、タン。私は感じるの。同時に、彼女は自分が見いだされたと感じているみたいよ。そうした感覚はシャンバラにいるときだけに起こるものよね。だからここへ来て、リラックスして一緒にマインドを融合しましょう！」

タンはいまだに気が進まなかった。

たまりかねたメアリーは彼の手をひっつかんで自分のハートにかざすと、それを両手で包んだ。そして身を乗り出し、互いの額が第三の目のあたりで触れあったのを確かめると、こうささやいた。

「さあ、タン。私と一緒に来て、一緒に見て、一緒に感じて、あなたの最愛の人を探し出しましょう」

奇妙なトンネルをひゅーっと落下しながら、時間という概念を超えていく。自分とメアリーのハートの愛が導くに任せてトンネルを移動すると、ラニが視界に入ってきた。タンは思わず息を呑んだ。

『いた！』

興奮して意識がぶれないように、さらにマインドの奥深くまで集中する。

『姿は見えるけど、意識でつながることはできないや。ラニにも俺の姿が見えていないし、感じることができていない。ラニは俺のよりも強力な魔法で守られているんだ！』

『ええ、でも彼女は無事で、元気にしているわ……』

『でもラニはこっちじゃなくて向こうにいるんだよ、メアリー。俺と一緒にいるはずなのに！』

『あの子はいるべき場所にいるだけよ。さあ、タン。戻りましょう。また来られるから』

意識を現実の世界に戻す前に、タンは立ち止まった。はじめて見るような目つきでまじまじとラニを見つめている。

『変わっちゃったよ、メアリー。まるでプログラミングし直されているみたいだ。ラニは前と同じだけど、ちがう。どうなってるんだい？』

『来なさい』メアリーはもう一度ささやいた。

『ホーショーなら知っているかも』


ふたりはマインドを肉体へと戻してしばらく黙想にふけってから、いましがた目にしたことについて語りあった。

「ひとつわかったのは、ラニのハートの光が少し陰っていたことだね。それは感じることができた。何て言うのかな。ラニがいまいるところは、理想的なフィールドではあるのだけど、完成形とはいえない気がしたよ。メアリーの言うとおり、ラニは本物そっくりな偽のパラレルワールドのシャンバラに捕われている」

タンは怒りを抑え切れない。

「うーむ。パラレルワールドにある偽のシャンバラ……。反キリスト主義で名高く、幻想に縛られた魔法使いがどうやらいそうだ、と。そこは理想的でありながら完璧とはいえない世界で……」

「ホーショー？」

「大昔にとある予言の書が存在した」

「予言の書？」

「ああ、しかし、話が脇道にそれてしまう前に、私たちをここまで導いてきた道のりに目を向けるとしよう。メアリー、おまえはラニが失踪する前はどういったことに意識を注いでいた？」

「姉妹団のメンバーを集めて、融合実現に向けた取り組みの主題をよりはっきりと理解できるように新しいメンバーを訓練し直すこと、聖なる歌を守ることね。でも、いちばんはシャンバラの聖なる交響曲の存在を世に広めていくことよ」

「そして？」

そして、って？　といわんばかりにメアリーはホーショーを見た。

「ほかに意識を注いでいたことは？」

「パラレルワールドね。そして、平和の予言に描かれている千年間の到来をじつに多くの宗教的派閥が信じているらしいこと、さらに、終末論に関して歪んだ歴史観を抱いているということ」

「そのとおりだ。では、タン。最近、君とラニが没頭していたことのエッセンスとはどういうものかね？」

「ハートランド・ゲームです」

「その目的は？」

「過去の若者たちに教えを説くのではなく、彼らの感情的、精神的、霊的な側面を啓発して、いにしえの叡智をわかりやすく楽しく身につけることができるようにすることです」

「どうやって？」

「双方向参加型のテレビゲームを通じて、というのを予定していますが、もしかするとちがったかたちになるかもしれません」

「うーん……」

魔法使いがうなりながらあごひげをしごいているので、タンは続けた。

「では、もしも善人であると思われた人たちの一部がじつは悪人だったら、その人たちはどうやってメアリーやラニやぼくの取り組みに紛れ込もうとするものなのでしょう？」

「それと、予言の書っていうのは？」

タンとメアリーが同時に尋ねたので、ふたりのマインドのつながりぶりにホーショーは声をあげて笑った。この母子《おやこ》はいつも、お互いの発する言葉をお互いが締めくくる。

「そうだな、予言とはつまり、運命が実際に働きはじめるスタート地点にあたる。ひょっとすると、ここらですべての予言を閲覧する必要があるのかもしれんな」

「ぼくはその頭数に入れないでくださいね。いまはやることが山ほどあるので無理です。エリュシオンの艦内で集まることにしましょう。どうでしょう。記録の殿堂で、明日のお昼ちょうどは？」

「何かそんなに大切な用事でもあるの？　シャワーを浴びてひげでも剃るってわけ？」

メアリーが若者の頭をくしゃくしゃっとまさぐると、ふたりはお互いから身体を離した。メアリーのからかう声がタンの耳にまだこだましている。

「いや、あ、ああ、そうだね、その両方さ。それとほかにも……」

タンがそう言ってメアリーの問いかけに口ごもっているうちに、メアリーとホーショーはすでに姿を消していた。

『ああ、ラニ。おまえがどこにいたって、俺は連れ戻すよ。必ず……』

タンはため息をつきながら傍らの椅子に崩れ落ちると、祈りを捧げはじめた。ハートからあらんかぎりの純粋な愛の光を放っていく。やさしさに満ちた愛の光。時を超えてふたりの絆を強め、そして彼女を守り、力強く励ます光。メアリーの勧めに従って愛の光を送り届けると同時にフィールドの編み込みが完了したので、タンはしばらくぶりにシャワーを浴びてさっぱりした。

バスルームの鏡に映る身体には、この数週間の心労が与えたダメージの大きさがはっきりと現れていた。あばらが浮き出て、背中がすっかり丸くなっている。しかし、いまや両の目には光が戻り、悲しみで満たされていたハートにも希望の火が再びともった。俺とラニはこれまでにもさまざまな試練に立たされてきたが、そのたびにふたりで切り抜けてきた。迷っていようと、すでに道がわかっていようと、心の内にある道も外にある道も、まったく同じなのだ。メアリーがささやいてくれたとおり、勇気をもって強く信じること。それが、これからの俺たちをずっと導いてくれるはずだ。

20　発想の倫理、イェシフへの架け橋

タオ・ラオはベツレヘムの街の中心部に宿をとった。イメージの力で泊まっている部屋を安らぎの波動を発する巨大な発電機に変容させていくと、あたりはまるで台風の目のなかにいるようになった。大いなる平穏のエネルギーに包まれた部屋のまわりに、人生の混沌が渦を巻いている。3千年紀のはじめの10年にあって、安らぎに満ちた空間の存在は中東において稀有といえる。これで準備完了。エネルギー・フィールドが整った。タオ・ラオの内なるモーターが軽やかなうなりをあげると、すべてが流れるように生き生きと動き出した。

修道僧がイェシフの心の動きに意識を注いでいるそのころ、メアリーは椅子に掛けて瞑想状態に入り、マインドをイザベラに向けていた。彼女が集まりに姿を現す日はきまって天気がよく、空気もさわやかに澄みわたる。誠実で思いやりにあふれる彼女のことを、姉妹団の誰もが「たしかに聖キアラの妹そのものね」と言ってうなずいてくれた。タオ・ラオと彼女を引きあわせて、かつてふ

たりが分かちあったものを確かめてもらう日が待ち切れない。イザベラとタオ・ラオのような古い魂の再会に立ち会うときはいつも畏敬の念が湧き、意識を啓かせられる。

わざわざこちらでそんな手を回さなくても、いつかはタオ・ラオ自身が内面世界を通じてイザベラに意識をチューニングするだろう。それでも、彼にこのことを伝えたらいったいどんな顔をするだろうか。どのようにイザベラに友情を示し、助言を与え、心を配るだろうか。そう思うと、メアリーは待ち切れなくなった。通常であれば、彼はイザベラの未来のようすを本人に伝えるようなことはぜったいにしないはずだ。時間をさかのぼって過去に干渉することはさまざまな影響を生む。もしも彼が未来のことを告げてしまえば、彼女はきっと自分の役割にすんなりと溶け込むことができなくなってしまうだろう。しかしながら、いまの状況はとうてい尋常ではない。それに、彼はヴォルカンの神々が世界にぶちまけた負のエネルギーを相殺するその一点のためだけに、過去の世界へと赴いたのだ。イェシフの自爆テロはフィールドの異変なのだ。『ならば』とメアリーは心のなかでつぶやいた。『彼もきっと、知っていることをイザベラに明かしてもいいはず』

エイトトランもそれには同意見だった。司令官はその晩、タオ・ラオがそれまで訪れていた彼女の部屋とはちがう場所に彼を呼び寄せた。今回ふたりが待ちあわせたのはコンソールパネルの前。比較解析用システムが立ちあげられていた。対処すべきことがもちあがったのだ。

「急なお呼びたてにもかかわらず、来ていただけてうれしく思います」

エイトトランは堅苦しいあいさつで迎えると、立ちあがって彼の頬に口づけ、再びコンピューター画面の前に腰かけた。これからどんな話を切り出そうとしているのか、彼女の傍らに立ったタオ・ラオには、すでに察しがついていた。

「わかっているよ」彼は先回りして答えた。

「もういいかげん、イザベラに意識を切り替えないといけないね」

「そうね」とエイトトランも決意を込めてうなずく。

「でも、考えてほしいのはそのことじゃないの」

「なるほど。では、何かな？」

身を屈めて、彼女の頭のてっぺんに愛おしげに口づける。今夜もエイトトランは美しく、一段とかぐわしい香りを放っている。

「ずっと演算をおこなっていたの。イェシフは融合を遅らせるための道具としてヴォルカン側に目をつけられたわけだけど、彼の登場は通常であれば起こりえないフィールドの異変にあたるのかどうか、そして、こうした思わぬ不純物の漏洩《ろうえい》のような出来事に付随して起きたこともそれにあたるのであれば……」

タオ・ラオは、言葉のつづきを期待して彼女を見つめている。

「何を言いたいのか、わからない？」

言葉を区切って彼女は尋ねたが、答えを返すいとまも与えずに続けた。

「つまり、爆破でイザベラが命を落とすことも、そうした通常では起こりえない異常な出来事だってことよ。イェシフが突然に登場したことがヴォルカン側の推進している干渉行為の結果として起きたのであれば、あなたはイザベラに事情を伝えてもかまわないの」

自分が呼び出された理由を悟って心が躍り、彼の瞳は興奮にきらりと輝いた。

「だと思ったんだ！　そうと決まれば、ぼくたちは一致団結して時間を節約することができる。君の言うとおり、ぼくたちはイェシフの世界にいるイザベラの未来を変えようとしているわけではない。この『スピンオフゲーム』をもともと彼女が進もうとしていた方向に、つまり、イザベラが将来、平和大使となってヨーロッパ諸国を統率し、新たな政治的スタンダードを打ち出す方向に軌道修正しようとしているだけなんだ」

タオ・ラオが言い終わるのを待って、エイトトランが続けた。

「アカーシャとここのコントロールシステムを通じていくつかのシナリオを検証しましょう。いい？　それじゃあ、シナリオ1ね。イザベラはその日、ウィーンにある国連の施設には足を運ばないの。イェシフは爆破を決行。自身を含む55人が死亡する」

タオ・ラオがあとを引きとる。

「世界規模で報復活動が勃発する。事態は混乱とともに大々的に語られ、メディアの注目も集まり、融合の遅れは10年、あるいは20年……」

「10年も？　イザベラが無事でも？」

「ああ、ほかにもいるじゃないか。その人物こそがやつらの真の標的《ターゲット》さ。女性初の黒人大統領となり、南北アメリカ連合を率いる運命にある人物。シナリオ1では彼女も亡くなってしまう」

「オーケー、10年から20年ね。じゃあ、シナリオ2。イザベラとイェシフが、理由は何であれ吹き飛んでしまうの。そうなる運命にあったとしましょう。ふたりは同じ日に、同じ場所に現れる。そして、ズドーン！　ふたりは未来の大統領と同様、帰らぬ人に」

「そうなると、融合の遅れは、そうだな、30年……」タオ・ラオは嘆息した。

「オーケー、シナリオ3、いくわよ。イェシフが国連の関連施設に到着するのをあなたが阻止する。爆弾はしかるべく処理され、イェシフはテロ活動の容疑で収監される」

「ヴォルカンのもくろみがはずれる！　そして融合は軌道を保ち、フィールドにも問題らしい問題は起こらない」

　エイトトランは彼を見つめてまくしたてた。

「3番を実行して、できれば同時に1番も準備しておきましょうよ。援軍を送ってイェシフが建物に着くのを遅らせるなり、妨害するなりするわ。あなたはしかるべきタイムゾーンまで時間をさかのぼってイザベラをマークして。たしか、メアリーがあなたたちを引きあわせてくれるって言ってたわよね？」

　修道僧の出で立ちをした魔法使いは大きくうなずいた。

「メアリーはいまも姉妹団と共に平和使節団として活動している。ぼくがいるのと同じ時代だ。メアリーはその一部の団員数名を国連まで連れていくことになっていて、イザベラもすでにそのひとりに加わっている。メアリーによれば、イザベラはまだ若くてうぶなところがあるらしい。夢見がちな理想主義者とでも言うのか、たぐいまれなパワーをもちながらそのことに気づいていないぶん、伸びしろがある。さらに、彼女が政治の世界に飛び込もうという動機になるのがウィーンで予定されているこの大会だとすれば、彼女は必ず現れる。彼女が本当の意味で触発される機会だからね。何が何でもそこに彼女とイェシフを一緒にいさせるわけにはいかない。だからぼくは3つ目のシナリオを優先したい……」

「いまイェシフはどこにいるの？」

自分たちの間にエネルギーのシフトが起きかけるのを感じて、エイトトランはそれを質問でさえぎった。

「ウィーンに向かう途中さ。すでに準備万端だ」

「どのように？」

「彼には国連で働いている叔父がいるようなんだ」

「好都合だこと」エイトトランはあえてそっけなく言い放った。

「まさしく。どうりでヴォルカン側がずっとイェシフを狙っていたわけだ。それに、彼の気持ちを変えることができずにいたわけも」

「彼の叔父さんはどんな人？」

「精神的にバランスがとれていて、人格なども統合されていて教養があり、意識も啓かれている。過激派タイプではないね。奥さんに示す愛情は別としてだけど」

それを聞いてにこりとすると、エイトトランはそっと尋ねた。

「甥がやってくる本当の理由を疑っていると思う？」

「ジョセフが？　ぜったいにないね。じつに穏やかな紳士なんだ。自分の甥っこが殉教者になって命を捧げることができるなんて、夢にも思わないはずさ」

タオ・ラオは彼女の姿を見直すかのように一歩あとずさった。エイトトランの印象がみるみるうちに変わっていくのがわかる。ハートがまたたく間に開き、そこから愛の光がほとばしり出て彼女を包んでいく。話題をうまく切り替えて、過去の世界に戻る前に彼女を味わうチャンスをうかがおうと、気分を恋人モードにシフトした。ベツレヘムの街がしきりに呼んでいる。そして、エイトトランのベッドも。

「あなたのところはどう?」

彼のようすが変わったことに気づいて彼女が切り出した。エリュシオン号の船内に彼が借りている部屋がどんなものなのか、気になっていたのだ。

「ああ、喜んで」

タオ・ラオが彼女の手を引いて少し行くと、ふたりはすぐにタオ・ラオの部屋へと足を踏み入れた。

クリスタルの発電機が部屋じゅうを照らしながら、落ち着きに満ちた虹色の光を放っている。壁のひとつに、鮮やかな紫色とグリーンとブルーで孔雀《くじゃく》を描いた美しいステンドグラスがまるまるはめ込まれていて、リビングと寝室を仕切っている。シルクに描かれた巨大なドラゴンの絵が別の壁を彩り、そのほかの壁はドリームキャッチャーや鏡でいっぱいだ。それ以外には家具がまばらに置いてあるだけで、とても簡素で、禅と和のテイストを基調にしている。寝室へと導かれたエイトトランは、扉のそばにフローティング用のタンクを見つけた。次に来たときは試させてもらおう。

部屋の醸し出す雰囲気がアラブの遊牧民が暮らすテントを思わせ、以前、デートで訪れた砂漠に舞い戻ったような錯覚を覚えた。こちらにじっと視線を注ぐ目を見つめ返しながらキャンドルに火をともしたタオ・ラオが、ベッドカバーをそっとめくる。穏やかな音楽がふたりを包み、気がつくと、民族音楽を思わせるエキゾチックな響きにつられて身体がひとりでに動き出していた。タオ・ラオが無言で背中から両腕を回してそっと抱きしめ、ふたりは音楽の官能的なリズムに合わせて身体を揺らした。私たち、最高の相性ね。まるでずっとこうしてぴったりと寄り添っていたかのようだわ。身体がひとつになり、吐息が溶けあい、鼓動が同調する。幸先《さいさき》よく有意義な夕べが始まった。私たちは任務にあたっているときも、こうしてたわむれるときも、ひとつに結ばれていたのだ。

はじめはやさしく、しだいに激しく口づける。彼女が自分と共にあるべき運命の人だということも、彼女が何をしてほしいのかも、タオ・ラオはいつも手にとるようにわかっていた。どれだけのあいだ、立ったまま互いを抱きしめていたのか、そんなことも気にならないほどにすべてが完璧で、欠けているものなど何ひとつない。待ち焦がれながらいくつもの人生をくり返してきた者には急ぐ必要もない。あるのは味わい尽くす瞬間の連なりだけだ。

数時間後、タオ・ラオはイザベラとの面会を果たすために光のような速さで時をさかのぼり、メアリーがセッティングしてくれた待ちあわせ場所へとまっしぐらに向かった。イザベラが姿を現した瞬間、彼の顔には何とも言えない表情が湧いた。その人柄だけではなく、彼女が地球世界に帰ってきた理由も、そして、何としてでも彼女を救わなければならないわけも、タオ・ラオはひと目で理解した。一方の、まだ若くて世慣れていないところのあるイザベラはといえば、この修道僧に長年親しくしている男性の仲間に抱くような親しみを覚えただけだった。

　ありふれたあいさつの会話をひとしきり交わしたところでメアリーがふたりにほほ笑むと、３人は連れだってイザベラの泊まっているホテルの部屋にやってきた。

「さあ、イザベラ、ふたりが再会を果たせて本当によかったわ。どうぞ私の友人との時間を楽しんでちょうだい。すぐにあなたも打ち解けるでしょうけど。いいかしら、タオ？」

　彼はメアリーを見て頬に口づけると、笑みを浮かべた。

「行かなきゃならないのかい？」

　うなずいて口づけを返すメアリーの目は興奮と予感に輝いていた。もうすぐ世界に平和が戻るのだ。

「ラニについては、あれからまだ何も？」

　彼は同情を込めて尋ねた。とはいえ、ホーショーもその件に力を貸していると知って心強い思いはしているのだが。

「ええ、まだよ。でも、きっと見つける」

　そう言うと、彼女は消えた。

　タオ・ラオはイザベラに向かってにっこりと笑いかけると、彼女の手をとった。

「さて、お嬢さん。ウィーンにはどういった用事で？　メアリーとはどのようにして知りあったのですか？」

　ふたりが腰かけて楽しげに語りあう部屋の数キロ先で、もうひとつの家族が再会を果たそうとしていた。

＊　＊　＊

「イェシフ！」

ようやく現れた甥の姿に興奮したジョセフが声をあげた。この数週間、ふたりは連絡をとりあってイェシフのオーストリア入国ビザを確保し、ジョセフは甥がすぐに同じ職場で働くことができるようにと外交通訳官養成プログラムの仕事を都合した。ジョセフは信じられない思いがしていた。私たちが世界平和のために共に働くことができるとは、何たる幸運！

「わかったろう！」彼は妻に向かって胸を張って見せた。

「私が言ったとおりだ。イェシフは立派に過去のトラウマを乗り越えた。あれはなかなかの男だ。君ももう少し信用してあげたほうがいいぞ」

だが、彼の妻はまだ確信がもてずにいた。彼女はイェシフと共に姉の葬儀に参列したが、イェシフは怒りのあまり悲しむそぶりを微塵も見せなかったし、ジョセフは絵に描《か》いたようなお人好しで、どんなことがあっても物事のいい面しか見ない男なのだ。それでも、空港で出迎えた彼らのもとに近づいてくるイェシフの姿に、彼女はしだいに安堵の気持ちが湧いてきた。イェシフが本当にうれしそうな明るい表情を浮かべていたのだ。私たちの未来には原理主義の居場所はない。夫がいつも言っているとおりなのかもしれない。そしてこのとき、イェシフとジョセフは確信していた。私たちがここにいるのは平和の実現のためであり、それ以上でも、それ以下でもない、と。

数日後のこと。

「さあ、イェシフ、こっちだ……」

防犯上、迷路のように入り組んだ造りをしている国連施設の建物をジョセフの案内で見て回っているときだった。すべてを目に焼きつけようとしているイェシフの頭のなかに、闇の神々の声が響いた。

『安心しな、イェシフ。おまえはここに来るだけでいい。じきに準備万端整う。ブリーフケースと必要な部品は建物の内部に隠しておく。スイッチが見えるだろう？　簡単なもんさ。スイッチをこうして、慎重に入れる。それだけのことだよ。手にとる、ほかの聴衆に紛れて客席に移動する、そして最後にスイッチをパチン、だ』

細かなニュアンスも含めて、頭のなかに示された手順のひとつひとつを記憶していく。

『もう、運を天に任せるしかない』

イェシフは、残された少ない時間を理想的な甥の姿を演じながら楽しむ決心をした。

「タオ・ラオじゃないか！」

こちらに向かって歩いてくる修道僧の姿を見つけて、ジョセフは驚きの声をあげた。

「久しぶりだなあ！　前回このホールに来てくれたのはいつだったかな。どうしてウィーンへ？」

再会の抱擁を交わすと、タオ・ラオは手を差し出してイェシフと握手をした。

「いや、ちょっとやり残したことがね。じつは、君の甥子さんに関することで……」

「本当かい？　イェシフと知りあいだったのか？」

ジョセフは誇らしげに相好《そうごう》を崩すばかりで、ふたりの間に走った表情の変化にはまったく気づかなかった。

「彼から聞いていなかったのかい？」

イェシフは夜中に車の前に飛び出した子鹿のように全身を凍りつかせていた。この修道僧め、ばらすつもりじゃないだろうな？　いったいどっちの味方なんだ？　そうだ、そんなことを考えてもしかたがない。タオ・ラオが何に忠誠を誓っているかは、これまでも謎だったのだ。

「ぜひうちに夕食に来てくれよ。君なら大歓迎だ。火曜日の8時でどうだい？」

「日曜日のほうがありがたいね」

すでに時は迫っている。イェシフとの話しあいを早めることができれば、それだけチャンスが広がるだろう。イェシフの目には動揺の色が浮かんでいた。何のためにタオ・ラオはやってきたんだ、自分を天国へと橋渡しするためか、それともちがう方向へと向かわせるためかと、頭のなかで必死に計算していた。一方のタオ・ラオの狙いははっきりしていた。イェシフが建物に到着するのを阻止する、あるいはイザベラが建物に立ち入らないようにするかのどちらかだ。そんな彼の思いとは裏腹に、若いふたりはどちらもそこに出向くことを心に決めていた。講演と爆破の日時はすでに確定していたのである。

その晩、タオ・ラオはベツレヘムの中心部に借りた宿の部屋に戻った。ここのフィールドは彼をサポートするようにエネルギーを編み込んである。気に入った椅子に腰かけて、塗装のすっかりは げ落ちた壁に鋲《びょう》でとめてあるイエスの古ぼけた絵を見あげた。絵の四隅は戦火か火災でもくぐり抜けてきたかのようにぼろぼろだが、彼がエイトトランに対して抱くようになった愛と同じ純粋さで、絵のなかのイエスはエネルギーを放ちつづけていた。

楽な姿勢をとると、魔法使いの修道僧は呼吸のリズムをゆったりと落ち着けて、エーテル体の状態で上昇を開始した。内面世界に伸びる過去のタイムラインをサーフィンしたいという欲求に駆られ、自分のたどる道筋を設定すると、ハートの導きに従って情熱とキリスト教徒迫害のフィールドを旅して回った。イェシフかイザベラかどちらでもかまわない。ふたりがいままさに向かおうとしている運命の結末に引きずり込もうとする力を無力化できる何かを探す旅だ。フィールドを滑走しながらタオ・ラオは思った。

『大昔からくり返されてきた議論がある。すなわち宇宙の正義の法則は、それを知る魔法使いの進む道を照らすことはしても、知らぬ者にとっては復讐と報復がすべてになる、というものだ。それでも、異変の発したエネルギーをフィールドにもともと流れていた意図どおりに編み直す可能性は残されているはずだ。それに、地球の人々はいまなお融合実現の夢を胸に抱いている。イェシフはいまも闇の神々の手先となってマトリックスの網の目に絡みついてはいるが、ならば私がそれをほどくまでのこと。これまでにも私は幾度となく難局にあたり、その固い結び目をほどいてきたのだ』

21 ハートランド

タオ・ラオがイザベラに自己紹介を始めたのを確かめると、必要なことは彼が進めてくれることを信頼して、メアリーは未来の世界へと戻った。イザベラはやがて彼がどういう人物かを思い出し、彼女が担っている任務やこれから進む道はより楽なものになるだろう。メアリーは未来の世界に戻ると、ホーショーが以前にその存在を教えてくれた宇宙の見わたせる屋上庭園へと、バイロケーションのテクニックを使ってすぐさま移動した。魔法使いに会って、ここまでの展開について話しあうためだ。

花々が織りなす色彩と芳香の饗宴に、庭園にはえもいわれぬ空間が広がっていた。感嘆のため息を漏らしながら、前回ここに来たときのことを回想する。来《きた》るべき未来を夢想していた私たちの輪に、ラニがあとから加わったときの光景だ。当時はあの子が過去のトラウマに相対していたころで、私たちはここで夢の編み込みをおこなっていた。イシスとのトレーニングを重ねて、みごとに過去の亡霊を退治した愛娘《まなむすめ》を思い出して、メアリーはやわらかな笑みを浮かべた。わかっている。私はただあのときと同じように、あの子がどんな状況にあろうともうまくやってのけることを信頼すればいいのだ。

ホーショーの到着を待って花壇をぶらつくあいだ、メアリーは自分の人生を豊かにしてくれているすべてのことに感謝を送った。まずはふたりの子に。ひとりは実の子ではなく、家の玄関に置かれていたところを引きとったのだが、ふたりとも才能にあふれ、意識の啓かれた子だ。紆余曲折はあったものの、ラニはタンへの愛に身をゆだねることができるようになった。さらに、ふたりは私の手を離れて自分たちの創りあげた完璧な世界に入り込み、そこに新たなゲームが生まれようとしている。ラニがそのゲームをハートランドと名づけたことへの喜びに、ハートが楽しげに歌い出す。すばらしい仲間、そして健康と人生への情熱に恵まれたことにも感謝している。ジェイコブがいて、タオ・ラオがいて、フィールドの神秘に明るくなったおかげで充実感に満ちた人生を送ることができている。こうして悲しみと心配を抱えているときに感謝できるのはすばらしいことだ。魔法使いの屋上庭園に来るといつも自分が祝福されていることを感じることができる。

フィールドが輝き、みるみるうちにエネルギーが変容していった。魔法使いがやってきた合図だ。きらめく大きな瞳が見え、つぎに鼻が現れ、つづいて満面の笑みを長い白髪のあごひげが縁どっていく。さらにヴァイオレットのローブが星のきらめきとともに輝き出す。彼の登場にはいつもハッとさせられるのだが、そこにはつねに、落ち着きと優雅な気品があふれていた。

ホーショーはあいさつの抱擁をそっと交わすと、一歩退《しりぞ》いて尋ねた。

「済んだかね？」

「タオ・ラオとイザベラを引きあわせたわ」

「それは賢明なことを」とだけ、魔法使いは答えた。

「思い出すわ。あの子たちがはじめて相談しに来たときのことを」

メアリーは心のなかでわが子たちの姿を穏やかに回想しながら言った。

「ゲームのことでかね？」

そう答えながら、彼女がラニへの心配に溺れてしまわないように涙をこらえていることにホーショーは気づいた。

「ええ。ふたりとも興奮を抑え切れなくて。『自分たちのこれからすべきこと、そのすべてが自然な流れに乗ってやってきた、さあ、やれ、といわんばかりに。これまでトレーニングしてきたことすべてをやっと活かすことができるんだ』って、意気込んでいた」

「そして、私が告げたのだな。秘密主義の時代は終わったのだ、と」

そう言って魔法使いは嘆息した。

「私もよ」メアリーがつけ足すと、ふたりは黙り込んだ。

ホーショーが突然クスクスと笑い出して言った。

「なんとも豊かな発想力の持ち主だ。先人たちから受け継いできた錬金術を教えるのに、あのような最新式の双方向参加型《インタラクティヴ》のゲームを創り出すとは！　これはふたりが創ったものから見た私の推測だが、おそらくあの子らはフィールドをあやつる技術をただ教わるのはおもしろみに欠けると考えたのだろう。そこで、ゲームをすることでプレイヤーの脳が刺激されて、宇宙のセックスを体験したとき以上に強力なエンドルフィンが放出され、くり返しプレイしたくなるように構成した」

「プレイヤーの脳の急所を刺激するという方法、このアイデアも賢い！」

ホーショーの楽しげな声につられてメアリーも明るい声を出した。

「じつに賢い」

「それが同時に危険だった」

そう言ってメアリーがため息をつくと、ふたりは庭園の隅にある寝椅子に腰かけた。

「まちがいない」

ホーショーはメアリーの膝をそっと叩くと、彼女の手をとって、両手で包み込んだ。宇宙の大空の下でふたりはひとつにつながった。

「すばらしい眺めね。美しさを忘れてしまうぐらい」

「いつ見てもな」

ほんのいっとき、ふたりは再び物思いに沈んだが、その沈黙はすぐさまメアリーの「どうしてなの？」という悲しげな声に打ち破られた。

「何がだね？」

「どうしていつもタンとラニなの？　あの子たちはもう十分にやってきたじゃない。しばらくのあいだ、ほかの誰かが融合実現の重責を担うわけにはいかないの？」

「ラニとタンはそれだけの資質を備えている。ハートランド・ゲームがその可能性をふたりに示し、おまえのいる領域で創造されるようにふたりを導いた。知ってのとおり、より心がオープンで能力を備えた者こそが多くを実現することができる。それがフィールドというものなのだ、メアリー。それがフィールドというものだ」

ひと呼吸の間をとって、彼は続けた。

「これは何かに熟練していく過程のもつ魅力でもあるのだが、メアリーにもわかるだろう。主人《マスター》と呼ばれる者はつねに、最高の召使いでもあるのだよ」

魔法使いはそう言って言葉を切ると、問いかけるようなまなざしでメアリーを見つめた。その視線に、メアリーはこう答えた。

「あなたはこう思っているんでしょう……。おまえにはすでにあの子たちへの執着を手放すことができている。そうでしょう？　でもね、心のなかにいる母親としての私は、片時も忘れずにあの子たちに意識をチューニングしていたいの。それがハートってものよ」

＊　＊　＊

ここは、シャンバラのシャドウランド。沈みゆく夕陽の放つバラ色の光線がやわらかく照らす崖の上を、ラニとマイケルをはじめとする長老の面々がぶらぶらと歩いている。ラニは、どこに行くにも誰かにつきまとわれているような気がして、ひとりの時間がたまらなく恋しかった。長老たちの平板でのっぺらぼうな声がつねにまとわりつき、夜には頭から忍び込んで夢のなかにじわりじわりと侵入する。目を覚ましている日中はテレパシーだ。マイケルたちが侵入をやめるようすは微塵もなく、むしろ、一人ひとりがあの手この手で新たなアイデアや言い訳を吹き込んでくる。どれももっともらしく、辻褄は合っているのだが、それでもどういうわけか……。どうしてもすっきりと腑に落ちないものがあった。

「ハートランドか。うーん、なぜハートランドと名づけるのかな、ラニ？」

「そうとも、変えたほうがいいのでは？」

「錬金術の手法であることをわかりづらくしてはどうだい？」

「コードにもう少し手を加えて、準備のできた者にだけ見つけられるようにするのはどうかね？そのほうが理にかなっているだろう、ラニ？」

「いいかげんにして！」

ラニは叫び出したい気持ちでいっぱいになった。しばらくして声はどうにかおとなしくなったものの、長老たちのパワーは依然として強く感じられた。

『彼らは私を変えようとしている』

心の核にあるものを少しずつ削ぎ落とし、彼女自身の考えに自分たちの考えを織り交ぜて、知らず知らずのうちに洗脳してハートソングを奪っていこうとしているのが、ラニにもわかった。

そこで、ラニはこう心に決めた。彼らの言うことを書きとめながらも実際には話半分で聞き流しておいて、みずからを励まして胸に抱く理想のイメージを強く鮮明に保っておくように努めよう。疑心暗鬼に駆られるうちに、長老たちが食べ物に毒を仕込んでいると思い込むようになった彼女は、食べるのをやめて生命の氣から栄養を摂るようにした。シャドウランドの長老たちには「断食をすると頭がすっきりするの」と言ってごまかしておいた。

　すると夜にはさまざまな夢を見るようになり、ようやくタンを夢見ることができた。ラニは恋人たちが過去のしがらみにとらわれずに愛しあうことのできる空間であり、いま自分をとり巻いている制限からも自由な場所、ハートランドをそこで体感することができた。

『タン？　ああ、本当にあなたなのね！　私たち、ついに壁を打ち破ったのね……。私、夢のなかでずっとあなたのことを探していたのよ！　ねえ、ここが夢だってわかる？』

　タンはうなずいた。

　堰を切ったように延々としゃべるラニの姿……。ああ、なんて懐かしい！　ふたりは抱擁し、互いを求めあってひとつになり、語りあった。ふたりとも、これほどの楽しさを味わったことはないというくらいに楽しかった。

　この夢のなかで、タンはシャンバラのシャドウランドの存在をラニに打ち明け、ラニはメアリーの兄をはじめとする長老会の新しい面々に、ゲームの書き換えを遠回しに迫られていることを告げた。そして、ふたりはこの空間でつかの間の休息を貪ると、互いの注ぐ愛に活力をとり戻していった。ドリームタイムの魔法にはやはり自由が約束されているのだ。

＊　＊　＊

　ドリームタイムでラニとつながることに成功した翌朝、目を覚ましたタンはメアリーのもとを訪れてみたが、いまだにイライラの収まらないジェイコブに会えただけだった。

「マイケルのところにいるんだよ！　マイケルを探し出せば、ラニを見つけることができる。理由はわからないけど、彼が関わっていることだけはまちがいない」

タンは興奮に声を張りあげた。

「しかし、ここ数年、マイケルを見かけた人はいないんだ。最後に聞いた話では、錬金術の極秘訓練に出るってことだった」

「知ってるよ、ジェイコブ。でも、メアリーに聞いてみてよ。彼女ならマイケルが帰ってきてるかどうか知っているはずだし、彼がどの領域に意識を向けているのかわかるかもしれない。ここはぼくを信じてもらって……」

「わかった、わかったよ。じゃあ、行こう」

「どこに？　メアリーの居場所に？　いまどこにいるの、ジェイコブ？」

「ホーショーと一緒さ。彼のお気に入りの屋上庭園にいるよ」

シュン、という音とともに肉体を非物質化させたふたりは、次の瞬間、メアリーの前に立っていた。じつはこのとき、ふたりにもいてもらう必要があると感じた魔法使いが、この父子をその場に引き寄せたのだ。タンの興奮ぶりが伝わってきたので、ほかの3人はまず彼の話を聞いてからフィールドのようすを確かめた。

「あなたの言うとおりね、タン。マイケルは帰ってきている。でも、彼のそばにラニの存在は感じとれないわ。兄さんが深い瞑想状態にあることはわかるけど、意識を集中しても彼の居場所までは特定できないの。どうやら肉体を抜け出して宇宙を移動しているようね」

メアリーとホーショーの横に腰を下ろして宇宙に身をゆだねるジェイコブとタンに、その場の静寂が活力を注いでいく。嵐のように過ぎたこの2、3週間は、正常な状態でいることなど、とうていできやしなかった。庭園のエネルギーがすべてをなだめ、癒し、もとの状態に整えてくれる。

プラーナに満ちたフィールドのエネルギーを全員が存分に受けとったと感じられるようになったとき、タンが静寂を破った。

「ホーショー？」

「どうしたね、青年よ？」

「シャンバラのシャドウランドのこと、詳しく聞かせてください」

「それと、あなたが先日、反キリスト主義者の存在について触れた理由も」とメアリーがつけ加える。

「ハートランド・ゲームのことも聞かせてほしい。その後の経緯で私が知らないこともあるかもしれないから」とジェイコブはお願いした。

ホーショーは全員に向かってほほ笑むと、手短《てみじか》に答えを与えてからこう言った。

「そろそろ予言の内容について詳しく話したほうがよいかな？」

「予言といまの質問とどう関係があるの？　現状に関係する予言っていったら、理想郷のフィールドに関するものだけでしょう？」

タンはラニへの恋しさがつのるあまり、気持ちがまた高ぶっているようだ。

「タンの言う予言というのは、『マトリックスの女王《クイーン》がハートに王《キング》をとり戻し、地球《アース》に生きる民たちに等しく平和《ピース》が訪れる。担《にな》いし役割《パート》にかかわらず、人種《レース》や貴賎《きせん》の別もなく、速度《ペース》を定めし慈しみ。地球《アース》の民は気づくだろう。新たなリズムと平和《ピース》の調べ。内にも外にも響くこと。幾星霜の時を超え、平和《ピース》の調べ、響くこと』というあれかい？」

ジェイコブが尋ねると、タンはうなずいた。

3人が押し黙っているので、ホーショーはどこから話を始めようかと思案しながらあごひげを何度かなでて、こう切り出した。

「関連する予言は数多く存在する。おまえたちもじきに気づくであろうが……。うーん、どこから話したらよいものか……」

「いいわ。古いものから入ったほうがいいのであれば、手はじめにノストラダムスの予言はどう？」

「むむ？　そうだな、それがいいだろう。ノストラダムスは生まれながらの予言者だったが、彼の生きていた時代には風変わりな思想が異端視されていた。そこで彼は予言を暗号にして、つまり、謎めいた言葉のなかに大いなる知恵を託して書き残した。ただし、これは聖書の大部分にも言えることだが、その言葉を文字どおりにとることはできない」

「つまり、予言の多くはヨハネの黙示録と同様、あくまでも比喩《メタファー》だってこと？」

「いかにも、そういうことだ、タン。デルフォイの神託を授ける神殿の入り口に立つ柱には、『汝《なんじ》を知れ』『中庸《ちゅうよう》を知れ』という警句が刻まれていたのだが、この信託もまた本当の意味は隠されている。つまり、すべては解釈しだいということになる」

「エドガー・ケイシーは？」

「そうだな、タン。ケイシーには生まれながらにして直観があり、病を診て癒すことができたが、そうした力が自分にあることを彼は年を重ねるごとに思い出し、能力をとり戻していった。フィールドの助けも借りながら、本来の自分をとり戻していったのだな。マインドのなかではタイムトラベルができ、もてる能力とオープンな心のおかげで大いなるエネルギーの流れを受けとり、アカーシャにアクセスして友人や同僚に共に生きた過去の時代の話を聞かせることもできた。その能力は高度に洗練されていて、ケイシーは時代に必要とされていた」

「ケイシーは同じ能力をもつ次代の人々のために道を切り拓く役割も果たしてくれたのよね」

「そのとおりだ、メアリー。そのとおりだ」

「じゃあ、伝道師のジョンは？」

ラニの救出作戦を練ることに早くみなの意識を向けたいタンが指摘した。

「あの伝道師はケイシー同様、後進の道を拓き、誤った方向に導かれたフィールドの軌道修正に必要な変化をうながすために送り込まれたのだ。フィールドを読むのはたやすいことだ。そしてな、タンよ、おまえとラニの考案した若者にフィールド・コントロールの基本的な技術を教える方法はじつにみごとだ。なかでも、ハーモニー・コードをあのようにして伝えるとはな。予言とはつまり、フィールドを読むことなのだ。予言者は高次の直観を使って、時間の制約を超えて旅をして、集団意識が発している最も強いパルスが向かわせるフィールドの方向を読みとる。これは神秘でも何でもなく、いにしえの予言者たちが発達した下垂体と松果体を有していたので、将来を見通すことが容易だったというだけのこと。脳波パターンがシータ波やデルタ波に移行したときはそれが顕著だった」

「予言者はみな神聖で賢いのでしょうか？」

「そうだな、タン。メッセージはすべて、メッセンジャーの意識を鏡のように映し出す。それらはみな精神的な領域のフィルターがかかっているからな。ときおり、とてつもない才能を天から授かっている者も現れるが」

メアリーがそっとつけ加える。

「そしてそこに解釈の問題が生まれ、しかも能力には人それぞれにばらつきがあるものよ。この点はいつも、ジェイコブと私の間で経験しているわ。同じ場面を見ながら、ちがったとらえ方をしていることがしょっちゅうなの。見方が人それぞれだから、私たちはつねに水先案内人を必要とするのね」

「さらに、チャネリングと予言は別物だということをつけ加えておこう。チャネリングがすべて予言になるわけではない。それでも純粋な予言というものはすべて、チャネリングを介して宇宙のフィールドから選び出されている」

魔法使いはそう答えた。

ラニのことが心配ではある。それでもこのゲームに大きな可能性がある気がして、胸がひとりでに高鳴ってくるのをタンは感じていた。『A』をおこない、つづいて『B』をおこなう、そうすれば必ず『C』がわかるといった、数学の証明のようにはっきりとした予言を組み込むことができるかもしれない。さらに、フィールドをコントロールするのに必要となる基本事項をそのなかにあてはめ、質問によってプレイヤーを高いレベルに導くことができる。ホーショーと話しているうちに、タンは実感した。ハートランド・ゲームにはプレイヤーの直観能力を測る質問、それを伸ばし、彼らの意識を拡大してフィールドの理解を深める質問を随所に用意しよう。そして、出した結果に対するご褒美となるような体験を与えるんだ。

ホーショーは感じとっていた。そうしたいくつものアイデアが激しく音を立ててタンのなかに湧きあがっていることを。そしてこの聖なるハートランドこそ、タンの内面に湧きあがるものが源を発した場所であり、物質を刺激して生命のギフトを授ける場所であり、肉体が創造主の刻む太鼓のリズムに合わせて躍動する場所なのだ。真実が広がるこの場所では予言が生まれる必要などない。世界はそれぞれに完璧な現れ方をしているからだ。

メアリーはそわそわと落ち着きなくあたりを行ったり来たりしはじめ、まとっている淡いブルーの服がオーラ・フィールドの変化を受けてヴァイオレットを帯びはじめていた。見るからに彼女は動揺している。

「メアリー？」ジェイコブがそっと声をかけた。

「だから何だって言うの？　予言がラニの失踪やこの子たちのハートランド・ゲームと何の関係があるって言うわけ？」

タンがすくっと立ちあがり、メアリーのそばに歩み寄る。

「予言っていうのはつまり、フィールドにチューニングすることにほかならないからさ。それは俺たちのゲームが伝えようとしていることでもあるんだ。そしてもし人々が自分自身に知恵に満ちた言葉をかけることができるようになれば、世界じゅうの指導者や予言者はどうなる？」

「たしかにそうだね、タン。でも、メアリーも同じことを感じとっているんだ。実際はそれ以上のことが起きていて、つまり、富を手にした者たちからすれば、ハートランド・ゲームにあまり派手に目立たれると困る、というわけなのさ」と、ジェイコブは答えた。

「人々が目を覚まさないように」

「そのとおりだ、タン。そのとおりだ」ホーショーは大きくうなずいた。

「じゃあ、もしもその富を手にした人が、ラニを誘導してゲームの方向性を変えることに失敗したら？　どうなるっていうの？」

「そうなると」メアリーはため息交じりに言った。

「彼らがあなたたちふたりをヴォルカンの情けにゆだねることを想定しなければならないわね。私は例の脅迫状にヴォルカンのにおいを感じるの。あの連中は友好的とはいえない手段に出るだろうし、あなたたちはそんな結末はうれしく思わないだろうから、いずれにしろ私たちも行動を起こさなきゃいけないわ」

「じゃあ、ラニを救い出すために俺たちは何を目指したらいいんだ？」

一同は黙りこくってしまった。

ホーショーはため息をつくとタンに尋ねた。

「ハートランド・ゲームをつくり変えるつもりはあるのかね？」

「どうだろう。でも、できることならそれは避けたいな……」

「それによってラニを早く救い出せるとしても？」

「俺がそんなことをしたらラニはがっかりすると思います。あなたたちふたりが目撃したとおり、俺たちに実現する可能性があって、しかもハートランド・ゲームが俺たちふたりを励まして活力をくれているのであれば、俺たちは逆にゲームの内容を守らなきゃって思うんです。これは現状のフィールドに調和をもたらすために俺たちに課せられた試練のような気がします。でも、まずは伝えようとしていることを応用して、ラニがシャドウランドに誘拐されたこの件に、新しい解釈を加える必要がありそうですね。きっとすべての見方、考え方がハートランド・ゲームに活かすことができる。いま質問してきたとおり、俺たちはいろいろな可能性を考慮する必要があると思うんです。生命は絶えず流れつづけているものだし、世界はさまざまな層と現実からできていて、その現実をつくっている人たちは自分のやり方が万人にとってベストの方法だと思っている。ラニがドリームタイムで会ったときに言っていました。あいつを誘拐した連中は、俺たちにゲームに込めたいにしえの教えを省くように書き変えさせようと企んでいるんだって……」

「賛成よ」メアリーは希望に顔を輝かせながら、毅然と胸を張って歩み出た。

「いにしえの教えを削るということには賛成できないけど、さまざまな考えを柔軟にとり入れるというところは大賛成」

「ひょっとすると、これは俺たちにとっての新たな試練のひとつにすぎないんじゃないかな。確固たる信念をもって自分たちが抱いている真実に立ち切れるかどうかを確かめるための。そして、他人の見方に対して柔軟でいられるかどうかを試す機会でもある……」

タンの言葉を、ホーショーはただ黙って聞いていた。

数日後のこと。情熱をとり戻したタンは、ラニと共に創造した双方向参加型のゲームにあれこれと思いめぐらせていた。舞台裏の議論がかまびすしくなってきたのだ。

秘密主義の時代は本当に終わったのか？

ラニとタンのようなうら若き宇宙の騎士が、理想郷への道を知らせる叡智へと直結する扉の存在を明かす運命にあるなどということがありうるのか？

ある者は悲しみにため息をつき、またある者は泣き叫ぶ一方で、歓喜に酔いしれ大声で笑う者がいる。自分たちの招いた混乱をタンとラニがまったく気づかずにいるように、あの自爆テロが当初の標的《ターゲット》のみならず、イザベラをも殺《あや》めてしまった場合に引き起こされる混乱がどのようなものになるのか、ヴォルカンの神々はまったく知らずにいる。

必要とあらば、ほほえましくも頼もしいこの若者にいつでも手を貸してやろう。そんな思いで、ホーショーはことの行く末を見守った。タンが再びゲームに没頭して昼も夜もわからなくなるほどスタジオにこもり、ふたりで創りあげてきたものを一《いち》から見直しているようすを遠巻きに見守った。目の前に現れた一本の道を、タンはラニのいないまま歩きはじめたのだ。その道は未来の世界へとタンを導き、彼が思い描くハートランドのおもむきをゲームに加えていった。めそめそして足手まといになるのはやめて、役に立つことをしよう。そう心に決めたタンは、嘆きを断ち切ってプログラミングを開始した。

来る日も来る日も彼はアカーシャを使って作業を続けた。フィールドをスキャンしていくと、予言には内容の実現を回避されたものが多く存在することがわかった。予言を聞きつけてフィールドに手を加えることで、そこで語られた運命の道筋を操作する者が大勢いたのだ。千年紀の変わり目になると、黙示録の内容を言葉のままに受けとり復讐と終末の実現に執念を燃やす者が大勢現れたが、ホーショーがフィールド調整のテクニックを用いて情勢の均衡を保ってくれていた。自分たちがこのまま理想をたゆまずに追いつづけていれば、そして何より、タオ・ラオが予定されていた自爆テロを防ぐことができれば、調和に満ちた状態で融合が実現するはずだ。それでも、そのどれひとつとってもタンがラニを恋しく思う気持ちを止めることはできない。

意識的に作業に没頭するうちに、タンはマヤに現れた予言者のポカル・ヴォタンの予言に行きあたった。彼は物質至上主義が人類を自然の法則から遠ざけて滅亡に向かわせることを予言し、世界平和を永続させるには、内面世界を高次意識にのっとってコントロールするテクノロジーを用いることで、外的世界のテクノロジーを凌駕しなければならないと説いていた。鋭敏な天文学的感覚をもっていたマヤ人は、文明社会の栄枯盛衰を引き起こす周期の存在を突き止め、ハートランドに生きる人々の内面に宿る大いなるスピリットを呼び覚ます必要性を理解していた。マヤ・カレンダーと自然時間周期の知識のほかに、周波数のリズムの変化をもとに未来を読みとっていたマヤの人々は、融合とはすなわち、新たな世界の誕生であるとした。そして彼らはある日、地球上から忽然と姿を消したのだ。ラニと同じように。現実世界から姿を消したわけだが、幸いにもラニとは夢のなかでつながることができた。ふたりはゲームにあれを加えよう、これを盛り込もうと意見を交換した。

　アカシック・レコードを使って作業を続けていくと、ネイティヴ・アメリカンのホピ族もまた、安らぎに満ちた次元に再生を遂げるには、人類が長きにわたって忘れていた内なる光の存在に目覚め、自然の法則に従って生きることがまずは求められると予言していたことがわかった。自然の法則こそがハートランド・ゲームの根幹をなす法則になる。そう確信したタンは、生きとし生けるものを未来へと駆り立てる愛の法則を具現化するために、新たに手にしたひとつひとつの洞察を駆使してゲームを改良していった。

　タオ・ラオが言ってくれたことがあった。

『生きとし生けるものすべてに、それが自分の一部であるかのように尊敬をもって接すれば、愛の法則が私たちを恩寵《グレース》の河へと磁石のように引き寄せ、すべてをひとつのものとして迎え入れる。愛の法則は奇跡を求める者を見いだし、法則に流れる恩寵のエネルギーは、その探求者たちを見分け、創造の方法を私たちに教えてくれる。そしてこうした奇跡に触れるなかで、私たちは自分たちがそのままで完璧であり、自由な存在であることを知るのだ』

　息抜きの時間のなかで、タンは誰からも敬愛されるかつての師《メンター》、タオ・ラオのもとへマインドをさまよわせた。紳士的かつ力強く、物静かで高潔なタオ・ラオの人生はひとつのお手本だ。メアリーの話によれば、彼はいま、タンとアグラがかってとり組んだようにフィールドの異常解消のために過去の世界に赴いているそうだ。ここのところ誰とも音信が途絶えていて、メアリーが運命の導きに従ってイザベラに紹介したのが最後だという。そこでは地球で最も先進的な考え方の持ち主として紹介された。そういえば、タオ・ラオがエイトトランと恋仲にあるという話だが、未来の世界の科学者といにしえの時代を具現化したような修道僧のカップルだなんて、何とも意外なとりあわせだ。ふたりが結ばれたのも、ひょっとすると世界の融合を象徴しているのかもしれない。その融合の事実に母さんも心揺さぶられるものがあるのかもしれないが、ラニがいなくなって感じた俺の動揺に比べればきっとかわいいものだ。ラニに会いたくて、あのぬくもりが恋しくてしょうがない。いまは何とかドリームタイムでつながることができるけれど、それは目を覚ましたときにラニが横にいてくれるのとはおおちがいだ。

＊　＊　＊

シャンバラのシャドウランドでは、ラニが引き続きハートランド・ゲームのアイデアを頭の中でひそかにふくらませていた。表立ったゲーム開発の作業はおこなわず、紙に書き出すのは長老たちの要望のみ。紙の前から離れるとシャドウランドを散策しながら、どうしてここが薄暗く、シャンバラの映し鏡なのであればそこにあふれているはずの光が少ないのか、そのわけを突き止めようとした。

そっくりなのに片手落ちなものがどうやって存在しえるの？

これこそが反キリスト主義者と呼ばれる存在の出現と台頭が不安視されている理由かしら？　そ

うした集団が予言をきっかけにして生まれ、幻想によってもっともらしい世界を創造してしまうことが危惧されていたってわけ？　あるいは、人々の理想に支えられて存在する夢の世界や、そこに生きるさまざまな存在のありのままの姿がシャドウランドのせいで見えなくなることがおそれられていたの？

エネルギーを操作してフィールドをプログラミングすることって、どれだけ繊細な作業なの？

一人ひとりがしっかりとした判断力をもっていれば、このようなシャドウランドが誕生するなんてことはありえないのでは？

物事の結果というのはどれだけ事前に決まっているものなの？　決まっているのなら、自由意志って何？　それに、共通の善っていったい？

こういうことって、白黒はっきりさせられるものなの？　ならば、無数に折り重なったあの層は何？　濃淡さまざまなグレーのまだらを描いてシャドウランドは存在しているじゃないの。

私やタンは、そして意識の目覚めを遂げた人たちはいったいどれだけ危険な立場にあるの？

私たちはハートランド・ゲームでいったい何を成し遂げたいと思っているの？

すべての叡智を分かちあえば、より多くの人が融合実現に向けて積極的に参加することができるというのに、過去の伝統にしがみつこうとしている新米長老たちのエゴがそれを見えなくしてしまっているんじゃないの？

『ああ、もう、頭がこんがらがってきたわ……。イシスがここにいてくれたらいいのに！』

ラニはそう心のなかで叫ぶのだった。

何度呼びかけ、祈っても、師《メンター》たちのフィールドは依然、閉ざされたまま。「もうすぐ来てくれるよ」というマイケルの言葉とは裏腹に、シャドウやクリスタリーナも現れてはくれない。私はどうも夢以外のあらゆる世界から隔絶されているみたいね。でも、マインドと身体をクリアに保っていれば、夢見で視界が曇らされることはないし、ドリームタイムのマジックのなかに自由を見つけることができるはず。

食事には細工がされている。薬草のたぐいを混ぜ込んで私を従順にしようっていう魂胆みたいだけど、こっちは食べるのをやめて内なるプラーナの光の泉から慈養を得ているから大丈夫。そう思っていたのもつかの間、飲み物にまで薬草が混入されるようになった。多く混ぜているのは水らしい。どんなかたちであれ、薬草を口にしてしまうと大切な夢を見ることができなくなってしまうので、ラニは飲み物を断つことも検討するようになった。

『ほかにどんな手がある？』

ラニは自分に向かって問いかけた。

『ドリームタイムではタンに会っているけど、マイケルたちが出てきたことはまだないでしょう。夢のなかでイシスに会えるはずよ。そして、ホーショーにも』

そう思ってはみたものの、ラニの直感は姉妹団の面々に会うことだけを祈るようにと告げてくる。

『ホーショーも私たちのプロジェクトのことを知っているのでしょう？』

内なる声は押し黙ったままだ。ひょっとすると、疑心暗鬼がすぎるだけなのかもしれないと思いはじめたラニは、飲み物を断つこと以外の方法を模索するようになった。自分の部屋で毎晩かけられている音楽に、潜在意識に訴えるプログラミングがされていることなど知らないまま、ラニは長老たちが発するいかなる力からもできるだけ自由でいようと、自分を深く信頼する旅に一歩踏み出した。ときおり冷や汗をかく場面もあったが、従順なふりをしてマイケルたちの意見に触発されているように装いながら、頭のなかでは自分たちがつくりあげてきた理想をつかんで離さず、テレパシーでゲームにガイドをするよう命じた。ドリームタイムのなかだけは、つねにつきまとっている長老たちの監視の目や影の世界から離れてホッとすることができる。ふたりはゲームの導きに従って夢で密会を重ね、ラニが披露する見解にタンが耳を傾けた。長老たちの望みに従うまでは、タンのもとに帰してもらえることは絶対にないのだろう。そのことにもラニは直観で気づいていた。マイケルたちはラニが願い出ることすべてに色よい返事をくれるのだが、それにはいつも何かしらのそれらしい理由づけがなされて、果たされることは一度もなかった。

＊　＊　＊

別の時空では、タオ・ラオのドラマが激しく音を立てて展開していた。

「なんですって？」

イザベラは彼の言葉に衝撃を受けて、顔面蒼白になった。

「木っ端《こっぱ》みじんに吹っ飛んでしまうっていうの？　私が？　冗談じゃないわ。まだこれからなのに……。一生の仕事を始めてもいないのよ！　冗談じゃない！　ああ……ああ……ありえないわよ！」

「残念だけど」タオ・ラオは明言した。

「君が行けば、どうしたってそういうことになってしまうんだ」

「どうしてあなたにそれがわかるの？　だいたいあなたは何者なの？」

そこで彼は知っていることを、エイトトランがフィールドのなかで目撃してきた洗いざらいすべてを語って聞かせた。この娘の頭脳は隠しごとをするには鋭敏すぎるし、詳しく知らせることがよりよい選択を可能にするというのが自分の信条である以上、それに従わねばならない。

「とにかく」タオ・ラオが説明を終えるとイザベラが口を開いた。

「私は一か八か、あなたが防いでくれることに賭けるしかないわ。あなたはそのために時間をさかのぼってきたんでしょう？　その大惨事を回避するために。ねえ、ところで、タイムトラベルっていったいどうやるの？」

タオ・ラオはあっけにとられて娘の顔を見つめた。なんとタフで意志の強い女性だろうか。災難に巻き込まれているというのに、けろりとしたものだ。

「まあ、タイムトラベルのことはいろいろと難しいから、また別の機会にでも話をしよう。君からメアリーに尋ねてもらってもいい。とにかく私が知りたいのは、君に出席を思いとどまらせるためにはどうすればいいかということだ」

身体は小さくても度胸はたいしたもので、イザベラは聞き分けのない子どものようだった。

「この会議を逃すわけにはいかないのよ、タオ・ラオさん。あなたならわかってくれるでしょう？だって、あなたが言ったのよ、この会議で最初のヴィジョンを私は手に入れるんだって。この道に進まなきゃっていうインスピレーションを受けるんだって。この日の討論とスピーチを聞くことでそれが得られるって。あなたの言うことが本当ならば、私はそれを聞いてインスパイアされなくちゃ……」

「君はまだ私を疑っているのかい？」タオ・ラオは穏やかな口ぶりで尋ねた。

「ねえ、こんなふうにわめき散らしてダダをこねているのよ。その私があなたの言うような立派な平和大使になるように見える？」

タオ・ラオが声をあげて笑うと、張りつめていた部屋の空気がふっとゆるむのがわかった。イザベラの言うとおりだ。その日、きわめて重大なことが彼女の内面で起こるのだ。そこを生き抜いて感じるべきことが。立ちあがってふたり分の飲み物を作るイザベラを眺めながら、彼女の発しているエネルギーを観察すると、タオ・ラオの内なる目はそこに聖キアラのエネルギーをとらえ、遥かな昔からつづくこの聖人とのつながりを感じとった。

『信じて』意識をチューニングしたタオ・ラオにキアラは短く言った。

『いまは私を信じて。あのときのように』

そう言うと、聖キアラはうぶな娘・イザベラを残してすーっと姿を消した。もうこれ以上話をするのはごめんよ、といわんばかりの仕草でソファーに身を沈めると、娘はリモコンを手にとってテレビの音量を大きくした。

タオ・ラオは歩いていって窓際に立つと、外の景色を眺めた。川向こうに建つ国連ビルの照明が空を明るく照らしている。そこにひとすじの流れ星が走るのを見て、彼はもう一度、完璧な解決策を授けてくれるようにと願いごとをした。夢のなかでも、はたまた瞑想して過去生の世界を旅して回っても、いかなるメッセージも受けとれないのだ。イェシフは事実上、心を開かせてつながることは不可能なところまで来ているし、イザベラはこのとおりのかたくなさである。

ふーっとため息をつく。すると、イザベラが立ちあがって、ゆっくりと歩み寄ってきた。隣に立ち、タオ・ラオの肩に手を置くと、頭をもたせかけてきた。いったい運命の女神はどんな未来をもたらそうとしているのか。ふたりで川向こうの景色を眺めながら物思いにふけっていたそのとき、タオ・ラオのなかにあるひらめきがどっと押し寄せてきた。

「イザベラ?」

「なぁに……」

「君を友人たちに紹介したいんだけど、いいかな? 明日の夜8時に、夕食に招待されているんだ。国連で高等通訳官をしているジョセフという友人で、彼にはすてきな甥ごさんがいるから君も会ってみるといい」

誘いを受けてキラキラと輝くイザベラのヴァイオレットの瞳を見て、タオ・ラオは気がついた。ひょっとすると、の話ではあるが、別の方法があるかもしれない……。

彼女の泊まっているホテルを出ると、タオ・ラオはハートに奇妙なざわめきを覚えた。彼は飢えていた。といって、食べ物に飢えていたわけではない。それはハートの奥深くに眠っている、彼がほとんど忘れかけていた飢えだ。

彼女に会いたい。

『エイトトラン？』

受けとってくれ。そう願いながら、思いを乗せたテレパシーを時間のフィールドの向こう側に発した。

沈黙。

『エイトトラン？』

タオ・ラオは再度交信を試みてから、川沿いにある公園のベンチに腰を下ろした。ひとつの方向へはっきりとした思いをもって力強く流れる川の流れは、タオ・ラオを襲った「いますぐ会いたい」という衝動と重なった。ハートに意識を合わせて、そこから愛おしい思いを乗せた光を彼女のハートに向けて発する。彼はそれを二度、三度と試みた。

『あなたなの？』

フィールドが開けていくのがわかる。道がさーっと開けて、自分の送った愛の光にエイトトランの思いが加わり、より強く、愛しさのこもったものになってこちらに届いた。

『タオ・ラオ？』

かぼそい、気遣わしげな彼女の声が返ってきた。

『愛おしいエイトトラン……』

焦がれるようなタオ・ラオの思いをかすかに感じとったエイトトランは、それをみずからの思いと重ねた。

『こっちに来てくれる？』

『すぐ行く』

短く答え、人気《ひとけ》のない町並みを見回すと、彼はすーっと姿を消した。

『ハーイ』

テレパシーでつながり、彼の腕のなかに歩いていきながら、エイトトランはため息交じりに言った。

『ああ、会いたかった……』

『ぼくもさ』

男のくちびるが女のくちびるを見つけ、はじめはやさしく、そしてしだいに飢えたように求めあったが、突然周囲に鳴り響いた拍手の音にふたりは身体を離した。

『あれ、ぼくたちだけじゃなかったのか……』

『訓練生の実習に付き添っているところよ。私の居場所、調べなかったの？』

あっという間に引き寄せあった思いの強さに驚きながら、エイトトランはささやいた。彼が姿を現した瞬間、彼女は自分のいる環境をすっかり忘れてしまっていた。

『私の部屋で待ってて。ここはもう少ししたら終わるわ。こんなに早く来るなんて思わなかった』

しばらくののち。シャワーを浴びながら口づけると、エイトトランはタオ・ラオにうしろを向かせて背中を流しながら媚びのこもった声で言った。

「それじゃあ、近況を聞かせて。ベッドはそのあとよ」

タオ・ラオは声をあげて笑う。流れ落ちる水とともに不安を洗い落としながら、エイトトランに肩をマッサージしてもらっている彼の顔は見るからに緊張がとれている。

「イェシフのことかい?」

「それとイザベラのことも」

「そうだね。みなすでにウィーンにいて、国連の会合を待ちわびている。実のところ、ちょっと気を許すとふたりのことで簡単にくじけてしまいそうなんだ……」

両腕でするりと彼を包むと、エイトトランは彼の右腕に口づけた。うなるタオ・ラオに上目づかいでささやきかける。

「ましになった?」

「いいや、まだ。もっと続けて……」

「じゃあ、つづきを聞かせて……」

エイトトランはくちびるを彼のうなじから下へ這わせていく。

「ふたりのどちらかのことで進展は?」

「いま君がしてくれていることのようにはうまくいっていないな」

タオ・ラオは壁に頭をもたせかけてニヤリとした。エイトトランは脊椎のいちばん下にあるエネルギー・センターを舌で刺激している。

「よし、おしゃべりはそろそろおしまいにしようか」

かすれた声でささやくと、彼はゆっくりとこちらを向いて、身を屈めて膝立ちになった。両腕で抱きしめると、濡れた彼女の身体をそのまま膝の上に座らせる。絶え間なく流れ落ちる水を浴びながら、くちびるとくちびるが出会い、舌と舌がたわむれると、マインド同士がひとつの思いに融けあい、飢えたふたりのハートは満たされていった。

22　ジャラピリ、虹蛇の上昇

シャドウランドというものがどのように存在しうるのかを理解したい。自分の疑問に答えを出したい。そんな強い思いを抱いていたラニにすぐさま見いだせたことがあった。シャドウランドは本来、幻想の存在であり、アカーシャの光を浴びていないせいで陰に隠れて存在している。そこは宇宙の炎も、ハートランドを育む純粋な愛のエネルギーも乏しい世界なのだ。

すぐにつかめたことはもうひとつあった。それは物質の成り立ちだ。光と愛のエネルギーが陰りを見せるにつれてシャドウランドも薄暗くなり、そこに二極性の概念が芽生えてフィールドのエネルギーが密になり、物質が形成される。この気づきはあまりに専門的なため、ハートランド・ゲームに全面的に盛り込むわけにはいかないが、これで少なくともフィールドのしくみは理解することができた。光と愛のエネルギーを注ぎ、シャドウランドをワンネスの海に融けあわせれば、闇は消える。方法はいたってシンプル。ゲームにも役に立つはずだ。

毎日、夕暮れどきになると、泊まっている邸宅にほど近い崖の上に腰を下ろしてそうしたことに思いを馳せた。氣に満ちた空気が周囲で渦を巻き、やがて内面いっぱいに広がり、必要な栄養素を届けてくれた。深い瞑想状態に入り、内なる生命の海から恵みを受けとりながら海辺で過ごしているうちに、日に日に力がみなぎっていった。物質を作る要素・プラーナに肉体の氣の流れを整えさせながら、自分を作っている原子の内側に広大かつ神聖なるスペースとなって現れる大いなる生命の源から、食べ物や飲み物に代わる栄養を受けとる。食べ物を摂取する自由を追求するうちに、フィールドは眠っていた能力を発揮してこのようなかたちで彼女に慈養を注いでくれた。この層もハートランド・ゲームに加えることができるし、この技術はマイケル伯父さんにはまだ知られてはいない。

午後には屋敷の裏から出ている湧き水をグラスで1杯だけ飲んだ。それを3日も続けると、胃のサイズが縮んで新陳代謝のリズムが変わっていった。2週間を過ぎても体重は減りつづけていく。やつれていくような感覚が多少あるところから見て、この方法でしっかりと栄養を摂るためにはまだ何か必要なことがありそうだ。弱っているわけにはいかない。さもないと、長老たちの攻撃に耐えられなくなってしまう。

「ああ、ラニ、こんな所にいたのか！」

そう言うと、マイケルはラニの隣で同じように蓮華座になった。ちょうど沈みゆく夕陽を眺めているところだった。

ラニは無言のまま、答える代わりにわずかにうなずいた。夕闇に残った最後の光を見つめて、太陽の中心から自分の脳と存在全体に必要な慈養を吸収していくと、金色がかったピンク色の光線が身体に染み込んでいった。光線に乗って旅をしてきた宇宙粒子が目を通り、電磁波のように脳下垂体に流れ込んでいくようすを感じる。粒子はそこからさらに、肉体とアストラル界の光の領域をつなぐ扉の役目を果たす内分泌系を通過していく。内臓のひとつひとつに向かって穏やかにほほ笑み、語りかけながら、それぞれのフィールドを開けてエネルギーを吸収していく。この新たに見つけた方法を使って栄養を摂っていると、ラニの身体は慈養に満たされ、肌がやわらかな輝きを放つようになった。

「ここに来てますます魅力的になってきたね、ラニ。シャンバラがこうして君を元気にしているのを目の当たりにできるのはじつにうれしいよ」

「ここに来れていろいろな意味でよかったと思うわ、伯父さん。本当に楽しい滞在だった。でもね、そろそろ私はタンに会って、伯父さんたちがいろいろと熱心に提案してくれたようにハートランド・ゲームの方向性を変える必要があると思うの」

ラニがあどけなくも叡智に満ちた笑顔を向けると、マイケルはしげしげと探るような目つきで姪を見つめた。

「そうかもしれないな。ほかの仲間にも君にここを離れる準備ができたかどうか確かめることにしよう。ハートランド・ゲームは正しくコード化されなければならない。みなで集まってゲームのストーリーに盛り込んだ内容にひととおり目を通す必要があるかもしれんな。特に、君がここに来てから手直しした箇所を重点的に」

「じゃあ、準備をしておくわね、伯父さん。3日後、また夕暮れどきに待ちあわせるってことでどう？　神殿のなかにホログラフィック・シアターがあるの。そこなら集まって思う存分、最終審査ができるわ」

マイケルはにやりとすると、無言のまま密かにラニのフィールドをスキャンしながら彼女のそばを離れた。ラニはどうやら何も企んではいないようだし、意識的にもわれわれと共鳴しているようだから、そろそろ彼女をタンのもとに帰して制作を完了させてもいいころかもしれない。それでもやはり、ここは安全を期してあの子が創った新しいバージョンのゲームについて全員の評価を仰いだほうがいいだろう。

ラニは立ちあがると、憧憬のこもったまなざしで目の前に広がる大海原を見わたした。飛んで帰ることができたらいいのに。飛ぶところを思い浮かべてみても、いつも最後までたどり着けずに終わってしまうのだ。飛んでいる途中で海が終わり、どんよりと暗く、どこまでも途切れることのない霧が湧いてきて、その向こうには不気味な空間が果てしなく広がるのだった。

海に背を向けて、屋敷への道をゆっくりと歩いている途中、ふと、目にとまるものがあった。大岩のそばで何かが動いたのだ。しばたたかせた目をぐっとこらして見ると、巨大な岩がみるみるうちに形を変えて洞窟の入り口が現れた。ラニは抗しがたい何か強い力によってそのなかに吸い寄せられていった。

洞窟の奥に入っていくと、岩が導いてくれるかのように光を発し、小道を照らし出してくれた。

道に沿って進んでいく。すると突然、目の前にずるずると這い回る生き物のエネルギーが感じられた。そのエネルギーはしばらく地面をくねっていたかと思うと、やがて虹色の光を放つ大蛇《だいじゃ》になった。虹蛇の出現とともにフィールドがざわざわと震動する。車のギアが切り替わるようにその場のエネルギーがまたたく間にシフトして、新たな次元の入り口が目の前に現れた。宇宙空間に浮かぶブラックホールを思わせるこの入り口からは、何とも言えず美しい色彩と大地から湧き出てきたかのようなリズムをもつディジュリドゥ（訳註　オーストラリアの先住民アボリジニの民族楽器）の響きがあたりいっぱいに放たれ、思わず心が落ち着いてきた。守られているような安心感に包まれて、古ぼけた石が円状に並べられたまばゆい光のフィールドのなかにしずしずと歩みを進めると、洞窟のなかにできたもうひとつの洞窟に包まれているようで、大きく力強い感覚がむくむくと湧いてきた。ジャラピリにちがいない。ジャラピリの行くところには必ず叡智がもたらされる。何年も前にこの大蛇に命を救われたラニにはそれがすぐにわかった。

ドリームタイムに登場する伝説の虹蛇・ジャラピリは、内なる生命の源《ソース》、すべてをつなぐ源の存在を象徴していた。

『ああ、ジャラピリ！　本当に久しぶり！　よかった、また会えて！　ここで私の力になってくれるものといったらドリームタイムの空間だけなの』

テレパシーでジャラピリとつながると、ひとすじの涙が頬を流れ落ち、自分がどれだけさびしい思いをしていたかをラニは実感した。

『みごとだったぞ、愛おしい娘よ』

『いいえ、ジャラピリ。ちっともうまくなんかいってない。ずっと不安で、不安で……』

『そうかもしれんが、それでもここまでやってきたではないか。おまえが成し遂げてきたことに目を向けるのだ。そうすればたくましくいられるはずだ』

『恐いの……』

『何がだね？』

ラニには恐怖を声にしてそれと向きあう必要がある。それを知る賢者はあえて質した。

『失敗したらどうなっちゃうの？　もし彼らが私を放してくれなかったら？　もう続けられそうにない……』

ラニは口をつぐむと、まとったドレスの袖口で頬にできた涙の跡を拭った。

『ああ、ジャラピリ、もうこれ以上、あの人たちの操作に耐えることなんてできない！　帰りたい、いますぐに！』

ジャラピリがしっぽをシュッと振ったかと思うと、繭《まゆ》のような形をしたヴァイオレットの光が現れ、その網の目のなかにラニを包んだ。またたく間にラニは守られているような感覚をとり戻した。

『どういうことなの？　一瞬で守られているようなすごい感覚に包まれた』

ジャラピリが鼻先をついとしゃくり、石でできた輪のなかに座るよううながす。フィールドが再び輝き出し、コロボリー（訳註　アボリジニが営む伝統的な儀式）のダンサーたちが現れてヴァイオレットの網の目を輪のまわりに編み込みはじめた。ダンサーたちは一人ひとり、ラニに会釈をすると、ラニを中心にして円を描くように、ジャラピリの作った繭もろとも別の網の目でラニを包んでいった。

ラニはだんだんうっとりさせられると同時に、何かが少しだけわかったような気がした。円を作って踊る者たちがどんどん網の目を紡ぎ出していくのを眺めながら、思い出したのだ。そうよ、私もこの繭をコントロールするスキルをもちあわせているんだわ。この繭を使って自分にとって力になるものを吸収し、力にならないものをよけることが私にはできる。

ふーっとため息をついてゆったり座り直すと、ほっとする思いがありはしても、暗い気持ちが拭い切れたわけではないこともわかった。

役目を終えたダンサーたちは、動きを止めるとドリームタイムの世界に消えていった。あとにはラニをじっと見つめるジャラピリのみが残された。大蛇はテレパシーでラニに問いかけた。

『悩んでいるのは別のことのようだな』

『自分がちゃんとできているのか、自信がないの……』

ジャラピリがいぶかしげな目をして頭をもちあげる。

『メアリーのやり方を自分なりに真似していたの……。内なる領域から栄養や水分を摂ることで、自分の身体にとり入れるものやタイミングを自由に選べる方法を』

ラニのエネルギーをスキャンすると、ジャラピリはこう切り出した。

『おまえのフィールドは弱っているな。それはおまえがすべてのことを恐怖からおこなっているからだ』

『恐怖？』

『新しい長老たちが最初はおまえの食べ物に、つづいて飲み物に薬草を混ぜたのも、それからおまえがこの小道を選ぶきっかけになったのも、もとをたどればすべて恐怖からではないのかね？』

『そうです……』

『さて、そこが問題だな。いま見せたような人を力づける方法は、愛の道を通じてなされるのであって、恐怖の道からではないのだ。そして、おまえの意図は純粋なものでなければならない。だが、おまえのたどる旅路を愛に満ちたものにするためにできることはまだあるかもしれぬ。それでもやはり、これだけは覚えておくがよい。このような方法をうまく活用するには、愛のフィールドこそが鍵を握っているのだ。恐怖のフィールドではない』

知恵の言葉にじっと耳を傾けていたラニの前から、ジャラピリはすーっと姿を消した。洞窟のなかにとり残されたラニは、どこからともなく現れたピンク色のクッションの上に腰を下ろした。ひとつを地面に敷き、もうひとつを背もたれ代わりに腰のうしろにあてがって岩の壁にもたれると、ほとんど飲まず食わずでいられた母親の姿を思い浮かべた。メアリーはいまも定期的に魔法の王国を訪れているが、とりわけその訪問から帰ってくると何も口にしないでも平気でいられるようになる。自身が王国にいた子どものころのことを思い返してみても、口にしたのはいくらかの木の実と野イチゴ、そしてクリスタリーナが避難場所に持ってきてくれたスープのたぐいぐらいで、自分もタンも食べ物には事足りていた。空腹を感じることはまったくなく、生命のフィールドがもたらしてくれる真の食べ物のもつ栄養のおかげで、つねに活力と慈養に満ちた感覚が自分の中心からみなぎっていた。

畏敬の念に打たれて大きく息をしながら、自分に呼吸をさせ、かつ人生というギフトを授けてくれる賢者の存在を求めて内面を探っていく。ジャラピリが告げたとおり、これからは栄養をもたらすだけではなく、必要な水分が摂れるようにプラーナを放出して私を健康に保ってください、と内なる賢者に慎ましく祈りを捧げると、賢者の愛と叡智は広大な宇宙のように果てしなく広がり、そのエネルギーの流れにラニは全幅の信頼を預けた。

ああ、この力《フォース》、たまらないわ。この妙なるエネルギーとつながって言葉を交わすために、私は毎日、屋敷近くの崖の上に腰を下ろし、海の向こうから昇っては落ちる太陽を眺めながらその光を吸い込み、タンを思い浮かべ、ゲームに思いを馳せるのだ。ハートランド・ゲームの呼ぶ声が絶えることなく聞こえるなか、ラニはひたすらに願うのだった。

『この力《フォース》に包まれながら、その声をずっと聞いていたい』

洞窟を出て、星空に照らされた道を屋敷に向かって歩くうちに、ラニはマイケルをはじめとする長老たちがデザインしたバージョンのハートランド・ゲームに熱心なふりをとりつくろっているのが難しくなったことを実感した。

『これからは秘密のヴェールを引きはがして、人々に伝えるべきことを明らかにしていこう』

ジャラピリが戻ってきてくれた。ついに私は信頼できる仲間も、シャドウランドにも支配されることのない聖地も手に入れたのだ。

『ハートランド・ゲームに流れる意識にみなが目覚めたとき、そのときはじめて私たちは栄枯盛衰を超えて融合した世界に移行できる』

ラニの内なる存在が、滋養を光に乗せて彼女に注ぎながら語りかけた。

『そのときはじめてシャドウランドは姿を消すの。文明社会を栄えさせることに価値があるのではない。文明を高い次元に保ちつづけ、二極性の世界が放つ引力を超えていくことに価値があるの』

屋敷に着くとラニはシャワーを浴び、穏やかな安心感に包まれて、昼間よりもずっと前向きな気持ちを感じながら深い眠りにつくことができた。

＊＊＊

ここはシャドウランドとは別の世界。タンは屋根裏の部屋へとつづく狭い回廊を意気揚々と歩いていた。早くゲーム開発のつづきがしたくてたまらないという思いが、薄暗い照明を浴びる足をおのずと速めた。ふと、スタジオの入り口の扉が少し開いているのが目にとまった。歩調をゆるめ、扉にそろりそろりと近づきながらフィールドをスキャンする。危険なエネルギーはなさそうだ。足で扉を大きく押し開くと、湧きあがるショックを抑えるのに苦労した。スタジオは荒らされ、破壊されたコンピューターが黒こげのトーストのようなにおいを発しながらバチバチッ、バチバチッと火花を散らしていた。どこを潰せばいいかを心得た何者かが、攻撃してきたのだ。

新たなメモが冷蔵庫のドアにとめられている。

そこには、憎しみのこもった太い文字でこう記されていた。

「やめなければ殺す！」

メモが発する憎悪のエネルギーに、タンは思わず息を呑んだ。がっくりと膝をつき、両手で荒れ放題になっている髪の毛を掻きむしりながら感覚に意識を集中すると、ピリピリとささくれ立ったエネルギーが部屋じゅうに満ちていた。タンの聖域ともいうべきフィールドは無残に破壊されてその混沌に満ちたエネルギーに支配され、何者かが怒りに任せてぶちまけた傲慢と彼の絶望がいっしょくたになってあたりに悪臭を放っていた。

23 復讐と制裁

タンは血が逆流するかのような怒りを抑え切れずにいた。ラニがいなくなった悲しみ、彼女を連れ戻すことができずにいる自分への情けなさやいらだちがすべてないまぜになって腹の底で煮えたぎっていた。ラニに足止めを食らわせている新しい長老たちに腹を立て、スタジオを破壊してハートランド・ゲームのコピーをすべて奪い去ったであろうヴォルカンの一味に腹を立てた。両手を振り回し、頭をのけぞらせ、うおーっと身の毛もよだつ長い雄たけびをあげた。しかし、こんなことをしても何の慰めにもなりはしない。泣き寝入りするなんてごめんだ。もうこうなったら仕返しをするしかない。

ラニがマイケルをはじめとする長老たちの審査を受けようとしていることなどつゆ知らず、タンは肩をいからせながらメアリーの部屋にどかどかと足を踏み入れた。混乱し切ったマインドそのままに、キッチンの前の部屋をイライラと行ったり来たりする。メアリーは無言で腰かけたまま、彼の怒りをなだめてあげたい衝動を必死になって抑えていた。こんなふうに、手のつけようもないほど怒り、とり乱すタンを見るのははじめてだった。復讐しか望んでいない彼には、何を言っても効き目がない。

「やつらを見つけ出してやる。ぜったいに。そして……見つけたら……見つけたら」

自分が受けたのと同等のむごたらしい仕打ちを加えてやる。イメージの暴走はブレーキが利かなくなり、みるみるふくらんでいった。

「タン？」

彼は耳を貸そうともしない。

「タン？」

「何だよ!?」

「宇宙は正義の法則ってものに支配されているのよ」

「知ったことか。カルマの相殺なんて待つつもりはないし、犠牲者になんかなるつもりもない！　見てろよ！　闇の連中に仕返しするだけじゃない。必ずシャドウランドからラニをとり返してやる！」

「そんなことをしたらまた同じことが起きるだけよ。フィールドはどのように反応するか、あなたも知っているでしょう。意識を注いだことがその人のもとに引き寄せられるということ……」

「そんなこと、もうどうだっていい。うんざりなんだよ！」そうタンは吠えた。

メアリーがなだめると、タンは侮辱されて聞き分けのなくなった子どものようにけんか腰になる。

そんなやりとりがしばらく続いた。

「別の方法があるはずよ……」

「どうでもいいんだって。もうたくさんだよ！」

そこからはスイッチが切れたかのようにうんともすんとも言わなくなり、いっそういらだたしげに部屋のなかを行ったり来たりした。

しばらくして、ふたりは同時にふーっとため息をついた。メアリーは自分の拾い子の心を変えることができない不甲斐なさに。タンはうまいことラニを連れ戻すことができずにいる不甲斐なさに。タンはいま、これまでにないくらいラニを必要としていた。そのため息は、すべてが不条理に見えることから来る底なしのいらだちのため息でもあった。

「俺はとにかくこの世界に自分の居場所を見つけて、いい影響を及ぼしたかっただけだ。なんでフィールドはこんな反応をするんだ？」

タンはメアリーに噛みつきはじめた。

「そりゃ、俺だって陰謀説の噂はいろいろと耳にしたことがあるし、世界を闇の勢力の手が及ばないところへ導こうとして似たような妨害に遭ったホーショーの教え子の話だって知っている。でも、ラニと俺は自分たちがしていることはずっと秘密にしていたんだ。ハートランド・ゲームが大きな可能性を秘めていることだって、エイトトランに指摘されるまで気づかなかった。とにかく、もう何もかもうんざりなんだ！　俺たちはあれだけたくさんのことをイシスとホーショーから学んできたんだから、人々はもう苦悩を味わう必要なんかないはずさ。フィールド調整の科学の効果は絶大なんだから！」

落ち着きを失ったマインドに任せてあたり散らしながら、同じことを手を替え品を替えまくしたてているうちに、タンは今後の行動計画を固めていった。

「タン？」

タンは耳を貸さない。

「タンったら！　お願いだから落ち着いて。深呼吸をしなさい……。ほら、少しここに座って」

こんなに怒りに燃えたタンは見たことがない。まるで壁に向かって話しかけているかのようだ。

「ワイン、ある？」

ようやく足を止めると、タンはメアリーがそこにいることにはじめて気づいたかのような顔で尋ねた。

「少しなら。キャビネットにあるわ。赤が1本と、たしか、白もあったかしら」

大きなグラスに自分の分を、小さめのグラスにメアリーの分を注いだ。

「私はけっこうよ、タン。今日は人と会う約束があるの。さあ、私の横にかけて」

両方のグラスを次々にあおると、矢継ぎ早に自分のグラスに注いで一気に飲み干し、また注いだ。

「何か食べてきた？」

「腹、減ってない」

「腹立ててるだけ？」

「いままでで最高にね」

「怒りは何も解決しないわよ……」

「ああ、でもこうすればしばらくはスカッとするんだ」

タンはキャビネットに行ってもう1本のボトルをとって戻り、またグラスを満たした。彼は横柄そのもの、メアリーの知っている青年とはまるで別人だった。

「この地球がこうも邪悪な星になりうるなんて、思いもしなかった。人は自分の思いどおりになるように、物事を操作してる。考えてもみてよ、新しい長老たちがラニを捕えて洗脳しようとしている！　俺たちのスタジオもめちゃくちゃにされた！」

タンがこんなにとり乱すなんて。何を言おうが耳に入らないようなので、メアリーは口をつぐみ、相変わらず部屋じゅうを行ったり来たりしながら怒りをぶちまけるタンの姿をただ見守った。私の知っているタンはこんな子じゃない。グラスが空になるたびにタンの心は自暴自棄と虚勢と義憤で満たされていく。タンは沈みゆく夕陽の美しさに目もくれず、メアリーが出かける準備を済ませてハグをしようと両腕を広げてもぷいと素通りした。行くわね、と言って部屋を出てもかまわずに、誰に対するともなく怒鳴り散らした。殺伐とした思いに囚われていくほどにタンのエネルギー・フィールドはどんどん暗くなり、しだいに赤くどす黒い光をあたりに散らすようになった。怒りとアルコール。これはまさしく致命的なとりあわせだ。

溜まりに溜まった感情を発散し、外のさわやかな空気を吸って頭をすっきりさせようと散歩に出たころには、すでに夜もふけていた。

ムーランルージュの劇場近くに来たときだった。脇道に入ると、向こうから4人の若い男が近づいてきた。

『そのまま歩くんだ』タンは自分に言い聞かせた。

『目は伏せたまま。ぜったいに視線を合わせるな！』

4人の脇をすり抜けようとしたそのとき、ひとりが振り向いて殴りかかってきた。強烈な拳が右の目じりを捕える。驚いて振り返り、殴った相手の方を向こうとした彼の顔面を生温かい血が流れ落ちた。間髪入れずに次の拳がどこからともなく飛んできて、1発目よりも強烈な衝撃に下あごがふたつに砕けた。襲撃のショックと苛烈さに、身体が壁に叩きつけられ、頭を強打して卒倒し、意識が遠のいた。正体不明の暴漢たちは、あばらが折れ、脾臓が破裂しそうなほど傷んで倒れているタンの胸をおもしろ半分に踏みつけると、どす黒い血の海のなかに残して立ち去った。

しばらくして目を開けた。息も絶え絶えになりながらつばを吐き、もうろうとした意識のなかで立ちあがろうと宙を泳いだが、あたりに柵や窓枠のようなつかまるものは見当たらず、バランスを失った。身体にはもう力が残されていなかったが、何とかして倒れるときの衝撃を弱めようと最後の力をふりしぼって左腕を出した。手が地面に着いた瞬間、手首からボキリと音がして、信じられないほどの激痛が指先から腕を貫いた。視界が真っ暗になり、意識を失う。タンは血に濡れた地面にどさりと音を立てて崩れ落ちた。

あたりをうごめく人影が浮かんでは消えをくり返す。まばゆい光が降り注ぎ、心配そうな声がぼんやりと聞こえる。何かに乗せられて運ばれる感覚があり、また真っ暗闇が訪れる……。つづいて誰かに身体を洗われ、傷を縫われている感覚。そばにメアリーがいる。愛おしいぬくもり、心の痛みを押し殺して絞り出すような涙声、顔や髪をなでさする彼女の手、しっとりとしたくちびるが何度も頬に押しあてられる。すると、それまでタンを包んでいた感覚はしゅんっと消え失せ、地球をとり巻くようにして存在するアストラル界の扉が目の前に現れた。

『歩きなさい』

本当の自分が発する声が語りかけてくる。

『来なさい、タン。肉体は癒えるに任せて、少しこちらの世界を歩こう』

魂が音もなく抜け出て浮かびあがり、包帯を巻かれて昏睡状態にある自分の肉体から離れていくのがわかった。この感覚は、ラニと一緒に肉体を離れて空を飛び、うしろ歩きのビーチに面した塩水湖でイルカとたわむれ、クジラの群れのそばを舞っているときに味わった感覚に似ている。少しだけちがうのは、そのときよりも軽やかで、横になっている自分の肉体からどれだけ離れても、そこから伸びるしなやかな銀色の光のコードでつながっている感覚があることだ。

俺はいま、自由なんだ。

おのれの魂の光を追い、その声に従って進む。魂は目の前を楽しげに舞いながら脈動した。ゆっくりと漂うように移動していると、まわりの世界がシフトしてだんだんと暗くなっていった。飢えた魂たちのどんよりとしたエネルギーがこの領域全体を呑み込んでいる。彼らは、最愛の人に先立たれた遺族の悲しみによって次の世界へと進むことを阻まれて、ここ、アストラル界で身動きがとれなくなっているのだ。

魂とともに無言のまま時空を滑るように飛び、闇のなかを移動していく。ここから先は観察するだけになる。どんなことが待っているのだろう。そう思いながら、タンは魂の放つ純粋な輝きを追った。

暗がりのなかをいくつものイメージが飛び交う。おびただしい数の戦乱のシーンがあたりに流れるなかをゆっくりと進んだ。ひとり、またひとりと、銃弾に、矢に、あるいは斧や刀に斃《たお》れる姿が見え、愛する人の名を呼ぶ彼らの苦悶の叫びが聞こえる。歴史上に勃発したすべての戦争の場面があたり一面を埋め尽くし、いっせいに上演しているかのような光景。タンはいま、ホログラフィックな空間に守られて、向こうからは見られることも触れられることもないまま、あまりにリアルな戦慄の光景が広がる世界に立たされていた。

何の手出しも口出しもできない。それでも「どうしてこんなことになってしまったのか」という疑問は拭えない。何ひとつとして意味を成さないし、正当化などできはしない。見るものすべてが残忍さと冷酷さにまみれ、意見するにも値しない。あまりの光景に気分が悪くなったそのとき、映像は果てしのない殺戮シーンから、男たちが一室に集まって世界の行く末について協議している場面に切り替わった。そこではビジネスマンと政治家が私利私欲を満たすために自分たちのものでもない国を私物化し、罪のない人々の生命を売買してもてあそんでいた。

タンが肉体から抜け出てスピリット体になって旅をしているあいだ、メアリーは彼が眠る病院のベッドの脇に腰かけて息子の眉根をやさしくなでていた。明け方、聖リタ教会に祈りを捧げに向かった彼女がチャペルにたどり着くことはなかった。道中で、変わり果てた息子の姿を発見したからだ。血の海のなかに子どものようにうずくまっている暗い人影を見つけたとき、ひと目でタンだとわかった。脈は弱かったが、彼の安全を確保するために落ち着いて対処したことですぐに救いの手はやってきた。こらえ切れず、涙が堰を切ったようにあふれ出す。自分を強く見せようという気持ちがいっぺんに消し飛んで、静まり返った夕刻の病室で、涙に身を任せて泣きに泣いた。

救急医療室の医師たちが懸命に治療にあたるなか、メアリーはベッドのそばで寝ずの看病をしながら待ちつづけた。心は空っぽだった。それまで愛に満ちたぬくもりでいっぱいになっていた場所に、いまは虚しさだけが広がっていた。タンが死の入り口の前をふわふわと漂っているころ、メアリーはこうして胸が張り裂けるような悲しみに身も心もぼろぼろになり、身体を激しく震わせてむせび泣いていた。

どれぐらいのあいだ泣いていただろうか。どれぐらいのあいだ椅子の上に腰かけていただろうか。気をとり直そうにもできぬまま、また泣き崩れてしまった回数は数知れない。もうどうだっていい。融合の実現も、姉妹団のことも、文明社会が生まれようが滅びようが知ったことではない。何もかもが絵空事で、自分のことのようには思えない。そして、もう流れる涙は残っていないと思ったとき、また新たな涙が目に浮かんで視界がぼやけ、胸の痛みがよみがえって声も出なくなり、それ以上何も感じられなくなった。

タンのいない人生など想像もできない。ほかのことならどんな試練にも耐えられるが、愛するわが子を失うことだけは我慢できない。内面から湧きあがる大きな苦しみを味わってはじめて大いなる気づきが訪れ、新たなものを生み出す力が得られることも知っている。しかし、そうしたすべてがいまは虚しく響いた。

心の底から疲れ切ってしまっていたメアリーは、あくびをすると伸びをして立ちあがり、開け放たれたままになっていた窓の前に立った。夕暮れの街に照明の明かりが波のように広がっていくようすを魂の抜けたような顔で眺める。タンを発見したのは夜が明け切らぬころだったというのに、すでに夕闇とともに往来の音が窓辺にまでゆっくりと迫っている。何もかもが混沌としながらも現実のことではないように思えてくる。運命はこれほどまでに残酷になりうるものなの？　ようやくあの子たちはお互いが運命の相手だと気づいたというのに、引き裂いてしまうの？

いにしえから伝わる叡智が聞き届けられるのをじっと待っていた。心に重くのしかかってくるのは、お決まりの言葉。わが子はわが子にあらず、私たちの手もとを通り抜けていく存在にすぎない……。死というものも、姿かたちのない存在との壁も存在しない……。魂はハートのなかで時を超えて永遠に出会いをくり返し、そしてたわむれる。メアリーの耳には何も入らなくなっていた。すべてが意味を成さない言葉の寄せ集めだ。いつもは理路整然と物事を考えるというのに、「理由」や「原因」といった言葉が通じない。ついさっきまで明るく充実した未来が待つ幸せな家族だった自分たちが、次の瞬間には子どもたちがいなくなり、夫との関係までもが寒々としたものになりつつある。ラニが姿を消してからというもの、ジェイコブのフィールドにシフトが起こり、ハートに闇のエネルギーがむくむくと湧きあがっていることにメアリーも気づきはじめていた。

『融合を遅らせようとする動きはどうなっているのかしら？　それと自爆テロをタオ・ラオが阻止する計画は？』

喜びはハートのなかですっかり居場所を失い、感じるのは不安や心配だけだった。夜明けはとうに過ぎ去り、夕暮れが来たかと思うと、また夜明けが訪れた。そこへ、魔法使いが母子《おやこ》のようすを確かめに一度消した姿を再び現した。

ホーショーがタンのベッドのそばに立つと、メアリーはくるっと身体の向きを変えて噛みついた。

「どうしてこの子は起きないの？　何日もこんな状態なのよ、ホーショー。どうして私の呼びかけが聞こえないの？」

「さまよっているのだ、メアリー。途方に暮れているか、あるいはアストラル界で何かを学んでいるところなのかもしれん。傷はすでに危険な状態を脱している。ヒーラーたちが肉体のためにできるかぎりのことをしてくれた。本人に準備ができれば戻ってくるだろう」

「ああ、ホーショー」ため息交じりに言うと、メアリーは師の腕のなかにしなだれかかった。

「そうは言っても、自信がないの……」

ホーショーはタンから目を離さずに、観察者となった愛弟子《まなでし》を遠くから見守った。スピリット体の形をとり、意識の啓かれた自己に導かれて旅しながら、アストラル界のようすを記憶に必要なだけ焼きつけていくタン。一方で、病院の清潔なベッドに横たわるタンの肉体はゆっくりと快復しつつあった。タンの襲撃事件の背後で闇の神々が糸を引いていたことは突き止めてある。しかし、すべてのことが明らかになりつつあるいま、タンはアストラル界に来ることで試されているのであり、同時に、ハートランド・ゲームがこの物語の行く末を指し示していることをホーショーは知っていた。

何日にもわたって、タンはほの暗い大いなる混沌の領域を漂った。存在を見つかることも悟られることもなく将校たちが開く作戦会議を観察してから、いちばん最初に彼らが謀略を練る会議室と寝室を訪れた。権力と欲に駆られた者、復讐や制裁に飢えた者、戦争へと突き進む理由はどれも似たり寄ったりだった。なかでも集団での内輪もめや宗教的ドグマがもとで殺しあいに発展する場面が多く、内部対立のあとにはきまって生き残りを懸けた争いや伝統を守ろうとして衝突する光景が続いた。

ひととおりの観察が済み、真の自己の光にいざなわれてフィールドの奥深くに入ると、タンはそこで会議の結果として勃発した大虐殺を伴う会戦のようすを目の当たりにした。恋人や兄弟が愛する人の遺体にとりすがって精根尽き果てるまで泣いているのを見ると、誰もが必ず愛されていること、そして、血を血で洗う争いが払う心の代償の高さをつくづく思い知らされた。理想主義の夢は打ち砕かれ、退役軍人たちは手足を失い、さらにひどい場合には心に深い傷を負って薬物に溺れ、魂が抜けたようになっていく。目にした場面はどれひとつとしてまったく意味など成さないし、ハートの声に気づかないまま、マインドに突き動かされた生命が多く存在したという証でしかない。歴史が払ってきた血にまみれた膨大な犠牲の存在を目撃し終わると、次にガンジーの人生に入り、彼が平和的な方法で国の進む方向を変え、イギリスの統治から人々を解放するためにアヒンサー（非暴力・不殺傷）の原則をとり入れていくようすを観察した。タンは血も涙もない暴力を行使しなくとも変化を起こす方法として、自分が心から受け入れられるものにようやく出会った。

『わかったぞ。報復への強い願望こそが戦争へとつづく扉を開いたままに保つんだ。赦すこと、そして、平和的な解決策とトリプル・ウィンの考え方があれば、その扉を再び閉ざすことができる。もしも俺が復讐への渇望を胸に燃やしつづければ、さらなる暴力的な出来事を自分のフィールドに引き寄せることになるだろう。そして、戦争のゲームを受け入れるほどに、ハートの光は明るさを失っていくだろう』

これはタンだけではなく、誰にでもあてはまることなのだ。そう、タオ・ラオが説得を試みているイエシフにも。

タンはこの気づきとともに真の自由を手に入れ、ハートが呼ぶ声に耳を傾けて、ラニに対する愛と、やはり彼女を見つけ出したいという新たな思いに導かれて、高次の領域をいくつも超えて滑走していった。

24　イザベラ

ここはタンがいるのとは別の領域に存在する過去の時空。タオ・ラオは、アストラル界をさまようなかでタンがたどり着いたのと同じ結論にイェシフを導くことができずにいた。

『こうなったら』と意を決した彼は、イザベラに多くの時間を費やすようになった。そのイザベラは、彼に告げられたことをなかなか受け入れられずにいた。年齢のわりに肯定的にとらえてはいるのだが、自分はまだ死ぬわけがないと信じ切っているために、わが身に降りかかるとされた出来事を認めることができないのだ。歴史の流れを変える？　私がそんな偉大な人物だとはとうてい信じられない。ウィーンで開かれる国連会議にはぜったいに出席させてもらうわ。タオ・ラオが何を言っても彼女の気持ちは変わらなかった。もう時間はほとんど残されていないというのに、成果らしい成果は得られていない。彼らの心を動かすことができなければ、あと1週間足らずでイェシフとイザベラ、そして未来の大統領候補が命を落とすことになる。

いま、その彼らはというと……。ディナーが開かれるジョセフ宅に向かっていた。タオ・ラオは心のなかで祈った。

『どうか、この機会が状況を一変させてくれますように』

娘は喜びにうっとりとして、青年はそれ以上に心をときめかせていた。イェシフはディナーのあいだじゅうイザベラを目で追い、彼女は自分を見つめたまま動かないその視線に気づくたびに頬を赤らめた。彼女はこの若者が自分の人生の最後を共に迎える相手だということや、テーブルを挟んで向かい側に座っている男が同じようにイェシフの手で殺される可能性があることなど気づかずにいる。タオ・ラオから犯人の素性を告げられていなかったおかげで、彼女は何も知らぬまま安心して夕べの時間に身を任せていた。

ユーモアのセンスに秀でたジョセフは、妻とのなれそめを、おもしろおかしく客人に語って聞かせていた。

「ぜったいにあきらめないよ」

隣に座っている妻を見つめ、彼女の手をテーブルの上でぎゅっと握りしめると、声色をやわらげて、こう話を締めくくった。

「何かを守るために戦う。それに値するもの。それは、ハートが求める愛する人……」

イザベラには、ジョセフの目に涙が浮かんでいるのが見えた。イェシフが注いでくる熱い視線を感じながら彼女は口を開いた。

「こんなにおいしいお食事は本当に生まれてはじめてですわ。レシピを教えてくださいね」

「おお、そういうことでしたら」ジョセフはうれしそうな顔を向ける。

「ぜひまたいらしてください。火曜日はいかがですか？　今度は私が料理しておもてなししますよ！」


その週、彼らは3回のディナーを共にして、そのたびにタオ・ラオはおとなしく振る舞い、イザベラがその魅力でみなをとりこにするのを待った。愛らしくも、ジョセフと同じようにうぶで純粋なところのあるイザベラと接するうちに、3回目の夜がふけるころにはその場の誰もがこう思っていた。この娘はみなに愛されている。タオ・ラオにも、イザベラが聖キアラと同じように誰からもすぐに愛される人柄の持ち主なのだということがわかった。


「さぞ大変だったでしょうね」

最後の夜、皿洗いをしているイェシフを手伝いながら、イザベラが言った。

「大変？」

「叔母様と叔父様のこと……」

「文化も宗教も正反対のふたりが、ってことですか？」

「ええ。でも、おふたりは争いから逃れてここにいらした。西側の自由の国へ……」

「自由……」

わなにはまったような気持ちがして、イェシフはため息を漏らした。

「どうかなさいました？」

皿を拭いていたタオルを置いて、イザベラがイェシフの腕にそっと手を置くと、彼はくるりとこちらを向き、彼女を強く抱きしめながら、もう永久にその機会が訪れることがないかのように激しく口づけた。ほとばしるイェシフの情熱にハッとなった彼女は思わずあとずさって身体を離したが、そのヴァイオレットの瞳は驚きと熱い欲望に輝いていた。

「ごめんなさい」

そう短く口走ると、イェシフは再びシンクに向き直って洗いものに没頭した。イザベラもおずおずとタオルをとりあげて、感情を押し殺したロボットのように皿拭きのつづきに戻った。驚いたが、うれしかった。それでも、口づけの瞬間がこんなかたちで訪れるなんて夢にも思わなかった。


ふたりの間に流れる空気に変化を嗅ぎとったタオ・ラオはニヤリとした。ひょっとすると、恋の力が復讐に燃える傷ついたハートを癒してくれるかもしれない。しかし、そんな期待が芽生えはしても、イザベラの信念に変化が起きたとはタオ・ラオには思えなかった。

「何かが起きる。もしこの日、どうしても私が会議に行かなければならないのなら……」

のちにふたりきりになったとき、イザベラは強い口調で言った。

「どうしても？　君は行く必要はないんだよ」

タオ・ラオは努めて穏やかな口ぶりになって言葉を差し挟んだ。

「私が政治家を志すきっかけになるこの会議に行かなければならないのなら、本来の運命がきっとその悲劇を邪魔してくれると、私は信じなくてはならないわね」

「そのために私はここにいるんだ」タオ・ラオは断固として言い放った。

「運命が必ずそれを阻む！」

これほどまでにいらだった彼の顔を見たことはなかったが、イザベラも退かなかった。

「そうなると、前にも言ったけど、あなたは別の解決方法を見つけなくちゃいけないわね！」

「じゃあ、イェシフはどうなる？」

「彼がどうしたっていうの？」

急にうんざりした顔になってイザベラが尋ねた。

「彼は君のことを愛し足りないんじゃないのかな」

あっ、と思ったそのときだ。タオ・ラオのマインドに爆破犯となって映し出されたイェシフの姿が、イザベラのまぶたに一瞬浮かんだ。

「嘘でしょ！」イザベラが大声で詰め寄る。

「彼じゃないわよね？」

そう言うと、彼女はホテルのベッドに崩れ落ちて、しくしくと泣き出した。涙が彼女の傷ついたハートを覆っていく。

「じゃあ、ジョセフは？　イェシフはジョセフのことも吹き飛ばしてしまおうって考えているの？」

「君やジョセフがあそこに来るとはイェシフも思っていないだろうね」

「でも私たち、行くのよね？」

「君がそれを選べばね」

「あなた、イェシフだって知ってたの？　知ってて私たちを引きあわせたの？　どうして？」

タオ・ラオがちらりと彼女の顔を見あげると、彼の立てた推論と計画が伝わったことが表情の変化からうかがい知れた。信じられないという顔でタオ・ラオを見つめながら彼女は叫んだ。

「あなた……。まさか、私と恋に落ちれば彼も考え直すのではと思ったの？」

彼女には笑うべきなのか、このまま泣くべきなのかがわからなくなった。

「ああ、イザベラ、君が理想的な平和大使になれると言っている理由はまさにそれなんだよ。人が君に心を奪われずにいるなんてとうてい無理なことなのさ」

「とにかく」彼女はとうとうため息交じりにつぶやいた。

「イェシフが同じように思ってくれていることを祈りましょう。せめて、計画を変更しようと思うくらいに」

「もし中止すれば、連中は彼のことを消そうとするだろうね。そのような裏切り行為をしたが最後、懲罰はまず免れないだろうから」

タオ・ラオには、彼女に最悪の事態を覚悟してもらう必要があった。

「なら何とかして私たちを救う方法を見つけてちょうだい！」

イザベラは彼を部屋の入り口まで引っぱっていくと、火がついたように言い放った。

イザベラは心がざわついてなかなか寝つけずにいた。ベッドから出たのはこれで10度目だ。顔を洗い、不安な気持ちが湧きあがりそうになるのを何とか落ち着かせる。でも……。私ったら、いったい何を考えているのかしら？　もしもタオ・ラオの言うとおりにイェシフが爆破計画を成功したら、なんて。たった1回キスしたくらいで。若い男なんてそれ以上のことを求めるものじゃない。いっそ知らないほうがよかったわ。タオ・ラオからイェシフの本当の狙いを知らされる前にもう一度、彼に会いたかった。

『まだ死ぬわけにはいかないの！』イザベラは心のなかで訴えた。

『まだ若いのに……。男の人も知らないのよ！』

白馬の王子様を、理想の恋人を見つける夢はかなわないかもしれないと気づいて、イザベラは心の声を荒げた。数え切れないほどの夢と憧れが、日の目を見ずに終わる。これまでの人生で私が心を奪われたのはイェシフただひとり。すでに私はパラレルワールドで死ぬことが運命づけられている。そしてこの世界でも……。残された時間はおそらく数日といったところだろう。

ひと筋の涙が頬をやさしく伝う。あふれる涙をそのままにふーっとため息をついて、気持ちを落ち着けた。イェシフに、つづいてタオ・ラオに対する怒りが心のなかに湧きあがってくる。あの人たち、なんて馬鹿げているのかしら？　イェシフは復讐がすばらしいものと思い込み、タオ・ラオはイェシフがこの私に惚れ込んで計画を思いとどまればいいと考えていた、なんて。

『男って生き物は！　どこまで馬鹿なのよ……』

ふたりの兄のことが思い浮かんだ。雨に濡れた道、全身血まみれで横たわった姿……。ふたりの乗ったバイクが木に激突したのだ。人生に酔ったやんちゃ坊主ぶり丸出しで、田舎道を競争して……。ふたりが亡くなったころ、私はまだ幼かった。発見したときは父と一緒だった。父の運転する車で、ふたりの真うしろを走っていたのだ。キィーッというタイヤの悲鳴と、ドスンという鈍い音が耳によみがえる。そして、鋭い叫び声が響き、すすり泣く声に続いて、息も絶え絶えに喘ぐ声。心臓のあたりを押さえながら私のすぐ横で崩れ落ち、二度と歩くことも話すこともできなくなった父の姿と、悲しみに暮れる母の姿がまぶたに浮かぶ。家族に笑いをふりまいていた息子と愛する夫を失ってからというもの、母は私を遠ざけるようになり、やがては私が娘だということもわからなくなってしまった。

そこへ、メアリーの姿が心のなかにあふれ出し、彼女と出会えた喜びにハートがどんどん開かれていった。イザベラはあらためて思い出した。私には生きる目的も、愛する人も、自分の人生でやるべきこともまだまだある。自分にとっても、他人にとっても大切なことが。やはり、会議には行かなければ。私の人生を変えるものになることはまちがいないし、どんな困難があろうとも、いまはまだ私が死ぬときではないと信じるしかない。

バスルームの扉を足で閉め、部屋の明かりを消して毛布のなかにもぐり込んだ。怒りは涙に変わり、イザベラはさめざめと泣きながら眠りに落ちていった。

25　登場

　エイトトランは地球に送信する「交信概要」をまとめるまでに、タオ・ラオを相手にいくつかの方法のシミュレーションをくり返していた。候補のひとつはインナーネットを通じて地球上の理想主義者たちとつながり、通信を願い出てきた者たちとつながる方法。もうひとつには宇宙船の存在を公式に通知することが考えられたが、異次元世界間の交流においては、こうした事前の通達がマナーとされていた。エイトトランは思った。

『ホーショーの言うとおり、私はやはり決定を先延ばしにしすぎたようね』

　エリュシオン号の司令官として公式に姿を現すのはこれがはじめてだった。対面を前に咳払いをひとつすると、手のひらに汗が浮いているのが目に入って緊張を実感した。国連側の窓口役と回線がつながる。何度か深呼吸をすると、エイトトランは口を開いた。

「こんばんは、大使」

「こんばんは、司令官」

六十がらみの政務官が応答した。エネルギー・フィールドをリーディングすると、タオ・ラオと親しいこの人物はすべてのことを受け入れる準備ができているようだ。音を立てないように息を漏らすと、落ち着いた表情をつくり、先方がこちらの要望を知らずにいるはずだというふりを装って話を続けた。実際は、コンタクトは公式になされれば、一から百まですべて記録される必要があることをタオ・ラオからこの大使に言い含めてあった。

「もう少し詳しく自己紹介させていただきます」

そう言って彼女が浮かべるまぶしい笑顔に大使は魅せられた。

「私は宇宙船エリュシオン号の司令官・エイトトランです。現在、私たちがいるのは北部宇宙域、宵の明星の真横に位置し、地球からもほど近い異次元世界のグリッド・ポイントです。私たちはそちらの惑星の住民に磁石のように引き寄せられてここへやってきました。われわれの存在とやってきた目的をここに正式に通知いたします」

宇宙船の映像がスクリーンいっぱいに映し出される。大使は『スタートレック』の大ファンではあるものの、このような映像を目にするのは生まれてはじめてのことだった。質疑応答の時間はあとでとることができるだろうと、大使は沈黙を保った。それにしても、この女性はいったいどんな人なのだろう。とび色の髪とターコイズブルーに輝く瞳の彼女は、目の覚めるような美人だ。ひと目見れば、そのほほ笑みの裏には得体の知れない人格がひそんでいることがわかる。ふと我に帰って、大使は応答した。

「あなた方の存在を承認いたします。どうぞ、司令官、続けてください。わが星の住民に磁石のように引き寄せられた、ということでしたな？」

「おっしゃるとおりです、大使。それがなければわれわれはここには来ませんでした」

応答を待ったが、答えがないのでエイトトランは言葉を継いだ。

「異次元世界との交流においては、新たな星に呼ばれるたびに自分たちの存在を正式に通知し、相手にもその事実を記録してもらうことが習わしとなっています。惑星が進化を遂げる際にわれわれが呼び寄せられるのが通常の流れなのです。地球のフィールドをスキャンさせていただいた結果、われわれに最も近しい方針を掲げるあなた方の団体に通信を試みることに決定しました」

「われわれ、ヨーロッパの国連事務局が？」

「ですので、そちらから各関連機関にもわれわれが存在する事実と、この通信にあわせてお送りする声明をお伝えください」

「なるほど、そうしましょう」

大使は、エイトトランが彼の名前をはじめて耳にしたときと同じように笑顔になった。その名も、マティアス・インシャラー。「インシャー・アッラー」という言葉はアラビア語で「神の思《おぼ》し召《め》すままに」を意味するのだ。

「エリュシオン号の司令官という立場以外に、私はふたつの団体を代表する正式な平和大使としてこうしてお話ししています。ひとつが、進化を遂げつつある惑星のための平和使節団で、これは代替宇宙の金星に本部を置いています。ふたつ目が、銀河系宇宙間世界連盟協議会。これは地球の国連と似た団体ですが、こちらは多元宇宙レベルで活動を展開しています」

タオ・ラオから事前にある程度のことは知らされていたものの、実際にいまこの話を聞いている自分の身に起こった反応にはまったくなすすべがなかった。すでにこのことを知っている、という感覚が心の奥深くから湧きあがり、両腕の産毛がそそり立ったのだ。マティアスにとってこのふたつの現象は、論理的理解力を超えた真実の場面に立ちあったときにきまって起きるサインだった。

「声明の続きをお願いします、司令官。それを伺ってから、二、三、質問させていただいてもよろしいですかな？　公式なものと、そうでないものと？」

うなずくと、エイトトランは両の口角を上げて謎めいた笑みをつくった。素敵な人だわ。短く刈り込んだ白髪と、それに似あった色合いのあごひげがたくましいあごを覆っている。オリーヴ色の肌と、魂が放つ光と同じ淡いブルーにきらめく瞳をもち、目のまわりには笑いじわがくっきりと刻まれている。タオ・ラオはすばらしい人選をしたわね。大使は調和と美徳の鑑《かがみ》のような人物だわ。

「こちらはいつでも質問していただいてかまいませんわ」

そう言ってうなずくと、形式上、通達しなければならない声明の部分を早く済ませてしまいたいと、エイトトランは先を急いだ。

「私は異次元世界のフィールド調整をいちばんの専門分野にしています。あなた方の惑星には、そちらの星がより調和に満ちた状態に移行するよう願う方が多くいたのです。インシャラー大使、率直に申しますと、彼らは戦争や暴力、貧困や混沌に辟易《へきえき》し、永続的な平和を求めて立ちあがったのです」

「それは少々楽観的観測ではありませんかね、司令官？　そうした考えを歓迎する者が多いことは事実ですが、完璧な解決策を探すというのは多少、無理があるように思えます。なかには悲観的な性質《たち》の強い人間もおりますので。われわれは文化的にも宗教的にも多様化しており、どんな犠牲を払ってでも生き延びようとする者も多く、恵まれない者への思いやりをもちあわせていない者もおります。世のため人のためになりたいという霊的な側面に立った夢を抱きながらも『自分たちはいま、痛みを避けて通ることのできない戦いのさなかにあるのだ』と考える者も多くいます。慈善活動家をはじめとする博愛主義をもった者は……。そうですね、いままでになく活動が活発になってきていますが、まだまだ数が足りないのが現状です」

彼はそう言って物悲しげに嘆息した。

「無理もありません。住民が行政組織に解決を期待しなくなった理由はそこにあります。祈りの力や集中した意図、それに高次のパラダイムに基づいて瞑想をおこなうことが、平和を探求する地球の人々の間で人気が出てきたように思います。特に、われわれがここに到着したころから」

「そのようですね、司令官」

「人々のもつ不思議な力と磁石のように引き寄せあった力がどのようなものだったのかとお考えですね？　人々の呼び声はエリュシオン号の注意を惹くだけにはとどまらない非常に強いものでした。いまや、さまざまな勢力が地球を監視し、その惑星を混沌のサイクルに押しとどめておこうと躍起になっています」

エイトトランが、マティアスの心の内を読んで先回りして答えた。

ヴォルカンのおそろしさを身をもって知るマティアスはうなずいた。連中は大使が人生に足りないものは何もないということも知らずに、あの手この手で誘い、そそのかしていた。

「惑星に、現在の地球のように進化を遂げる準備が整えば、エリュシオン号がフィールドに引き寄せられることはさしてめずらしいことではありません」

エイトトランはそう続けたが、必要以上に知らせてしまったかもしれないと思い、こうつけ加えた。

「これは単に、引き寄せの法則が働いているということです。あなた方の星の住民が解決策を欲し、われわれの文明にはそれが存在する。平和使節団と連盟協議会には長い年月をかけて変容を遂げた惑星に暮らした経験を有する者が大勢います。進化の道は単純なものですし、必要となる規則も基本的でわかりやすいものです。創造において不思議など存在しません。つまり、意識の力で共同創造をおこなうことは科学であり、高次の選択に関わる問題だということです」

すでに大使は魅せられて、話のつづきが待ち切れずに身を乗り出していたが、十分に伝わったことを確信したエイトトランは穏やかな口調になって尋ねた。

「これから少々お時間をいただいて、地球に先がけて永続的な平和に移行した惑星の映像をダウンロードいたします。それは今後私たちが目指すべき姿ともいえるものです。そののちに、タオ・ラオから詳しいことをお伝えします。彼はいま、あなた方が暮らしていらっしゃるタイムゾーンで任務にあたっているはずですので。時空を旅する者が大勢いることも、われわれの領域では過去、現在、未来の出来事が同時に起きていることも、すでに彼からお聞き及びかと思いますが？」

マティアスがうなずくのを確かめて、彼女は続けた。

「それでは、大使。今日の通信はここまでにしたいと思います。これからお見せする映像を同僚の方々にお見せになり、エリュシオン号の到着を報告していただいてかまいません。あるいは、われわれが目指すところはあなた方の星の住民と共に地球に調和をもたらし、文明化された領域のなかでこの星がふさわしい位置を占めるようにすることであるとおっしゃっていただいてもかまいません。それこそが、あなた方の星の住民が願われたことですので、必ずや実現いたします」

おじぎをするエイトトランの姿と入れ替わりに、マティアスの前にあるスクリーンいっぱいに、安らぎに満ちた幸せそうな表情をたたえた人々の姿が広がった。誰もがよどみなく流れる愛と光を満喫し、言葉はなくとも出会った瞬間に互いのマインドとハートがひとつに融けあい、フィールドを思いのままにあやつりながら生きるなかで培ってきた真実と叡智を分かちあっている。マティアスの目には、彼らが創造の原動力となる法則を理解していることも、調和をもって王国を興し、その平和がとこしえに続くようにと積極的にマトリックスの女王のハートとつながりながら生きていることも見てとれた。

このとき、次元の枠を超えた世界の魔法が働き、ハートランド・ゲームが理想的な世界の映像を使って大使のハートに訴えかけ、平和な世界の実現のためにみずから行動しようという情熱に火をつけた。

『そうだ、ほかの惑星の事例に倣《なら》って地球独自の平和使節団を設立しよう。これは夢などではない。私は宇宙船と実際に通信をおこなったのだ』

そう思い立った瞬間、彼はハートから湧きあがる純粋な喜びに口元がほころび、あふれる笑みを抑えることができなくなった。

「おお、大使！　ついに正式に通信が交わされたようだね！」

タオ・ラオはウインクをすると、手を差し出して旧友とのつながりを確かめあった。場所は階下にある喫茶店の前だ。

マティアスはほほ笑むと、修道僧の隣にすまして立っているイザベラにちらりと視線を投げた。

「君には印象的な仲間が大勢いるものだな！」

うなずいて、握っていたタオ・ラオの手を離すとイザベラに歩み寄った。

「それで、お嬢さんは？」

「次期平和大使のイザベラだ」

タオ・ラオは彼女が答えるより先に笑顔で言った。

「われわれには君の志を受け継ぐことのできる人材が必要だろう？」

ふたりのエネルギーに圧倒されているイザベラは、柄にもなく顔を赤くしている。

「それはうれしいね！」そう言ってマティアスは笑った。

「大歓迎だよ、イザベラさん！　いろいろと教わることになると思いますのでよろしく」

「どうぞ期待しておくれ」

タオ・ラオはそう言いながらマティアスたちのそばを離れた。

「あんなふうに口ごもる君を見たのははじめてだな」

先ほどまでマティアスといたあたりを振り返っているイザベラに、彼はひそひそ声で言った。

「彼って……うーん……」

「カリスマ性がある？」

「とっても素敵！」

「君は年上が好みだったのかい？」

「私のこと全然わかってないのね！」

イザベラはいつもの調子をとり戻して笑った。

「何が素敵って、あの力強いエネルギーよ。彼の目、見た？」

タオ・ラオはそれを聞いて笑い声をあげると、ふたりで昼食をとれるようにとイザベラを近くの公園に連れ出した。とはいえ、彼はふだんから腹を空かせることはないし、いまにしてもそうだ。

「それなら」

イザベラは口いっぱいにサンドイッチをほお張りながら言った。

「それなら？」

「それなら……」

手にしていたものを置くと、イザベラは彼の目をのぞき込んでそっと尋ねた。

「もしも私が生き延びたら、私はなるのかしら……？」

「大使の弟子に？」

「ええ」

「君が望めばね。彼は10年後には引退だ。それだけの時間があれば君を訓練するにも、そして君が彼を訓練するにも十分だ」

目にいたずらっぽい光を宿しながら彼は言った。

「私が？　彼を訓練する？　冗談でしょ……」

明るく笑い飛ばす姿が彼にエイトトランを思い出させた。

「謙遜するふりはよしたほうがいいぞ、イザベラ」

穏やかだが真剣な口ぶりでタオ・ラオは答えた。

「慇懃無礼《いんぎんぶれい》には大勢の心を傷つけ、その人たちの担う役割を妨げることがある。心のなかに感じないかね、教えを受け、授けようという衝動を？」

タオ・ラオがイザベラの手をとると、さまざまな映像が奔流となって彼女のマインドいっぱいに押し寄せた。準備と訓練のためにこれまでに重ねてきた人生の映像だ。そのひとつひとつが、肉体こそ若いかもしれないが、魂とハートレベルでは叡智に満ちあふれた現在の彼女をつくりあげていた。過去生を含めたこれまでの体験と将来はすべてがつながっているのだ。見終わったとき、タオ・ラオはイザベラに向かってほほ笑むと、視線をそらして鳩のつがいが慕わしげにたわむれるのを眺めた。

イザベラと別れたあと、タオ・ラオはマティアスのことを思い浮かべた。いいチームができたものだ。私たちはガイアを再び調和に満ちた状態へと導き、それが今度こそ、とこしえに続くものにするために力を合わせて働くことができる。いまの私はとにかく、これから数日のうちにイェシフが爆破を決行しないように全力を尽くすのみだ。

心地よい疲れを感じながら、タオ・ラオはエリュシオン号の船内でエイトトランとの再会を心待ちにしていた。前回よりも気が楽なのは、大使のすばらしい活躍に倣おうとする者が大勢いることを知ったからだ。ムハンマドの純粋な教えの理解者であるインシャラーは広い人脈を有し、誰からも愛され、そして誰をも愛する人格者だ。すでに過去に誰もなしえなかったような方法でイスラエルの複数の部族をまとめつつある。人徳のある者は大きな成果を成し遂げることができるものだが、この人物はまさにその名が示すとおりの生き方をしていた。

タオ・ラオが部屋のドアをノックすると、エイトトランはうれしさに顔をパッと輝かせた。長い一日が終わって、ここからは待ちに待った時間だ。抱きしめられると、彼の腕のなかで甘美な愛のなかに溶けていく感覚に陥った。懐かしい匂い、肌のぬくもり、味わい。

「さあ、座っていっぱいキスしてちょうだい。それから大使たちの話も聞かせて」

タオ・ラオは流れるような身のこなしで大きなソファーに近づいた。そこにはヴァイオレットと明るいピンクのクッションが敷き詰められている。一方の壁に大きな仏陀の絵が、そして、もう一方の壁にも啓示を受けたキリスト的存在の絵が掲げられているのに彼は気づいた。

「忙しくしていたんだね」

壁の絵を指してから、めくるめくようなキスの雨を浴びせた。彼の口に吐息を漏らしながら身体を離すと、やっとのことで壁の絵に目をやって、甘えるような声で言う。

「あなたがいないから、ずっと手がさびしかったの」

今度は慰めるような口づけをすると、タオ・ラオはソファーに腰を下ろした。お楽しみはあとにとっておこう。

「じゃあ、聞かせてよ。あの人たちはどうしてるの？　どこまで話した？」

エイトトランは彼の横に腰かけながら尋ねた。

「イザベラは才能をどんどん開花させているよ。ジョセフとマティアスのあとを子犬のように目をキラキラさせながらついて回っている。あの子は自分がこれから直面する危険を重々承知のうえで、数日後に開かれる会議への出席を心に決めている。君が発した声明は大成功だった。ふたりとも、永続的な平和を地球にもたらすためには理想郷に向けてどのような道をたどればよいかを強く意識する必要があるとわかったようだ」

タオ・ラオはホッとひと息つくと、彼女を再び両腕に包み込んだ。

「じゃあ、うまくいったってことね。おめでとう！」

エイトトランはそっと口づけると、彼を味わおうと、くちびるをしばらく吸いつづけた。この瞬間を待ちわびていたのだ。両足をソファーの上に勢いよくのせながら、腕のなかでくるりと背中を向けて、暖かく包まれる感覚に身体を預ける。湧きあがりそうになる情熱をなだめながらも、政治の話はいますぐ切りあげて、恋人同士の夜の時間に溺れたくてうずうずする。

「じゃあ、同意したのね？」

共に過ごせるひとときをこよなく愛する彼女は、満足げに吐息を漏らしながら訊いた。

「ああ。彼の立ちあげた使節団が認めたよ。まず真っ先に思いやりのフィールドに進み、それから地球の貧困撲滅のために資源の大幅なシフトを実行する必要があるとね。そうだ、彼らが同意したのはそれだけじゃないんだ。マティアスはこうも言っていた。真に文明化された者とは、生まれながらにして思いやりをもつ人のことだとつねづね感じていた、と。幸運にも、彼は独自のルートで豊富な資源を入手することができるし、学問や宗教の枠を超えて発展途上国における貧困撲滅を目的として作られた教育プログラムを受けた優秀な人材ともパイプがある。イザベラはそうした知識を吸収しているところで、さっそく活躍の場をどんどん広げている。私たちが目にしたとおり、あの子はこれから優秀な報道官に成長して、あらゆる枠を超えた平和に満ちた世界の構築を訴えてくれるはずだ。だからね、すべては順調だよ、ダーリン」

「彼女が生き延びれば……よね。それで、イェシフのほうはうまくいってるの？」

そのことについて本当に自分に関心があるかどうかわからなかったが、タオ・ラオの底抜けのお人好しぶりにはいつも驚かされっぱなしだったので、好奇心の赴くままに訊いてみることにした。

「ああ、イェシフね。あの子にはまだまだ謎の部分が多くてね。そんなことより、さあおいで。もっと有意義な時間の過ごし方を教えてあげるよ」

そう言って立ちあがると、彼はエイトトランを両腕で抱えあげて寝室へと連れていった。

26　流浪の旅

イェシフと同じように、ジェイコブもまた怒りに燃えていた。無力感と孤独感に苛まれながら、心のなかで闘う毎日。ラニやタンへの心配がつのるほどに怒りがふくれあがり、それにつれて心のなかにセスがくっきりと姿を現す。彼は愛する妻の気持ちを変えてあげられない自分にもいらだっていた。メアリーはタンを襲った犯人の情報収集に精を出しては「あのときこうしていれば」という無意味な後悔の念に苛まれることをくり返していた。私があのままあの子の話を聞いてあげていれば。私が抱きしめて慰めの言葉をかけることもせずに出かけたりしなければ。私がもう少し気をつけていれば。もう少し早くあの子を見つけてあげていれば。もう少しあの子の失血が少なければ。言葉でハートの傷を癒す代わりに、手のぬくもりで癒してあげる力が私にあれば。タンが私の言うことに真剣に耳を傾けてくれていれば。そして、こんなふうに後悔に苛まれることを許さない強さが自分にあれば……。

後悔が後悔を呼び、それが自分に対するつれない態度となって跳ね返ってきたことで、ジェイコブは自分たちの関係に入った亀裂が大きく広がっていくのを痛いほど感じていた。と同時に、心に広がりはじめた闇がハートソングの放つ光を呑み込んでいくのがわかった。そんな彼を影のようにつけ回し、密かに監視していたヴォルカンの神々はこう見ていた。

『ヤツさえいなくなれば、あの一家はこれまで熱心に取り組んでいたことに集中できなくなるはずだ』

深夜。ジェイコブはいくつかの扉を音もなくすり抜け、ウェルネス・センターへと忍び込んだ。そこにはタンの肉体が横たわり、その主《あるじ》はアカシック・レコードの回廊をさまよいながら地球で起きた戦争の記録を眺めていた。天使のようなタンの顔を見下ろしていると、ジェイコブのマインドは自身が暴行を受けて投獄され、不安と恐怖を味わった過去に記憶を巻き戻されていった。

刑務所。そこを私は究極の卒業と呼んでいた。すなわち、殺されずに済んだ者のみ卒業ができる学校。刑務所でくり広げられる暴力行為はそれほどまでに想像を絶するものがあった。若さゆえに危険やわなにうまく立ち回ることができずにいた私を、見るからに狡猾な男に変えていったのは刑務所での時間だった。もうひとつ、あのころに気づいたことがあった。刑務所という場所は自分自身が創り出したシャドウランドであると同時に、そこにはときとして大いなる光が宿ることもあるのだ。捕まった夜の場面へとマインドはさかのぼり、すべての記憶がよみがえってきた。まるで昨日のことのように……。

薄暗い照明の部屋で眠りから覚める。連れ合いを求めて空に舞いあがる1匹の大蛇のように煙がらせんを描きながら立ちのぼり、宙を満たしていく。ジェイコブはアヘンから湧き出た陶酔に意識を漂わせながら、ひと目で未成年とわかるふたりの若い娘の肩を両腕に抱いて横たわっている。3人はときおりお互いの身体を愛撫し、気だるそうに口づけを交わしては高揚感を得ようとするが、ふと我に帰ると、自分はいったい何をしているんだ、とわけがわからなくなって愕然とする。薬物の誘惑という毒牙《どくが》にかかり、欲求が完全に支配されてしまっていた。

ヘロイン、アヘン……。光の女神の姿を拝めるのならば、あのころは何でもよかった。そんなことをしても会えるはずがないことも知らないまま、彼は薬物に次から次へと手を出した。それでも何かに突き動かされて、ジェイコブはひたすらに進むべき道を探し求め、早く魂が満たされ、混沌と権力に飢えた人々に囲まれた世界から逃げ出すことを願いつづけた。

その夜、もうろうとした意識のなか、何者かに荒々しい手つきで脇を抱えられて立たされた。そこで記憶が飛び、次に気がついたのは数日後、どんよりと曇った肌寒い夜明けのことだ。目が覚めると、禁断症状と目の前に置かれていた排泄用のバケツから漂うあまりの臭いとで吐き気に襲われた。コンクリートでできた房の床は冷たく、自分のものと思《おぼ》しき尿と血の跡がこびりつき、寝ている自分のまわりをゴキブリが群れをなして波のように動き回っている。何匹かを身体からはねのけながらぼんやりと目を開くと、いやらしい目つきをした人相の悪いごろつきたちの顔があたりにうようよしていた。ギョッとなって身体を起こそうとすると、靴であごをしたたかに蹴られて意識を失った。あれだけの端正な顔立ちとひどい中毒症状を示しながら刑務所で目立たずにいるのは不可能な話だった。しかし、これはタンがいま現実に苦しんでいる暴行とは異なり、とうの昔にケリがついた記憶だ。

サイキックのエネルギーが幾重にもとり囲み、エネルギーをどんどん吸いとっていく。ひたひたと近づいてくる闇の帝王たちの存在を察知してはいたものの、胸に巣食うあまりの虚しさに恐怖などあってないようなものになっていた。いまこの心を支配しているのは、愛する人たちがいなくなったらどうなってしまうのだろう、という思いだけだ。想像に深く、深く没頭していく。するとある瞬間、心を縛りつけていたものがはじけて、苦痛から一気に解放されるのがわかった。きっかけは、ラニがかつて語った言葉を思い出したことだった。

『私たちは手放したときにはじめて、失うものは何もないんだってことに気づくの。愛のフィールドはいつだって、私たちのハートが呼ぶのを両腕を広げて待っていてくれるのよ』

ジェイコブとセスやヴォルカンの神々をつなぐ扉はこうして再び閉ざされた。

これを目にした闇の帝王たちは、自分たちのフィールドでの立場を思い知らされて、いまいましげに舌打ちした。彼らがすることといえば、悪意をもってかき乱し、ねじ曲げ、ペテンにかけ、無理難題を押しつけ、追い立て、笑い者にし、そして、すでに世にはびこっているこうした行為をあおり立てていくことだ。しかし、あわてる必要はない。閉まる扉があればどこかに開く扉が必ずあるものなのだ。惑星はほかにもあって、そこにはフィールドが広がり、生命のゲームへの参加を望むプレイヤーがいる。さらに、こちらにはイェシフという切り札が残されているのだ。号令をかけさえすればあの若造はしかるべき準備を済ませ、復讐のために命を捧げるだろう。そして、闇の帝王たちは指折り数えて不敵な笑みを浮かべるのだった。今回のゲーム、成功まで残すところあと数日。

目の前でタンが苦しげに身もだえをしはじめた。ジェイコブは再び拾い子の息子に意識を戻したが、そこからまたマインドがさまよい出し、彼とはじめて会った日へと記憶が巻き戻された。あのとき、男の子の存在にほとんど気づかずにいたのは、自分にはメアリーのことしか見えていなかったからだ。

『ああ、メアリー……。あんなにつれなくなって』

ため息をつきながら心のなかでそうつぶやくと、タンが咳をして、どす黒い血が口からしたたった。タンの肉体はいまなお治ろうと必死に闘っているのだ。

ジェイコブはタンの身体をそっと起こすと、赤ん坊を抱くように両腕に包み込み、さまよえる彼の魂が戻ってくることを願って大昔から伝わるジプシーの歌を口ずさんだ。物悲しく哀愁を帯びたメロディー。言葉の意味はわからないが、ジェイコブは心の底からせいいっぱいの思いを込めて切々と歌いあげた。あの日から長いことつきあっているうちに、彼はタンのことを実の子のように愛するようになっていた。ラニを恋しく思う気持ちと遠く過ぎ去った日々に抱いた激しい怒りがジプシーの言葉に力をとり戻させたが、タンはピクリとも反応しない。腕のなかの青年はさらに深い夢のなかに入り込み、その身体はまた少しぐったりとしたようにさえ思えた。

タンの魂には、自分の身体がジェイコブの腕に抱かれている感触が伝わってくるのと同時に、娘がいなくなったことへのさびしさに彼の意識がシフトしていくのがわかった。するとどうだろう。それまでは彼のハートに押し当てるように抱えられ、ぬくぬくと守られている感覚を味わっていたが、彼の恋しい思いに刺激されたのか、一転してスイッチが入り、ハートが生き生きと動き出した。アストラル界を共にさまよう魂の光に導かれて内面世界のフィールドをいくつもくぐり抜け、ついに愛するラニのいる場所にたどり着いた。

ラニの姿を目にしたとたん、タンの心臓はやはり、ここしばらく失われていた力強さで鼓動した。そこでいろいろと手を尽くしてみたが、彼女が捕らえられている領域と自分がいる領域を隔てる壁のような役割を果たす力《フォース》のフィールドを突き抜けることがどうしてもできなかった。それでも、と彼は思い直した。

『俺がシャンバラのシャドウランドを覆うエネルギーの防御壁に歯が立たないことはラニにもわかっているようだし、いまはこうしてラニの魂を再び感じることができるだけで十分だ』

壮麗な屋敷から伸びる階段をのぼっていったラニが腰を下ろして、沈みゆく夕陽をうっとりと眺める姿が見える。ラニは待ち切れずにいるのか、そわそわと落ち着かないエネルギーが彼女のフィールドいっぱいに発散されていた。周囲に危険なにおいはまったく感じられないものの、何やら劇的な展開がすぐそこまで迫っているようだ。いま俺にできるのは、愛の光を送ることだけだ。目に見えない魂のハグで彼女をやさしく包むと、ラニはホッとしたようにため息をついた。ラニがふと空を見あげると、鷲のつがいが求愛の舞いを踊っているのが目に入って心がなごんだ。ラニのマインドはしだいにタンへと向けられていった。

タンが恋しい。いますぐに会いたい……。昼が夜になりをくり返しているうちに、私が姿を消してから数カ月が経過し、一度は薄れかけた私たちのつながりもドリームタイムのマジックのおかげで再び強まり、夢のなかで誰にも邪魔されることなく密会を重ねることができた。

いまはタンが一緒にいることがわかる。岩にゆったりともたれながら、愛おしい人の両腕に抱かれている場面を思い描く。彼は目に見えないスピリットとなってすぐそばにいて、自由になるための審判を受けようとしている私に寄り添ってくれているようだ。かつて私がアグラの目覚めを手助けするために魔法の王国へと戻ったときのように。

ふたりで魔法の王国で過ごしたころが遥か昔のことのように思えてしまう。自由になることへの強烈な欲求に隠されて、あのころの記憶がすっかり薄らいでしまっているのだ。シャドウランドでの抑留生活が薄皮を剥《は》ぐように魂を削り、その鼓動を徐々に弱めていく。飢えたハートを満たしつづけるのは愛のフィールドただひとつ。そして、ラニは彼との再会に飢えていた。

そうしたラニの思いもタンは感じていたし、彼女の心の声もはっきりと聞こえていた。崖の上でぴったりと寄り添うふたりのハートは、やがて同じリズムで鼓動を始めた。気づいてくれ。そう願いながら、タンはラニの眉根をやさしくなで、『ここだよ、ラニ』と、ささやきかけた。

ラニはさらに深い安らぎを覚えて、彼の腕のなかにいる自分をありありと想像しながらやさしく目を閉じている。

『魂を解き放って。深く息をするんだよ、ラニ。そして、魂を解き放つんだ』

そのとおりのことをハートで唱えると、ラニはかすかに引っぱられるような感覚が内面に湧き、そしてついに、魂の一部が肉体からすーっと分離した。抜け出した魂に入ったままタンの方にくるっと向き直ると、ラニは喜びのあまりキャーッと声をあげた。タンの肉体に最近起こった悲劇はまだ知らないものの、彼女はこうしてタンとの再会を内面世界で果たすことができた。

恋人たちが互いのエネルギー・フィールドを融けあわせると、シャンパンのような光の粒がふたりのなかにしゅーっと湧きあがった。大喜びでたわむれ、ひとつになるたびに、ふたりのフィールドから赤やピンク、紫の光があたり一面に勢いよくあふれ出す。サーカスのように沸き立つふたりの内面世界のようすを見れば、恋人たちが再会を心の底から喜んでいることは誰の目にも明らかだろう。

ひとしきり再会を喜びあったあと、タンが襲撃を受けて昏睡状態に陥るまでのフラッシュ映像をふたりで眺めた。ラニが彼をいたわるように抱きしめると、ふたりの魂は同じ鼓動のリズムに融けあい、互いへの愛の言葉をささやきあった。

『タン、早く戻らないとだめよ。いつまでもこんなふうにさまよっているわけにはいかないわ！』

『俺は迷っているわけでも、さまよっているわけでもないよ。どうしてもおまえと一緒にいたかった。もう一度おまえを見つけたかったんだよ、ラニ！』

次の瞬間、彼らのハートは互いに対する愛と恋しさ、思いやりと感謝、そして喜びで一気に拡大した。そして、ふたりの魂は求愛するつがいの蛇のように互いのまわりに螺旋を描きながら絡みあった。どんどんその結びつきを強めていくと、どこからが自分でどこからが最愛の人なのかがわからなくなり、ついには愛の光を波のように放射するひとつの球体に姿を変えた。

と、そこへ、マイケルの鼻歌が風に乗って流れてきた。こちらに向かって坂道をのぼってくる彼の姿にふたりの光の結晶がはじけ、あわてふためいたラニはタンの上に尻もちをついた。

『行って、急いで！ マイケルに感づかれたらまずいわ！ あの人はメアリーやホーショーと同じくらいフィールドをあやつるすべに長けているの！ こんなところにいるのを見つかったらだめ。さあ、タン、行って！』

タンの姿はすーっとぼやけながらラニからあとずさると、崖からの眺めを一望できる位置に生えて、ふだんは屋敷を強い陽ざしや嵐から守っている古めかしい大木《たいぼく》に魂を融け込ませた。

『よくぞいらした！』

タンがフィールドに滑り込むと、大木はおごそかに言った。

長らく音信の途絶えていた友人同士のような親しみのこもったあいさつを交わすと、タンは木の精にこう切り出した。

『ぼくをしばらくかくまってもらえませんか。昔、同じような遊びを木のみなさんにしてもらったことがあるのですが』

『ふむふむ、私はすべての樹木とつながった存在ですので、あなたさまがよくしていたという遊びがどのようなものかをよーく心得ております。あなたが旅する世界をあなたの目を通じて見させてもらう。その代わりに、必要とあらばその木があなたさまをかくまい、姿が見えないようにしてあげていたのですな』

一瞬にして姿を消すことがたやすくできたのは、この木のフィールドが強靭なエネルギーをたたえていて、この崖と同じくらい時を超えて遥か昔から存在していたからだった。樹木も、岩も、水もみな一体となって存在している。三者ともそのことを知っていて、人間たちの生命の流れを見守るためにすべてが同じビートに鼓動しているのだ。

『肉体が傷んでいるようですな、お若いの』

大木がおおらかな声を放つ。

『だんだんよくなってきてはいるのですが』

『われわれが手伝ってもよろしいかな？』

『ええ……そうしてもらえるのなら……』

そう応じながらもタンはどぎまぎした。マイケルが曲がりくねった道をどんどんのぼってくるのが見える。

木のフィールドがタンのスピリットいっぱいに癒しのプラーナを勢いよく送り込んだ。すると、そのエネルギーは目の前の彼を通り、病室で眠っている肉体に注がれていった。

『あの子は大きな試練に直面していますな』

木が巨体をたわませてラニの方を指すと、金色を帯びたピンクの光がラニの顔を照らした。

『自由というのは心の状態にすぎないんですよ、大木さん。あなたも、それに私たち人間も、自分の根《ルーツ》の制約に縛られずにいられるんです。それを選ぶのであればね』

大木がハッとして身を震わせると、新たな人影がふたりのいるフィールドに滑り込みながらこうささやいた。

『そのとおりだ、若者よ。そのとおりだ』

『ホーショー？』

魔法使いはいったん木のフィールドから歩み出て、キラキラと輝く瞳をタンに見せて自分であることを確かめさせると、再びなかに戻ってラニの傍らに腰を下ろしたマイケルから姿を隠した。

『どれだけさまよっているつもりだね、タン？』ホーショーが問い質した。

『おまえの身体はそろそろおまえが必要になるが……』

『しっかり世話してくれているじゃないですか。ジェイコブも、メアリーも、ヒーラーたちも向こうにはいますし……』

『いかにも。しかし、おまえが肉体を抜け出してから重ねていた学びはすでに完了しているのだろう？』

タンはうなずいた。

『アヒンサーだな？』

『そうです。ぼくはガンジーがたどった非暴力に基づいた道を選びます。彼は本当に多くのことを成し遂げました』

『それならそれでよい』

ホーショーはかすかに嘆息した。

『暴力が許される時代なんて存在するんですか、ホーショー？　ここでおこなわれているたぐいの欺瞞はどうなんです？　マイケルたち新顔の長老連中が本人の意志に反してラニを捕らえて、考えを受け入れるようにさりげなく洗脳しているのは？　マインドへの暴力、感情に対する暴力はどうなんですか？』

ホーショーが答えるよりも先に、木のフィールドがその巨体を再び揺さぶってラニの方を指した。見ると、彼女が長老たちにとり囲まれていた。

『辛抱するのだ、タン。しーっ……。何ならここでしばらく見ていくといい。じきにいろいろなことが明らかになる。世のなかにあるのは人間の意地の張りあいだけではない。それよりも遥かに大いなる力《フォース》が働いていることもあるのだ』

27 ドリームタイムのマジック

メアリーはこれまで、襲撃を受ける前にタンがしていたのと同じようにドリームタイムにラニを訪れていた。彼女はシャンバラのシャドウランドでラニの肉体が眠っているあいだに、ふたりがいる領域をつなぐ内面世界の回廊を一緒にぶらつきながらハートランド・ゲームの途中経過を聞き、意見を交換した。メアリーがすばらしい示唆を与えたことでゲームのモデルチェンジにつながる重大なひらめきをラニが得たこともある。年齢を重ねた女性のもつ経験の知恵が本道からはずれることはまずないので、ここでの時間はラニにとっても貴重なものになった。それでも彼女は『イシスよ、光の女神よ、どうか私の前に姿を現してください』と祈りつづけていた。しかしシャンバラのシャドウランドでは祈りの引力が失われるのか、女神たちはいっこうにその姿を現してはくれなかった。孤独感を覚えたものの、迷いはない。こうなったらあと望むことといえば、タンの腕のなかで安らかに眠ることだけだ。

『あと何日かの辛抱よ、ラニ。落ち着いてゲームのプレゼンに全力を尽くしなさい。ホーショーも私も応援してるわ』
数日前の夜、夢のなかで落ちあって来《き》たるべき試練について話しあった別れ際に、メアリーはそう言い残した。
『ねえ、タンは？　タンも応援してくれてるんじゃないの？』
そう尋ねたものの、メアリーは答えを返さなかった。いまになってようやく、ラニにもそのわけがわかった。

新たなハートランド・ゲームづくりにラニが全力を注いでいるあいだ、時間はゆったりと過ぎていった。できるかぎり理想に近いものにしようと、細部を詰めるためにマインドのなかで見直しをくり返すが、どうしてもこのバージョンには自分のハートが、愛が欠けていて、先が思いやられた。長老たちに私の抱いている違和感を嗅ぎとられ、現実世界に帰すのは危険だと見なされてしまうのでは、と不安になってしまう。

自由になりたい、他人の欲望に縛られることなく思うがままに愛し、思考したいという願いがラニを突き動かしていたが、それもこれもすべてはタンと一緒にいたいというハートの叫びがそうさせていた。タンが崖の上に現れたあの日。あれは本当に最高の一日だった。

『私たちは時として、失ってはじめてどれだけのものを手にしていたのかに気づくのね』

連れ去られる以前の、ゲームの開発に昼も夜も没頭していた日々に思いを馳せながら、ラニは嘆息した。戻ったらバランスのとれた生活を送ろう。そう心に誓って切なる願いを手放した彼女は、マイケルとしばらく言葉を交わし、彼が立ち去ったのを見計らってジャラピリのいる洞窟へとつづく道を歩いた。霧のなかを歩いているかのように入り口の岩を通り抜ける。ジャラピリに近づくにつれて、フィールドが軟化して岩とラニの身体の分子が混ざりあったのだ。ジャラピリはきっと待っていてくれる。そして、岩の密度を決めるのはこの心。そのことを全身全霊で確信しているからこそこれも可能になる。できればゲームのプレゼンをするときも、これと同じ自信をもって臨めればいいんだけど。

ラニが洞窟に入ると、虹蛇はずいと頭を持ちあげた。身体がひと筋の光と化し、両目から内なる光を放つ。ラニの目には、ジャラピリはさしずめコブラの王、古代に伝わる竜のように映った。

『準備ができたようだな?』

『いいえ』

『真に知恵深き者は、そこで「はい」とは言わぬものだ』

『でも、そういう人はみな急場で力を発揮するのよね』

『ハートに抱く思いが真実のものであればな』

それ以上、言葉はなかったが、ここに来たそもそものお目当ては賢者の言葉ではなく、洞窟にたたえられた癒しのエネルギーだった。ここはいっときの逃げ場を、安らぎを、そして、闇の世界と光のフィールドをつなぐ世界の王・ジャラピリという叡智の存在を与えてくれる。

『まあ座りなさい』

しばらくの沈黙ののち、ジャラピリがうながした。

『帰る前に、少し旅でもしようか』

ひょいと持ちあげたしっぽをラニの第三の目のあたりにあてると、ジャラピリのおごそかな言葉が心いっぱいに響いた。

『まずは想像の世界で、そして意志の世界で、次は実際に。それを思い描き、感じ、知り、それから創造して、架け橋となりなさい』

あっと思った瞬間、ラニはスピリット体になって、時間の存在しないフィールドにいた。ジャラピリと並んで大昔の砂漠を移動している。目の前にはアボリジニの遊牧民の世界が鮮やかに広がり、時間を超越してつづいてきた彼らの世界が、その神秘を明らかにしていく。姿かたちをもたない天空の存在が降りてきて大地を形づくり、賢者に文化と儀式を授け、その儀式が異なる世界とつながる扉を守りつづけている。虹蛇と旅するうちに、おのれのハートが大地と天空の鼓動に同調する感覚が伝わってきて、いつの間にか自分がすべての架け橋となって純粋な愛の光を放ちながら鼓動していた。

『私はいますべてとひとつになっている！　何だろう、内側から湧いてくるこの安らぎ、そして躍動感は！』

ふと振り返ると、そこに立つ自分の肉体は臓器がすべて水晶に変わっていて、キラキラと涼しげな光を放っているではないか。そこへ、夢見の存在が登場した。

『ヌンバクラだわ！』

現れた伝説の存在は、古代の情景と夢のくり広げる物語を心ゆくまで聞かせてくれた。うっとりと聞き惚れていると、みるみるうちにその夢から新たな世界が創り出されていった。ヌンバクラは両腕をぶんっと一閃《いっせん》すると、口から妙なる音を響かせながら、いま語って聞かせた夢の世界をラニの内面に息づく光の網《ウェブ》の目いっぱいに編み込んでいく。さらにヌンバクラは、夢見がハートランド・ゲームを生き生きと動かし、そこに生命と意味を吹き込んでいるようすを披露してくれた。伝説の賢者が言葉とテレパシーで物語を紡ぎ出していくあいだ、ジャラピリがラニの傍らでゆらりゆらりと舞い踊っていたが、このときラニはあることが実感できた。天空の存在と虹蛇がいまいるのは、私のサイキックのハートに広がる世界なのだ。

『愛のフィールドに流れる純粋な喜びのなかには神話も、伝説も、善も、悪も、二極性も、そして分離や姿かたちも存在しない。存在するのはすべてであり、同時に無、なのだ……』

その声が響きわたると、ラニの魂は再びヌンバクラの腕に包まれて天空を舞いはじめた。そこからふたりは、見る者を圧倒せずにはおかない世界の七不思議をめぐる地球一周の旅に出た。

チベット国境には、時を遥かに超えてそびえるヒマラヤの聖なる頂きがあった。雲をも見下ろす天空の灯台のごときその山並みは異次元世界とつながる架け橋であり、ラニには実際にそこが異空間とつながっているようすがはっきりと見えた。現地の人々がチョモランマと呼ぶその山、エベレストこそが、ラニが最初に目にした七不思議の風景だった。

次の瞬間、目を開けるとふたりは別の地点に移動していた。眼前に広がるのはオーストラリア北東に位置し、全長2千キロメートル以上の長さを誇るグレートバリアリーフの海岸線だ。この場所もまた別世界につながる架け橋の役割を果たしていると同時に、ありとあらゆる種類の生物にすみかを提供している。異なる者同士が共存するからこそ、彩り鮮やかな美しい情景を生み出すことができる。ラニには、多様性を象徴するサンゴ礁がそう訴えているように見えた。

『ちがいを尊重することが、世界の橋渡しをするうえで重要な鍵となるのだ』

ラニの心のうちを感じとったヌンバクラのほほ笑みが、そう語りかけていた。

気づきを得て息をつく間もなく、ふたりはコロラド川の水面を見下ろしながら、悠久の時を刻むグランドキャニオンの岩壁に囲まれた暗がりをゆったりと舞っていた。無数の色彩と地層からなる魔法の渓谷には、ガイアと別世界をつなぐ地球最古の岩が存在していた。砂岩《さがん》と頁岩《けつがん》の織りなす地層のあやは、古代に海面の上昇と下降がくり返され、幾星霜の時を超えて川が流れつづけていたことを物語っている。

ラニたちはいま、そこにいかなる生命の種《しゅ》が生きていようと、変化し、生まれ変わる力がガイアには備わっていることを示す道筋をたどっていた。壮大な景観に宿る美しさが『復活や再生とはすなわち、くり返される時のサイクルと大昔から伝わる文化にたたえられた力にほかならないのだ』とラニに語りかけてきた。聖なる交響曲を守れと言う者がいるが、この渓谷の壮大さに包まれていると、ラニにはシャンバラの聖なる呼び声がすでにここに流れている気がした。そう、知恵深き存在たちは調和のもつ神秘の力をここに示してくれているのだ。シャンバラのリズムを刻む太鼓の響きがこう告げていた。

『耳を澄ませるのです、地球のリズムに。地球がたどるサイクルとともに流れ、彼女を痛みから守りなさい。尊重し、奉仕しなさい。敬い、地球のために尽くすのです』

景色が再び切り替わり、ヌンバクラとラニは勢いよくしぶきを上げながら落ちていく滝の手前に突き出た岩の上にいた。眼下に広がるのはザンビアとジンバブエを隔てる断崖絶壁。ビクトリア瀑《ばく》布《ふ》の絶景だ。ここもまた異世界との架け橋であり、プラーナのパワーがあふれ出る地球の巨大な割れ目のような場所だった。岩の上で英気を養っていると、水音がライオンの咆哮《ほうこう》を思わせた。いまラニのフィールドを浄化しているこの瀑布一帯は、全世界に向けて癒しのエネルギーと氣の力を発しているのだ。

ラニが内なる目を開いていくと、景色はさらに切り替わった。ふたりは海のそよ風に誘われてリオデジャネイロの港の上空を飛んでいた。『ここでしばらく休んでいきなさい』と水の神々が手招きをしてくる。グアナバラ湾の端にはポン・ヂ・アスーカルがそびえ、その頂きからは救い主・キリストの像が街を見守りながら、空の灯台のように愛を世界に向けて放っている。

ヌンバクラと共に見たどの光景も、世界が融合するうえで架け橋、あるいは異次元世界につながる自然界の入り口と呼ぶにふさわしいものばかりだった。しばらくすると、ふたりは大きな火山の火口付近をかすめるようにして飛んでいた。火の神が地球の中心から発した赤熱の溶岩を噴きあげている。メキシコの山はこちらに向かって『パリクティンだ』とみずからを名乗った。ラニには、この山が誕生して数日のうちに3千メートルを超える高さにまで大きくなっていくようすが見えた。その姿は太陽に向かって手を伸ばし、大地と天空をつなごうとする女神を思わせた。つづいて、火のもつ豊穣と再生と浄化の力を讃えて歌うタラスコ族の民の姿がマインドいっぱいに広がった。

そのとき、ラニがふと視線を上空に向けると、そこでは見るも鮮やかな光のショーが始まっていた。

ふたりは北国の空に輝くオーロラのなかを舞っていた。空一面に広がった光の渦がせわしなく吹きつける風に揺れるリボンのようになびき、そこに今度はいにしえのイヌイットの魂が現れ、天空に住まう伝説の存在が次元を超えて世界を渡り歩く物語を披露してくれた。太陽風が何度も発生して、宇宙エネルギーに対する防御壁の役割を果たす地球磁場に向かってプラズマを吹きつける。ラニにはこの地球磁場の存在がはっきりと見え、そのフィールドは6万キロメートルをゆうに超える厚みで宇宙空間にまで達し、ジャラピリが彼女を守るために編んでくれた繭と同じ力強さで地球を守っていた。行く手をさえぎられた太陽粒子が細くたなびき、立ちのぼったところに太陽風がぶつかって、今までに見たこともない壮大な光のショーが展開される。

ここでも、変幻自在の光のダンスがラニに語りかけてきた。『一瞬たりとも同じことなど起こらない。すべて、変化しつづけているのだ。生命はつねに流れていく。その流れを存分に味わいなさい』と。セレスティアル界がくり広げる真夜中のオーロラショーは徐々に終わりが近づき、やがてスープを流したかのように広がる億千万の星だけが空に残された。

ラニはこの旅で、世界じゅうに点在する自然の驚異を通じてガイアが語る言葉を聞き、異次元世界の空へとつながる扉の存在を目撃した。気がつくと鼓動がゆるやかになり、ちがう銀河から届く歌声に合わせて洗練された繊細なテンポに落ち着いていった。

自然界の驚異がひととおり示されると、今度はシャンバラのフリーウェイが目の前に現れ、その声にさらに先へといざなわれたふたりは、いくつものホワイトホールを、グリッド・ポイントを、次元の扉を通り抜けて、ぐんぐんと時を超えていった。

そこへ突然、レインボー・シティーが現れた。それは夢を抱くすべての人々の高次の夢がいくつも融合してできた街。タンと共に魔法の王国に捕われていた幼いころに、ここで長老と過ごしたことが思い出された。ヌンバクラとこの銀河のフィールドを漂っていると、ラニはハートがはじけるように開き、喜びに思わず声をあげて笑い出した。夢の世界にはめくるめく幻想のような光景が広がり、ヌンバクラは申し分のないガイドをしてくれている。

次の瞬間、もうひとつのグリッド・ポイントが現れ、光の扉が「こっちですよ」と誘うように開いた。ふたりで扉の向こう側を軽やかに飛び回ると、そこには統制のとれた文明をもつパラレルワールドがいくつも広がり、フィールドの調整を日常に欠かせない大切なこととして受け止める人々が暮らしていて、調和のエネルギーが隅々まで行きわたっていた。

自分とヌンバクラの境目がわからないほどにひとつに融けあったかのような感覚を味わいながら、いくつものトンネルを通ってフィールドを上へ上へと滑っていくと、いつの間にかふたりは純粋なる愛のフィールドに無言でたたずんでいた。シャンバラの呼び声の向こう側に広がる世界で目撃し、体感したことを思い返して茫然と立ち尽くしたラニは、旅の最後にこう確信した。

『衰退へと向かわせる引力を逃れた世界はたしかに存在する。まちがいないわ。ハートランドから届く聖なる交響曲。それは必ずやすべての人々を魅了するはず』

『覚えておくがよい』ヌンバクラが心のなかでささやきかけてきた。

『宇宙の本質は液体なのだ。それはハートランド・ゲームも同じこと』

『液体ですか？』

『さよう。つねに変化する、流動的。愛に応えて流れる広大な愛の海原《うなばら》じゃ』

ヌンバクラの言葉の意味が腑に落ちた瞬間、ラニは思わず息を呑んだ。

『では、おまえが意図するところはどうなった？』

『意図するところ？』

『はっきりさせておきなさい。はっきりとした意図を純粋な気持ちで抱きながら愛することで、力強い現実が展開できるものなのだ』

その言葉に応える間もなく、ヌンバクラは姿を消した。ラニが肉体に戻ると、目の前ではとぐろを巻いたジャラピリが、すべてを見抜く鋭い目で彼女を見つめていた。

『ありがとう』

しばらくのあいだ気持ちを整えてからやっとの思いで言葉を絞り出すと、ラニは大蛇の王様におじぎをして憩《いこ》いの洞窟をあとにした。

28 シャンバラの喜び

プレゼンの日がついに訪れ、マイケルをはじめとする長老の面々が集まった。ラニは無言のまま祈りを捧げた。トリプル・ウィンの解決策をもたらして、みながそれぞれに求めている自由を手にすることができますように。そして、タンの魂が身体に戻りますように。彼が目を覚まし、体調をとり戻し、私が帰ったときに元気で会えますように。すぐそばに生えている木にタンがかくまわれているなどとは知らずに立ちあがると、ラニは崖の脇の岩石にうずもれるようにして建つ古代の神殿へと一同を導いた。その造りはデルフォイの神託所とうりふたつで、立地は海辺の絶景を一望のものにしながらも波や風からは完全に守られていた。

『ふーっ……』

新顔の長老連中といつまでも腹の探りあいをし、神経をとがらせることにくたびれてしまった。すべてを運命の女神にゆだねて、イシスへと心から祈りを送りながら神殿に向かってゆっくりと歩みを進める。

薄れゆく金色の陽の光が、神殿へとつづく階段を魔法のような美しさで照らしている。降り注ぐ光を全身に浴びながら進むラニのうしろに、長老たちの行列が続く。夕暮れの光がラニの歩みのリズムに合わせて波のように広がっていくその光景に、一行は思わず目を奪われた。

1羽の白い鳩がどこからともなく飛んできてラニの右肩に止まり、あとにつづく長老たちを見わたしながらほがらかな声で歌うと、おとぎの国のような魔法が彼らのまわりにあふれ出した。

今度はラニの傍らに1頭のオオカミがエーテル体となって現れた。気がついたラニがしゃがみ込んでシャドウの頭をなでさすっていると、この大いなる獣は誇らしげに身体を震わせながらくっきりと姿を現した。

次の瞬間、ハッとして動きを止めた足もとに1匹の大蛇が地面を滑るようにして近づいたかと思うと、するするとラニの足を這いのぼり、古代の戦闘用防具のベルトのように腰に巻きついた。大蛇の頭部と瞳は、鳩と同じように明らかな意図をもってすぐうしろに続く長老たちに向けられた。やがて神殿の内部に歩みを進めると、ジャラピリは羽毛のように軽くなってラニのフィールドいっぱいにその叡智を注いでいった。虹蛇がこの対決に参加するために現れたことの意味するところを、長老たちが理解しないはずがない。

と、そこへ、フィールドがほのかに光り輝き、クリスタリーナが姿を現してラニの左肩にちょんと乗った。妖精は長老たちには目もくれず、ラニのハートと肉眼を通して目の前にある任務を見すえた。

『ラニは彼らを満足させて解放してもらうことができるのか？　このバージョンのハートランド・

ゲームが、彼らの疑念や恐怖を鎮めることができるのか？　それとも、これはラニと長老たちに必要な試練のひとつなのか？』

クリスタリーナには真実がわかっていた。

『これからあなたたちはみな、いままでとはまったく異なる世界に足を踏み入れることになるの』

自分がそれを告げる立場にはないことを知っているクリスタリーナは思考にバリアを張っているので、その心の声を読みとられる心配はない。

ラニの仲間と守護者が彼女のフィールドにエネルギーのサポートを送りながら次々に集結するあいだ、長老たちはフィールドに巻き起こる変化をじっと観察していた。

果たして誰が自由を手にするのだろう？

ラニか、長老たちか、それとも、地球そのものだろうか？

中央殿に足を踏み入れると、一行は美しいステンドグラスがあしらわれたドームの下で円になった。ラニが頭上高くから降り注ぐ光を見あげると、1枚の羽目板《はめいた》が開かれていて、そこから空の色がかいま見えた。夜が陽の名残を締め出そうと空に忍び込み、星がまたたきはじめているのが見える。大理石の床には「オーン・マニ・パドメー・フーン」というサンスクリット語のマントラがトルコ石ではめ込まれている。「蓮華《れんげ》の宝珠《ほうじゅ》よ、幸いあれ」という意味のこの言葉が、ゲームのもつ別の層を思い起こさせようとするかのようにラニの胸にこだました。ラニにはこんな言葉が聞こえた。

『真実だ。真実とともにあり、道を照らさしめるのだ！　このマントラに従いなさい。そして愛にあふれるハートがもつ力を忘れてはならぬ！』

夏の陽ざしのように鮮やかな言葉が心に響いた。ラニは何度か深呼吸をすると目を閉じて、両手を上げてこう宣言した。

「みなさん、これからハートトランド・ゲームをご紹介します！」

ホログラムの映像が次から次へと生き物のように飛び出し、この参加型ゲームは一瞬にして長老たちをその世界に引きずり込んだ。自分たち一人ひとりの内面に宿るものが崇高で神聖なものだけでできていることを示されて、彼らの顔にみるみるうち高揚感が広がり、やがて全細胞を満たしていった。まるで全員が神の意志とひとつになって上昇していくかのような光景だ。

それはほんの数秒の出来事だったが、ラニはこのとき、自分たちが時間を超えた領域に足を踏み入れ、それぞれが内面世界を再調整しているのがわかった。そこに愛を注ぎ、内なるパワーへの確信を深め、そこに秘められたものを明らかにし、調和をもたらすために必要なかぎりのものを受けとっていたのだ。

全員が十分に目撃し、感じ、心の奥底に抱えていた疑問に答えを得ると、神殿に流れるエネルギーが一気にシフトした。みなが一瞬にして自分という存在の核心的なレベルへと入り、その奥底に眠っていたシャドウランドを目にしたのだ。

『な、なんと！』ひとりが心のなかで叫んだ。『こんなものが私の心に？』

『信じられん！』と、また別の心の声が響く。『私をためらわせていたのはこれだったのか？』

『ああ、やはりそうだったのか』

ラニに聞こえているとも知らずにまた別の長老が心のなかでつぶやいた。ラニはクリスタリーナの力を借りて長老たちとマインドを融合させていた。多くのことが裏づけられ、明らかになり、癒されてゆくと同時に、彼らの内面には畏敬の念が湧いた。

謙虚な思いに打たれ、ハートトランド・ゲームが示してくれたおのれの内側に宿るものの姿に圧倒されて、長老たちがひとり、またひとりと、膝から崩れ落ちていく。彼らはいま、おのれの心の闇をのぞき込むことで、内面に眠っていた純粋な光の世界へと飛翔を遂げたのだ。そして、全員が抱えていた闇の調和を完了したとき、ハートトランド・ゲームは地球規模の調和を次なる目標に定めて動き出した。ラニが夢のなかで温めてきた理想のバージョンと長老たちの願いがそこで融合し、いにしえの真実が守られると同時にさまざまな問題が解決されていくあいだ、ハートトランドはおのれの生命に息吹を吹き込んでいった。そう、いまやハートトランドそのものが生命を手にしたのだ。

ゲームがシフトを遂げてすべてを調和していくあいだ、その場にいる者たちはヴェールがはぎとられて真のシャンバラが目の前で形を成していくのを目と心で感じた。シャンバラが、長老たちが内に秘めていたシャドウランドや制限のついた解釈とは無縁の新しいフィールドを形成しながら全員を包み込んでいく。

このときラニには、シャンバラのシャドウランドに秘められていたハートトランドが解放されて、内側に宿るありのままの姿をさらすことを阻むすべての制限が変容させられていくようすが見えた。このような融合の場面を目にするのは、その場にいる誰にとってもはじめての体験だった。それぞれに相容れない考えをもった集団が、ハートとマインドで一体になったビートに合わせて混ざりあい、それまで抱えていたすべての緊張から解き放たれていく。彼らはいま統合され、ひとつになって生まれ変わったのだ。

「おお、何と！　ここはいったい？」

マイケルが叫んだ。星の存在たちがまばゆい光を放ちながら姿を現すと、それに呼応するように地球のフィールドがぱっくりと開き、そこから息を呑むほど美しいシャンバラの地下都市が出現した。

全員の頬を涙が伝う。真のシャンバラが彼らの帰りを祝福してみなを包み込む。マイケルだけではなく、若い長老の面々までもが『われわれは遠い過去の存在でも、ばらばらの存在でもないのだ』ということを心の底から実感するようになった。彼らはいま知ったのだ。心に広がるシャドウランドが自分たちを幻想に満ちた世界のなかに覆い隠し、そのイリュージョンの力によってシャンバラの聖なる交響曲の発する呼び声がずっとさえぎられていたことを。

こうしてシャドウランドはハートランドに吸収され、その融合は歓喜のもとに完了した。ただ、その場に居あわせた者たちが受けとった啓示と祝福のエネルギーは、彼らを魂の成長に導くだけにとどまらなかった。この祝福の儀式に刺激されて宇宙の炎がフィールドを超えてあふれ出し、生きとし生ける者たちが愛と情熱に包まれ、宇宙に広がるいくつもの領域が熱い炎に包まれて燃え立ったのだ。

「ここからはたくましさを増す一方だね」

残っていたいくつかのヴェールがはがれ落ち、シャンバラが完全に姿を現すのを眺めながらマイケルは言った。

「つまり、シャンバラはこれから意のままに自由に存在するだろう。プレイヤーは浄化を終えて新しい自分に生まれ変わる喜びを味わい、新たな層をそこに加えることができる。ああ、ラニ、信じられない。よくやってくれた。私たちは思いもしなかったよ、こんなすばらしい結果になろうとは！」

もう限界だ。ラニにはいますぐ小休止が必要だった。すると、不思議な感覚が湧いてきた。内側で生き生きと躍動する何かにコードでつながれて充電しているような感覚。しかも、心のなかにダイヤルがあって、その量の調節が自在にできることが自分でもわかる。いまはとにかく静寂と安らぎに包まれた時間が欲しい。その場をそっと離れて屋敷へと戻り、ベッドの上で丸くなると、ラニはあっという間に眠りに落ちた。

あくる日のこと。ラニは再び崖の上に腰を下ろして夕暮れの景色を満喫していた。太陽神の放つ光でフィールドいっぱいにエネルギーを満たしていると、宇宙粒子が全身の経絡《けいらく》にほとばしり、エネルギーが蓄えられていった。

ジャラピリが音もなく姿を現して隣でとぐろを巻き、頭をラニの膝にのせる。シャドウもまた足もとで丸くなって自分の前足にあごをのせると、金色に染まる水平線に視線をすえた。

3人は無言のまま、フィールドにみなぎる美しさ、そして静寂と一体になってシャンバラの世界を味わった。それぞれが静寂に耳を澄まし、自分たちに呼吸をさせながら調和のエネルギーを発している大いなる力《フォース》の存在を感じた。さらに、聖なる交響曲のもつ神秘が広まるようにとフィールドに語りかけ、そして耳を傾けてもらう。

「邪魔して済まない……」

「マイケル!?」

「長老たちが勢ぞろいした。君のことをお待ちかねだ」

ラニはこくりとうなずき、別れのあいさつと受けとったいくつもの恵みに対する感謝の言葉を海に向かって心のなかで述べると、ゆっくりと立ちあがった。

「ありがとう」

「何が、伯父さん?」

「見届けるチャンスをくれて」

「それなら、私もありがとう」

「どうしてだい、ラニ?」

「ありのままにいる機会をくれて」

「融合からこの方、フィールドが極上の波動を発しているとみんな言っているよ」

シャドウとジャラピリをその場に残すと、ラニとマイケルは無言のまま歩き出した。神殿の裏手にある山奥の山荘に入ったところで、長老のひとりが姿を現しラニを出迎えてくれた。強烈な青いいあげる。

光の粒子が目の前で楽しげに踊り、それがだんだんと形を成して二本の腕が現れラニの身体をすく

「ラニ！」

いにしえの存在がにっこりとすると、ふたりは声をあげて笑いながら抱擁を交わした。肉体を伴って会うのははじめてだが、彼はこれまでにもスピリットの形で何度も会っては共にフィールドを滑走し、ラニがスピリットのガイドについて理解するのを手伝ってくれていた。

「さあ、こっちだ」

彼が手で指し示す。気がつくとマイケルはすでにいなくなっていた。ラニはこの聖なる山荘にあたたかく出迎えてくれた長老の隣に並び立った。山奥に位置するこの一帯には地下トンネルが無数に走っていて、山荘は宇宙船エリュシオン号との連絡システムを備えた指令本部のような役割を果たしていた。光のマトリックスが輝きながら山全体を包み込み、ふたりの歩く道に沿って癒しの空間とエネルギーのプールを提供している。

ふと、あたりの景色がぼやけて1枚の扉が目の前に現れ、ひとりでに開いた。向こう側に次の部屋がチラリと見えたかと思うと、すーっと滑るようにその部屋に吸い込まれていく。そこには息を呑むような光景が広がっていた。生き生きとした波動を発するクリスタルの円形テーブルが中央にでんと控え、12の光の存在がそれを囲むように腰かけている。目を凝らしてテーブルの内部を見ると、そこに宿る原始的な存在にはハートランド・ゲームのストーリーが記録されていた。

直感に従ってひとつだけ空いていた椅子の横に立つ。すると、ひときわ強い光を放つ存在がマイ

ンドに向かって歓迎のテレパシーを送ってきた。その瞬間、その場にいたすべての存在のハートから七色の光が放射されてラニのハートと融けあい、彼女の身体の内側を走る透明の網の目を浮かびあがらせた。映像と言葉がマインドからマインドへと次々に流れ込み、ラニはそのなかでそれぞれの存在と再会を喜び、絆を確かめあった。なんとこの12の存在は、タンと共同でおこなったプロジェクトをあの手この手で秘密にしようとしていた長老たちだったのだ。ラニはこうして、自分をここまで導いてきてくれた魂との再会を果たすことができた。この夜、彼らがこの光のフィールドで分かちあったものは目に見えないものばかりだったが、彼らは絆をとり戻し、新たな約束を交わした。長老たちのそばを離れがたい思いもあったが、自然な流れで閉会を迎えると、ラニはタンへの愛しさに導かれるままに彼の肉体が眠る場所へと帰った。

一瞬にしてもとの世界に運ばれたラニは、胸が苦しくなるほどの愛しさを抱えたまま、彼が眠るベッドのそばに立ち尽くしていた。そっと彼の手をとり、手のひらに口づけたとき、ラニは悟った。彼の身体に死が近づいている。

「言いづらいのですが……。メアリー、ジェイコブ、ラニ」

一人ひとりに会釈をしながら、ヒーラーが申し訳なさそうに切り出した。

「これ以上、われわれにできることはありません。呼吸は浅く、脈も弱い。われわれの直観では、タンはすでにこちらに戻る気がないようです。あとわれわれに提案できることといえば、彼を早いうちに人工の生命維持装置につなぐことぐらいで……」

メアリーはぴくりと身体を緊張させた。どれだけ深刻な事態になってしまったのだろう。数日前にはどんどん快復していると思ったのに。彼女はジェイコブの腕に抱かれてその胸にもたれると、ラニの手を力なく握った。

「タンはまだ内面世界をさまよっているのよ。でも、戻ってくるわ、きっと……」

はじめは力なくかすれていたラニの声だったが、それはしだいに希望に満ちた響きを帯びていった。

『戻ってきて』

それからのラニは連日、タンのベッドを訪れては祈りを送っていたが、3日目についに限界が来た。このときすでにタンは人工生命維持装置につながれていた。自分をお帰りのキスで迎えてくれるはずだったその口に何本もの管が差し込まれているのが耐えられなくなったのだ。

「私、タンを迎えに行く。私たちふたりから目を離さないようにね。お願い！」

そう言ってラニはエネルギーのバリアで自分たちを包むと、ベッドの脇に置いた椅子の上で蓮華座になった。すぐさま呼吸に意識を集中すると、出入り口になりそうな扉を発見した。

『ここからタンのもとへ行けるのね。彼がさまよっているわけがきっとわかるはず』

マインドをハートへと送り『よろしくね』とほほ笑むと、タンへの愛をイメージしてそれで自分をくるみ、彼のいるフィールドへと運ばせた。

静寂のなかを探しに出かけると、彼はラニがいつも祈りを捧げていたシャンバラの崖の上に座っていた。ラニは、前回の再会でタンがしてくれたように、自分のスピリット体を彼のスピリット体に巻きつけていった。ふたりのライトボディーが一体となって光のボールと化したとき、ラニはそっとささやいた。

『ハーイ』

そう言って頬に口づけると、ふたりの鼓動がひとつになり、再会を喜ぶ恋人たちの歌をハートが歌い出した。

『会いたかったわ』

『俺もさ』

『帰ってきて』

『いやだ』

『どうして？』

『ここを離れたくないから』

『でも、タン。あなたが必要なの……』

『こっちに来てそばにいろよ。エリュシオン号とシャンバラまでの道はわかるんだろう？　ラニもこっちに身体を持ってくればいいじゃないか』

『じゃあ、タンは？　あなたの身体にはあなたがいなきゃ。それに、私はここにどうやって肉体を伴ってくればいいかもわからないのよ。忘れたの？　長老たちが私をここに送って、それからわけもわからずあなたのところに送られたの』

『俺の身体なら大丈夫さ……』

『それが大丈夫じゃないのよ、タン。脈は弱くなって細胞組織はんどん変化してる。主人がいなくなって捨てられたことを細胞が知っているのではないかと思うくらいよ。いまあなたは生命維持装置につなげられているの！』

タンは無言のままだ。

『さみしいのよ。あなたを抱きしめたいし、一緒にいちゃいちゃしたい……』

『それならここでできるよ、いますぐにでも』

『ここじゃだめなの。私は全身の感覚を味わいながら、あなたを愛したいのよ……』

『うーん……』

タンがラニのうなじに鼻をこすりつける。やはりどうも物足りない。

『言えてるね』

『来てくれるのね？』

『いやだ』

『どうして？』

そんな調子でいたちごっこは続いた。

来る日も来る日もラニはウェルネス・センターを訪ね、同じことをくり返した。意識のない抜け殻の傍らに腰かけて手を握り、瞑想状態に入って肉体を抜け出し、ハートの導きに従ってタンのもとへと赴く。ふたりでシャンバラにとどまってあれこれと思い描き、構想を練り、ひとつに融合しては魔法の力でハートランド・ゲームを編み直していくうちに、ふたりの意見が有機的に組みあわされてハーモニーを奏ではじめた。

『気持ちの準備はできた？』

『何の？』

『帰ってくることよ、タン……』

再びタンは押し黙ってから、テレパシーで問い返してきた。

『どうしてさ？』

『わかるでしょう。私はあなたに帰ってきてほしいの。でも、このようすだと私の欲しがり方が足りないようね。じゃあ、聞かせてよ、タン……。どうして帰りたくないの？』

タンのフィールドがかすかに揺らめいたのをラニは見逃さなかった。彼はしぶしぶ打ち明けた。

『いったんここを出たが最後、二度と戻ってこれなくなってしまう……』

『シャンバラに？』

『もちろんシャンバラだよ、ラニ。ここでおまえを見つけてからというもの、俺は出ていきたいなんて思ったことは一度もない。実際、離れることができなかったし』

『でも、私の身体はとっくにここを出ていってしまっているのよ、タン。私は地球であなたと一緒にいるためにここを離れたの。そうすればふたりで生活を続けられると思ったから。タン、私たちにはやるべきことがあるの。私と一緒に来て……。ねえ、お願いよ』
ラニはすがるようにして頼んだが、何を言ってもタンの心を動かすことはできなかった。

「うーん」メアリーは挑戦的な目つきになってうなった。

「どうにかしてあの子を説得しなきゃ！」

「向こうに戻る方法を明確に説明できればいけるかもよ？」

「そうすればあの子はこの肉体に戻ってくる。だけど、いつでも戻りたくなったら向こうに戻ることができるってわけ？」

「だめなの？」

「あなた、どうやったか覚えてる？」

「いいえ。だって、はじめは新顔の長老たちにシャンバラのシャドウランドに送られて、あとはハートランド・ゲームがしたことだもの」

「じゃあ、帰ってきたときはどうだったの？」

「会合の最後に長老たちとハグをして、ほっとため息をついて目を閉じたの。そして目を開けてみたらタンのベッドのそばに立っていたのよ。ハートが連れ戻してくれたのかな。バイロケーションを使えば向こうに行くことはできる。つまり、瞑想状態に入ってね。でも、こっちで身体を非物質化させて向こうで物質化させるのは無理ね。タンはまさにその方法が知りたいわけだけど。ママは向こうへ行く方法はわからない？」

メアリーはいぶかしげな目つきで娘の顔をのぞき込んだ。

「イシスの庭ならわかるけど、でも、あそこはシャンバラの扉へと通じる玄関口にすぎないわよ」

「じゃあ、シャンバラへたどり着くための方法は？」

「ああ、ラニ、それは何とも言えないわ……。ハートだけがそれを知っているような気がするし、本当に欲したときだけ連れていってくれるの。あなたのハートがこうしてタンのところに連れ戻してくれたところを見ると、シャンバラとの間を思いのままに行き来する重要な鍵はハートにあるようね」

「エリュシオン号に手がかりはない？　フィールドを通じてシャンバラにたどり着く方法をダウンロードしていたはずよね？」

メアリーはうなずくと、娘の頬に口づけてから言った。

「エイトトランに確かめてみるわね」


ラニとメアリーは八方手を尽くして調べたが、わかったことはといえば、シャンバラに行ったことのある者は大勢いるものの、彼らにも再度そこを訪れる方法はわからないということだけだった。もしその秘密を知っていて、肉体を伴って思いのままにシャンバラと現在の居場所を行き来できる者がいるとすれば、誰ひとりとしてその行き方を明かそうと名乗り出ていないということだ。

エイトトランがメアリーに語ったのはこれだけだった。

「フィールドを超えてシャンバラへと至る道は、つねにその方法を心得ているサイキックのハートの声に応えて輝くの。理想郷のシャンバラとはすなわち、マインドとハートの結婚を意味するのよ」

タンの魂がシャンバラのフィールドにとどまっているあいだ、彼の肉体は日に日に衰弱していったが、それでも何かに生かされつづけていたことで、ラニには彼を説得をする余地が多分に残されていた。だから彼女は、信頼することを選んだ。自分かメアリーのどちらかが、彼を呼び戻す鍵を必ず見つけ出すのだ、と。

29　運命の風と選択

イェシフはおびえていた。ついに作戦決行の日がやってきた。爆破し、すべてを終わりにし、みずからを犠牲に捧げる日。太陽が生まれたての光を明け方の空に放つ瞬間を、最後にどうしても見ておきたい。そう思って早起きすると、彼は静寂のなかで祈りを捧げ、死地に赴く心の準備をした。

時間だ。

あの若く才知に長けた修道僧はいったいどうしたのだろう。別世界からやってきたかのようなあの導師を見かけなくなって、すでに数日が経っている。毎晩のように開かれた夕食会に響きわたる笑い声と尽きることのないおしゃべりに、そして歌とワインに酔いしれる夕べの時間に、イェシフは強い愛着を覚えるようになっていた。イザベラからくちびるを奪った記憶がよみがえる。

喪《うしな》った母親や兄弟、姪に思いを馳せ、『そばにいらっしゃい。さあ、大義のために命を捧げるのよ』そう言って手招きする母たちの姿を想像する。復讐。心地よい響き。ならず者たちに加える制裁。なんと甘美な言葉だろう。もう悲しみが入り込む余地はない。しかし、イェシフはまだ知らずにいた。休息のときを過ごしている母親は、復讐など望んではいないということを。彼女はいまいる世界に来て、往年の聖人たちが残した教えを純粋に理解したのだ。それでも、イェシフの胸はいま、怒りの代わりにどこまでも深い安らぎと、近ごろ心奪われた女性への狂おしいほどの思いに満たされていた。

『人生はなんて残酷なんだ』イザベラに意識を向け、彼は心のなかでつぶやいた。『いまさら彼女と出会うなんて。彼女を抱きしめたら、ベッドの上で抱いたらどんな気分だろう。それを知ることもないまま俺は……』

焦がれる思いも、運命に対する疑問もすべて勇気を振り絞って手放した。イザベラが別のいい人を見つけることを祈ろう。彼女が俺と同じ気持ちでいるかどうかも定かではないのだ。いっぺんに心を奪われてしまったことには自分でも驚くばかりだ。もしかしたらまた会えるかもしれない。別の時代に、別の人生で。母さんがそう信じていたように。

もうあと戻りなんてできない。したが最後、やつらに殺される。隠れようとしても無駄だ。それに、彼女のいない人生にいったい何の意味がある？　そんな自問自答をくり返しながら、イェシフはこの日着る服を慎重に選び、身に着けていった。しかし、彼は知らなかった。彼が数時間後に吹き飛ばそうとしているその講堂にイザベラも、そしてジョセフまでもが居あわせることになっていることを。

イェシフが到着してセキュリティ・チェックをパスしたころ、イザベラ、ジョセフ、タオ・ラオの３人はすでに会場に着席して再会を喜びあい、意義深い大会に立ち会えることに胸を躍らせていた。ジョセフがトイレに立った隙に、タオ・ラオがイザベラにささやきかけた。

「ほら、あれが連中の標的《ターゲット》だ」

「どれ？」

イザベラがヒソヒソ声を返しながら彼の視線をたどっていくと、隅にいるうら若き黒人女性に行きあたった。

「でも、かなり若いんじゃない？」

「彼女は将来、理想的な指導者になる。よく訓練されて、意識の高い指導者にね。生き延びればゆくゆくはいくつもの偉業を成し遂げるはずだ。君やジョセフと同じように……」

心が揺れ動いているのか、イザベラは明らかにうろたえた視線を返した。

「いまからでも遅くはない……。出ていく途中でジョセフを捕まえて説得しないか？　奥さんには君が必要だって」

イザベラはかぶりを振り、選択権は私にあるんだもの、と思い直して落ち着きをとり戻すと顔を上げた。と、そこへ、ジョセフが戻ってきて興奮気味にささやいた。

「イエシフも来ていたよ。いま玄関の外にいるところを見かけたんだが、声をかける前にどこかに消えてしまった……」

「彼は君が今日ここに来ることを知らないのかい？」

「ああ、ぼくが来ると決めたのは先日の夜、イザベラの活動計画について本人と話しあったあとのことなんだ。ちょうどそのとき、未来の大統領が議会で披露したスピーチを見たんだよ。彼女は有望な人材だ。きっと連合にとってすばらしい活躍をしてくれるだろう」

ジョセフは彼らと相対するように演壇のそばに座る娘に向かってうなずきながら言った。漆黒の肌と自信に満ちあふれたブラウンの大きな瞳をもつ未来の大統領候補は、落ち着かない表情で指輪をはずしては嵌《は》めてをくり返していた。


イエシフはいきり立つと同時に、あわてふためいていた。

『ジョ、ジョセフ、あんなところでいったい何を？　どうして来たんだ？　大好きな叔父さんの死に俺はどう責任をとる？　いったいどうなっているんだ。家族の仇をとろうというのに、愛する人をもうひとり道連れにするだなんて！』

玄関横の掃除用具入れのなかでしゃがみ込み、両手で頭を抱えた。責務と悲しみに心は引き裂かれている。視界の隅にはあのブリーフケース。そしてついに、腕時計のアラームが鳴った。行かなくては。時間が命だ。満席になる前に絶好の席につくチャンスはごくわずかだ。いますぐ移動しなければターゲットの目の前の席を逃すことになる。「近ければ近いほどいい」というのが連中の指示だった。

立ちあがり、大きく深呼吸をする。再び祈りの言葉をつぶやき、ケースを手にした。ケースの脇には彼に押されるのを待ちわびるスイッチがのぞいている。

もう時間切れだ。手遅れだ。

『どうか赦してもらえますように』

イェシフの頭にあるのはそのことだけだった。復讐を遂げることで得られるはずだった陶酔は、すでに苦痛にとって代わられていた。

そそくさと落ち着かない足どりで席につく。

『もしかしたらジョセフは離れた席にいて、爆発の巻き添えを免れて生き延びることができるかもしれない』

叔父のいる席を確かめようと周囲に視線を走らせる。標的《ターゲット》の娘がスピーチを終えて、観衆から割れんばかりの拍手喝さいが湧き起こった隙に再度、あたりを盗み見ると、ジョセフはなんと、イェシフの席からせいぜい5、6メートルのところに座っていた。がっかりした次の瞬間、叔父の隣に並ぶ顔ぶれを目にして思わず口から心臓飛び出そうになり、全身がぶるぶると震え出した。

イザベラ？

タオ・ラオ？

あの3人は、俺が心を許したあの3人は、あんなところでいったい何をしているんだ？　すでに兄、姪、母の3人が亡くなっている。そして、もしいま、このスイッチを入れてしまえば、愛する人がさらに3人、命を落とすことになる。しかも、俺がこの手で葬り去ってしまうことになるのだ。もう息もできない。どうにかなってしまいそうだ。こちらの苦悩にもおかまいなしに悪夢は続くのか。

心を落ち着けようと深い呼吸を意識して平静を装うが、背中には汗が滝のように流れ落ちていた。

目立たないように気をつけながら両の手のひらに浮いた汗をズボンの横で拭い、ホールに目配せして警備のようすをチェックするが、視線は知らず知らずのうちにイザベラに吸い寄せられていく。髪をうしろで束ね、瞳を生き生きと輝かせ、口元にはほほ笑みを浮かべている。落ち着いた表情で腰かけるタオ・ラオにイザベラが顔を近づけて語りかけ、その隣ではジョセフが書類をぴらぴらとめくっている。彼らが家族のように、自分の将来の家族のように思えてくる。と、そこへ、叔母の顔が思い浮かび、それがしだいに母の顔に変わっていった。母さんが天国から俺を見てくれている。その目に宿るのは、ただ、愛のみ。

『とどまりなさい』

葛藤する心のなかに母のささやく声が聞こえた気がした。

『愛するその人たちとそっちにとどまるのよ、イェシフ。お願いだからわかっておくれ。まだおまえが来るときではないの』

ひと筋の涙が、頬をやさしく伝った。そう遠くない過去に味わった愛する人たちを奪われる悲劇が、イザベラのまいた一粒の種にようやく代わろうとしていた。母さんの言うとおりだ。俺はもうあの3人を愛しはじめている。ジョセフを、誰よりイザベラを、そして、あの魔法使いの修道僧までも。

＊　＊　＊

宇宙船エリュシオン号の船内では、エイトトランが祈りに没頭していた。彼女は、タオ・ラオの選択をすんなりと受け入れることができずにいた。イェシフとイザベラを引きあわせるというのは名案だったが、イェシフが彼女と恋に落ち、会場で彼女と顔を合わせることで、イザベラもタオ・ラオも死なずに済む選択をする……。それを願うというのは、エイトトランからすればあまりにリスクが大きいように思えた。私はリスクを負うことをよしとするタイプではないが、タオ・ラオはジョセフとイザベラに同行して、夢のなかで粉々にされるあのふたりと隣りあって座ると言う。イェシフがスイッチを入れてしまえばふたりと一緒に吹き飛んでしまうというのに……。そんな危険に身をさらすなんてとうてい理解できない。

ようやくめぐり会えたのに、どうしてあきらめるなんてことができるのだろう？　そう思った瞬間、ハートに真ん中から亀裂が走ってまっぷたつに割れ、『もう二度と私はもとどおりにはなれないんだわ』という絶望感に襲われた。タオ・ラオが私を愛してくれているのはよくわかっている。しかし、彼が人間というものにそこまで信頼を置くことには共感できない。

前回会ったときの彼は、希望に満ちあふれてとてもうれしそうだった。イェシフがイザベラに心を奪われ、恋がふたりの心を揺り動かしたのだ。彼女のヴァイオレットの瞳と純真さにイェシフはやられてしまった。しかし、まさか彼女が会場に来ることになろうとは知るよしもなかった。イェシフが爆破スイッチを入れた夢のなかに、タオ・ラオがふたりを引きあわせるという場面はいっさい出てこなかった。映画の筋書きがふたとおり目の前に存在しているのだ。ならば、私にできることはただひとつ。異なる結果が生まれるように祈ることだけだ。

片方の映画では、復讐心に燃えたイェシフは、自分もろとも若き大統領候補の黒人女性やイザベラの命を奪うことに成功したが、そこにタオ・ラオは含まれていなかった。

すべて私のせいだ。フィールドで爆発が起きたことで融合が遅れていくようすを夢に見たのはこの私なのだ。その光景はまさに戦争そのもの、苦痛に満ちたものにほかならなかった。ホーショーとタオ・ラオに警戒をうながしたのも私だった。シナリオを書き換えて状況をもとの軌道に戻し、ヴォルカンの邪魔が入らないようにするために過去の世界へ出向くことをタオ・ラオが申し出たのも私のせいだ。あれも、これも、と思い出しているうちに、後悔と無意味な罪悪感に次々と襲われて、エイトトランはただ打ちひしがれることしかできなかった。

ようやく嘆き悲しむことに疲れた彼女は、イェシフがタオ・ラオの期待したとおりにイザベラとジョセフの姿を目にすることで、当初の計画とは異なる選択をするようイメージしながらフィールドに働きかけていった。もしそうなれば、ヴォルカンの神々がイェシフを始末しようとするはずだから、そこでタオ・ラオがちがう結末にもち込む準備ができる。エイトトランはほかのヴィジョンはいっさい排除して、そのイメージに集中した。成功の場面に、そして、満面の笑みを浮かべたタオ・ラオがイザベラと連れだって颯爽と会場から出てくるイメージに、ただひたすらに……。

30　至福の地へとつづく道

地球のうららかな春の日。タンがいまも眠るウェルネス・センターは虹の光に燦々と照らされていた。それは、彼が内面世界の放浪を終えて目覚めるようにと、生きとし生けるものすべてが望んでいるかのような光景だったが、それでもラニやメアリーが何を言っても状況は変わらないように思われた。タンは故郷に帰ってきたかのような安らぎを味わっていたので、肉体のあるなしにかかわらず、シャンバラにとどまることを心に決めていた。そこには地下都市がいくつもあり、調和と幸福を宿した地球そっくりの地域社会が形成されていた。肉体を抜け出して移動するすべに長けたメアリーとラニが毎日のように訪れてくれたので、タンにはもう何の不自由もなかった。

長老たちに会ってハートトランド・ゲーム開発の進行状況を確認しあう前に、ラニはジャラピリにしばしの別れを告げに洞窟へと向かった。

『前回の旅のこと、本当に感謝しています。おかげで長老たちに立ち向かう自信がつきました』

『ついてきなさい』虹蛇はささやくと、ラニを地下にいざなった。

『どこへ?』

『すぐにわかる』ジャラピリはマインドに向かっておごそかな調子で言った。

『あまり時間がないの……。長老たちに会わないといけないのよ。それからタンにも会いに行きたいし……』

『広げればよいのだ』

『時間を拡大するの?』

『さよう』

『ああ、そうだった、忘れてたわ』

ラニは勧められたとおりに時間を拡大し、虹蛇のあとについて驚くほど入り組んだ造りの地下迷路を進んでいくと、ほどなくして安らぎの波動に満ちあふれた場所にたどり着いた。

『ここはどこ?』

『ケルト民族のいうところのアヴァロン。ヒンドゥー教徒にとってのパラディスタ。つまり理想郷だ』

『バラモン教の聖典・ヴェーダが生まれたところ?』

『さよう。中国人は西天《シイティエン》と呼び、ロシア人はベロヴォディアと呼ぶところだ』

それぞれの名前が口にされるたびに、フィールドがわずかにシフトして、楽園の存在を信じる人々が抱く理想の光景が目の前に実現される。人々の夢見る理想郷の光景とエネルギーがジャラピリをとり巻き、彼が中国語でシィティエンと唱えるとそこにたちまち竜が舞い、ラニがアヴァロンの名を口にすると、霞が湧き出しごつごつとした岩山が現れた。ヴェーダの名が出るとエデンの園として知られる景色がそこに現れ、ヨギやサドゥーが現れて蓮華座のまま宙にふわふわと浮く。ジャラピリがそのひとつひとつを顕現させているのだ。

どの世界も、内も外もすべてが幻想だった。どのフィールドも夢見る者たちが抱く壮大な夢を鏡のように映し出し、彼らの豊かな心と希望と想像力がそれらの世界を片時も止まることなく創り出していた。

『同じことは地球でも起きているのだ。しかし、あの星のフィールドは最も優勢なビートを映し出す。つまり、最大多数のもつ波動が投影されるのだ。楽園のような空間は地球上の至るところに存在するが、シャンバラでは顕現は一瞬にして起こる。ここの住人はみなフィールドの調整法を心得ておるからな。ここではハートの純粋さが一連の結果を決める鍵になるということがあまねく知られている。一方、おまえたちのいる地球では、みなが自由意志を賢く活用して、みなのために高次の善をなすということは、いまだもって試練であろう』

ジャラピリが何を訴えようとしているのかわからないまま、ラニは熱心に耳を傾けた。出会ってからこの方、ジャラピリがこれほど多くを語るのははじめてだった。

『われわれはここのトンネルを「至福の入り口」と呼んでいる。みなを至福の地へと、仏陀が説いた浄土へと導いてくれるからだ』

『イシスが言っていました。至福の入り口は私たちの肉体のなかにも存在するって』

『いかにも存在している。生命の網《ウェブ》の目はあらゆる位相へと通じているのだ』

『ホーショーは「光線と音波が交差するところに、渦、すなわち入り口とグリッド・ポイントが形成される」って言っています』

『そのとおりだ。そしてここが』

ジャラピリは頭をぐるりとめぐらせて、すべてのトンネルがシャンバラへと通じていることを示しながら言った。

『その入り口が集まる場所なのだ』

『入り口には異空間やちがう世界へとつながるものもあるの？』

『位相や存在の次元は千差万別』

『では、至福の入り口も？』

『ラニ、覚えておくがよいぞ。至福の入り口はおまえが思い描くシャンバラへと再びいざなってくれるのだ』


ラニはこの洞窟での一部始終をはっきりと心に刻んで、タンを連れ戻すのに必要な答えを探しつづけた。

メアリーと会ってしばらく話をしたラニは、自分の部屋でしばしの休憩をとるために移動用の超小型マシンを乗りこなして宇宙船エリュシオン号に帰艦した。シャワーをしばらく流しっぱなしにして湯を浴びていると、水のしずくと一緒に緊張が流れ落ち、安らぎが新たに降ってくるような感覚がした。根っからの実用重視人間のラニは、細部へのこだわりだけではなく、心の混乱をも洗い流すことで気持ちを切り替えて、タオ・ラオのために祈りを捧げたエイトトランと同様に、ポジティヴな結果に意識を集中していった。

『ひょっとしたらタンを肉体へと連れ戻すことができるかもしれない。至福の地へとつづく道を見つければタンも思いどおりにシャンバラとの間を行き来することができる！　そうよ、それさえ見つかれば！』

ラニはふーっとため息をつくと、マインドに残っていた疑問を払いのけて心をリラックスさせていった。

シャンバラの聖なる交響曲は、生きとし生けるものすべてのハートに存在する。そのことを熟知するメアリーは、シャンバラのフィールドに生きる秘訣は鼓動にあり、鼓動のリズムを変えることが鍵になると踏んでいた。

ある日の午後、ウェルネス・センターにタンを見舞う前に、メアリーはラニに会って思うところをそのまま、しかし、穏やかに切り出した。母のアパートの部屋に入ってきたラニは、見るからにしゅんとして落ち込んでいた。愛する大切な人の心をどうやっても動かせないことに失望していたのだ。

「ラニ？」メアリーは娘の肩にそっと手を触れる。

「ごめん、ママ。ちょっとぼーっとしてただけ」

「あなたがいま望んでいることって、タンを連れ戻すこと、その一点だけでしょう？　それなら、私たちの両方が意識を集中しないと。一刻も無駄にできないのよ」

「ごもっとも。まったくそのとおりよ！」ラニの声はいらだちに震えていた。

「でも、シャンバラに行ったことのある人と話をしても、それがどうやって起こったのかわかる人が誰ひとりいないのよ。とどまることに決めた人の多くが、シャンバラを発見するといったんは通常のレーダーに表示されるグリッドから姿を消すの。まあ、エーテル体で行った場合は別だけど、それはまれなケースなのね。多くの場合はこっちに帰ってくるんだけど、向こうに戻る道がわからない。最近ではホーショーの目がいつもこう言っている気がするの。『これはおまえが弟子として経験する新たな儀式だ。おまえはこれを自分だけの力で解決しなさい』って。そして、長老たちはこの件について何も語ってくれやしない。あの人たちはタンの命が危険な状態にあるってわからないの？　いますぐ肉体に入らなかったら……。ああ、ママ、私、恐いのよ、タンがいなくなるんじゃないかって……！」

ラニは泣き崩れ、強く、しっかりしたいつもの彼女はどこかに消えてしまっていた。

「よしよし……」

メアリーはラニの両腕をつかむと、娘の髪をそっとなでながら、やさしく抱きしめた。

「大丈夫よ、あなたはひとりじゃないわ。あの子を呼び戻す方法はきっと見つかるから」

「それが、できないのよ……」ラニはしゃくりあげる。

「どういうこと？」

「シャンバラは故郷《ふるさと》なの。だからいったん向こうへ行ってしまうと、ほかのことが何もかもとてつもない幻想のように感じてしまう！　ジャラピリが向こうに至る道を示してくれたけど、タンは幻想の世界に暮らすことにうんざりしたって言って、帰ってきたがらないし、どうしてもタンの気持ちを変える方法が見つからないの！」

母娘はしばらく抱きしめあったままでいたが、やがてラニが身体を離して静かな口調で尋ねた。

「ママはイシスの庭で過ごしていたころ、同じように感じなかったの？　ここが私の故郷だって。どうして向こうを離れて地球というシャドウランドに帰ってこようと思い立ったの？」

「約束を交わしたのよ……」

自分の答えが娘を納得させるには至っていないことを感じとったメアリーは、慎重に言葉を選びながら続けた。

「人がシャンバラへと行きつくのにはいろいろな理由があって、そこに至る過程にもいくつかの段階があるの。シャンバラの入り口にたどり着くまでにいくつもの鍵が用意されてるわけね」

「鍵って？」

「至福の道を見つけるためのアクセス・コードよ。つまり、ハートの純粋さ、周波数の適合、それとホーショーが協会で教えていること」

「段階っていうのは？」

「そう、そのことをあなたに話したかったの」

ラニがようやく食いついてきた。メアリーはラニにとって母親であると同時に親友でもあり、それ以上に彼女は娘よりも遥かに長い期間にわたってイシスに訓練を受けてきた存在だった。年齢もずっと若いラニはいま、師《メンター》の言葉に耳を傾けているとも言えた。

「ラニ、旅の途中でシャンバラに行きつくとね、人はまず内面か外面世界のどちらかで、自分はここにとどまりたい、ぜったいに離れたくないという反応を示すものなの。だからタンがいま経験していることはごく自然なことなのよ。でも、あなたはあそこを離れたでしょう。どうしてなの？」

「タンには私が必要だったから。眠っている彼の身体を私が抱きしめて、たっぷりと愛を注いであげれば彼が戻ってくるんじゃないかと思って……」

ラニの目に再び涙の粒がふくらんでいく。

「私がイシスの庭を離れることができるのも同じ理由よ」

「地球世界があなたを必要としているから？」

「それもあると思うけど、それ以上に、私はここにいたいの。どうしても融合の目撃者になりたいのよ。ホーショーがこう言っていたわ。『次元上昇実現《アセンション》の鍵は、上昇への願いを手放したときに現れる』って。こうも言っていた。『ワンネスの意識に達するのはシャンバラにいるときだけではない。地球で道行く人のためにゴミ拾いをしていても同じようにその意識にたどり着くことはできる。そうして自分以外の存在のことを思いやったときにはじめて、至福の道は永久に開かれる』って」

ラニはほほ笑むと口を開いた。

「タンから聞いたことだけど、ホーショーは『途中までは飢えたハートが導いてくれるだろうが、シャンバラの入り口を見つけることができるのはハートが満たされたときだけだ』って！」

ラニが残っていた涙を拭うと、女同士は見つめあってふっとほほ笑んだ。タンがあっけなく死んでしまう可能性を目の前に突きつけられてからというもの、川のように涙を流してきた気がする。死は単に肉体という殻を失うだけ、魂は生きつづけるとわかってはいても、やはり彼のぬくもりが恋しくて泣いてしまう。ラニは心を落ち着けると、自然に通り過ぎる段階にタンはいるのだとメアリーが言ったのを思い出して、鼻をかんでから尋ねた。

「じゃあ、タンがいま第一段階にいるってことは、まだシャンバラを十分に味わっていないってことかしら？」

「そうね」

「それなら、次の段階は？」

「シャンバラには理想郷のようなフィールドが広がっている。そのことを人々に広めることができるかもしれないと気づいて、現実世界に戻ってシャンバラの入り口へとつながる道を築こうとする。シャンバラそのものである聖なる交響曲を体験したいと望むすべての人のために道を開こうとするの。それが次の段階ね。それにね、私はこう信じるようになったの。ハートが安らぎに満ちた状態にあって、シャンバラの交響曲の波動にチューニングされていると、フィールドは必ず至福の道を明らかにしてくれるのよ。まさに、類は友を呼ぶってことね」

そうして女同士はハグを交わすと、ラニは手短に別れのあいさつをした。ふたりでタンのところを訪ねる時間になっていたが、ラニはひとりで行くことに決めた。「タンのことでひとりで考えたいことがあるから」と母に言ってはみたものの、どうしてそんな言葉を口走ったのかは自分でもわからなかった。

　メアリーは立ちあがると、伸びをしてからぶらぶらと窓辺に近づいていった。テラスの扉を開けて外に出ると、揺り椅子に腰かけた。虹色のカンバスが、アパートの屋上庭園に植えたサボテンとフラワーアレンジメントの鉢植えとともに景色に彩りを添えている。丘を越えてきたやわらかな風が、大好きなジャスミンの花の香りを運んでくる。

　しばらくのあいだ頭を空っぽにして身体の力を抜き、流れのままにフィールドが語りかける声に耳を澄ますのもいいものだ。静寂のなかでじっと耳を傾け、観察し、タオ・ラオの無事や任務の進行状況への心配をしばし忘れる。呼吸のリズムに従って、内なる安らぎの泉に深く入っていくと同時に、マトリックスの女王の鼓動を感じてみる。

　深い充足感を味わったメアリーは、タンを見つけて肉体の状態を確かめようと、意識を動かして内面世界をずっと移動していった。ラニの言うとおりだ。タンの肉体はだんだんと活動を停止しつつある。生きることへの情熱がなく、構ってももらえない、主人もいないタンの肉体細胞はアポトーシス（訳註　細胞の自然死）の状態に入っている。

『あの子のことを思い煩《わずら》ったって誰の役にもたたないわ』

　そう思い至ったメアリーは、タンのちがう姿をイメージすることにした。目の前に強く健康そうなタンがいて、自分たちと共に生きることを喜び、明るく笑っている姿をありありと思い浮かべる。生き生きと力がみなぎり、人生に情熱を燃やすタン。不安な思いが湧いてくると、そのたびに吐息に乗せてその負のエネルギーを体外に出すと同時に、新たなタンのイメージを持続させた。もしも私が創造をつかさどる存在なら、タンをこのとおりに創るわ。この新しいイメージをフィールドに設定すれば、フィールドが実現に向けてすぐに動き出すはず。思い悩んであの子が死んでいくのを眺めているだけよりも、このほうがよっぽど効果があっていいわよね！

『タオ・ラオがここにいてくれたら』メアリーは忍び泣きをしながら嘆息した。『彼ならタンの気持ちを変えられるかもしれないのに』

＊　＊　＊

エイトトランとメアリーが祈りを捧げているちょうどそのころ、タオ・ラオは混乱に歪む青年の顔を凝視していた。イェシフの眉を伝って脂汗《あぶらあせ》がしたたり出したとき、ようやく彼の存在に気づいた娘がハッと顔を輝かせた。次の刹那、娘は青年の満面に広がった恐怖を見てとり、青年は自分に向かってうなずく娘の顔に浮かんだ動揺を見てとった。

聴衆が立ちあがって拍手喝さいを送る。期待の新星が世界に向けて放った言葉が人々の心をとらえた歴史的瞬間だ。そう、彼女はガンジーであり、ネルソン・マンデラであり、マーティン・ルーサー・キング・ジュニアであり、彼らをひとつの見目麗《みめうるわ》しい姿にまとめた存在。人類が彼女を失わないようにとタオ・ラオは強く願った。

イェシフの手が膝にのせたブリーフケースの表面をおずおずと這っていく。それを見つめる魔法使いの修道僧はまるで生きた心地がしない。ボディーガードがすかさずターゲットをとり囲んだが、狙うタイミングはまだ残されている。気はゆるめられない。と、そのとき、スピーチに感動したイザベラがはじかれたように立ちあがり、イェシフのいる席に向かって駆け出した。イェシフの顔はパニック一色になったが、興奮したイザベラはそれに気づかない。

タオ・ラオは肝をつぶした。あの娘はイェシフの正体を、彼の膝の上にあるものを忘れたのか？彼女に続いて席を立ったジョセフを引きとめようとしたが、一瞬遅かった。

「おいで！　祝福に行こう！」

ジョセフは満面の笑みでタオ・ラオの背中をポンポンと叩くと、笑顔の人波に呑み込まれてしまった。

『私たちを数秒後に待ちかまえているのは死か、生きてやり直すチャンスか？』

判断がつかぬまま、瞬間移動で屋外に出ると、屋上で配置についたスナイパーたちの姿が目に飛び込んできた。ヴォルカンの神々は目的さえ達すれば手段は選ばないのだ。彼らに標的にされた者が生きて帰るには、奇跡が必要となる。

周辺の立地からみて、イェシフの良心が勝り、イザベラへの愛が死の呼び声よりも強くハートに響いていることを信じるほかない。爆発か、それとも祝福の歓声が続くのかと身構えながら、ふたりのスナイパーからも目が離せない。タオ・ラオは全神経をとがらせた。イェシフの作戦失敗に備えてヴォルカンの神々が用意した第二の手。それが屋上のふたりだ。ひとりは未来の大統領をしとめるために。そしてひとりはもちろん、イェシフを始末するために。

31

流量増幅《パンプアップ》

「もう長くはないわ、ラニ！　この子、もうすぐ死んじゃう！」

「いやよ……」

「ラニ」メアリーの声がすがるような響きを帯びた。彼女は娘を両腕に包んで言った。

「もう行かせてあげなきゃ」

「できないわ」ラニは断固としてはねつけた。

「方法さえ、まちがいなくたどり着くっていう方法さえ見つかれば、思いのままにシャンバラに行くことができるってわかれば、戻ってきて身体に入ってもいいって思うはず……」

「あなたがあれだけ手を尽くしたのに説得できなかったでしょう、ラニ！　この子を失いたくないのは私も同じよ。でも、この子の身体はもう完全に機能を止めてしまっているの。ほら……。感じてごらんなさい」

メアリーはラニの手を引き寄せると、タンの眉根にそっと置いた。彼の肉体は衰弱し切っていた。

魂はシャンバラの地で憩い、意識ははるか遠くに行ってしまっている。だが、ラニにはわかっていた。

『彼はただちがう次元に行ってしまっただけ。方法さえ見つかれば……』

メアリーの言っていることは正しい。タンの生命力がかつてないほどに弱まっていることから、タンがすっかりシャンバラに根を下ろしていて、こちらの世界につながる扉を閉ざしつつあることがわかる。

ラニがタンのマインドの流れをたどると、それは黄金でできた道のように無限なる愛の世界へとつづき、地球に対する情熱はほとんど涸れかけているのがわかった。いまスピリット体でタンと融合することもできたが、いったん引き返して生気のほとんどなくなったタンの肉体をスキャンしてみた。やはりメアリーの言うとおり、彼はもう長くはもたないようだ。

「ああ、ママ」

ラニがつらそうに息を漏らしてメアリーの腕のなかにしなだれかかり、ふたりはタンのベッドのへりに腰かけた。涙の筋がついた顔で母を見あげて、すがるような目でくり返す。

「行って彼を説得できない？」

メアリーは力なくかぶりを振って嘆息した。

「ねえ、ラニ、できることならそうしているし、これまでだって努力した。それはあなたも知っているでしょう。あの子につながる鍵がどうしても見つからないの。あなたと同じで、タンを連れ戻すために彼に語るべき言葉が見つからないの」

「ほんとに、あの手この手でがんばってみたけど、てこでも動かない！　身体が衰えていくって伝えても、まったく気にかけるようすもないし。よくある理屈をこねるのよ。俺の身体は服のようなものにすぎない。次々に着替えて毎回の人生をワクワクするものにするんだって」

「まあ、その点は議論の余地なしね。じゃあ、ほかには何て言ってみたの？」

ラニは一瞬ムカッときたが、思い直した。メアリーは状況を整理し直すために情報を必要としているのだ。これまでの狙いはことごとくはずれ、残された時間もあとわずか。タンはいまだに地球に帰る意志はなく、肉体はもってあと数日だ。

「本当に熟練《マスター》するっていうのは、肉体があってもなくても自由に行き来できること、それに、肉体をもったまま領域を超えて移動できるように肉体の健康維持ができることをいうのよ、って」

「そうしたら？」

「シャンバラのフィールドはとても洗練されているから、密度の濃い地球のエネルギーに縛られた肉体が、完全に移動してくることはできないって言うの。シャンバラではあらゆることがホログラムでできているから、どっちみち向こうにとどまってからはずっと肉体はいらないんだって」

沈黙したままの母の考えを先回りして、ラニは訊き返した。

「じゃあ、それに何て答えたのかって？」

メアリーはうなずいた。

「こう言ったわ。まずは身体を健康な状態に保たないと、って。必要のないときは置いといて、必要になったら密度の濃い世界を動き回る乗り物として使えばいい。肉体が入ることのできる領域もあれば、できない領域もある。それは私たちみんなが知っていることよね。これはひょっとしたらあなたがホーショーのように肉体を不死化して、さらなる自由を手にするための試練なのかもしれないわよ、って言ったの」

　メアリーが、なるほど、そしたら？　というように眉を上げたので、ラニは続けた。

「彼、何も答えなかったわ。そこで今回はやめにしたの。逆にここのところのタンは、しきりに私をシャンバラのフィールドに熱中させようとするの。私もハマればハマるほど自分の論理があやふやになってきて。あなたがここに来るほんのいままでタンのとこにいたんだけど、彼ったらこう言ってたわ。感情を切り離して俺は俺の道を行くんだってことで手放すか、俺と一緒に向こうで暮らすか。あとはおまえの選択しだいだって」

　タンの見方にも一理あることを認めた女同士はいらだたしげに嘆息すると、そこで別れた。明日は明日の風が吹くだろうが、肉体をもった彼と共に味わうことのできる「明日」は、あとどれだけ残されているのだろう？　動いているあの子の姿を見て、笑い声を聞いたのが、もう大昔のことのような気がする。最後に会ったとき、彼は獲物を探すヒョウのように目をぎらつかせて私のアパートの部屋を歩き回っていた。あふれんばかりの悪知恵と復讐への欲求を抱えた息子の姿には心底がっかりさせられたものだが、それとはまったく比べものにならないほどの感情が、いまメアリーのハートに湧きあがっていた。

　タンを連れ戻そうにもどうにもならない状況に動揺したラニは、バイロケーションのテクニックでシャンバラ・フリーウェイを滑走してうしろ歩きのビーチへとやってきた。到着するとまず身体をいくらか物質化させて、ビーチの端を見下ろす崖の上に蓮華座になった。

すばらしい天気だ。陽の光は翡翠《ひすい》色をした沖合の水面に反射し、水晶のように透きとおった眼下の水は、岩をやさしく洗いながら宝石のようにきらめいている。やわらかなそよ風が頬に口づけては、ゆったりと編み込んだ髪の房からほつれたおくれ毛を背中へとなびかせた。

バラのような赤が頬にのぼり、若々しいエネルギーを発してラニは輝く。しかし、目だけは彼女の努力を裏切って、拭い切れない悲しみをそこにとどめていた。

「ああ、タン」

ラニはため息を漏らした。

彼女の落胆を察知したシャドウと連れ合いのオオハイイロオオカミがはるばるフィールドを超えてやってくると、慰めるように彼女の顔を舐めながら、徐々に姿を浮かびあがらせた。完全に姿を現した2頭は彼女の足もとに座ると、満ち足りた表情でおとなしく海を見つめた。シャドウのお腹は待望の赤ん坊でパンパンに張っていて、彼女が連れ合いのそばを離れることはほとんどない。そんな光景から伝わってくるこのつがいの間に流れる愛が、ラニの狂おしいほどの思いをさらにかきたてた。

「連れ戻そうとしていろいろ試したのよ……」

シャドウはラニを見あげて、耳をそばだてる。

「何を言っても届かなかった」

ラニは自分が試みてきたことを訥々《とつとつ》と語りつづけた。シャドウが大の親友で、話すことで鍵が見つかるかもしれないと思っているかのように。

「ホーショーの引き寄せの法則に関するクラスを受け直したりもしたわ。私たちはすべてのことを自分のライフスタイルや時間の過ごし方を通じて招き寄せているってこと、それにタンの抱いている願望が純粋なもので、彼がその願いにしっかりとチューニングしていればシャンバラへの道はおのずと開けるってことを思い出させようと思って」

ラニは再びため息をつく。

「タンったら、ものを知らない宇宙の騎士に講義でもしてるつもり？　とでもいわんばかりの目で私を見たの」

シャドウがあごをぺたんと地面につけて、「ああ、それはまずいわねぇ」と同情するかのように、両目を前足で覆った。

「まるで自分が見つけたとびきりおいしいチョコレートの入った箱を、私がとりあげて隠そうとしているかのような態度なの……」

シャドウが足を舐めてくるので、くすぐったくて笑みがこぼれた。それでも、足もとのオオカミはどうしてあげればいいかわからず途方に暮れているのか、依然としてひと声も発しない。シャドウのおかげでふさいだ気分が紛れてきたので、手を伸ばして彼女の頭をなでながら、砂浜が放つ癒しのエネルギーに身を任せた。風がエネルギー・フィールドをリセットして新たな活力を吹き込んでくれる。

太陽が陽の名残を浜辺からかき集めて海の向こうに引きあげていくあいだ、ラニは肉体と感覚をもって生きていることに感謝しながら光を吸収したが、それと同時に、もう自分の肉体には戻らないという愛するタンの選択を思い返して戸惑いを覚えた。これこそが奇跡だわ。目でこんな景色を味わえることも、肌でシャドウの毛並みや風に触れる感触も、潮風の匂いを嗅ぐことも、こうして瓶に入った水の澄んだ味わいを感じられることも。

タンとベッドの上でひとつになったときの記憶が胸いっぱいに広がり、抱きあいながら彼のエネルギーを全身で吸い込んだときの感覚がよみがえってきた。タンが恋しい。全身で触れあいたいのに、彼を連れ戻す鍵がいまだに見つからない。それに本人が戻りたいと願わないかぎり、眼前に迫った死の瞬間が現実のものになってしまう。タンに至福の地へとつづく道を示してあげることができなければ、肌と肌で一体感を味わうことは不可能になってしまう。

次の瞬間、狂おしいほどの恋しさが怒りに変わった。

「ばかっ！　ばかな子ね！」ラニは風に向かって叫んだ。

「私をこんなふうに置き去りにして！」

顔から流れ落ちる涙をそのままに、やり場のないいらだちに突き動かされたラニは、シャドウに別れのキスをすると、自分たちが暮らしていたアパートへと瞬間移動した。

至福の入り口はいつの時代にも存在するが、そこにたどり着く者たちのなかには思いがけずそれに出くわす者もいる。聖なる植物を使って啓示を受けるという古代から伝わる方法でその存在を知る者、マントラを唱える者、特殊な瞑想法で見いだす者など、その方法はさまざまだ。食事の内容を改善して体内を流れる氣の浄化と強化をはかり、全身の経絡を宇宙粒子に対して開いた状態に保つ者も多い。そうした人々はシャンバラの入り口に近づくために必要なものはみずからの力で増幅可能であることを自覚していた。

ホーショーの弟子たちはみな、内なるフィールドのコントロール法を訓練されている。彼のもとで学んだ者は、外側のフィールドが内なるフィールドに流れるエネルギーを反映していることも熟知しているので、日々、フィールドの言葉を聴きとる技術の習得にいそしんでいる。そして、すべての存在がひとつの倍音で共鳴しており、その音に全宇宙が妙なる調べで歌い返すことも彼らは心得ていた。

すべてはみずからの力でコントロールできる。そして、ホーショーの教えを受けた者の多くはハートの声に喜んで従い、道を滑るように移動してはシャンバラのフィールドとの間を思いのままに行き来して、至福のエネルギーに浴することを日々の楽しみにしていた。地球での課題を終えたとき、すばらしい一生を遂げた究極の褒美としてたどり着くのがシャンバラという名の最終目的地であり、その故郷へと導いてくれるのが至福の道なのだ。しかし、フィールドの神秘を知る者たちはみな、おのれのシャンバラをあまねく場所に見つけることができる。彼らはどこにいようとも、フィールドに流れる歌を生命に捧げる役目を負っているからだ。輝ける「いま」を生み出す秘訣は、未来に意識を注ぐのではなく、肉体の内側を流れる特定要素を増幅することにあり、あらゆる瞬間に理想的な「いま」を創造していくことが理想の未来を約束してくれることも彼らは知っている。

「流量増幅法《パンプアップ》」はホーショーが担当しているクラスのなかでもラニのお気に入りのひとつだったが、

彼女はいま、スタジオのなかをうろうろと歩き回りながら、あらためて思い出していた。フィールドには磁石のように物事を引き寄せあう引き寄せのエネルギーが働いている。エネルギーの流量を増幅させるっていうのはつまり、フィールドにみずから刺激を与えることで、人生の進む方向を変えていくということだ。タンがもし生きながらえたら、私たちはおとなしくして危害を受けないように注意しなければ。ヴォルカンの神々に狙われるサバイバルゲームなんてプレイしたくないし、タンが死んでしまうなんてことはもうこれ以上考えたくもない。

『もういや！　こんなのたくさんよ！』

ラニは心のなかで叫んだ。

比較的最近になって襲撃されたらしい部屋のようすを見わたすと、コンピューターは手の施しようもないほど徹底的に破壊され、バックアップ用のディスクも持ち去られていた。ハートランド・ゲームのハードコピーもなくなっている。タンが激怒するのも無理ないわね。私たちの注いだ労力がすべて消されたのだ。画像も、すばらしいイメージも、バイオフィードバック用の装置もすべて、盗難、あるいは破壊に遭っていた。

涙がこぼれ、ハートがしくしくと痛んだが、この涙は怒りや恐怖からではない、タンを思って湧いてきているのだ。彼がいなければこの世のすべてに意味がない。しかし、最近ではウェルネス・センターに眠る彼を訪れても、いらだちがつのるばかりだ。それでも私は必ずこの状況を乗り越えてみせる。そうラニは意気込んだ。

「そうしなきゃ、私たちが人生でつかめるはずの幸せが台無しにされてしまうわ！」

32　加速と上昇

蜜を求めて花に飛んでくるミツバチのごとく、メアリーのもとに引き寄せられた伝説のアボリジニは、彼女のようすを見守っていた。彼女はしばらくラニと話しあったあと、タンのもとを離れた。静かに祈りを捧げたいという欲求に駆られてウェルネス・センターのチャペルへと向かう途中、彼女は褐色の大男のそばを通り過ぎた。ヌンバクラがため息をついてフィールドをスキャンすると、彼女の抱えている悲しみが痛いほど伝わってきた。私であれば、この女性が探しているものを見つける手助けができるはずだ。

メアリーはチャペルの扉の前まで来たとき、ふと視線を感じて振り返った。

「メアリー」

「ヌンバクラ」

彼女には直感で彼の名前がわかった。

互いにうなずくと、メアリーは扉に手をかけてなかに入ろうとしたが、思い直したかのようにくるっと振り返って問いかけた。

「ヌンバクラ？」

「うむ」

「私にお話でも？」

伝説の存在が瞳から色とりどりの光を放ち、メアリーの細胞にシフトを起こしていく。メアリーには、自分の内面奥深くによどんでいた黒い泉と幾筋もの明るい光が彼の瞳を満たしていくのが見えた。ヌンバクラにも見えていた。メアリーが手放していくようすが、ありありと。彼女さえ準備ができていれば、それを手助けすることもできる。

「おいで」

ヌンバクラにうながされてもう1枚の扉を抜けてなかに入る。メアリーはこじんまりとした演壇にのぼると、白く長いテーブルの上に横になった。天空から生まれた伝説の存在・ヌンバクラが現れたことで室内に置かれた水晶が生き生きと輝き出し、それに呼応するように部屋全体がかすかに震え出した。

ヌンバクラはメアリーの両の眉にそって指をのせた。身体の抱えている秘密が見える。タンを失ってしまうかもしれないという思いが苦痛を増幅させていた。彼が無言で身体に語りかけるあいだ、メアリーには静かな祈りが聞こえ、互いの魂がひとつにつながるのがわかった。

次の瞬間、ヌンバクラにはすべてが見えた。メアリーはスピリット体となって世界の狭間をさまよっていたときにひとつの決断を下し、自分の魂の一部をアグラとしてはるばる人間界へと送り込んだ。アグラが受胎した瞬間のようす。過酷な人生を送るうちに、スピリットの世界で見守っているメアリーの存在を忘れていくようす。アグラが贖罪を求め、セスの館から魔法の世界へと送られた瞬間、大量の記憶が細胞を満たしてフィールドに鼓動を始めたようす。そして、メアリーが高次の領域からアグラの肉体へと降り立ち、入れ替わりでシャンバラの入り口にあたるイシスの庭に暮らす決心をアグラがする。生と生の狭間の世界での暮らしや過去生での暮らしをはじめとして、過去と未来のようすがさまざまに織り交ぜられて露わになるとともに、メアリーがジェイコブと出会ってハートの王の出現をうながしていく。ヌンバクラがため息交じりにつぶやくのを聞いて、メアリーはふっと身体の力を抜いた。

「さあ、おいで。ふたりで旅をしようではないか。理想郷が呼んでいる」

ヒーラーはメアリーの両の肺に手をのせると、身体に向かって何かをつぶやきながら働きかけていった。彼女はそのあいだ、アグラの人生で刻まれた感情を肉体が手放していくのをあるがままに感じていた。

「すでに学びは得られた。この痛みはもうおまえに必要のないものだ。手放しなさい……。これまでずっと、すべてがおまえの願ったとおりになっていたことを確かめなさい」

胸のうちで絡みあっていた糸がゆっくりとほどけていくようすを見届ける。すると、メアリーは心の痛みも、タンを失ってしまうという恐怖も消えてなくなっていた。すべてはタンの人生であり、タンが選んだことなのだ。そして、メアリーははっきりと悟った。愛する人が失われることなどけっしてないのだ、と。

ふたりがアグラの受胎の瞬間を見守っていると、その場のエネルギーが急激なシフトを遂げて、またたく間に癒しが起き、メアリーは思わず喜びの涙をはらはらと流して泣き笑いになった。ヌンバクラはすべてを実感し切る空間を彼女に与えて、静かに見守った。ついにすべてから解放された彼女がやってきた空間には、えもいわれぬ世界が広がっていた。見えたのはほんの一瞬だったが、この空間にみなぎる妙なる力は、メアリーの心にからみついてシャンバラの道を見えなくしていた糸をついにほどいた。そして次の瞬間、ヌンバクラの魔法がその深遠なる叡智を現した。フィールドのエネルギーが再びうねり、メアリーをシャンバラの遥か向こう側へと導いたのだ。

彼女の魂の前に、1枚の扉が開けている。扉の向こうには愛のフィールドが広がり、そこに鼓動している力《フォース》の発する無限のエネルギーがこちらまで伝わってくる。心からの祝福の言葉を次々に浴びて、内にも外にも愛のエネルギーがシャンパンのように湧きあがる、そんな誰もが夢見る理想の送別会にいるような気分でメアリーは胸が高鳴った。

次に自分の魂がとあるフィールドの入り口を注視しているようすが見えた。アグラの両親の間で情熱と愛のエネルギーが高まりを見せるにつれて入り口の扉が開き、そこへ魂が受胎のアンカーポイントを見つけて飛び込んでいく。ここでヌンバクラが示そうとしたのは、アグラが地球世界に降り立ったときのようすだけではない。肉体はそれぞれが愛のフィールドへとつながる架け橋であり、その世界を感覚をもって体験できるようにつくられていることを示したのだ。

『大いなる愛のフィールドからおまえの魂はやってきたのだ。限りなき愛から生まれ、そしていつの日か、愛のフィールドへと帰っていく』

絡みあっていた最後の糸がほどけ、まわりのすべてが楽しげに歌い出したとき、メアリーは理解した。愛のフィールドへの橋渡し役となること、それは生きとし生けるものすべてにとって最大のギフトなのだ、と。愛のフィールドに流れる喜びのエネルギーが自分の存在いっぱいに広がっていることがはっきりとわかる。彼女は悟った。

『家族や恋人という存在は、その架け橋となる者を強化し、課題や試練を与え、限界を伸ばし、いろいろな経験を分かちあい、そしてその者の魂が再び愛のフィールドの歓びを見つけられるように励ますためにあるのね』

内面世界が一気にシフトを遂げ、目の前にあるすべての扉が開き、シャンバラへとつづく道が彼女の前に現れた。

『いま私は故郷に帰ってきた。自由の身なのだ。もはや世界の間を行き来する者ですらない。タンが探し求めていたのはこれだったんだわ』

そう悟ったメアリーが礼を述べようと目を開けると、伝説の存在は現れたときと同じように、夢か幻のごとくいなくなっていた。

メアリーはその聖なる空間のイメージを心に抱いて横になったまま、静寂のなか、テレパシーを発してシャンバラのフィールドにいるタンに呼びかけた。

『タン』

『メアリー？』

『私と融合して』

次の瞬間、ふたりはエネルギー・フィールドで、ハートで、マインドでひとつにつながった。ワンネスを味わい、魂同士で踊りたわむれながら、タンは直観で悟った。探し求めていたシャンバラへとつづく道は心のなかに、自分という存在をつくっている本質のなかに眠っているのだ。メアリーとヌンバクラのやりとりが見えた。彼女の心を縛っていた糸がほどけ、肉体のフィールドいっぱいに愛のエネルギーがみなぎっていく。シャンバラの道と聖なる交響曲はひとつのフィールドであり、内側からわれわれの存在すべてを覆い、用意ができたときに求める者の前に姿を現すのだ。

『うわぁ……』見終わったとき、タンは小さく声をあげた。

『驚きよね！』メアリーがうなずく。

『これでわかったよ！』

『そう言ってくれると思った』メアリーはにっこりとした。

『俺たちはあそこから来たってことだね？』

『そのようね……』

『人はみな架け橋にすぎないのかな？　人間の肉体って、無限の歓びのフィールドへとつながる架け橋なのかな？』

『私たちの身体は、キリストが最後の晩餐で使ったとされる大きな杯のようなものよ』

『内面にマトリックスが広がっているから？』

『その杯が錨を下ろしているフィールド……。つまり、降りてくる魂の源となるフィールドが存在するから。でも、感じてみなさい、タン。大切なのは私たちが橋渡し役であることだけではなくて、渡した先にどんな世界が待っているかなのよ。さあ、感じて……』

『うわぁ』

タンはそう言ったきり、再び二の句が継げなくなった。愛のフィールドが発する純粋な歓びに満ちた波動がだんだん力強さを増し、彼のハートを女王のそれとひとつにつなげたのだ。女王の愛がみなぎるフィールドでは言葉など必要ない。そこでは愛こそがシャンバラへの鍵となり、ハートが傷つくことはけっしてなく、すべての生命が自由になる。タンは愕然とした。ハートが女王のそれに向かって完全に開かれれば、シャンバラの扉は心のなかに見つけることができる。そのことを自分が忘れてしまったなんて。これは頭であれこれ考えて理解できることではないんだ。愛がくれる純粋な歓びの感覚は、心奪われるものであるばかりでなく、女王とこのハートを知識では説明しようのない方法で互いに結びつけてくれる。

『深くリラックスするだけでいいのよ、タン。ハートを開いて、感じるの……』

ここは物理次元の世界。タンの身体がかすかに震え、失われていた何かが再び吹き込まれたかのようにわずかにふくらんだ。ゆっくりと目が開かれる。主人の帰ってきた身体は小さく息を吐くと、その目からは幾筋かの涙が流れ、頬を伝った。

演壇から立ちあがったメアリーは、深い安らぎに包まれながら、穏やかな感覚を全身で味わっていた。私は愛のフィールドへとつながる愛の架け橋。そして、それは私のありたい姿そのものなのだ。やがて彼女はベッドのそばにいるラニの隣に立つと、ほほ笑みあって最愛の人の帰りを祝福した。

＊　＊　＊

ラニのいる世界でみなが祝福ムードに沸いているころ、過去の世界ではイェシフの緊張が極限にまで達しようとしていた。爆発寸前の死のおもちゃを持たされた少年のように、彼は心がギリギリの状態にまで追いつめられていた。

イェシフとイザベラの視線が激しく絡みあう。そのときイェシフは、互いの心に揺らめく恐怖をかいま見た気がした。彼女がこちらに駆けてくる。こちらのようすにたじろいだのか、手前で彼女の足が止まった。

『まさか、彼女は俺がしようとしていたことを?』

そう思った瞬間、イザベラが包み込むような笑みを浮かべた。イェシフにはその笑顔が、こう語りかけているように思えた。

『いいの。それでも愛してるわ』

聴衆はすでに講堂から次々と吐き出されている。標的《ターゲット》の娘は付き人たちに急き立てられるようにしてあっという間に講堂から消えた。チャンスは過ぎ去った。身を屈め、震える手でブリーフケースを座席の下に押しやると、安堵の感覚がどっと押し寄せてきた。イザベラに歩み寄って彼女を両腕で包み込む。しばらくしてふたりのもとに現れたジョセフの顔には、いつも以上ににこやかな笑みが広がっていた。今日は世界の新たなはじまりと若きふたりの恋が実った記念日だ。彼は目の前で展開しているドラマの真相にはまったく気づかずにいた。

「さあ、イェシフ、どうだね？　みごとな演説だったろう」叔父は興奮ぎみに尋ねた。「すばらしい演説家だ。じつにすばらしい！」

茫然とするあまり、イェシフはまだ口がきけずにいた。

『できなかった。彼女はいまもこうして生きている。そして、俺も。しかし……。あとどれだけ？』

死刑執行を待つ囚人のように、彼はおびえていた。

中庭では、広場を臨む建物の屋上にタオ・ラオがそっと移動し、手前にいるスナイパーの背後に忍び寄っていた。会場から大勢の人が湧き出てくる。一瞬、ガラスの壁に反射した陽の光に狙撃態勢に入っていたもうひとりのスナイパーの視界が邪魔された。銃声が鳴り響くのと、タオ・ラオが目の前のスナイパーにタックルしたのは同時だった。眼前の相手からすばやく銃をとりあげてもうひとりの動きをけん制する。そのとき、広場のようすが視界の端に入った。ヴォルカンの神々に狙われていたふたりが地面に倒れていた。

広場はパニックに陥り、警備担当者たちが血相を変えて飛び出してきては大声で叫んでいる。ある人はしゃがみ、ある人はそばにいる人をかばい、全員が悲鳴をこらえながらその場に伏せた。たいていの状況には対処できるように訓練された彼らも、対話によって和平をとりなすタイプの人間がほとんどで、戦闘の混乱には不慣れだった。

イザベラは血まみれだった。両腕でイェシフを抱きかかえ、彼の身体にあいた穴から流れ出てくるものを手で必死に抑えている。腕のなかの若者は愛しさのこもった目で彼女を見あげながらあえいだ。

「ああ、ぼくは……なんて……こと……しようと……」

「いいのよ」

イザベラが言うと、赦されたことを悟ったイェシフはそこで意識を失った。その数メートル先では未来の大統領候補が折り重なった人の下敷きになっていた。タオ・ラオが見つめていると、彼女のまわりからひとり、またひとりとボディーガードが起きあがった。発砲は1発か、それとも2発か？　彼女には命中したのか、それとも守られて無事だったのか？　タオ・ラオにはわからなかった。

再びイザベラを見ると、顔は紅潮してヴァイオレットの目は涙でいっぱいだった。傍らにへたり込んでいたジョセフはふたりを抱きかかえ、イェシフにしがみついているイザベラの身体をあやすように前後にやさしく揺すっている。あたりは大混乱と化し、警備担当者が降って湧いた惨劇の対応に追われていた。

＊　＊　＊

ここは別の時空。融合実現を遅らせる出来事であればどんなことでも歓迎するヴォルカンの神々もまた、このようすに熱い視線を送っていた。若造はしとめた。標的《ターゲット》の黒人の娘は倒れたままだ。修道僧はまだ屋根の上をうろうろしている。人々は和平への願いを踏みにじられたことへの怒りにとり憑かれて半狂乱になっている。

「当面はこれでよかろう。メディアがまたあおり立てることで、恐怖の炎がフィールドにしばらく燃えさかることになる。さあ、諸君」

ナタスが宣言した。

「いまこそわれわれが打って出るチャンスだ」

こうしてマトリックスにともっていたひとつの光がぼやけ、新たに現れた光に呑み込まれていった。

エピローグ

「ようこそ！」ここは宇宙船エリュシオン号の船内。新たな宇宙の騎士の一団を教室に迎えたホーショーはにっこりとした。集まった33名のほとんどは地球出身だが、最後に入ってきた3名は最近出現したばかりの宇宙地区の出だ。いまや高次の領域にとどまりつづけることを目指す惑星がフィールドじゅうに引きも切らず現れている。

おどおどと彼の前を通って教室に散っていく生徒たちの発するエネルギーを観察しながら、ハートが最も開いている者は誰か、最も心の準備ができている者は誰かをホーショーは探った。やはり、なかにはタンとラニのようにたぐいまれなスキルをもちあわせ、その視線の意味をさっそく感じとってみせる者もちらほらいた。

全員が席についたのを見計らって、ホーショーは口を開いた。

「まずはじめに、諸君に覚えておいてほしいことがある。生きたエネルギーのフィールドであるこの宇宙はつねに、諸君の最も純粋で神聖なる性質をそのまま君たちの前に映し出そうとするものだ。

しかし、このことを限りなく高い可能性をもって経験したいと望むのであれば、諸君はまず心を開かねばならない。おのれの知性を讃えることに、そして直観を信頼することに心を開きなさい。ここで諸君が成長を遂げるうえで必要な最初の鍵となるのは――」

ホーショーは、安心させるようにほほ笑みながら語りかけた。

「自分のもっている直観的な性質をつねに信頼し、大切にすることだ。なかでもわれわれがこの宇宙船エリュシオン号で君たちに伝えることは、諸君の成長の糧となり、進化を遂げるための道具となるものばかりだ。しかし、諸君がこれからさまざまな世界と調和していくにあたって、どれも使用するうえでもたらされる結果に対して十分な配慮が求められる」

ホーショーから放たれる心地のよい愛のエネルギーに、かけだしの宇宙の騎士たちはすぐに酔いしれた。きらめく彼のオーラと無限の叡智に輝く瞳に、新たに迎えられた弟子たちが『何なんだこの人は？　どうしたらこんなふうになれるんだ？』と身を乗り出すのを確かめて、ホーショーはさらに一人ひとりの魂に向かってそっと語りかけた。

「諸君はみな、世界の次元上昇を助けるためにここへ来たわけだが、そのなかで地球から来た者は、二極性に根ざした世界を超えていくために助けを求めて呼び声を発したのが、自分たちの星だけではないことをすでに知っているはずだ。はじめに連れて回ったアカシック・レコードで諸君が目にしたように、宇宙全体にはさまざまなレベルの知性を有した生命体が数多く存在しており、すべての惑星は宇宙に生まれた者たちがもつ複雑さを反映している。とりわけ、微生物と素粒子の世界を観察するとそれがよくわかる。瞑想の最中に気づいた者も多いだろうが、人間という姿かたちをもって現れた君たちは創造という光を生み出す過程でできた陰のような存在であり、君たちがいまだに抱えているかもしれない分離した感覚は、ハートとマインドから生まれる。諸君を分け隔てるもの。それはただひとつ、諸君の思考であり、われわれとお互いを切り離すか否か、それはどこに意識を注ぐかにのみ懸かっているのだ」

つのる好奇心を抑え切れずに部屋じゅうを見回して周囲のようすをうかがう者もいれば、魔法使いの言葉に微動だにせず聞き入っている者もいる。ホーショーは彼らの間では生ける伝説なのだ。

咳払いをひとつして注意を再び惹きつけると、ホーショーはコースのはじまりのあいさつを続けた。

「諸君がそれぞれの世界において効果的な変化をもたらす力《フォース》になれるよう、われわれは神聖なる錬金術を専門的に学ぶこと、そして、分離に基づいた言葉を手放すようにお勧めする。たとえば、『恐怖』や『闇』といった言葉だ。自分が知らないということを知らずにいることで恐怖は生まれる。不可知の存在を知れば、心も落ち着いて創造のあらゆる側面を味わうことができるようになり、もはや恐怖は存在しなくなる。アイスクリームを食べすぎればすぐに背筋が寒くなるだろう。それくらい簡単に、恐怖は惑星の進歩を遅らせるものなのだ。覚えておくがよい」

「闇の勢力に対して抱くいかなる恐怖も、闇と光というものがワンネスのもつ二極性にすぎないことを理解すれば、力を失う。闇から光は生まれ、光なくして闇が生きながらえることはできない。そして、闇なくして光を経験することもかなわない。闇とは光の背景に限りなく広がる虚空にすぎない。よって、闇をおそれることは創造の力《フォース》そのものをおそれることにほかならないのだ」

ホーショーはいったん言葉を切り、弟子たちの心に言葉が染みわたるのを待ってから、念を押すためにつけ加えた。

「分離に基づいた思考の言葉を使いつづけるかぎり、求めている融合を世界が実現することはない。融合とはすなわち、全体を形づくるいくつもの断片を、ある共通した未来へのヴィジョンで結びつけている共通因子なのだ。だから諸君もクラスでみんなといるときには、どうすれば集団としてより強い結束を感じることができるかを探求しなさい。そして、人が結束を目指して動くと、いくつもの創造の次元が思うとおりに働くことを知るがよい。なぜなら諸君が神の一部であるという真実は、自分でそれを知ろう、そうあろうと求めるなかで示されていくものだからだ」

ホーショーは春の陽ざしのようにあたたかな笑みを弟子たちに向けると、こう断言した。

「諸君の道は金色に輝いていることを知りなさい。君たちは光の道からやってきて、神の吐息に乗せて生み出された。諸君は君という存在のなかに向けて歌われた歌なのだ。そのことはすでに、日々の瞑想や初回におこなったタオ・ラオとのトレーニングから知っているだろうが、諸君はいまこうしてワンネスに向けた訓練中の身にあるわけだからして、ここにくり返しておく。もうひとつ思い出してほしいのは、密度の濃い世界においてはしばしばうぬぼれの塊と化し、今日、明日にわが身が生き残ることの先が見えない者が大勢いるということだ。まず自分が生き延びれば人は次に地球全体が生き残ることを思うようになり、つづいて銀河系、そして次に宇宙全体が残っていくことを考えるようになる。諸君がエリュシオン号に来たのもそうした理由からだろう？」

青年たちはうなずくと、ほほ笑みを返した。彼らはホーショーの言葉にではなく、存在そのものにすっかり魅せられていた。

「知ってのとおり、諸君の故郷となる星たちは思いやりに満ちた、地域同士のつながりの強い時代を急速に進んでいて、実社会のなかで人権が愛をもって扱われはじめている。これまでのエネルギーシフトは今後も続き、人間の感覚をさらに研ぎ澄ませていくだろう。そして人々に真にハートを開かせて感覚へと意識を向けさせる。つまり、良心とともに感じるように、最上のいたわりとともに慎重に感覚を選び、仲間である人間への共感を、そして思いやりをもつことをうながすはずだ。なぜなら共感もなく、思いやりもなくして結束は存在しえない。この時代は大いなる結束の時代なのだ。諸君はみなすでにこの共感や思いやりという美徳を備えている。君たちはみな世界に変化をもたらし、メッセージを届け、世の中を活性化し、変容をうながしていく存在なのだ……」

魔法使いは引き続き言葉を紡ぎながら、理想郷のフィールドに広がる神秘を思い出すために集まったハートの開いた若者たちと深くつながっていくのだった。

魔法の王国シリーズ　登場人物たち・用語解説

登場人物たち

OH-OM　オーム

ひとつのハートとひとつのマインド（The One Heart One Mind）からなる創造する力。キリスト教徒にとっての神、イスラム教徒のアラー、その他の人たちからは永遠の知性と愛の源と呼ばれる。世界じゅうでさまざまな名前で呼びならわされると同時に、広大なマトリックス・タイプのウェブ、あるいはその創造物とともにソフトウェアを共有できる宇宙のコンピューターとみることができる。

ホーショー

次元を超えた偉大なる光の存在。錬金術のマスターであり、長老のひとり。宇宙錬金術協会の創設者であり、タンをはじめとするフィールドをあやつる者たちと宇宙の騎士たちの師《メンター》である。魔法の王国シリーズでは、ホーショーの主な教育施設は、銀河系宇宙間世界連盟の支部にあたる士官候補生育成宇宙ステーションにある。

ジャラピリ

叡智をたたえた蛇。純粋なる者たちの守護者でありガイドである。アボリジニの夢の時間に現れる伝説の存在・虹蛇にゆかりがある。アーネムランドのロックアートの第一人者であるジョージ・チャロープカ（George Chaloupka）は自著の中で虹蛇を次のように言いあらわしている。「豊穣と増殖（動植物がおおいに繁殖すること）と雨の象徴である虹蛇は、オーストラリア全土で広く信仰されている。受胎するスピリットをすべての羊水に届け、生命を与える魔法の力をもつ人類の創造主である。自然界と人間に宿るその再生と繁殖の力は、地域の主要な儀式で主役となっている」（"Journey in Time" Reed, 1993, 47p『時間の旅』邦訳は未刊）

光の女神

聖なる母性の象徴。地球上に存在するさまざまな宗教に登場する数々の女神を混合した存在である。魔法の王国シリーズでは、マトリックスの女王として知られ、

ＯＨ‐ＯＭの背後にある愛のハートそのものである。ホーショーは、「光の女神はすべてであると同時に無。あらゆるところに存在し、どこにも存在しない。どこからともなく現れて、愛で世界を光り輝くものにする。あらゆる生命を宇宙レベルで結びつける接着剤。陽光のぬくもりですべてに口づけるやさしい夏のそよ風。希望を呼吸し死を運ぶことで万物の再生を可能にする者。死をもたらす黒女神カーリ、生命を与える女神イシス、マドンナ（聖母マリア）、人類の魂の鼓動であり星たちの叡智。そしてわれわれみなが内包するハート……」（第1部「光の女神」より）と表現している。

アグラ
力を奪われた魂、そして目覚めていく魂を象徴する。魔女であり、魔術師セスの相棒でもある。

アフロディーテ
若さと美しさの最盛期の象徴。ロキ、タン、ラニの幼なじみ。

クリスタリーナ
妖精のプリンセス。世界と世界とをつなげ、純粋なる者たちを見守る任につく。目に見えない姿に変容するシェイプ・シフターとして知られる。妖精（Fairy）という言葉はラテン語の“fata”に由来し、運命（fate）の意味をもつ。運命の女神は3人いて、生命の網の目を紡ぎ、コントロールしている。
（Cassandra Eason “Mammoth Book of Ancient Wisdom” カッサンドラ・イーソン「古代の知恵」邦訳未刊）

イザベラ
平和大使。第3部に登場する。

エイトトラン
宇宙船エリュシオンの司令官。タンとラニの師《メンター》であり、メアリーの未来世。銀河系宇宙間世界連盟の大使。

ジェイコブ
吟遊詩人であり、救済された者。第2部でセスにウォークインさせる。（ウォークインについては「用語解説」参照）

ジョセフ
イェシフの叔父であり、タオ・ラオの友人。第3部で登場する。

メアリー
タンとラニの母親。アグラに光を照らすガイドであり、光の世界から人間界へと降りてきた人間の象徴である。

マティアス・インシャラー
地球の国連代表としてエイトトランとタオ・ラオと接触する。第3部に登場する。

ロキ
北欧のいたずらの神の象徴。タンとラニの幼なじみで、アフロディーテの恋人、レイラの兄。

ナタス
セスのいとこ。闇の神々の力をもつ存在。

ヌンバクラ
本作では次のように書かれている。「アボリジニたちはヌンバクラを、無から生まれ、虚空をあちこち移動する夢見る思考であり光であると認識している。タンと共にヌンバクラの研究に携わり、タンが敬愛してやまないオーストラリアのアボリジニたちは、ヌンバクラの夢の数々は、スピリットの子どもへと成長すると信じている。タンの内なる意識にひそんでいたスピリットの子どもたちは、やがて夢の中に姿を現すようになり、さらに現実の時間の中では、カーやタオ・ラオ、ハイイロオオカミの姿かたちをとって教え導いてくれている」（第1部「夢を編み込む者、魔法の杖をつくる者」より）

マトリックスの女王
愛と直感をハートに抱く至高の存在。生命の網の目をつなげる接着剤のような働きをしている。愛のフィールドそのもので、生命という織物に感情的な響きを呼び起こす。

タオ・ラオ

聖フランチェスコと老子のエネルギーを抱く存在。カーとして知られる者と同様に、ヌンバクラのスピリットの子どもであり、その象徴のひとりである。

オオハイイロオオカミ

シャドウの相棒であり、タオ・ラオと変わらぬ友情を保ちつづける仲間。

タン

メアリーの拾い子。フィールドをあやつるマスターになるべく訓練を受けている最中で、ホーショーの弟子。ラニの血のつながりのない兄で、ロキとアフロディーテは幼なじみ。第3部で、ラニとエイトトランと共にハートランド・ゲームを共同創造する。

ラニ

メアリーとジェイコブの娘。イシスの弟子で、タンとは一緒に冒険に出かける遊び仲間。透視能力があり予言者。ハートランド・ゲームの共同創造者。

シャドウ

アグラとセスに囚われていた。守護者であり、ラニとタンの安全を守る雌オオカミ。クリスタリーナとは友達であり仲間である。

セス

魔術師であり、アグラの相棒。内なる闇と影の部分の象徴。他人を思いやり、他人の要望をくみとる気持ちに欠け、自己中心的。邪悪な魔術を使うエネルギーの吸血鬼。

テラダック

最高レベルの論理的思考回路を備えた人工知能。不完全なプログラムにより、人類を除去すべきウイルスとみなすようになった。アーティレクトから統合された存在で、テラダック（Terradac）の名前は、彼らがフィールドの中で追跡した恐怖（terror）を解放するという現実に由来している。

長老たち
偉大な光と愛の存在。ホーショーと同様に、世界が融合に向かうように見守り支えることに従事している。

ヴォルカンの神々
闇の世界を象徴する存在。未熟な人間の低い意識と影の側面を表現している。性欲の神々、金銭欲の神々、名声欲の神々、権力欲の神々といった低次元の神々を崇拝する闇の存在としても知られる。

イエシフ
ヴォルカンの神々に操られ、自爆テロで殉教を企てる青年。第3部に登場する。

用語解説

アセンション Ascension
自分という存在のあらゆる側面を統合し、無限の愛とワンネスへとかえっていく体験をいいます。悟りの境地に立つのと同様に、アセンションは終わりのない永遠につづく旅です。フィールドでの体験を通して私たちは成長し、より多くを受けとり、いつでも認識を広げていくことができます。

アカシック・レコード Akashic Records
アカシック・レコードは「生命の書」とも呼ばれ、宇宙のスーパーコンピューターのシステムそのものです。このシステムは地球上で生きた人たち一人ひとりについて、ありとあらゆる情報を蓄える貯蔵庫の中枢として働いています。起きた出来事を貯蔵しておくだけでなく、いつの時代であろうと世界の歴史で起こったすべての行為、言葉、感情、思考、意図を内包しています。ただ単に記憶を貯蔵するだけでなく、双方向に情報を交換しあうことで、私たちの日常生活や人間関係、感情や信念体系、私たちが引き寄せうる現実に膨大な影響を及ぼしています。

アカシック・レコードは創造の夜明けのときからすべての魂がもつ完全な歴史を所蔵しています。この記録は私たち一人ひとりを他者とつなげるものです。人の行動や経験のパターンに深くかかわる原始的なシンボルや神話のすべてを刺激し、夢や発明のインスピレーションになっています。私たちがお互いに引きあい反発しあうように誘い、さまざまな層の人間の意識を形成し、神の意識の一部を形づくります。この記録は一人ひとりがまさに最高の存在になるように導き、教育し、変容させようという意図をもった先入観のない裁判官であり陪審員です。潜在的に未来に起こりうる幾多の出来事の流れをひとつにまとめ、人間同士が互いに関連しあい、過去に蓄積されたデータから学べるようにします。

アカシック・レコードに関する情報は、民間伝承や神話、旧約聖書、新約聖書に見つけることができ、少なくとも、セム族やアラブ人、アッシリア人、フェニキア人、バビロニア人、ヘブライ人の、遥か遠い時代にまでさかのぼることができます。これらの民族の間では、あらゆる様式のスピリチュアルな情報と同様に、人類の歴史を刻んだ何らかの天界の書板が存在すると信じられていました。

アルファ波　Alpha

脳波の周波数帯域が1秒間に8〜13ヘルツの状態をさします。深くリラックスし、落ち着いて、活動的ではないが意識ははっきりしていて、まさに眠りに入る前の目が覚めている状態です。意識をプログラムするには最適の時間といえます。瞑想の入りはじめの状態であり、高次の意識へとつながる異次元の扉にアクセスを始める導入のパターンです。また、半球形をした脳の機能と潜在意識にある心と頭脳の機能が統合されたものとして見てとれます。

アヤワスカ（聖なるお茶）　Ayahuasca

南アメリカの先住民族の多くに尊ばれており、向精神性のある植物の中でもとくに聖なる力の強い植物の師であるとされています。南アメリカのジャングルで採取され、シャーマンが異次元の世界へと意識を拡大する儀式でしばしば使われます。生命の陰と陽をあらわすジャグルーペのつる植物とチャクルーナの葉からつくられますが、古代からつづく伝統の儀式にあたって、この2つを採取して混合すると聖なるお茶になります。聖なるお茶によって内なるキリスト意識が目覚め、内なる意識と分離しているという幻想のベールがはがれたと語る人がたくさんいます。

ベータ波　Beta

通常の覚醒時の意識状態にいるなら、この脳波です。ベータ1の脳波帯は1秒あたり14～20サイクル、ベータ2は20～40です。完全に起きている状態で、意識がしっかりとして活気や興奮、緊張感があり、ときに身体を敏捷に動かしていて、自分の中心にはいない状態です。この忙しい脳波パターンにいると、人は制限を感じます。

宇宙のキリスト　Cosmic Christ

すべてのものに流れている無限の愛、叡智、力、思いやりのエネルギーです。マトリックスの女王の愛のフィールドと同じ周波数をもちます。内面でこのエネルギーの流れが強くなると、多くの人は絶え間ない恩寵を受け、人生が奇跡に満ちていく経験をします。この鼓動と流れがほかのフィールドの信号に乱されるようになると、安らかではない状態（dis-ease 病気）や不幸や混沌といったさまざまなことが幅を利かせるようになります。

デルタ波　Delta

周波数が0.5～3ヘルツの脳波です。ゆっくりとした周波数で脳幹に特徴があります。熟睡している状態であり、意識を超越した瞑想で体験する究極の現実といえます。しばしばヒーリングや若返りの引き金になり、「悟り」あるいは意識の覚醒、量子意識の扉を開くといわれています。

DOW　内にある神性なるもの　Divine One Within

あらゆる原子に備わるすべての力強さ、愛、賢さ、そして知のエネルギーです。私たちすべてを導き､愛し、癒し、啓発する、私たちがもつ高次の意識、あるいはキリスト意識、高次の自己です。

宇宙インナーネット・アカデミー
Cosmic Innernet Academy
異次元間のフィールドを探検し調整する錬金術に興味のある人々を訓練するために使われる内なる領域のことをいいます。CIAは、神としての本質でできた領域を通じてその神性を伝播していくことで、より意識的、調和的な共同創造をおこなっていくための、私たちの高次の知性を再び目覚めさせる訓練を提供しています。

宇宙錬金術協会　Cosmic Institute of Alchemy
物理次元の宇宙インナーネット・アカデミーです。

ドリームタイム　Dreamtime
オーストラリアのアボリジニの伝説にもとづく、あらゆる生命が創り出されるフィールドです。

エドガー・ケイシーによるアカシック・レコード
Edgar Cayce on the Akashic Records
http://www.edgarcayce.org/
「生命の書とは？」と聞かれ、ケイシーは「個人の本質が時空に書きためられた記録である。自己が永遠と同調すればそれは開かれ、その意識に同調した者には読まれうる可能性がある……」と答えています。

魔法の王国　Enchanted Kingdom
人の愛と夢の最高の状態を顕現している世界です。「時間を超越したフィールドに抱かれた古代の空間にある土地であり、生命の層が世界と世界の間にくさびを打ち込んだような場所だ。ホーショーはここを、時間の外側にある領域にあり、夢を編む者と賢者があらゆることを実現できる可能性をもった次元であると表現したことがある」（第1部「魔法の王国」より）

エーテル体　Etheric Form
光のエネルギー・フィールドは、光のまわりに分子構造が引きつけられてできますが、肉体が形成されるそのまわりにライトボディがあるとみる説もあります。

連盟アカデミー　Federation Academy
宇宙の騎士を育成するための学校です。

銀河系宇宙間世界連盟
Intergalactic Federation of Worlds
平和に焦点をおいた未来型の「宇宙統一国家」の評議会をいいます。宇宙と異次元のレベルで働き、人々が調和に目覚め、あらゆる世界を統合していくようすを見守っています。

フィールドをあやつる者 Field Fiddlers
世界に調和をもたらすために訓練を受けた、あるいは受けている最中の意識の目覚めた者たちをいいます。

ハーモニー・コード Harmony Code
フィールドに平和をもたらし、すべてに利益をもたらすために使われる意図と行動のコードをいいます。

マトリックス The Matrix
ワンネスのウェブとも知られています。愛のフィールドから生まれ、生命を与え、人々に共同創造の力を探求するようにうながしています。キリスト意識の編み目とみる者もいれば、仏陀の浄土を内包している領域とみる者もいて、三昧《さんまい》を体験できる場所です。

レインボー・シティー Rainbow City
すばらしい礼節にあふれた完璧な異次元都市です。ここでは誰もが健康で調和に満ちた生活を送っています。エデンの園の理想郷といえます。

虹蛇 Rainbow Serpent
アボリジニの文化では、私たちの内面にある高次の性質の回帰と、より啓《ひら》かれた内面の上昇を象徴するものとして知られています。

贖罪《しょくざい》 Redemption
本作では、より上昇した意識が姿をあらわして、その意識に導かれ展開していく変容のプロセスを言いあらわしています。

聖なるお茶の研究
アヤワスカの項目を参照してください。参考図書としてアレックス・ポラリ・デ・アルベルガ（Alex Polari de Alverga）の"Forest of Visions"（『森のビジョン』邦訳未刊）をご覧になることをおすすめします。

シャンバラ　Shamballa, Shambhala
エリュシオン、エルドラド、エデン、シャングリラとしても知られる天国のような状態にある現実をいいます。気高い人間性が表現され、内なる神の意識であるDOWが目覚めてすべてを導き、私たちの低い意識はDOWに融合されます。シャンバラに関する伝説をちがった角度から見るために、インターネットで調べてみることをおすすめします。また瞑想を通じてシャンバラの現実に触れ、あなたの中でどのような広がりを見せるかを体験してみてください。

ソウル・スプリット　Soul Splits
詳しくは、マイケル・ニュートンの著書をご覧ください。『死後の世界が教える「人生はなんのためにあるのか」』『死後の世界を知ると、人生は深く癒される』（共にヴォイス刊）

シータ・フィールド　The Theta Field
脳波の周波数が4～7で、深い瞑想状態で起こります。睡魔があってうとうとし、意識がはっきりしながら夢を見ていて、高次の感覚とつながっています。学びと記憶の入り口であり、想像力と直感が強まっていく状態でもあります。ESP（訳註　超心理学の用語で超感覚的知覚のことをいう）の潜在意識状態であり、チャネリング、閃《ひらめ》き、ただ知っているという深い理解がシータレベルの瞑想状態に達した人々に起こります。

ウォークイン　Walk-In
第2部で登場します。肉体にこれ以上とどまっていたくない存在が、自らの健康な身体を、肉体をもたないほかのスピリットに譲り渡すことをいいます。積極的な同意のもとにおこなわれる交換です。ルース・モンゴメリー（Ruth Montgomery）の著書"Strangers Among Us"（『見慣れぬ人々』邦訳未刊）に詳しく論じられています。

＊　＊　＊

本作シリーズでは、ほかにもさまざまな興味深いテーマについて触れています。より詳しい情報は、探求したいテーマについて黙想したり、内なるネットワーク（innernet）やインターネット（internet）で調べたりするなど、自らの直感に従って判断してください。

訳者あとがき

形而上学、精神世界、スピリチュアルなど、呼び名は人によってさまざまですが、本書の著者ジャスムヒーン氏はその世界を通じて、調和と平和に満ちた世界の創造をめざして研究、講演、セミナー、執筆など、精力的な活動を展開されてきました。本書は2005年にジャスムヒーン氏が著した3部作・魔法の王国シリーズ（The Enchanted Kingdom Series）の第3巻です。第1巻『マトリックスの女王』の「はじめに」によれば、この3部作の物語は無限の愛と知性からなる宇宙のフィールド・UFI（Universal Field of Infinite Love and Intelligence）から氏が数年にわたりダウンロードしたものであり、登場するそれぞれのキャラクターは彼女がこれまでに見知った人や出来事、そして夢の世界を旅するなかで体験した出来事がちりばめられている、とのことです。いわば、彼女が数十年にわたって積み重ねてきた活動の成果と幻想的な体験を、冒険譚を楽しみながら追体験できる内容になっています。2012年の夏、私は東京で開催されたジャスムヒーン氏のワークショップに1日だけ参加させていただきましたが、実際に、同ワークショップにおいても、今回、ラニが洞窟にジャラピリを訪れた際に登場した光の繭を作り出す呼吸法をはじめとして、さまざまなテクニックが紹介されていました。

このワークショップにおいて、いまも深く私の印象に残っていることがあります。ジャスムヒーン氏が抱いている強い使命感に触れたことです。このとき、彼女は直前に実の娘さんを亡くされるというたいへんな時期にありながらも来日し、それまで培ってきた叡智と経験を私たちに伝えるという選択をなさいました。当日、私はワークショップの前後に彼女とお話をさせていただく機会を得ました。精神的、あるいは現世的なレベルから捉えれば厳しい状況にあるのでは、と事前にお察ししていましたが、実際のところは、まさにご自身が世に広めようとめざす調和と平和の波動そのものの人がそこにいました。同シリーズの主人公であるタンとラニは、さまざまな試練を乗り越えながら宇宙の騎士として、あるいはフィールドをあやつる者として成長を遂げていきます。この第3巻において、タンがある重大な岐路に立たされた際に述べた「これは確固たる信念をもって自分たちが抱いている真実に立ち切れるかどうかの試練なのではないか」という言葉は、タンをはじめとする登場人物だけではなく、時空と作品の枠を超えて作者であるジャスムヒーン氏に向けて発されたセリフでもあるような気がしてなりません。そして、それを乗り越えた彼女は、娘さんの旅立ちを受け入れたうえでみずからの使命に立ち切り、人々に信ずるところを広め、伝えることをみごとに果たされたのです。

さて、この魔法の王国シリーズ、お読みいただけた方はお楽しみいただけたでしょうか。訳者としましては、作品を通じてストーリーそのものをご堪能いただくだけではなく、作品に登場するそれぞれのテクニックに親しみ、そしてなによりも、ジャスムヒーン氏が作品に込めた調和と平和に満ちた世界の実現への思いに共鳴される方がひとりでも多くいらっしゃればこれほどの喜びはありません。

最後になりましたが、本シリーズの翻訳の機会を与えてくださったナチュラルスピリットの今井博央希さん、いつも伴走者となって励まし、支えていただいた佐藤恵美子さんをはじめとして、この本の制作に携わってくださった方々に厚く感謝申し上げます。

山形 聖

2014年6月

著者紹介

ジャスムヒーン Jasmuheen

オーストラリア人。

メタフィジックスについて約20冊の本を出し、プラーナの栄養についての分野で調査し、国際的にレクチャーを行っている。この数年間、ほとんど食事をとらず光（プラーナ）だけで生きている。

邦訳に『リヴィング・オン・ライト―あなたもプラーナで生きられる』『神々の食べ物―聖なる栄養とは何か』『魔法の王国シリーズⅠ マトリックスの女王』『魔法の王国シリーズⅡ ハートの王』（いずれもナチュラルスピリット刊）がある。

ホームページ　http://www.jasmuheen.com

訳者紹介

山形　聖（やまがた せい）

宮城県仙台市出身。琉球大学卒業。

訳書にヴァイアナ・スタイバル著『シータヒーリング』『魔法の王国シリーズⅠ マトリックスの女王』『魔法の王国シリーズⅡ ハートの王』（いずれもナチュラルスピリット刊）がある。

魔法の王国シリーズⅢ

エリュシオン

シャンバラの聖なる交響曲

●

2014年7月25日　初版発行

著者／ジャスムヒーン

訳者／山形 聖

装丁／内海 由＋大内かなえ

編集・ＤＴＰ／佐藤恵美子

発行者／今井博央希

発行所／株式会社ナチュラルスピリット

〒107-0062　東京都港区南青山5-1-10

南青山第一マンションズ602

TEL 03-6450-5938　FAX 03-6450-5978

E-mail：info@naturalspirit.co.jp

ホームページ http://www.naturalspirit.co.jp/

印刷所／モリモト印刷株式会社

ISBN978-4-86451-127-8　C0097